U0856971

KUWEI
酷威文化
图书 影视

九鹭非香 著

四川文艺出版社

苍兰诀

目录

楔子

“本座乃不死之灵，三界虽大，宇宙无尽，而从未有谁能与吾相争。”黑影静静卧躺于熔岩之上，他玩儿似的抓起一把炙热的鲜红岩浆，“凭你，一介女流，也想斩本座于剑下？”

凛凛杀气紧附在闪着寒芒的长剑上，执剑女子立于半空，唇角微扬，比魔尊更加肆意张狂：“东方青苍，你可是不敢应战？”

“哈哈哈哈，不敢？”东方青苍仰天长笑，炙热的岩浆在他掌心猛地灼烧起来，烈焰在空中凝为炽红的长剑，激荡开来的灼热气息使女子衣袍一震。

“赤地女子，天界那帮废物封你为天地战神，敢与本座如此叫嚣，想来是自恃有几分本事。”东方青苍眯眼轻笑，他站起身来，银白色长发长及脚踝。一步踏出，火山在他脚下仿若畏惧地震颤摇晃。

“正巧，今日无趣，”东方青苍说着，抬起手腕，烈焰长剑将他半边脸遮住，丹凤眼中更显魔气张扬，“便让本座来试你一试。”

“魔尊。”赤地女子手中寒剑起势，“轻敌，乃兵家大忌。”

东方青苍咧嘴一笑：“弱者方有大忌。”他血色的眼中寒光微闪，比人类尖利许多的虎牙印上了烈焰的火光，极尽猖狂，“本座从无忌讳。”

上古魔尊与赤地女子一战，使天地失色、昼夜颠倒，星辰时间仿若也受其干扰。就在那一战，横行三界的魔尊败在了赤地女子的剑下。自此赤地女子为天地战神的威名远扬，而东方青苍在那一战之后重伤难愈，最终被诸天神佛齐力封困。魔界之人在那之后也被尽数赶入九幽不毛地，自此一蹶不振。

“东方青苍死了吗？”

“魔尊是不死之灵，不消不散。待得机会合适，他还会再回来。”

种在盆里的兰花草晃了晃叶子：“那他什么时候再回来啊？主子……我怕死……”

“不会让他再回来的。”司命提笔写命格，“天帝、我，还有现在的战神陌溪，包括南天门前看门的小哥、昨天帮我给你浇水的小仙女，都不会让他回来的。所以你放宽心，不会死的啊，乖。”

当时听司命轻描淡写地讲完这段上古旧事后，小兰花是无论如何也想不到，有一天她竟然会看见魔尊复活，重返三界，更想不到她会与这个上古大魔头面对面地打招呼、干瞪眼。

最让她砸烂脑袋也想不到的是——

有一天，她竟然用上了这个不老不死、魔力无边、作恶多端的大魔头的身体……

第一章

小兰花的内心几乎是崩溃的

小兰花坐在牢里，看着牢外的女子盘膝而坐，闭目凝神，静得连呼吸的声音都听不到。

这都多少天了，小兰花支着下巴，表示很忧虑。外面那家伙……到底有没有好好在喘气啊，要是他就这样悄无声息地憋死了，那自己得多亏！

毕竟，那具身体才是自己正儿八经的身体啊！

而现在她用的这个……

小兰花抓了抓自己垂到腰间的银发，又拿自己的大手第一百次摸了摸自己平坦的胸膛，然后叹息一声："好硬。"

男人磁性的低音吐出这两个音节，在昊天塔里回响了好几圈才慢慢消匿。

但这两个音节打破了维持已久的寂静。牢笼外的女人终于缓缓地呼出了一口气，闭着眼睛道："小花妖，你胆敢再对本座的身体上下其手，便休怪本座也对你的身体不客气。"

"斤斤计较，我就摸摸你胸脯怎么了，你一个大男人还怕摸吗？"小兰花顿了顿，倏尔羞红了整张脸，"哎哟喂……大魔头，你以为我摸哪儿了？龌龊！你真龌龊！”

女子睁开一对杏眼，带着几许与面容不相符的妖异，讥讽一笑：“一个女子能说出此等话来，你也不见得纯洁到哪里去。”

小兰花“哼”了一声，换了话题：“你不是上古魔尊吗？传说中你偷鸡摸狗那么厉害……”东方青苍眉梢一挑，小兰花情不自禁地咽了口唾沫，“你、你那么厉害，倒是给想个出去的办法呀！”

东方青苍又闭上了眼：“想出去，你就别给我添乱。”

小兰花眼一瞪，怒了：“现在被关在笼子里的是我啊！我怎么给你添乱？要说添乱，你才是给别人的人生添乱的高手吧！”

如果不是他，自己怎么会被关进昊天塔里！又怎么会从一个娇滴滴的“兰花大闺女”变成野性真糙汉……虽然这大魔头的身体看起来细皮嫩肉的，身材挺好，发质挺好，五官也挺好，手指挺修长……

小兰花甩了甩脑袋：“要不是你这个倒霉妖魔，我也不会落到如此境地！”

“倒霉？”东方青苍眯起眼，“如此称呼本座，你胆量着实不小。”

对面那双眼睛明明是她的眼睛，但小兰花愣是被东方青苍这个眼神吓得胆寒胃疼，甚至有点肾虚……

但小兰花眼前竖着的几根栅栏帮她壮了胆，她鼓着腮帮子，冷哼一声：“有本事，你打我呀！”

听得这句话，东方青苍倏尔咧嘴一笑，然后一把抓起自己披在身后的头发，在小兰花反应过来之前，指间气息一动，只见那及腰长发唰的一下，就被尽数截断。

小兰花整个人都僵硬了。

头……头发，她的头发……

东方青苍将她的断发拿在手里把玩了一下：“脑子不聪明，毛长得倒挺好。”言罢，他将一手长发随意一扔，柔亮的黑色发丝像孔雀的尾巴一样漂亮地铺了一地。东方青苍扯了扯已变成齐耳短的黑发，跷起二郎腿，嘴角的笑放肆又恶劣，“怎么，你忘了？你现在可是在我手里。”

恶魔！丧心病狂的恶魔！

小兰花几乎要跪下去了，她对着自己铺了一地的断发心疼地看了好一会儿，才想起要向凶手报仇！她一抬头，恶狠狠地盯住东方青苍，大喝一声：“我跟你没完！”

小兰花抬手往自己身后一抓，拉住那一头银色长发，学着东方青苍的姿势，手指间气息一动……

然后，她就更想哭了。

不知是她不会调用气息还是东方青苍这个身体里根本没有气息，她完全使不出法术来啊……

东方青苍像是料定了这个结果一样，嘴角的弧度更张扬了几分："想截断本座的头发，你还得修炼个万把年。"

小兰花咬了咬牙："我偏不信！"她说着，用手指卷起两三根发丝，狠狠一拉，径直将头发连根拔出，疼得她浑身一哆嗦，看得东方青苍身形一僵，笑容微收。小兰花忍着痛，学着他的模样，也阴险狠毒地咧嘴一笑："今日姑娘我就让你秃顶。"

东方青苍沉了脸色："给我住手。"

话音落地，小兰花又接连拔了四五根下来。

东方青苍眯起了眼睛："你再胆敢如此放肆，我便卸了你的胳膊。"

小兰花闻言怒极："你敢卸我胳膊我就割你的脖子！"

"若再多言，本座便断了你的舌头！"

"你要敢断！我就给你挥刀自宫！"

狠话放到如此境地，两人都沉默下来，盯着对方好半晌。最后小兰花盯得眼睛发酸，才垂下眼睛眨巴了两下，又看见了自己一地的断发。

她心里难过委屈得不行，就地一坐，将膝盖一抱，红着眼睛开始啪嗒啪嗒地掉眼泪。

没了。

她再也不能编漂亮的辫子，不能扎美丽的头花了。拜这个大魔头所赐，她下半辈子就只能在这个牢房里度过了，什么都没了……

东方青苍在栅栏外面看着里面的自己抱着膝盖蜷成一团，用沙哑磁性的嗓音发出咿咿呜呜的哭声，真是要多伤心有多伤心。

他看得很心塞。

"不许哭。"他生硬地要求。

小兰花伤心极了，听到他这句话，呜呜地哭得更加用力。

东方青苍觉得用自己的喉咙发出的哭声像鬼爪子一样挠进他的脑袋里，比当年赤地女子扎进他经络里的玄冰针更让他难以忍受。

“起来！”

小兰花抬起了头，一脸鼻涕眼泪地看着他：“你把我的头发还给我！”

“你先起来！”

“先把头发还给我！”

“好！”东方青苍手腕一转，地上的断发尽数飞起，一根一根精准无误地接了回去。不过片刻时间，如瀑长发落下，完好如初，“起来！”

小兰花呆呆地望着自己重新接好的头发，惊讶得都忘了该记东方青苍的仇了：“我身体……什么时候会这种法术的？”

东方青苍嫌弃地瞥了小兰花一眼：“把你这张脸给本座收拾干净。”

头发已经接好，小兰花就不再伤心了，专心地拿袖子去擦脸上的鼻涕眼泪。东方青苍坐了回去，望着她道：“使本座屈于威胁，你倒是古今第一人。”

“让我哭出了男人的声音，你也是古今第一人。”小兰花擦干净脸，气呼呼地转头看他，“我一刻都不想和你待在一起了！说！你到底有没有出塔的方法！”

“当然有。”

“什么办法？”

“炸了此塔。”

东方青苍说得如此轻描淡写，活像他说的是要去拍死一只蚊子一样简单。

小兰花闻言愣了愣，然后凄凄惨惨地垂下脑袋，可怜巴巴地嘀咕：“完了，我这辈子是再也见不到主子了。”

无怪小兰花会如此想，昊天塔乃上古神物，要炸了它谈何容易？更遑论他们现在身体互换，小兰花是半点也探不到东方青苍身体里的力量，即便探到了，她也不知道魔界的力量要怎么使用。

而东方青苍……

小兰花就只能呵呵一笑了。她那身体有几斤几两她是清楚得很，就算东方青苍能将她的头发全部接上，也改变不了她身体里只有几百年微末仙力的事实。那些力量拍死几个小妖是没什么问题，至于炸昊天塔这活儿，等她再修个十来万年，或许也是可以试试的。

小兰花鼻头有点酸涩，回想当初遇到东方青苍的那一刻，她觉得自己这一生，算是赔给那瞬间的好奇心了。

“你怎么就那么笨呢，你既然抢了我的身体，就该用我的身体好好待在外面啊。”小兰花凄然地道，“然后和我里应外合，逃出去的可能也比现在大呀。”

东方青苍讥讽一笑：“天界之人不是向来自诩清高吗，你却为了自己逃生，不惜与本座‘里应外合’？就不怕本座出去为害苍生，使生灵涂炭？”他瞥着小兰花的坐姿，“气节呢？”

小兰花噘了噘嘴：“我把这些事情都考虑到了，那还要那些天兵天将和天帝仙君们做什么？我主子说过，抢人饭碗犹如夺人所爱，不能干。”

东方青苍沉默片刻，摸着下巴道：“小花妖，随我入魔吧，你倒有几分资质。”

“不要，主子会拿我去喂猪的。”顿了顿，小兰花伤感地叹了口气，“被困在这里面，主子想拿我去喂猪都不行了……当初你要是在外面，好歹还能找到一些魔界的坏蛋来帮衬帮衬，现在你在这塔里面，咱们孤男寡女，孤苦无依的，再也没法出去了……”

“谁告诉你这里面没人帮衬？”东方青苍平静地看着小兰花。

小兰花愣了愣：“不然呢，这里还有谁？”她上下左右地找了一圈。

昊天塔内的阶梯贴墙而上，中间中空，从下方一抬眼能看到塔顶中悬的宝珠，塔内景象一览无余。若还有其他人在，那肯定是一眼就能瞧见的。

东方青苍笑笑，不过随意勾了勾唇角，也让人感觉放肆。小兰花想：自己的身体里住进了别的人，原来真的会在举手投足间勾勒出不同的感觉啊。

小兰花正在感慨着，忽听东方青苍呢喃了一句：“差不多也是时候了。”小兰花还在愣神，便见他忽然迈步往楼梯上走去。

“你去哪儿啊？”小兰花盯着他，“别乱跑啊，塔里面禁咒很多的……你用的是我的身体啊，喂！”

任由小兰花的声音越来越大，东方青苍也没有回头瞥一眼。

“哎！东方……”还没等小兰花将他的名字唤完，迈上阶梯的东方青苍的脑袋就忽然不见了。

小兰花吓得倒抽一口冷气。只见东方青苍的脚还在接着往上走，消失的地方从脖子到了腰，然后到了腿，最后整个人都消失不见了！

小兰花不敢置信地揉了揉眼睛，然后仔细去看，这才发现东方青苍消失的地方正巧是第一层和第二层的交界处。

难道这座塔里别有洞天？若真如此，那这里关的可能就不只她和东方青苍了。

在小兰花的记忆里，她一次也没听自己的主子提过有关昊天塔开启或封印妖魔的事件，直到这次，她亲自体验了一回。所以，如果说这塔里面还封印着别的妖魔，那定是在很久之前就被关在这里了的。而被关在这里的妖魔，想想也不会弱小到哪里去。

昊天塔统共九层，搞不好，被关的妖物还不止一两个。如果东方青苍能管用点，把那些妖魔都放出来，那炸了这座塔也不是不可能的事情嘛……

小兰花搓了搓手，感觉有点小激动。

至于炸了这座塔放出那些妖魔鬼怪之后，天下苍生该怎么办……

小兰花还是认为，自己不能抢了天帝的饭碗。

她满怀期冀地盼着东方青苍领着一大堆妖魔鬼怪威风凛凛地走下来，但等了好久，也没见东方青苍出现。

他好像是真的消失在了这座塔里一样，音信全无。

小兰花很担心自己的身体再也回不来了。

在一日胜过一日的忧愁中，小兰花的精神有些绷不住了，她开始迷迷糊糊地做一些梦，一会儿梦到主子温柔地给她浇水，一会儿梦到东方青苍拔秃了她的脑袋，还梦到那日……

那日仙魔大战，小兰花仓皇地逃到下界，无意间撞上了刚复活便被打成重伤的东方青苍。他抓住她，毫不客气地拿森白的牙齿咬在了她脖子上。小兰花分明感觉到，随着血液流出她身体的，还有她的灵魄。

在昏迷之前，她隐隐约约地听见东方青苍用她的身体对追杀而来的天兵天将说：“我甘愿入昊天塔中看守此妖魔，无愧千年修行成仙之德。”

她想骂他，无愧你祖宗，我统共还没活到一千年呢……

等她醒来，她就和大魔头一个牢里一个牢外地坐着了。

这是现实里的事，但在小兰花的梦里，她和大魔头一起被关进了牢里。他们的身体没有交换，大魔头每天对她狞笑：“你从是不从？你若不从，我就一撮一撮地拔光你的头发！”

她哭得嗓子都哑了，大魔头也无动于衷。就在她无可奈何、无计可施之时，主子却忽然拿着镰刀出现了，黑着脸说肥水不流外人田，宁肯把她割了喂猪，也不能让她被大魔头吃干抹净。

小兰花吓得脸色惨白，惊惶之间，只听一声冷喝。

“起来。”

小兰花一个激灵，带着一头冷汗爬起来。牢外的女子正冷冷地看着她。

"大……"小兰花一句话刚开了个头，忽然察觉到另一道目光。她偏头一看，在东方青苍身后，还跟着一个黑发赤衣的男子。

救兵！

小兰花脑海里划过闪亮亮的两个字。大魔头果然找到救兵了！

她仔细地打量了对方一眼，然后就有点笑不出来了。就算再没见识，这人眉心的火焰印记她也是认得的。

堕仙。

被关在昊天塔里的堕仙。

她听主子说过，非有大怨恨的人成不了堕仙。这样的家伙多半心理扭曲、三观不正，行为喜怒比一般邪魔更难预测，招惹不得。

小兰花默默退了一步，那赤衣男子的目光却已落到她身上："哦，这儿还有个美男子啊？"他言语轻佻，惹得小兰花蹙起眉头。

可还没等小兰花更进一步观察下他，他忽然身形一转，一手搭上了东方青苍的肩头，接着竟往下滑去，顺势将东方青苍揽进怀里："小美人。"他一双桃花眼媚得几乎快滴出水来，"你放我出来，原来是为了救他吗？这可甚伤人心。"

什……这、这家伙简直轻浮！

"你给我撒手！"小兰花怒叱，"爪子拿开！"她可是清清白白的"兰花大闺女"，怎容他人随意调戏！

她雄浑的声音吸引了牢外两人的目光。东方青苍斜眼看她，对于赤衣男子的触碰显得毫不在意。

赤衣男子挑起眉头笑道："小美人儿和这位是什么关系呀？惹得我可是嫉妒极了。"

"我和她没关系。"东方青苍一脸冷淡，更衬得小兰花吭哧吭哧的怒气莫名其妙。

赤衣男子望着小兰花，嘻嘻笑道："那这位是自作多情地想做护花使者咯？"他眯眼将小兰花上上下下一打量，然后微微蹙起眉头："看起来还有点眼熟……"

"你好像不太想离开这里？"东方青苍打断了赤衣男子的言语，神色冰冷，"若不想走，我把你关回去便是。"

"小美人儿怎生怒了？"赤衣男子收回手，"好好好，咱们谈正事。你说的昊天塔的要害，在哪儿？"

东方青苍前行几步，走到昊天塔中心，抬手比画出了四个方位："今日午时，四方正位皆会有所偏移，尤以正东方为最，宝珠阴影会偏向这里。”东方青苍抬手指向小兰花对面的那堵墙，“彼时，此处就是昊天塔要害所在。炸掉此处，昊天塔定然分崩离析。”

赤衣男子摸着下巴琢磨了许久：“小美人，我看你乃仙灵之身，恐怕不知道昊天塔里面的浩渺正气对我这样的堕仙有多大的禁制吧？力量越强则压制越大，我能使出一成力气已经要拼命，你确信我能在那一时半会儿的破绽里，炸掉这个上古神器？”

他这话问到了点子上，小兰花也表示不相信。

要是昊天塔这么简单就能被攻破，那这上古神器的称谓，未免也太水了一点。

东方青苍咧嘴一笑：“当然不信。我会在此地布下阵法，到时，你只管用你那点微末法力炸墙便可。”

赤衣男子似被东方青苍的气势唬住，愣愣地看了他许久：“真是奇怪，你非堕仙，道行也浅，为何如此熟知昊天塔的弱点，又为何胆敢出此狂言，你到底是什么人？”

“你只需知道，你与我现在目的一致即可。”

赤衣男子舔了舔嘴唇，漆黑的眼中似有精光掠过：“姑娘如此神秘难测，实在是让人……难忍心动啊。我此生阅女无数，还从未见过姑娘这般气质的女子……”他说着，迈步向东方青苍走去，却在离东方青苍两步远时，身子一歪，高呼一声，“哎呀，脚崴了。”手顺势往前一抓，恰恰探在东方青苍的衣襟上。绣着娟丽兰花的衣襟被他的手微微抓下来了一点，露出了些许隐秘的弧度。

赤衣男子偷得了腥，邪魅一笑，一抬头，正打算用眼神再调戏调戏这小姑娘，不承想却对上了一双冷淡无情的眼睛。

哎？

这个被他调戏的女子，正拿看死鱼样的眼神静静地看着他。

不该这样吧……

羞恼呢？气愤呢？被调戏之后的歇斯底里呢？让他听了连心都会融化的娇叱呢？

“啊啊啊啊啊！”

便在这方沉默如死水一般毫无声响的时候，那边的牢笼里爆发出一阵雄狮般的狂暴怒吼：“啊啊啊啊啊！你给我撒手啊！”

赤衣男子被吼得惊诧转头，牢里的美男子正瞪着那双似血的眼睛对他嘶吼："放开放开放开！撒手！混账东西！我要杀了你！我要杀了你！"

赤衣男子眨巴了两下眼睛，转头问东方青苍："这是……怎么的呢？"

东方青苍面无表情地拉了拉衣襟："站稳了？"

"啊……嗯……等等！你不生气？"

只见东方青苍一弯唇，笑得比他刚才偷袭成功时还邪魅狂狷。

"我为何要生气？"东方青苍推开已经僵住了的赤衣男子，"闪开，我要准备布阵了。"

赤衣男子被推了一把，呆呆地站到一边，嘶哑的男子斥骂声不绝于耳："我要剁烂你的手！总有一天我要剁烂你的手！"他往旁边一看，牢里的美男子已经气得开始踹墙了；再一转头，被调戏的当事人正在塔内的边角转悠，一面脱了鞋往牢笼上砸，一面不悦地道："吵死了，安静点。"然后光着脚继续坦然地走。

赤衣男子眨巴了一下眼睛，忽然觉得，是不是因为他被关得太久，所以都无法理解这个世界了呢？

第二章

从前有一个魔尊，后来他一巴掌把自己拍死了

正午将近。

东方青苍咬破食指，以指为笔、以血为墨，在塔内四方正位上画下了符咒。每个符咒落定，昊天塔内都会更暗几分，到四方正位符咒都画完时，整个塔里就只剩头顶宝珠尚有余光了。

东方青苍站在中心，画下最后一个符。

小兰花在牢里看着自己的手指心疼得唉声叹气。

赤衣男子倚着牢笼而坐，目光静静地落在东方青苍身上："她一直都这样沉默干练、行事果断吗？"

小兰花心里还硌硬着他，没好气地回答："我怎么知道！关你什么事！"

赤衣男子歪着脑袋笑："她很像我认识的一个女子，半点也没有其他女人的矫揉造作。她沉稳、冷静、勇敢而无畏，像是对任何事都胸有成竹，比男子还帅气……"

"你才认识他多久啊！"

小兰花的话显然没被他听进耳朵里："这样的女人，真是让人敬慕又倾心。"

可现在那个身体里面不是女人啊！那个身体里本来是一个胆小、怕死、爱哭又娇弱的女子啊！所以……不要再拿这种目光看着她的身躯了好吗……

“喂，银发男。”赤衣男子转头盯着小兰花，然后挑衅一笑，“不管你是何方妖魔，这个女人，我抢定了。”

小兰花翻着死鱼眼，简直有点无语：“你确定？”

“好了。”东方青苍突然出声唤道，“过来，站这里。”

赤衣男子拍拍屁股走了过去：“美人儿说的每句话都是这样简洁干练、直击内心啊！”

小兰花觉得心好累。

待得赤衣男子站到中央的符咒之上，东方青苍二话不说，抓住他的手臂，在他手腕上飞快地划出了一道口子。赤衣男子一怔，只见腕上鲜血落在符咒之上，四处无窗的昊天塔内竟起了几丝微风。

三人发丝皆有所动，赤衣男子愕然地看着东方青苍：“这法阵……”

东方青苍一笑，眉目猖狂：“区区昊天塔能奈我何。单凭此阵之力，三界封印，我也能给它撕开。”

赤衣男子沉默，小兰花亦心惊胆战。上古神器在东方青苍面前不过是个说炸就炸的小玩意儿……她顿觉这世间好似没有什么能束缚东方青苍的胡作非为，即便没有这具魔尊的身体，他也依旧放肆得让人害怕。

赤衣男子似也对东方青苍起了些顾忌，不声不响地盯着他。昊天塔外天光流动，四方正位的阴影忽然往小兰花对面那堵墙上微微一倾。正如东方青苍所说，昊天塔的破绽出现了。

赤衣男子犹自盯着东方青苍失神，东方青苍微微挑眉：“不想出去了？”

好似被这句话打醒了一样，赤衣男子眨了眨眼，手上术法凝聚。一记赤焰打在对面的墙上，只听“轰”的一声，昊天塔剧烈一颤。小兰花脚下一滑，连忙抓住面前的栏杆稳住身子，再抬头一看，只见四方正位上，方才东方青苍所画的符咒均泛出了道道血光，随着昊天塔震颤得越发剧烈，血光颜色也随之更加鲜艳，几乎要把塔内染红。

赤衣男子转头一看，表情随之变得极为惊骇。他收了手上术法，转头看向东方青苍，道：“这是魔阵！”

东方青苍咧嘴一笑，微微露出虎牙，看起来又奸诈又恶毒：“怎么，才发现吗，赤鳞？”

赤鳞大惊："你为何会知晓我……你到底是谁？"

言语之间，昊天塔好似已经难以支撑，发出"嘎吱嘎吱"的断裂之声。紧接着，整座塔往下一沉，小兰花只见自己面前的栏杆尽数被折压变形。

东方青苍并不回答赤鳞的问题，只催促道："再给此塔一击。"看起来已经在这里待得极不耐烦了。

赤鳞这时哪里还肯听东方青苍的话，当即往后一退，站到了符咒外面，是打算即便不出去也不肯被东方青苍摆布了。东方青苍眼睛微微一眯，这时忽听另一边传来一声惊呼："大魔头大魔头！救命啊！"

东方青苍转头看去，这才发现围困着小兰花的精钢栅栏已被尽数压弯，沉下来的木头将小兰花挤到了一个角落里去，几乎快要将她压扁了。

"救、救、救救我呀！"她被吓得够呛，说话都结巴了。

东方青苍咬了咬牙，似恨铁不成钢："昊天塔正气已泄，你就是没有法力也该有点气力，竟推不开这些废材？"

他一喊，小兰花才想起自己现在用的是魔尊的身体，就算不是力大无穷，也好歹是不死之躯，昊天塔再沉应该也压不死她呀。小兰花稳住心神，伸手抵住沉下来的巨大实木。她这一使力，便惊讶地发现她的指甲竟然能轻而易举地将面前这块木头挖出一道深深的口子。小兰花大着胆子五指向前，狠狠一挖，已经被挤到她面前的木头瞬间便被截成了几段。

这可是上古神器啊！

小兰花还在感叹，昊天塔又是一沉，外面的玄铁栅栏被挤压得往牢里一戳。小兰花只见一根黑乎乎的影子飞了过来，径直撞在了她的胸膛上。

然后，手臂粗的玄铁在她胸膛上打了个弯。

竟然把玄铁给撞弯了……

魔尊的身体简直比上古神器还要神气！没等小兰花感慨更多，忽然又是一声巨响，塔顶的宝珠轰然破碎，昊天塔内震颤不断。小兰花现在是什么都不怕了，挺着胸膛站在一片飞扬的尘埃之中，眼睁睁看着昊天塔分崩离析。

外面是小兰花熟悉的天界气息，她忍不住扬起了微笑。天界的阳光照在脸上的感觉真好。

然而待尘埃落定，小兰花突然想起了一个非常重要的问题。

现在出了昊天塔，大魔头得拿回他的身体了吧。想想他们在塔里，她对大魔头说的那些话、做的那些事，小兰花陡然意识到，她可能命不久矣了。

废墟之中传来一阵窸窸窣窣的响动。大魔头从里面爬了出来，一身的灰，满脸狼狈。

想来也是，她那具身体有多不顶用，她是最清楚的。能活着从这坍塌的塔里爬出来，已经是极大的本事了。东方青苍一转头，与小兰花四目相接："剪个头发便号啕不止，方才怎未见你来护我一把？"

小兰花咽了一口唾沫。

与此同时，一道红影自废墟之中蹿出，瞬间逃入天际，不见了踪影。东方青苍望着赤衣男子远去的方向冷冷一笑："跑得倒快。"他也不急着去追，拍了拍身上的灰，便向小兰花走来，"小花妖，身体换回来吧。"

小兰花又咽了一口唾沫："有件事……"

"说。"

"身体换回来后……不许杀我。"

东方青苍沉默了一会儿，随即笑了起来，一如既往地邪恶至极："好啊，本座不杀你。"

但他脸上"说谎"两个字明显得小兰花一看即知。小兰花想哭："那不换了！咱们就这样吧！一辈子都别换回来了！"

东方青苍冷哼："这可由不得你。"

他伸手便去抓小兰花。小兰花心中害怕，哪肯让他抓，连连后退。东方青苍皱起眉头："给我站好。"

小兰花哆哆嗦嗦地看着他："主子说魔族的人发誓是顶用的，不履行誓言会受到惩罚。你发誓，你发誓你不杀我，我就乖乖和你换身体。"

东方青苍冷冷地嗤笑一声："那你主子可有告诉你魔族的人都是对着魔尊起誓的？"

小兰花脸色一白，这……这个主子还真没说。这下完了，没什么能钳制东方青苍的行为了，让他自己对自己发誓，顶什么用！

小兰花被吓得浑身哆嗦、泫然欲泣。东方青苍看着摆出这样表情的自己的脸好一会儿，终于败下阵来，揉了揉额头："好了，过来，我留你一命便是。"

小兰花像拨浪鼓一样摇头："不不不不……你得给我个保证。"

东方青苍眯起眼，逼上前去："我说了不杀你，便不会杀你。"

"光说谁不会！你别靠近我！"小兰花连连后退，但忽然之间，她脑子里划过一个念头：她现在才是东方青苍啊！魔尊的身体在她手里，她才是强势的一方，只要不让东方青苍碰到她的身子……

还没等小兰花想完，东方青苍就一把抓住了她的手，将她一拉。小兰花就看见自己的脸在面前飞快放大，还有那口雪白的牙齿……

不能让他咬到她！

小兰花猛力向后一挣，力道太大，只听“咔”的一声，东方青苍发出一声闷哼，抓住小兰花的那只手无力地垂了下来，竟是直接被小兰花这一下把手臂拉脱臼了。

小兰花此时骇得已经忘了自己的身体有多经不住折腾，只不管不顾地照着东方青苍的面门挥了一巴掌出去：“说了不要随随便便靠近我，浑蛋！”

“啪”的一声，东方青苍被打飞了出去，身子像断了线的风筝一样摔落在昊天塔的废墟之上。

然后，没了气息。

小兰花打了这巴掌后将胸抱住，蹲在地上，害怕得颤抖：“我还想见到主子呢，我还不想死……”

抖了半晌，四周是死一样的寂静。

小兰花睁开眼，往斜刺里一看，自己的身体如同被遗弃的破布娃娃一般躺在一片尘土之上，披头散发、满脸鲜血，四肢扭出了个不可思议的动作。

小兰花咽了口唾沫，转头看了看自己的大手，然后突然之间恍悟过来自己做了什么。

她……她好像把自己拍死了啊……

小兰花陷入了“我把自己杀死了”的极度惊恐中。

她浑身发抖，一步一跪地爬到自己身体面前，哆嗦着伸出手，却不知道应该去碰自己身体的哪个地方。

脑袋吗？脖子扭得好像太过了点，抬脑袋的时候要是断掉了怎么办？

抓手臂？手臂拐的弧度好像更奇怪啊，真的能抓吗？

大腿呢？腿看起来倒是还好……不对啊！这膝盖怎么是往前弯的！

最终小兰花还是战战兢兢地抱住了自己的腰，将自己的上半身扶起。果然，身体一抬起来，她的脑袋就以一种不可思议的角度垂到了后面。

看样子，是颈椎全断了……

小兰花哭丧着脸：“大……大魔头啊……”

没人应她。只有一脸的鲜血随着她的动作流入发际线，又顺着头发，滴滴答答地落在尘埃里。

太惨了，小兰花伤心得连哭都忘了，只无意识地哀声嘀咕："怎么办呀，这可怎么是好哟……"

在她一片混乱之际，远处传来几声雷响。小兰花抬头一看，天边那乌压压的一片天兵天将正飞快地向她这边赶来。

领头的是武曲星君，小兰花认得他，这人之前还邀她主子一起去喝酒来着。但现在那武曲认不得她了，冲她大喝："魔头休走！"话音未落，一道雷击便往她身上砸来。

她魔尊之身毫发未损，但怀里自己的尸体又焦黑了几分。

自己已经够惨了！难道连尸身都要被挫骨扬灰吗？这可不行！

小兰花仓皇地左右一顾，想着刚才赤鳞逃走的方向，连忙抱起自己的身体，不管不顾地往云头下逃窜。在极度慌乱当中，小兰花竟然莫名地会用东方青苍的身体飞了。也正因为她太过慌乱，所以都忘了回头看一眼——她不过飞了片刻，就把身后的天兵天将甩得没了踪影。

脚踩上了土地，到了人界。小兰花见四周无人，终于稍稍安下心来。她看了一眼自己又黑又软的尸身，再次努力地摇晃了一阵："不是说魔尊灵魄不消不灭吗，他能跑去哪儿啊？要走也得把我的身体修好了再走啊！难道是跟在我身边看我笑话吗？"小兰花连忙上下左右地看，"大魔头？东方青苍？嘤嘤，怎么真的不见了……"

"尊上，尊上！"

在小兰花欲哭无泪之际，几道一声急胜一声的呼喊自远方传来。小兰花连忙抱住自己的尸身，戒备又紧张地望着那方。只见一个白胡子老头儿喘着粗气从远处赶了过来，一个跟头栽在小兰花面前，滚了三圈，站都没站起来，便匍匐叩地，一边喘一边呼喊："小人、小人乃魔、魔界疾行者，叩见魔尊……"

"魔界？"小兰花听到这两个字就下意识地想躲，但想想自己现在的身份，又觉得魔界的人总比天界的人来得好。小兰花正打量他，白胡子老头儿匍匐着身子，脑袋也没抬一下就道："恭喜魔尊重回三界！"

看他这虔诚的样子，好像恨不得卑微到土里去一样。

"小人自打仙魔大战之后便一直在天界行卧底之事。今日昊天塔崩塌之声响彻天界，小人知晓定是尊上挣脱困境，所以特来迎接。"白胡子老头儿跪着往小兰花那里行了两步，像是想上来抱住她的脚，小兰花忙默默地往后缩了缩腿。

老头儿不甚在意，趴在地上继续道："尊上不愧为我魔界至尊，方才那一路，除了专修疾行的小人，其他人是无论如何也跟不上尊上的。"老头儿又对小兰花拜了一拜，"尊上，自上古时，尊上魔踪销匿之后，我魔界常年受天界欺压。如今孔雀军师已一统九幽魔界，只待魔尊降临，便可率领我等重掌天地大权。经上次仙魔大战之后，天帝昏厥，上古神龙重回万天之墟，到如今，只要尊上战胜战神陌溪，我魔界便可大获全胜……"

小兰花脑袋里一片混乱，听他讲话便觉得有一片苍蝇在耳边乱糟糟地飞，直到他说出她熟悉的名字，小兰花才陡然开口："战神陌溪是好人。"

白胡子老头儿说得正在兴头上，忽听得这一句话，不由愣了愣，后背微微弓起来一点，但还是没敢抬头："尊上？"

"战神陌溪和他媳妇三生姑姑都是好人，不准打。"

魔尊叫战神的媳妇什么，三生……姑姑？还、还说他们是好人？

传说中那个横行三界、挥一挥手就掀了一座山的上古魔尊，心里居然有这样朴素的是非观？

疾行者觉得如果不是自己年纪太大耳朵出了问题，那就是魔尊年纪太大脑子出了问题。"尊上，您……"他方才一直不敢胡乱打量魔尊，现在抬头一瞅，才发现魔尊怀里竟还抱着一具形容惨烈的女尸！

"哎哟……"疾行者立即叩了个头，身体有点哆嗦，登时什么问题都不敢问了，只得附和道，"尊上说得是。"

"你……"小兰花忽而想到了什么，问疾行者，"你看得到灵魄吗？"

白胡子老头儿吓得屁股都在抖："看不到看不到，小人看不到也不想看到啊！"

"你先别抖。"小兰花道，"你抬头看看我，看看我四周，发挥你最大的能力，你能感觉到阴气吗？有没有？"

"没有没有没有！"疾行者连忙甩头。

"那完了。"小兰花颓然地叹息一声。东方青苍的灵魄一定是去冥界了。小兰花急了，她是不想被东方青苍杀死，但是更不想一辈子都当个死不掉的男人啊！

"不成，我得去见冥王！"

白胡子老头儿闻言大惊，愕然地看着魔尊。见魔尊抱了女尸转身要走，他不知是哪来的勇气，往前一扑，抱住魔尊的脚脖子大喊：“尊上使不得！使不得呀！您可是魔界的希望啊！您有什么想不开，小人愿替您担待！您可不能死啊！”

“放开放开。”小兰花抖腿，甩开了疾行者，“谁说我要死了，我只是要去见冥王。”

主子以前和她说过，三界封印维持三界秩序，乃天地大道。凡人身死、仙人历劫方可踏入冥界。她现在以这个不死魔头之身想入冥界，大概就只有撕开三界封印这一个方法了。

可撕开三界封印……

“区区昊天塔能奈我何，单凭此阵之力，三界封印，我也能给它撕开。”

这猖狂的一句话陡然浮现在小兰花的脑海里。

是了，东方青苍在昊天塔里摆阵的时候说过这句话。

他当时是怎么摆阵的来着，小兰花转着眼睛细细回想。她的记性向来很好，她还是株兰花草的时候，主子经常在她旁边写命格，有时候一个长长的命格写到后面主子就会忘记前面自己写过什么，这时小兰花就会得意地提醒她，然后抖着叶子骄傲地等夸奖。

一个个字符在小兰花脑海里浮现，她激动地抓着疾行者问：“邺城在哪儿？快带我去！”那是人界阴气最重、最接近冥界的地方，从那里摆阵撕开三界封印应该是最简单的。

从小兰花抓住他的那一刻起，疾行者浑身就在瑟瑟发抖：“在、在、在这边，小人带您去，小人带您去。”

两人速度都极快，不过半个时辰，便已到了邺城。此时正值正午，街上人还很多，小兰花鼻尖忽然敏锐地嗅到了一丝不同寻常的气息。

是阴气。

正午时分街上就有阴气，真不愧是最接近冥界的地方。

她一路寻找，终是找到了一个破败的院子，这便是城中阴气最重之地。

这样的三界交界地，在阴暗的缝隙里面，藏满了人界肮脏的气息，怨气、邪气、怒气皆化为丑陋的魑魅魍魉，在角落里匍匐，只待有人走过便将其拖走，啃食干净。

疾行者躲在魔尊身后，拉了拉魔尊的衣袖：“尊上，虽然此话有些大不敬，但咱们还是不要靠近这个地方吧。我听人说，这是鬼城里最不干净的地方了。”

胆小成这样，真的是魔族吗？

小兰花瞥了他一眼，然后一转头，就看见破败的门扉里爬出来一团团形状诡异的灰色雾体。疾行者好像看不见这些，只顾着在她身后戒备地四处张望。

这大概是魔尊的身体才独享的待遇吧，能看尽这世上所有的丑与恶……

小兰花咽了口唾沫，心里嘀咕，如果可以，她也不愿意踏入这个地方。但她现在又没有传说中东方青苍的力量，动不动就能给三界封印撕条口子，她当然只能找这种地方摆阵了呀。

小兰花一抬腿，抱着自己的尸身踏入了院子。

空荡荡的身躯最易招惹这些东西附体，是以在她跨入小院的那一刻，四周黑气激荡，藏在角落里的邪祟嘶吼着向她扑来，在小兰花耳边化成一道道尖锐的刀锋，几乎要撕碎她的耳膜。

这些魑魅魍魉都在觊觎她这具已死的身体。

小兰花心里怕得不行，但现在主子不在，东方青苍也不在，院子外面只有一个比她更不顶用的白胡子老头儿。她只能靠自己。

小兰花沉住气，在心里第一百遍地默念"我是东方青苍"，闭上的眼再一睁开，血瞳之中精光一闪而过，目光直向对她迎面扑来的黑雾。

只听一声尖厉的呼喊，黑气顿时消散。

小兰花坚定了目光，继续往院子里走。

她现在的身体很强大，内心也比以往任何时候都坚定。她最怕的是死亡，所以这个时候，就要拼尽全力让自己活下去。

第三章

魔尊……是不是脑子有点问题？

小兰花以魔尊之血画下封印，还不等她往墙上砸砖头，便觉一阵地动天摇。

魔尊之血，就是如此不一样！

院子里的魑魅魍魉嘶叫着到处乱窜，外面的疾行者趴在地上凄声大喊：“尊上当真要为一个女仙舍弃我魔界大业吗？您的子民们等了您数万年！数万年啊！”

小兰花一只脚已经跨入了她自己制造的冥界入口，听到这话不由得顿了顿，回头正色道：“没错，我为了她什么都可以做。我就是这样自私自利、完全不顾魔界子民死活的魔尊。所以，你们别指望我了，就认命地乖乖待在九幽之地吧！”

白胡子老头儿闻言号啕大哭。

小兰花抱着自己的尸身，心安理得地跨入了冥界之中。

黄泉路，彼岸花开了遍野，四周静得能听到远方忘川河水的流淌声。

听闻战神的妻子前身便是冥界里的三生石，小兰花远远一望，看见了奈何桥前的石头。现在那块三生石已经被当作文物用绳子圈了起来，禁止灵魄们在上面乱涂乱画。而此刻在奈何桥前的，除了三生石，还有乌压压的一片灵魄。小兰花走得近了，这才看见，奈何桥前传说中的孟婆竟然不在，也没有冥差分发孟婆汤。灵魄们领不到汤，不能走，时间一长，自然在奈何桥前面堵成一片。

奇怪，冥差们都跑哪儿去了？

小兰花顺着路边插得歪歪扭扭的路标一路找到了冥王宫。这一路上除了胡乱飘荡的灵魄，她愣是一个冥差都没看见。难道冥界的冥差都厌烦工作，集体罢工了？

这不行吧……

她一边嘀咕一边走到冥王宫前。

此时大殿殿门紧闭，门口一个看守都没有。小兰花左右看了一会儿，小心翼翼地推开门。只听“吱呀”一声，小兰花先伸了个脑袋进去，然后她就惊呆了。

威严的大殿上跪满了冥差，此时都瑟瑟发抖地匍匐于地，高高的座椅之上，瘦弱的冥王正被人踩在脚下，而冥王的座椅之上，果不其然就是大魔头东方青苍……的灵魄。

他将手里的命簿随手一扔：“还要年代更早的。”

立即有跪着的冥差哆嗦着跑到了后殿，给他拿东西去了。冥王在他脚下抖着嗓子喊道：“大人，大人，不能再翻了啊，不能翻了，都乱了……”东方青苍并不理他，只将眉眼一抬，目光瞬间锁定在了小兰花的脸上。

四目相接，小兰花心头陡然一紧。

“竟然自己找过来了。”东方青苍咧嘴一笑，“你还真是给本座省心。”

东方青苍一开口，大殿里所有的冥差都回头往她这里望。小兰花虽不知东方青苍想干什么，但下意识地觉得不妙，正想逃，座椅上的大魔头忽地拍案而起，在冥王的背上借力一蹬，如离弦之箭一般径直向小兰花冲来。

小兰花连连后退，匆忙之中不忘合上大门，却见东方青苍直接从门里面穿了过来，一脑袋扎进了这个身体里面。

小兰花只觉周身一紧，像是有一股大力在推挤着她，将她往东方青苍的身体外面赶一样。那股力量一寸寸地剥离着她与这个身体的联系，疼得小兰花想哭。

“你已经没用了，滚出去。”她听见东方青苍的声音在脑海里回荡。

他想抢回他的身体！小兰花明白过来。

但如果这个身体被大魔头抢走，她就真的变成了虚无缥缈的灵体，无处可去，彻彻底底地死得干净了！

她不想变成这样，她不能放弃这个身体！

她死死地扒住身体里面她所能感觉到的每一条经络，拼命将大魔头往外面挤："我不能死！主子以后看不到我了会伤心的！我还要去见她！"

"不用去了。"东方青苍道，"待我将此间事宜处理完毕，便去天界将她杀了，让她来见你便是。"

小兰花听得这话，只觉一股热血上头，心里是从来也没有过的激荡："你敢动我主子我和你没完！"与此同时，她猛地夺回了对身体的控制权，拔腿就往前冲，一头撞在冥王宫前的大门上。力道之大，让整个冥界为之一颤。玄铁大门被撞出了一个大洞，东方青苍的脑袋挂在洞上，整个人没了意识。

大殿里跪着的冥差们看着挂在门上的东方青苍的脸，集体静默。隔了好一会儿，才有冥差发问："冥王，这大魔头好像把自己撞晕过去了，现在……怎么办？"

冥王从地上爬起来，拍拍背，咳了两声，还没说话，下面已经叽叽喳喳地讨论起来："要不杀了他？"

"他到咱们这儿来，不就已经是死了吗？"

"可是不对呀，刚才他冲出去的时候还是个灵魄，怎么这下挂门上就有肉身了？"

"是呀，这事有蹊跷。"

"哎呀，管那么多劳什子，直接把他丢到第十八层去得了。"

"那还得了？他要是把第十八层捅出了窟窿，放出里面的东西，那才是真麻烦。"

"那你说拿他怎么办？"

一个问题，让众冥差都沉默下来，然后集体望着重新爬回椅子上的冥王。冥王在众人的注视之下，沉吟半晌，而后小声道："咱们先把他伺候着吧……"

众冥差沉默。

"然后悄悄上报天界，等援救吧。"

大家回头看了看已经晕过去，但周身煞气未消的大魔头，忽然达成了一致，这或许确实是目前最明智的办法了。

在一片空旷之中，小兰花忽然听到有个声音在和自己说："出去。"

她睁开眼，却觉得身体有一半格外沉重，而另一半轻得像羽毛。

“出去。”她又听到了这个僵硬的声音，愣了好一会儿，才意识到这个声音竟然是从自己嘴里发出来的！她伸手捂住自己的嘴，却只抬起了左手。

右半边身体，完全感觉不到了！

小兰花惊骇：“怎么回事？”依旧是雄浑的男音，依旧是男人的大手，但她敏锐地察觉到，好像有什么在昏睡之间变得和先前不一样了……

“我让你滚出去。”她听见自己大声喊出了这句话，但这并不是她想喊的啊！

小兰花愕然不已。

便在呆怔之间，她看见自己的右手动了起来，摸出了一面灵镜，放在她的面前，紧接着，令人惊恐的事情发生了。她竟然在镜子里看见了两个人的脸。

一个是小兰花自己的脸，另一个则是东方青苍。

“怎……怎么回事？”

“拜你所赐，一具身体，住了两个灵魄。”

她在自问自答，但又不是自问自答。

镜子里的东方青苍脸色铁青，阴郁的目光几乎能飞出杀人利刃。而小兰花则是惊愕呆怔，一副全然还在状况外的模样。

“我们……共用一具身体？”小兰花呆呆地道，“我……和你？”

东方青苍显然不想再重复一遍了：“识趣点，便从我的身体里滚出去。”

小兰花愣了好一阵：“不滚。”消化了这个事实后，为了活命，小兰花的脑子立即飞快地旋转起来，“滚了我就真死了。你得帮我把我原来的身体复活，还要保证不杀我，我才会从你的身体里出去。”

“你原来的身体已经烧了。”

小兰花大惊：“什么？”

东方青苍十分冷淡：“冥界之人当然不会允许人界的尸身留在这里。左右你迟早都得死，趁现在能死得很方便的时候，赶快滚。”

“不，你得还我一个身体！”

“你的身体是你自己拍死的，咎由自取。缠着本座作甚？”

“那是你的手拍的！”

“本座没空陪你玩。”

“人命关天的大事怎么是玩！反正你不还我我就不走。”小兰花道，“我现在还在你身体里面，证明你没办法把我挤出去，反正我也没什么事要干，索性就天天缠着你，给你捣蛋，让你什么事都做不了！”

东方青苍眯起了眼："上一次胆敢威胁本座的人，骨灰已化为山下尘土。"

"好啊，所以你现在是要自杀吗？"

东方青苍沉默起来，镜子里他的面色变得阴晴莫测，看得小兰花心里不由自主地发颤。然而不久，东方青苍却忽然将镜子放下，轻声道："好，本座帮你。"

小兰花看不到镜子，不知道东方青苍的表情，但却感觉到他正在扯着唇角笑。

她能想象，现在自己的脸大概会露出一个怎样奸诈又阴险的表情。

小兰花忽然间生起了股不祥的预感："为……为什么？"

"你不是要吗？"东方青苍道，"你要，我就给你。"

于是小兰花心里不祥的预感越发强烈了起来。

东方青苍答应帮小兰花捏个肉身，但东方青苍说，他得先在冥界找找资料。

小兰花很奇怪，冥界的书除了那一大堆命簿还能有什么造肉身的资料？可东方青苍说要查，她只能由着他查，谁让他们现在共用一个身体呢。

除此之外，当务之急，小兰花和东方青苍要先学会些别的……

东方青苍一脸铁青："本座让你走你就走，步伐给我迈开点！"

冥王寝殿，小兰花和东方青苍从床上下来之后，就一直没有走出过房门。小兰花被东方青苍怒气冲冲地吼过一嗓子后，心里对东方青苍的惧怕也转为了气愤："我怎么没走了？步子还要迈多大呀？我这不是怕扯到吗？"

"能扯到什么？"

"能扯到什么你不知道吗？！"

东方青苍心里难得升腾起一股挫败感，他拿右手揉了揉眉心："不会，根本就不会！你之前一个人用本座身体的时候，也没见你忧心此事，给我正常点！"

小兰花嘛了嘛嘴："本来一个人用这个身体还没什么事，你突然挤进来，整个人都感觉怪怪的，一站起来就觉得怪异……"小兰花拿左手捂住左半边脸，"我不想感觉到自己身体上有奇怪的东西存在啊！"

正在此时，屋外响起了敲门的声音："大……大人？您需要什么帮助吗？"冥差在外面问得小心翼翼。

屋里的两人默了一瞬，东方青苍先开了口："把我昨日未翻完的命簿拿来。"

外面的人连声答应着走远了。小兰花奇怪地问："你要看命簿做什么？"

东方青苍冷笑："给你做身体啊。"

这听起来有点奇怪，但细细想想也确实是那么一回事。她现在确实需要做个身体才能活下去。

不一会儿，冥差就将命簿拿来了，规规矩矩地堆在书桌上，等东方青苍过去看。东方青苍却站在原地一直没动。冥差等了半晌，终于按捺不住大着胆子抬头瞅了东方青苍一眼。

东方青苍目光一转，冷冷地落在他身上，冥差立即浑身一抖，忙不迭地往门外退："小人就在外面候着，大、大人有何吩咐唤一声冥差甲便是。"

冥差小步跑到门外，合上门扉之前，他终于看见东方青苍动了，只是走路的姿势……

"魔头没对你怎样吧？"门外另一个冥差将冥差甲拉远了一点，压着声音问他，"还好？"

"我是还好。"冥差甲摸了下巴，"可我怎么觉得这魔尊，看起来有点像是……半身不遂啊。"

"哎？他是不是身体出什么毛病啦，昨天也是直接对着咱冥王宫大门就撞过去了，要不……咱们不等天界派人来，直接先……"冥差比画了个切脖子的手势。冥差甲打掉他的手："拉倒吧，他刚才那眼神儿还瞅得我胆寒呢，老实看门去。别让他跑了就成。"

屋外的话一字不漏地传进了小兰花的耳朵里，自然也传进了东方青苍的耳朵里。魔尊这具身体，视力好、听力好，还打不死、摔不坏，真是十足地便利。

小兰花有些忧心东方青苍会不会一个心情不好就直接把外面那两个冥差打得魂飞魄散……于是小兰花伸出左手够到一面镜子，摆在面前。

镜子里立时显出了两个人的身影。东方青苍面无表情，就好似根本没听到外面两个冥差说的话一样，他瞥了一眼铜镜，然后拿右手将镜子扔到一边："把左边眼睛给我转过来，左手把书捧着。"

对于这样合理的要求小兰花一般是不会拒绝的。她乖乖转回了眼睛将书捧了起来，与东方青苍一同看着命簿。"你不生气？"小兰花很好奇，"你听到他们的话了吧？"

"你听得到，本座自然也能听到。"

"你不杀他们？"

东方青苍翻了一页命簿："三界之中，仇恨本座、欲杀本座之人多过琼渊之水、旱地之沙。不过两个冥差，还不值得本座动手。"

听得东方青苍如此轻描淡写的陈述，小兰花噘了噘嘴：“你还真是狂妄。”

东方青苍将手中命簿一放：“先前便罢了，此后休得再用本座的面容做出诸如此类的表情。”

小兰花奇怪：“噘噘嘴又怎么了，碍你什么事了？”

“本座不许。”

“好吧好吧。”小兰花又噘了一下嘴，“毛病真多。”

“说了不许。”

“知道了知道了。”

东方青苍深吸一口气，忍住翻腾的情绪，刚想静下心来做正事，忽而感觉自己的左眼珠子又往旁边转去了。心头陡然升起一股从来没有过的、让他无法诉说的无力感，东方青苍闭上右眼忍了忍，终是忍了下来，不再搭理小兰花，用一只眼睛查看起命簿。

小兰花被困在这里，去不了其他地方，左手动一动就能听见东方青苍嫌弃的冷哼。命簿上密密麻麻地记载着出生年月以及身死日期，其他什么也没有，比起主子写的命格，真是单调乏味极了。小兰花瞅了一会儿，瞌睡虫就爬上了头。

挣扎了一会儿，终是没有撑住，闭了眼睛就兀自睡去。

东方青苍一愣，明显感觉到身体里的另外一个灵魄陷入熟睡……他目光一凝，再次起了将小兰花挤出身体的念头。但他往体内一探，一如先前一般，完全找不到小兰花的灵魄与他身体之间存在的缝隙。

明明是个外来的灵魄，他的身体不仅没有对她产生排斥，反而融合得极好。

东方青苍盯着命簿，目光流转，转瞬之间便生出了无数念头。

忽然，胸膛中间微微一暖。在他们灵魄的交界处，有微微的沉重感传来，像是另一个灵魄完全放松地倚靠在了他的身上，不带戒备、没有隔阂地靠着他的灵魄、熨帖着他的胸膛。

东方青苍为这奇异的触感微微失神，还从没有人敢在他身边如此放松……

可失神也不过片刻时间，东方青苍眨了眨眼，让自己的心思回到命簿之上。天界那些爱管闲事之人随时会来，他虽从不惧怕争斗，但却心烦别人妨碍他的计划。他得尽快找到……

小兰花醒过来的时候东方青苍还在翻看命簿。

冥界没有昼夜之分，天色永远都是灰蒙蒙的一片。小兰花也摸不清自己到底睡了多久，但往桌下一看，东方翻过的命簿已经堆得同她一样高了。

小兰花愕然：“你到底在找什么呀？”

东方青苍没有理会她，目光停留在手中的命簿上，良久都没有翻动。

小兰花一眼瞅去，但见那一页只写了一个女子的生辰八字和她命定的卒日：“谢婉清，年二十二，卒。”小兰花呢喃出这几个字，随即感慨，“年二十二，这么短啊，名字这么好听的女孩子，真是可惜了。”

嘴角拉动，小兰花感觉东方青苍笑了起来，他说：“可惜吗？那咱们就选她吧。”

小兰花一愣，听见东方青苍笑着说道：“小花妖，咱们也差不多是时候回到人界了。”

小兰花觉得自己的脑子还有点迷糊，东方青苍已经站了起来，迈腿就往门口走。然而走了两步，东方青苍先前从心里涌出的终于找到人的激动也好，兴奋也罢，瞬间尽数化成了灰烟。他扶着桌子站定，极为忍耐地开口：“别让本座的左腿像条假的，给我动！”

小兰花被他吼得一愣。东方青苍松开桌子，迈着大长腿就在屋里快速地走动起来：“迈开腿，步伐要大。”他用这种近乎和自己较劲儿的方式强迫小兰花跟上他的脚步，“甩手臂，你没走过路吗？不要让本座同手同脚！”

小兰花觉得自己的灵魄在东方青苍的身体里面不停地摔跟头，再被他吼了几句，更是晕得找不着北。但也就是在这种混乱的状态中被迫跟着东方青苍的脚步，小兰花终于奇迹般地和东方青苍迈出了协调的步伐。或许是这个身体本来就有的记忆，不一会儿后，她已经越走越自然。

“这魔头在屋里干什么呀？像是翻箱倒柜的。”

“好像在屋子里来回转圈走路……”

“你确定这个当真是魔尊？那个上古魔头？不是什么脑子有毛病的东西假扮的？”

外面的讨论声传进耳朵里。小兰花忽然觉得自己挺对不起大魔头的，你看这都被非议成啥样了……

东方青苍面无表情地抬起右手，衣袍一振，长风似龙平地而起，冲屋而出，径直撞碎了两扇门，把外面看守的两个冥差撞翻在地，呼啸着飞散在冥界无尽的旷野里。

东方青苍迈步跨出房门，小兰花几乎是下意识地跟上了他的步伐。

东方青苍深吸一口气，轻轻一叹，像是多年旧疾被治好了一样，畅快又舒适——总算是会走路了。

他目不斜视地踏过两个冥差身边，冥差甲在他身后哀求："大人，您不能离开冥界啊……"

小兰花本还想转头看他一眼，给他解释解释为什么她现在要去人界，但东方青苍就跟完全没听到这句话一样，头也不回地继续往前走，只说了一句："把左眼转回来。"

两只眼睛看不同的方向应该会吓坏不少冥界的灵魄，小兰花乖乖收回了目光。

东方青苍直奔奈何桥而去，一路上闻声赶来的冥差越来越多。行至三生石边，连冥王都赶来阻拦了："大人，魔尊大人，您这是要去哪儿啊，不在冥界多待一段时间吗？我还给大人准备了咱们冥界的特色舞蹈呢……"

"跳给自己看吧。"东方青苍连手都没有抬，径直撞开冥王，跨过了奈何桥。

面前虚影一晃，是黑白冥差挡在了他面前。

东方青苍一笑："要动手？好啊。"

话音落下，他突然轻抬右手，一阵狂风席卷而来，撕裂冥界沉寂已久的空气，在泥土地上砍出了一道深不见底的裂痕。

此招之下断无幸存之理，如果不是位置落在了黑白冥差身旁老远……

因为魔尊的左手在千钧一发之际，将他的右手推开了。

明明是他自己拦的自己，但此刻这大魔头的脸色却是铁青，像是恨不得要将谁碎尸万段一样。

"唔，你们要不让我过去，我就这样一刀一刀把你们冥界的地全部切成豆腐块儿！"魔尊忽然用一种跳跃又娇羞的口气说道，"都给我让开哦！"

许是错觉，在说完这句话之后，魔尊的脸上划过了一丝羞愤欲死的神情。

他还僵在空中的右手也有几分颤抖。

冥界一众都惊呆了。

原来，上古魔头走的是这个调调？

东方青苍收了手，几乎是逃一样地，以迅雷不及掩耳之势钻入了再世井。

再世井中光影流转，小兰花开了口："大魔头，脸别绷得这么紧嘛，我知道我打扰了你发怒立威不太对，但并不是什么事都得用杀人来立威呀。你看刚才，砍砍地也一样能吓得他们动也不敢动啊，而且我不是也想办法把你的威严补回来了嘛！”

东方青苍已经完全不想搭理她了。

刺目的白光一闪而过，周遭景物转瞬改变。鼻尖感受到的空气瞬间变得厚重了许多，小兰花知道，是人界到了，但……

好奇怪，为什么人界的空气也如此浑浊？风还有点大……

“尊上！尊上！”

疾行者还在屋外面蹲守，看见魔尊的身影，喜极而泣，一张老脸上涕泗横流。

原来，他们又回到了邺城的这座小破院。

“尊上您终于出来了！小人总算是等到您了！来，此地不宜久留，咱们还是快走吧。”

小兰花心里觉得奇怪，她记得来时这里魑魅魍魉虽多，但空气远不似现在这般浑浊难闻，这样的气息，简直和冥界没什么两样了。在人界出现这样的气息，应该不太好吧……

小兰花回头一看，猛地瞪大了眼睛。

这……怎么回事？她记得她去冥界的时候只在这面墙上撕了一条小口啊，怎么现在这条口子竟比她人还高上两倍了？

黑色的裂缝沿着墙壁爬上房顶，像是连外面的空气也给撕开了一样。阴气不断从缝隙里面流出，人界的怨气、邪气也不停地在缝隙外面打转。

看这样子，用不了多久，这里的气息就能自己凝成一个巨大的怪物，到时候邺城的百姓可就遭殃了。

“嗯，干得不错。”东方青苍看着裂缝却很满意地笑了出来，“没想到你还能记下本座的法阵，自己撕开三界封印。”

小兰花已经要吓哭了：“这这这……这口子撕开了，怎么没自己合上啊？”

东方青苍嗤笑：“你以为三界封印是肉做的？割开了还能自己长回去？”

小兰花闻言，心头陡生惊惶：“那完了，怎么办，我捅了这么大的娄子，要是被主子知道了，她真的会拿我去喂猪的！”

“那就让你主子快些找到你，将你拿去喂猪了事。”东方青苍说得冷淡极了。他转身要走，左腿却死死钉在地上不动。

小兰花指责他：“你怎么能够视若无睹！裂口还在不断变大，要是这些乱七八糟的邪气在这里成了气候怎么办？”

“与本座何干？”

“怎么没干系，我当时是为了去找你才闯下大祸的！”

“尊上？尊上您说什么？”疾行者始终不敢踏进院子一步，只能在外面扯着嗓子吼，“风太大，小人听不到您说的话啊！您快些出来吧，这些天受此处缝隙影响，郦城里人心躁动，越来越乱，咱们不能在这里久待呀，天界的人会发现的。”

小兰花闻言更不肯走了：“已经有人受影响了，咱们得赶快把这缝给缝上，不然会出大事的！”

东方青苍心头烦躁，面色冰冷：“本座从未受世人供奉，为何要助世人安乐？且不说如今只是在三界封印上撕条口子，本座今日便是毁了三界封印，也不会有半分愧疚。”他冷冷地笑了笑，“换句你听得懂的话说。自古以来，本座向来只负责‘闯祸’，至于如何收拾，那是天界的事。三界倾覆，生灵涂炭，于本座而言，不过小事尔。”

三界倾覆，生灵涂炭。小兰花过去闯过的祸事中，没有哪件能和这八个字相提并论。她当即嘴一撇，露出泫然欲泣的表情：“说白了你就是不想帮我擦屁股……”

听到这样一句指责，东方青苍费了好大的力气才忍住扶额的冲动。

“看在我们是同一个人的分儿上你就帮帮我吧。”小兰花软言相求，“以后你要做什么事我都配合你，只要你先帮我把这个娄子解决……”

东方青苍闻言，右边眉梢微动：“什么事都配合？”

小兰花点头如捣蒜。

东方青苍拿右手捏住了自己的脸，道：“首先，有人在的时候，我不让你说话，你就不许说话。”

小兰花应声：“好。”

“其次，不管任何时候，不要打断我做任何事，比如像方才面对黑白冥差时那样。”

管他呢，反正等下次遇到了那种情况再说，先答应着。于是小兰花又应了声：“好。”

“最后……”东方青苍顿了顿，然后微微一笑，“你求我，我就帮你。”

小兰花听主子说过，这个世界上有一种人格叫作施虐型人格。以前她觉得这个世界阳光又可爱，怎么会有这样的人存在呢？直到今天，她听到东方青苍说出了这句话。

“好……好啊。”小兰花咬着牙，从牙缝里挤出三个字，“我求你。”

于是，东方青苍就开怀地笑了：“本座满足你。”

他右手上金光凝聚，一挥衣袖，金光散开，幻化成扑翅的蝴蝶，一只一只翩然飞到幽深的黑气之处，挡住了倾泻的浑浊气息。

不过片刻，金蝶已严丝合缝地堵住了墙上的缝隙。东方青苍拢了衣袖，大风扬起他的衣袍与长发。眨眼之间，面前的墙壁已恢复得完好如初，连带着破败的小院也被清扫干净，里面的魑魅魍魉一只不留。

原来力量强大就是这样，是杀是救，全在他一念之间。

小兰花还在愣神，东方青苍已迈开脚步往屋外走去。

“去……去哪儿？”小兰花连忙迈起左腿跟上他。

“九幽不毛地。”

看也没看躲在院外的疾行者一眼，东方青苍径直拂袖而去，徒留疾行者坐在地上出神。他没看错吧，魔尊……刚刚补上了三界封印？他居然还会关心民间疾苦？这确定放出来的是魔尊，不是什么上古尊神？

第四章

给我拿男人来！

黑水贯穿的九幽自上古时起就是不毛荒地。东方青苍败于赤地女子之后曾在九幽休养生息，但没等他重伤痊愈，诸天神佛便趁他不备，将其封困。

此后天下魔族尽数被赶入九幽不毛地，天界在此施加封印，将九幽与人界隔离，此处始称魔都。

疾行者在路上旁敲侧击地问东方青苍，可不可以也像在三界封印上撕条小口子一样，也把天界给魔界的封印撕掉。而且，撕都撕了，就别撕那么一小点口子，干脆全部撕了拉倒……

小兰花在东方青苍身体里听得此言，登时蹦了起来，脱口而出："那怎么行！"

疾行者被吼得一愣，却见魔尊说了这话之后立刻用手死死捂住了自己的嘴。

"你可是忘了方才答应过本座什么？若是再吵，本座便回去撕开三界封印。"

小兰花嘀咕："可那种事情的确不能做呀……我要是不抢着说，你肯定就答应了……"

"本座答应与否，何须你来插手，给我闭嘴。"

他们赶路极快，疾行者在呼啸而过的风中只见魔尊捂着嘴一阵嘟囔，也不知道他在自言自语些什么。

他忧心地反思，是不是自己刚才说的哪句话得罪了魔尊？惹了魔尊不喜，稍有不慎就会魂飞魄散。他心头急跳，连忙垂下头，不敢再言语。然而一想到刚才魔尊对他提议的反应，疾行者又开始十万分地忧心。

听闻这个上古魔尊从来自私自利，据传，他修得不死之灵后，不思壮大魔族，只顾着自己每天满世界地寻衅斗殴，待得打遍天下了，还是不肯回来带领族人走向光明的前途，只在焱山占山为王，每天挂着牌子宣告天下自己要独孤求败。

最后可好，败在赤地女子手上，还因此被封困多年。

是以当时孔雀军师为了大业提出救出魔尊这个建议时，魔界之中不乏反对的声音。但反过来想一想，魔界无人堪与魔尊匹敌，魔尊好斗，那也只能找天界的人去斗。这对魔界而言，无论如何都不算个坏事。退一万步说，即便魔尊对魔界袖手旁观，拿他来做一个精神领袖，也是非常鼓舞士气的。

救出魔尊看起来十分可行。

可现在……疾行者觉得，他们做决定的时候，是不是太草率了？以东方青苍眼下对魔界的这个态度看，实在难说是敌是友啊……

可魔尊已经归来，要塞回去估计是不行。看来，只能玩命地讨好他了……

疾行者在魔尊跨入冥界的时候就给魔界传了信回去，大家都知道魔尊已出昊天塔，但又为了个女人踏入冥界的事。是以现在知道魔尊正在往九幽魔都赶，大家都齐齐凑在界口等待，手里拿着的，除了有欢迎魔尊的东西，更有给女人准备的东西。

但奇怪的是，当界门打开，上古魔尊威风凛凛地踏进来的时候，他身边除了低眉顺眼的疾行者外，并没有女人的影子。

负责迎接的是魔界的丞相觞阙，他恭恭敬敬地对魔尊行了个礼，后面的人立刻跟着哗啦啦地跪了一片。众人齐声道："恭迎尊上重临三界。"

小兰花被这阵势唬住了，她感觉天界的仙人都做不到如此对待天帝。东方青苍对这种场面却显得兴趣缺缺，只对觞阙道："你是现今魔族的统领者？"

觞阙恭恭敬敬地答："小人乃魔界丞相，而今的统领者乃孔雀军师。只是他先前为救出尊上，在天界身受重伤，至今未愈，无法前来迎接尊上。"

"嗯，你能调动魔族力量便可。"

这句话让在场之人一惊，皆好奇地抬头打量东方青苍。这是……一来就要带着他们去打仗的架势？

东方青苍全然无视周围打量猜测的目光，迈步就往魔界深处走："我有事吩咐你。"

觞阙愣愣地跟在他后面，打量一眼东方青苍的神色，又瞅一眼四周的众人，忍不住开口问道："尊上，听闻先前您为了一个天界女子去了冥界，现在为何……"

"死了。"东方青苍眼眸中极快地划过一丝情绪。

觞阙的注意力全都放在他身上，对于东方青苍的表情他极为敏锐地捕捉并且解读了出来。魔尊是在说——我简直想再杀那家伙一次。

前一刻为了那人入冥界，下一刻就毫不犹豫地把人家打得魂飞魄散了吗……

魔尊的喜怒还真是不可探测。于是觞阙彻彻底底地沉默下来。

觞阙将东方青苍领到议事殿，还没来得及坐下，东方青苍便道："吩咐你的人，去给我找一个女人。"

觞阙又是一愣："女人？"又是女人？难道是魔尊移情别恋了所以才把前一个杀了？

"甲寅年六月廿五辰时三刻出生，名唤谢婉清的女人。"东方青苍道，"找到她的行踪，立即告诉我。"

全然命令的口气，半点客气也没有。觞阙是在高位待惯了的人，照理说该极不习惯别人这样与他说话，但偏偏这话是从东方青苍嘴里说出来的，让他感觉不到一点点不适应。

魔尊自然而然地下达了命令，觞阙也自然而然地应了一声："是。"应答得毫不犹豫。

"给本座准备房间。"

"是，已经准备好了。属下这便去吩咐侍者带尊上过去。"

"嗯，此事尽快。"

"是。"

直到退出房间，觞阙才反应过来，不对呀！他今天应该是要和魔尊商量在什么时机用什么方式去攻打天界的，这……领了一个找女人的命令就出来了算是怎么回事？

他回头往屋里看看，议事殿大门紧闭，他也不好意思再进去，只好把那些事暂时放放，等回头找到机会再说。

“你要找这个谢婉清做什么？”趁着没人，小兰花小声问东方青苍。

“本座自有安排。”东方青苍闭目养神，“把左边眼睛也闭上。”

不一会儿，侍者来迎东方青苍去他的寝殿。

一路走的是最宽敞的道路，通向最高的宫殿，那里是魔界最权威的象征。

“此处本是魔尊大人的祭殿，但尊上既然已经归来，祭殿别无用处，自是该让尊上入住。”侍者道，“今日傍晚，丞相给尊上备了接风宴，还望尊上赏脸。”

等侍者退去，小兰花扭着头将宫殿一打量：“大魔头，你还真是备受尊崇。”

“谁都可以受到这样的对待。”东方青苍道，“只要他们如本座一般强大便可。”

小兰花噘嘴：“狂妄。”

东方青苍捏住自己的嘴，几乎想将这两片肉撕下来。

忽觉一道目光落在自己身上，东方青苍转头一看，几个侍者捧着精美华贵的衣裳呆若木鸡地站在一旁：“尊……尊上，这是丞相为您准备的晚宴衣裳……”

东方青苍觉得额头青筋直跳：“放下，从今往后，没我的允许，不得入殿。”

“是……是。”

迎接魔尊的宴席摆在他高高的宫殿之前，顺着阶梯一级一级向下延展。红色灯笼几乎照亮了魔界整个天空。

当东方青苍身着一袭镶金边的大黑袍出现之时，魔界之人尽数叩拜于阶前，山呼恭迎魔尊。

小兰花哪里经历过这种阵仗，当即被唬得有几分腿软。东方青苍淡然落座，借饮酒的时候，咬牙道：“你抖什么！”

小兰花更是瑟缩了一下：“我我……我怕呀。”

东方青苍心头那股自打遇到小兰花开始就一直盘旋的无力感又浮现了出来：“你怕什么？”

“这里这么多人，我一个也不认识，还全是魔界的。那个……那个长得好奇怪，脑袋上还有牛角；那、那、那边那个也是，手怎么和爪子一样啊；还有那个……他脸上还有蛇的鳞片，天哪，好可怕……”

这里最可怕的明明应该是跟你密不可分的东方青苍吧！

小兰花抖得越来越厉害，逼得东方青苍不得不开口道：“你在本座身体里，天下皆不可惧。”座下有人遥遥对东方青苍说了一长串赞扬的话，然后举杯敬酒。东方青苍漫不经心地抬了抬手，将杯中酒饮尽。

阶下众人见状，赶忙争先恐后地轮番敬酒。东方青苍来者不拒，一杯接一杯地灌下去。宴会过半，小兰花就开始觉得眼前模糊起来，舌头也有些捋不直了：“大、大魔头，咱们不能喝了……”

“本座如何，岂容他人置喙。”东方青苍说着，又饮了一杯酒。

小兰花眼睛开始乱转：“我好像，听见有人说，这酒……叫、叫千日醉……主子说，这酒专醉神魔……”

她说了话，却没人应她了。小兰花终于也撑不住，侧着身子往宽大椅子上一倒，睡着了。

在梦中，小兰花觉得浑身都燥热不堪，她抓了抓衣领，摸到了一片又硬又结实的胸膛，她叹了口气，突然听见屋子外面有人在商量：“这……尊上好像有点……躁动？”

“是不是因为太久没有……来，把女人给弄进去。”

女人？

小兰花觉得很是不满，她自己就是女人啊，还要女人做什么？她睁开一只眼，看见三四个女人依次进入屋内。大家都穿得很是清凉，但往那层薄薄的纱里一看……

嚯！简直吓死小兰花！

这些女人身上都有文身，不是蛇就是蝎，文得十分逼真，像是要扑出来咬她一口、蛰她一下。小兰花连忙挥手：“别过来别过来，过来我就打你们了啊！”

几个女人面面相觑，即便醉酒，东方青苍身上的煞气也让她们觉得很是畏惧，她们努力笑着道：“尊上，丞相让我们来伺候你……”

小兰花一噘嘴：“我要女人伺候干吗？要，也是给我拿男人来！”

众人一惊，宛如被雷劈了一样看着东方青苍：“尊……上？”

小兰花觉得用一只手撑着身子坐着太累，于是又趴回了床上，然后拍了拍自己的胸脯，又拍了拍旁边的枕头：“要这样的男人，睡这儿。”

几个女子因为太过吃惊，好半天都没有挪地方。最后，有人往后退了一步，大家才全都惊醒似的，捂上了嘴，一个一个悄然退出了房间。

小兰花咂巴了一下嘴，听见没了声音，正准备闭上眼睛睡觉，忽见房门又开了。

一个还穿着侍卫甲衣的男人像是被外面的人扔进来的一样，在地上滚了一圈，爬起来。他抬头看了小兰花一眼，咬着牙，面色惨白地跪行到小兰花床边。“尊、尊上，属下来伺、伺、伺……”他紧咬牙关，面色青白，后面那个字是怎么也说不出口，活像快要吓死一样。

小兰花歪着脑袋看了他许久，然后拿左手食指点了点他的额头：“小哥蛮壮实。”

侍卫的天灵盖像是都被这一点戳碎了一样，浑身剧烈颤抖起来。

小兰花拍了拍旁边的枕头：“夜深了，你也睡。”

侍卫虎目含泪，爬上了床，然后僵挺着身子。他已经做好了所有的准备，但就在他正在思考身后事的时候，身边忽然传来了均匀的呼吸声。

侍卫僵硬着脖子转头一看，魔尊拍着自己的胸膛，已经睡得无比香甜。

什么呀……

真的就只是睡觉啊……

魔界也有清晨。

与人界不同，从早上开始，魔界的太阳就炙烤着大地，空气干燥，使得九幽成为一片不毛之地。

东方青苍鼻翼微动，呼出一口长气，像是沉睡了千年的巨龙，携着巨大的气势苏醒。他周身气息随着他睫羽的颤动而波动，使床帏飞舞、屋门震颤。

东方青苍睁开右眼，左边的眼睛也跟着睁开，他身体里的另一个灵魄控制他的左手抬起来，揉了揉眼睛，张开他的嘴，打了个哈欠，然后咂巴了两下，伸出舌头舔了舔嘴唇，还拿手在嘴上抹了一下，像是在下意识地抹干流出来的口水。

而此时，不管那个灵魄对他的身体做出了怎样的举动，东方青苍都只看着他旁边睡着的这个长着胡子、轮廓硬朗、体格健硕的男人。

虽然很不想承认，但是上古魔尊此时是有几分呆滞的。

这是他从来没遇到过的情况。

自打遇见那个女人之后，他的运势就像突然急转直下了一样，出现的状况都变成了他没遇见过且不好处理的，甚至是根本无法理解的状况。

比如说现在。

侍卫一夜没睡，察觉到东方青苍的动作，他便僵硬地把眼珠子转到了侧面，只见东方青苍一只眼睛直勾勾地盯着他，另一只眼睛却半睁不睁地四处乱转，侍卫吓得魂飞魄散，身体越发僵硬起来。

“最好有谁能与本座解释一下，”东方青苍坐起身来，目光冷冽，杀气四溢，几乎能碎肉削骨，“这到底，是怎么回事……”话音未落，他的左手挠了挠他结实的腰腹。

东方青苍把目光往下一转。很好，情况似乎更加扑朔迷离了一些，他衣衫竟然不知为何大开着。

东方青苍觉得他现在可以什么都不用问，先杀了这个男人才是正经事。

他目中血色翻飞，周身仿若升腾起黑色的气焰。

侍卫吓得浑身哆嗦：“尊上……尊上……”他抖着嘴想说话，但来来回回却只知道喊这两个字。

东方青苍黑着脸一脚将他踹下了床，他自己也顾不得穿鞋了，径直踏下床铺，拖着像残废了一样的左脚，拔出挂在床边做装饰用的尚未开刃的剑，一抬手就要将侍卫砍成两半！

侍卫紧闭了双眼，眼角几乎快挤出泪水。

忽然之间，东方青苍大吼一声：“啊！”不像是给自己助威，倒更像是被自己吓到了一样，他尖叫起来，“你要干吗？”

剑迟迟未落到自己身上，侍卫大着胆子抬头一看，魔尊的左手握住了他的右手，他的面色一会儿青如铁色，一会儿惨白如纸，简直让人看不懂他是在生气还是在害怕。

“我我我……”侍卫抖着嗓子道，“我在等死啊尊上……”

“出去出去出去。”魔尊的舌头也像是捋不直了一样，哆哆嗦嗦地喊着，“走走走！赶快走！”

侍卫初听此言还不相信，毕竟魔尊现在还举着剑呢。但看这剑迟迟不落下来，侍卫连忙翻了身，连滚带爬地拉开房门冲到了外面。

屋里安静下来，只余东方青苍粗重的喘息声。

“一大清早就要砍人，东方青苍你疯了不成？”

“呵……”东方青苍觉得自己现在确实要疯了。他扔了剑，手掌却因为太激动而止不住地颤抖。他按压着自己的太阳穴，过了好一会儿，好似才终于找回自己的理智一样，隐忍着开口：“本座醉酒，你便用本座之身……找……乐子？”

小兰花奇怪：“什么乐子，你在说什么乱七八……糟……的……”脑海中的记忆慢慢浮现。她好像看见自己豪气地拍了拍胸膛和身边的枕头，然后吩咐人送了一个男人过来。

小兰花张开嘴，忘了合上。

怎么办，她好像确实是干了一些乱七八糟的事，还是用东方青苍的身体！最惊悚的是……她忘了那个男人在躺下之后，到底有没有做更乱七八糟的事……

小兰花捂住嘴，陷入了彻彻底底的惊惶。

东方青苍坐回床边，似头痛极了地揉着脑袋。

“大魔头……”意识到自己可能闯了祸，小兰花心里的愧疚感如浪涌一般将她淹没，“我……我不是故意的啊，我真的不知道自己醉酒之后会那样……”

“给本座闭嘴。”

“呜……”小兰花起了哭腔，“我真的对不起你，主子说害人丢了节操要挨天打雷劈的……”

东方青苍觉得脑袋更痛了几分。

“但这事不能怪那侍卫小哥，全是我的错，你要惩罚就惩罚我吧。”

“你是仗着身体优势在示威吗？”

“没……没有，呜呜，我是真的知道错了。”

左边眼睛里流出的眼泪让东方青苍极不适应，他烦躁地撕了床单将左边脸颊擦干：“休要使本座容颜泣泪。”

小兰花还是十分愧疚：“嘤，可我把你……我心里真的……”

东方青苍揉了几下太阳穴：“没你想的那回事。”

小兰花闻言止住了眼泪：“没有？”

“这也是你的身体，你就什么都感觉不到吗？根本没有那回事。”

小兰花这才想起感觉一下自己的身体，然后陡然松了一口气：“吓死我了。”没了愧疚，小兰花陡然又生出一股脾气，“那你刚才为什么要砍人家侍卫小哥？”

“你好意思问得如此理直气壮？”东方青苍一句话将小兰花堵得不再言语。他叹了一口气，竟然神奇地觉得，面对这样的事情，他竟然开始慢慢习惯了，至少在心态上，已经能很快沉淀下来。他整理了情绪，扬声道，“给本座备水。”

不一会儿便有人轻轻叩门：“尊上，水备好了，在濯尘殿。”

东方青苍理了理衣襟，披上衣袍，出了门去。

一路上侍者的眼神全都落在地上，一动不动、目不斜视。但东方青苍走过两个转角之后，后面就传来了窃窃私语。

“尊上”与“男人”这两个词出现得尤为频繁。

是了，就算没有发生什么事，但……

小兰花又生了愧疚，这上古魔尊的名声可算是完全砸在她手里了。

东方青苍却什么都没说，面无表情，仿佛什么都没听到。想想上次在冥界听到冥差们的讨论时，他也是这样。他对于流言蜚语似乎总是全然不在意，极尽漠视，活像人家议论的不是他，而是一个和他毫无关系的人一样。

小兰花终是忍不住好奇：“他们议论的那些话，你听了不生气吗？”

“弱者方在背后议论。”东方青苍道，“蝼蚁之言，尚不足扰心。”

小兰花一愣，不管是在传说里还是这几天的认知里，她都觉得东方青苍是一个暴躁易怒、只要有一点不愉快就会杀人的恶魔，粗鲁又没耐性，野蛮而不讲道理。但听到他这句话，小兰花忽然觉得，这个大魔头或许也不全是那样。他对人生或许有特别的感悟。

“我主子常说，流言蜚语，积毁销骨……”

没等小兰花将话说完，东方青苍便一笑：“刀山火海、上古神器尚不能伤本座分毫，流言蜚语又有何惧？积毁销骨……哼，不过是因为太弱小罢了。”

小兰花又愣了一阵，她忽然明白了，这个大魔头对人生根本没有什么特别的感悟，他只是单纯的狂妄而已……

谈论间，东方青苍走到了濯尘殿门口，一推开门，屋内水汽氤氲，一片朦胧。

东方青苍随手将外袍脱在地上，又伸手解开中衣的衣带，左手却忽然抱住了胸膛。小兰花惊呼：“你要干吗？”

东方青苍看着面前宽大的浴池：“难道你看不出来吗？”

小兰花惊骇：“为什么要洗澡？你不是说昨天什么都没发生吗？”

东方青苍眉毛皱了起来：“一身酒气，不该沐浴？”

“啊啊啊……你别脱了，我不想和你一起洗澡啊！”

“你走便是。”

拖着左腿步入浴池，东方青苍发现，他竟然已经习惯了自己时不时残废一下的左腿。坐在浴池里，他左边身体僵硬得不行。左手一直将左眼捂着，害羞得十分安静。

真难得，东方青苍想，他身体里的另一个灵魄，真是从来没有这样安静过。

他倚着石壁静静坐了一会儿，享受着难能可贵的平静。

其实要东方青苍“享受平静”是一件十分难得的事情。上古时，他可是叱咤风云的大魔头，什么时候不是别人求着他让他施舍平静，现在却……

到底是时过境迁，人心不古啊。

不过想到上古之事……

东方青苍右手一抬，自浴池中泼了一点水出去。

水滴便在岸边凝形，慢慢长高，最后变成了三个人影模样，静静站立。

“朔风长剑，去找。”

三道人影轻轻颔首，风一样消失在濯尘殿内。

小兰花这才放下捂着眼睛的手，转着眼珠子左右看了看：“找什么剑？大魔头你在和谁说话呢？”

“和我捏出来的侍卫。”东方青苍答得漫不经心，顿了一下，倏尔笑了，“小花妖，你不是想要身体吗，本座以水为载，帮你造一个。”

小兰花闻言，连忙摇头：“主子和我说过你的事，我知道你会一种秘法，可以凭空造物，但主子说，你到底是比不上天地大道，造出来的东西空有人形没有人样，过一两个月就化了。我才不上你的当。”

东方青苍微微眯起眼睛：“嗯，你主子懂得还挺多。”

“我主子可是天上地下万事皆知的神仙。懂得多、法力高，最是厉害。”她言语之间是十万分的骄傲。

“哦？”东方青苍轻声道，“与本座比，如何？”

“你比我主子差远了。”话脱口而出，小兰花觉得空气沉了几分，她转了转左边眼珠子，“不……我是说，术业有专攻，我主子知道的东西多，但不一定打得过你呀……”

“后辈神仙，”东方青苍言语里是满满的不屑，“所知天地几何？怕是知道的，也不及本座万一。”

小兰花忍住撇嘴的冲动，又生怕大魔头去找自家主子的麻烦，只好弱弱地应声道：“是，魔尊大人你最厉害。”

雾气在眼前氤氲，坐了半晌，小兰花也不拘束了。反正水面波光荡漾，什么也看不清，她嫌无聊，索性玩起水来。

她试着调用东方青苍体内的气息，拿食指在水下轻轻一弹，登时一道气息破开浴池中的水，像是有鱼从她指尖游出一样，在水面上划出一道水痕。

东方青苍的右眼睁开，瞥了一眼，随后就当没看见一样重新闭上。对于小兰花私自调动自己体内气息他倒没有多反感，毕竟她这样安安静静地用他的气息玩，比她叽叽喳喳地用他的嘴巴吵来得让人舒心多了……

“别使太大力……”

话音未落，小兰花挥掌而出，一股长风唰地甩了出去。气息撞上两丈外的砖石墙壁，将砖石击出一个大坑。与此同时，池中之水被凌厉的掌风一斩为二，让东方青苍的身体瞬间裸露在池中。

身体的清凉让小兰花下意识地垂头一看，然后震惊得忘了抬头。

被分开的水轰然落下，重新填满浴池。水波激荡，哗哗地撞出白色的泡沫。也将浴池另一头的砖石都冲进了水里。东方青苍揉着额头：“你没听见本座的话吗？”

小兰花完全呆住了：“你……你身上真的有……”

东方青苍已经不想搭理她了，自浴池中踏了出去，扯过一旁备好的浴巾将身体擦干。伴随着他的动作，尚在惊吓中未回过神来的小兰花受到了更大的惊吓：“别擦胸膛啊！

“啊！你在擦什么地方啊！啊啊啊！羞死人了！”

“你再吵，本座便再擦一遍。”

小兰花彻底安静了下来。

穿好衣裳出门，濯尘殿外已经站了一片侍者。为首之人战战兢兢地走到前面来：“尊上，可是有何处不满意？”

东方青苍看了他一眼：“池子太窄了，拆了重建。”

宽三丈长六丈还窄？

但东方青苍既然开了口，自然没有人反对他。侍者应了，目送他离去。

东方青苍在魔界歇了三天，三天时间，整个魔界讨论的话题全是关于他的。

尊上今天早上吃了块软糕，刚夸了一句好吃，下一秒就将软糕吐出来，说拿出去喂猪；尊上今天中午去赏花，刚夸完兰花漂亮，转手就将院子里的兰花连根拔了，让人拿去埋土里做肥料；尊上今天晚上睡觉之前，服侍他的侍女在窗户外面又看见他对着镜子自言自语了，嘀嘀咕咕说了好半天的话。

时间一长，魔界的人都开始怀疑，这个魔尊如果不是冒牌货，那肯定就是……有病啊！

喜欢的食物要拿去喂猪，漂亮的花要连根拔起，时不时自言自语，动不动就朝令夕改。

上古魔尊，果真邪气至极，举手投足都让人难以揣测。

而第四天一大早，魔尊便说他要去人界。要干什么也不说，派人去帮也不让，右手拂了拂衣袖，左手抓了两块糕点就上路了。

丞相觞阙本叫疾行者跟着去，但没隔多久疾行者就灰溜溜地回来了，说是险些被魔尊砍成两半，他就躲了一瞬的工夫，再回头就看不见魔尊的身影了。

能走得如此快，想来这个定是真的魔尊没错了。但……确认了这就是魔尊之后，魔界的人反而更加莫名地忐忑不安起来。

孟冬，昆仑已是漫天大雪。

小兰花看着走在前面的水影人有点不忍心。他的脚和脑袋都已经被封冻成冰，但还是努力地往前走着，将东方青苍带入被大雪覆盖的昆仑深山之中。

“他快要死了。”小兰花道，“你不给他补点法力或者是让他暖和一下？”

“他的作用就是死。”东方青苍答得毫无感情。

小兰花撇嘴，在心里暗骂东方青苍无情。

水影人带着他们行至一座山头，一股寒风自他身下吹来，他身子一僵，从脚至头被彻底冻结成冰，只是手指还遥遥指着前方。

小兰花攀上山头，跟着他手指的方向一看，山下面是一处深渊，在深渊的断壁中间有一个若隐若现的冰洞，约莫两丈宽。

东方青苍视力超群，小兰花眨了眨眼仔细一瞅，登时便看到了冰洞周围的墙壁上覆盖满了透蓝色的小冰晶。那种东西小兰花不认识，但看那模样，她就知道那冰洞之中的气息定是极寒。

小兰花知道东方青苍身体强壮，但是……

她用左手抓了抓衣襟，东方青苍就穿了三件衣裳，外面这件黑色的大袍子好看是好看，可在这冰天雪地里就会兜风，一点实用性也没有。小兰花开口问道：“我主子以前和我说过，昆仑山下有妖市，我们要不要去买件火狐披风穿上再去那个洞里啊？那里看起来好像是有什么封印，冷得不同寻常啊。”

东方青苍理也不理她，脚下气息一动，拖起他的左半边身子便往崖壁上的冰洞而去。

还未走进冰洞，小兰花便觉一股凌厉的寒气扑面而来。

果真是非同寻常的地方，至少刚才走了一路，不管风雪多大，小兰花其实是没感觉到冷的。但到了这里，只是风一刮，小兰花就有点哆嗦了。

这可是东方青苍的身体！小兰花望着里面被蓝色冰晶覆满了的岩壁，洞内幽深，通向未知的地方。小兰花开始有点怕死了："你要找什么剑呀，别找了，咱们回去吧，重新打一把就是了。这里面让我感觉好不安啊……"

"闭嘴。"东方青苍冷冷地说了一句，一脚踏进冰洞之中。

像是察觉到外面有人进入一样，洞穴里呼啸着刮出来一阵寒风，将东方青苍银白色的发丝掀起，让他长及脚踝的银色头发瞬间结上了细细的冰碴。

小兰花不安更甚："真的好冷啊。大魔头，这个地方真的很不妙啊……我主子说过有些地方是真的不能去的，天地之间有很多奇奇怪怪的缝隙，你再厉害也是一己之力，不能与天道抗衡……"

"天道？"东方青苍脚步往前一踏，仿若有一股烈焰自他脚下蹿出，划分为三道，一道径直冲入洞穴深处，像是在还击方才那记冷风，呼啸着将地面烧出一条道路来；另外两道火光一左一右，顺着岩壁蔓延而上。小兰花但见周围蓝色冰晶瞬间融化，耳边一阵冰晶爆裂的乱响。等她再转眼一看，东方青苍身前三步已不见蓝色冰晶的影子，只留下了灰扑扑的岩壁。

"天道算什么？"东方青苍语气轻蔑，继续迈步上前。

小兰花在东方青苍的身体里看得愣神，但越往深处走，她的不安就越发强烈起来："大魔头，我觉得，除了冷，这里可能还有别的东西啊，我……"

话音未落，小兰花只觉一股撕心裂肺的疼痛自身体深处传来，一如当初东方青苍强迫她交换灵魄时一样。

小兰花呻吟出声，与此同时，她觉得身体往右边一倒。小兰花眼前昏花，在天旋地转当中，她似乎看见东方青苍的灵魄被拽出了身体，被洞外莫名其妙涌进来的风吹到了冰洞的深处。

紧接着，小兰花也没有在东方青苍的身体中坚持多久，一样被撕裂出来，被风卷进了透着蓝光的、神秘的冰洞里面。

在人界灵魄离身。

主子说，这叫死。

第五章

一个东方青苍倒下了，千万个东方青苍站起来

小兰花觉得东方青苍真的是她生命中的扫把星。

这才碰见他多少日子，她死来死去多少回了？先是自己的身体莫名其妙地被自己拍死了，接着还要委委屈屈地跟一个男人抢身子。

这下更好，干脆灵魄离体了。

小兰花想起主子以前说的一句话，觉得真是太应景了："真是倒了血霉。"

小兰花抱着胳膊抖抖索索地站起来，往左右看看。东方青苍的身体和灵魄都不见了；而自己灵魄离体，竟也没有冥差来拉她去冥界。不过想想，或许连冥差都来不了这里，更甚者，天上地下知晓这个地方的人或许都没几个。至少小兰花就从来没听她主子提起过。

没了东方青苍的身体，四周的寒冷似乎更加彻骨。但好在她现在是一个灵魄，如果换作她以前那具身体，别说走路，恐怕连站也站不起来了吧。

岩壁上的蓝色冰晶发着幽幽的微光，照得整个冰洞里面都亮堂堂的。小兰花轻轻唤了一声："大魔头？"

她的声音在冰洞里回荡，传出去老远，可她一直没听到回应。她记得东方

青苍的灵魄也被从身体里面拉出去了，只是不知道被后来那股妖风给吹到哪里去了。不过小兰花想，既然她现在还好好的，那大魔头一定也没有出事……

等等。

小兰花突然意识到一个严峻的问题。

现在他们两个都灵魄离身，依照大魔头的秉性，再见她的时候一定会毫不犹豫地把她杀了的！

毕竟，谁也不想和别人共用自己的身体，而且她这些日子以来对大魔头……换作她是大魔头，说什么她也得把自己捏死。

小兰花明白，一直护着她不受大魔头迫害的屏障忽然之间倒塌了。所以，她现在要活下去就必须在东方青苍之前找到他的身体并且钻进去。只有这样，她才可以和东方青苍继续维持之前僵持不下的局面，得以生存。

而且，绝对不能在找到身体前碰见东方青苍！

绝……对……

“还想去哪儿？”

一个声音在背后响起。

小兰花浑身一僵，眼珠子滴溜溜地往旁边一转，看见身侧一块大大的冰晶上映出了她身后东方青苍森冷的面孔。他身上的冷意与杀气涌出，登时盈满了整个洞穴。

就算是个灵魄，小兰花也听见了自己陡然变快的心跳声。

“可真是让本座好找。”他抬起了手，火光在他指尖显现。

小兰花根本不想去深究为什么他一个灵魄还能使用法力这个问题，只在东方青苍将火甩出的那一刻，小兰花“扑通”一声跪在了地上，躲过他的法术，同时将他的大腿抱住：“大人！小兰花知道错了！您别杀我！”

气节？那玩意儿不能吃，小兰花早就把它扔了！

东方青苍勾起唇角，微微露出的犬齿让他的面容显得森冷又歹毒：“你何错之有，这些日子，你可是让本座看到了自身许多不足。”

小兰花将他大腿抱得更紧：“我是当真知道自己错了。我不该对大人您那么放肆的，嘤嘤，看在咱们一起吃过饭、睡过觉、洗过澡的分儿上，您就放过我吧！”

“哭？”东方青苍皮笑肉不笑地将小兰花的脸蛋掐住，将她脸上的肉都掐变了形，提着她的脸便把她从地上拉了起来，“用你的脸哭起来倒是让本座极为愉悦。”

小兰花噘着的嘴动了动，却因为东方青苍捏着她的脸而说不出口。求饶的话说不出口，小兰花只好极力眨眼睛，以显示自己的无辜与可怜。

东方青苍却无动于衷，他嘴角的笑收敛回去，眼神越发冷了下来：“本座玩够了，这场闹剧到此为止。”

他手上烈焰翻腾，小兰花只觉脸颊边上热度惊人。她知道东方青苍要烧掉她的脑袋，让她魂飞魄散，那可是谁也救不回来的死法。

她当即心头一狠，挥手往东方青苍脸上一拍。东方青苍不防她突然变脸，被一个大耳刮子打个正着。与此同时，小兰花将一颗冰晶顺势拍进了他耳中。东方青苍手中火焰顿时式微，他一手拎着小兰花，一手捂住耳朵，似想将里面的冰晶融化，这时，小兰花另一只手对准东方青苍的心房，使了她最大的力气，将另一颗冰晶拍到他的心脏之中。

冰晶入体，似乎对东方青苍产生了极大的影响。他的脸色一阵白一阵红，手一松，小兰花双脚落地，捂着喉咙撕心裂肺地咳了几声，然后头也不回，连滚带爬地转身往洞穴深处跑去。

刚一转弯，便觉身后烧来一股炙热的烈焰，想来是东方青苍怒得不行，彻彻底底动了杀心。

小兰花吓得胆都要碎了。

再被抓住她一定会碎成渣！

凭着这股信念，小兰花一口气跑出了老远，直冲过了十几个岔路口，气都要跑断了，才敢停下来。

往身后一看，东方青苍没有追来，想来是她拍的那两颗冰晶让他极不好受。

但是管他呢！他们现在就是你死我活的格局，只有找到身体，恢复成以前的样子，才能消停下来。

小兰花以前听主子说过，五行相生相克，不管人魔仙妖，都有自己的五行，这是在出生的时候就定下来的。小兰花虽然不知道东方青苍的出生时间，但根据传说还有他善用的法术大概能看出，东方青苍是属火的。如此说来，此地的极寒冰晶正与他相克。

东方青苍灵魄离身，尚能使用法术。在小兰花所知晓的人中，除了战神陌溪与天帝，还没谁能做到这一点。在一个与他相克的地方用灵魄使用法术，东方青苍着实是已经厉害到另一个阶段去了。如果今天对上的是东方青苍的身体，小兰花敢肯定，在碰到东方青苍的脸之前，她就已经被他烧得连渣都不剩。

还好是在这么一个奇奇怪怪的地方，她才能拼命与他一搏了。

小兰花累得不行，垂头看了看自己被冰晶冻伤的两只手，忍着痛放到嘴边来哈气，哈着哈着她忽然意识到一件极为奇怪的事情。照理说，她现在是灵魄的状态，应该碰不到人界的东西才对，就算是这个地方气息奇怪，但也是人界的领域，为什么刚才她还能偷偷把两个冰晶抓在手里？

小兰花想了一会儿，不得结果，干脆把这个问题抛在脑后。

当务之急，是要找到东方青苍的身体，并且进入。

小兰花又往前行了一段路，感觉四周的温度又低了几分，前方是一个三岔路口，其中两条的岩壁上依旧布满了蓝色冰晶，唯有一条，里面黑乎乎的一片，伸手不见五指。

小兰花有几分忐忑，但想着刚才一路走来都是一样的景色，所谓不破不立，不走向一条不一样的道路，事情恐怕很难再有进展。

一咬牙，小兰花搓着双手小心翼翼地踏入了黑暗当中。

迈进黑色洞口不过两三步，小兰花便觉一股更冷的气息从里面涌出，几乎把她冻成冰。还是别去了吧，小兰花心里打起了退堂鼓，但是往回走就是彻底被她惹毛了的大魔头。想想刚才在背后燃烧的熊熊烈火，面前的寒风似乎也不那么刺骨了，黑暗也不那么让人害怕了。

毕竟，前面仍有一线生机，后面可完全是死路一条。

小兰花壮起胆子，继续往前面走去，一步路要先用脚指头在前面探三次才敢踩实。小兰花觉得自己走了好久，可是回头一看，闪着蓝色光芒的冰洞离她也不过就四五丈的距离。

忽然之间，远处传来一声炸裂的响动，这鬼地方除了她和大魔头，应该没别的人进来吧！这动静肯定是大魔头在搞破坏！小兰花登时吓得魂都快没了，也不伸脚探路了，一股脑地往前面跑。

黑乎乎的洞穴里面还有数不清的弯道，小兰花撞了几次墙，就在黑暗中彻底失去方向了。现在回去的路看不见，这黑色洞穴的尽头在哪儿她也不知道。

小兰花又怕又急，不知道该怎么办才好。

这时，黑暗之中忽然飘来一股奇怪的气息。

十分浅淡，但小兰花很确信自己没有嗅错。在看不见东西、听不到声音的环境里面，这股气息更是尤为明显。

小兰花努力定下心神，顺着这股气息而去。

不知走了多久，眼前忽然有了光亮。小兰花欣喜不已，连忙顺着光芒跑去，终于迈出黑色洞穴。眼前蓝色冰晶反射出来的光芒有些刺目，小兰花眯着眼睛适应了好一会儿，才将眼前的场景看清楚。

这是一个巨大的洞穴，少说也有十来丈高，面积比东方青苍在魔界的寝宫还大。洞穴中间，不知是谁用蓝色的冰晶竖了一尊雕像，小兰花走近一看，才发现这是一个女人的雕像，身着铠甲、手执长剑，英姿飒爽。

她好似已经在这里站了许久，面容都有些模糊不清了，但她的身姿却依旧挺拔。而最引人注目的是她手中的寒芒长剑，剑虽被冰封，但小兰花仍能感觉出长剑剑气凛冽，似乎能斩日月、裂山河。

这是谁？

小兰花不认识。还没等她想出结果，四周寒气一凝，一道白气凝成的人影在空中幻化成形。

“来者何人？”

沧桑厚重的声音压得小兰花有点难受：“我……我是司命星君手下的小花仙，被魔尊东方青苍胁迫来此。我无意冒犯，只是，我和他之间的情况有点复杂，我现在在寻找东方青苍的身体。”

白影低声重复：“东方青苍。”他呢喃着这个名字，而后问道，“你可是要找这具身体？”

随着他话音落地，东方青苍的身体被白影从岩壁之中拉了出来。山石落地，发出沉闷的响声。小兰花忙不迭地点头：“对对对，就是他。”

白影沉默良久，方道：“到底是找来了，我如今拦不住他，可也不会让他轻而易举便坏了将军安宁。”

小兰花听得一头雾水，却见下一瞬间，东方青苍的身体被高高抛起。小兰花吓得一惊，待得那具身体落地，地面猛地一震，眨眼之间，无数东方青苍拔地而起！

小兰花骇得瞠目结舌：“这这这这是怎么回事？”

怎怎怎……怎么多了这么多东方青苍！

小兰花转头看了看立在自己身边的“东方青苍”。

他闭着眼睛，身体虽是山石所造，但皮肤五官与真的东方青苍毫无分别。

说不定就是真的？小兰花搓了搓手，后退几步，奋力往他身上撞去，却径直从他中间穿过，根本没有进入他的体内。

山石所造，没有生气，自然是装不住灵魄的。

小兰花非常沮丧，她看了眼四周密密麻麻的“东方青苍”，登时觉得一个头两个大，这可要怎么选啊？她抬头想寻找那白影好声好气地问个明白，但那白影在放出这么多“东方青苍”之后便不见了踪影，这可如何是好……

小兰花左右望望，看见立在中间的女子雕像时，眼眸一亮。干脆站在高处看看好了，说不定一对比，真假立显。

她连忙往中间跑去，刚往雕像的基台上一摸，就觉得一股极寒之气钻入体内，根本不给她反应的机会就将她打翻在地。

小兰花的手登时变得透明了些许。她后怕得心脏直跳，这还只是灵魄，如果是肉身碰上去，岂不是整个人就直接冻死了……

这里到底……她抬头一看，只见冰封的长剑像是在示威一样微微闪烁，简直就是在说：别碰我。

小兰花自是不敢再碰，但转头看了看这成千上万的东方青苍，她心里是无奈至极。便在此时，余光之中一团火光向她怒砸而来，小兰花抽了口冷气，径直往地上一趴。火焰打在她身后的雕像基台上，只听“嗤”的一声，消失无踪。

周遭气息一动，方才那白影重新在空中凝聚成形：“东方青苍。”浑厚的声音在洞穴内回荡不休，挟带着威严与怒气，震得趴在地上的小兰花心胸极闷。她不敢爬起来，只在心里估算着火团砸来的方向，匍匐着往另一头爬去。

她要尽快找到东方青苍的身体才行啊！

她趴在地上，一路上拽拽这个的脚，摸摸那个的腿，爬了一会儿，忽然抓到一个与其他山石不一样的——东方青苍！小兰花心头的激动还没散开便在抬头的那一瞬间化成了灰烬。

是真的东方青苍没错，不过是他的灵魄……

碎成渣。

这三个字在小兰花脑海里飘荡不休。

她连挣扎和哭都忘了，只呆呆地看着东方青苍扯出了一个她从没在任何妖魔脸上看见过的恶毒微笑。比人类长许多的虎牙映着周围的寒光，像冰刃一样扎入小兰花的内心。

她感觉自己是条任人宰割的死鱼，连选择好看一点的死法的权利都没有。

“东方青苍！”白影在空中怒吼，“你这大恶之徒来此为何？”

东方青苍看也不看他一眼，只盯着趴在地上的小兰花的后脑勺冷声开口：“五行相克，你倒是挺懂。”

小兰花几乎要将脑袋埋在土里面：“我不懂的大人……”

白影在空中挥舞着手臂示威：“你定是觊觎朔风长剑，意图来此盗取。朔风千万年来只忠于将军一人，岂会为你这大恶之徒驱使！”

东方青苍盯着小兰花，收了笑，面色立时冰冷如霜。他手中气息凝聚，一团烈焰在掌心熊熊燃烧：“惹得本座如此生气，你倒是千古以来第一人。”

小兰花趴在地上瑟瑟发抖：“大人，那个……在和你说话呢……”

白影愤怒地咆哮：“恶徒！竟敢无视我！”言罢，他气势汹汹地向东方青苍冲来。东方青苍一抬手，手中烈焰凝成一个盾牌，将白影挡住。他终是转了目光，血瞳之中杀气凛冽：“朔风剑灵，你也是极想死了。”

白影讥笑：“不过一个灵魄，还敢叫嚣。东方青苍，千万年来，你始终不改狂妄。”

似是想起了什么旧事，东方青苍目光更冷，一挥手，烈焰如网一般将白影束缚绑住，但下一瞬白影便挣脱火网，杀了出来。白气凝剑，径直向东方青苍心房刺去。东方青苍手中烈焰大作，幻化为一把烈焰长剑，将他格挡开来。双剑相交，未闻兵器碰撞之声，却使整个山洞之内气息大乱，崖壁山石不断坍塌。

小兰花在这一片混乱之中从东方青苍脚边爬走，然后站起身来，一路狂奔，见着一个身体就往里面撞，却一直没有成功。可她不敢停下来，如果不趁他们争斗的时候找到东方青苍的身体，那她就真的只有死路一条了！

小兰花在坍塌的山石间像没头苍蝇一样乱撞，可一直寻而无果。她累得不行，回头一望，东方青苍还在与朔风剑灵缠斗，但是东方青苍的位置却一直在变化。他且战且退，一直向着一个方向走。

且战且退？小兰花直觉这不是东方青苍的风格，她往他退的方向看去，那里立了好几个“东方青苍”。

小兰花在心里一琢磨，随即咬了咬牙，一头朝那个方向扎了过去。

跑过东方青苍身边之时，东方青苍从打斗之中分出心神，抛出一记火焰，径直砸在小兰花身上。小兰花躲避不及，浑身登时燃起了熊熊烈火。东方青苍见状，便再不施舍她一眼。

他知道，这个小花妖死定了。

烈焰几乎要撕碎她的灵魄，小兰花知道自己撑不了多久，可现在面前一共立了三具身体，看上去一模一样。来不及挨个儿试了，干脆凭直觉上吧！

她一咬牙，拼着最后一股劲儿，径直冲向离东方青苍最近的那具身体。

东方青苍眼角一瞥，但见包裹着火光的灵魄含着眼泪一头扎进了他背后的身躯之中。

不可能……区区一只道行浅薄的小花妖的灵魄竟能在他的烈焰之中坚持这么久……

不等东方青苍仔细思量，他背后那具身体陡然软了下去。

血色的眼眸睁开，银发铺散在地。小兰花抬起左手看看，又抬起右手看看，咧嘴一笑，紧接着又撇下嘴哭出声来："活着真是太不容易了，太不容易了……"她也不管另一边东方青苍还在和朔风剑灵打斗，就这样蜷着腿抱住膝盖，埋头号啕大哭起来。

闻此雄浑的哭声，东方青苍脸色铁青。看着面前的朔风剑灵，心头的怒火一节更比一节高："本座饶不了你！"烈焰长剑劈砍而下，竟然径直将朔风剑灵以白气凝成的剑砍断。朔风一惊，尚未回过神来，那把烈焰剑便将他的身子狠狠劈开。

他痛呼一声，散为白气，急速缩回了冰封的剑身之中。

打斗结束，洞穴内的气息逐渐平稳，东方青苍收起剑，站到自己身体面前。

东方青苍冷眼看着她。

"你这个阴险歹毒薄情寡义又没有良心的讨厌鬼，我再也不想和你待在一起了！"小兰花还沉浸在差点儿被烧死的愤怒中，心中对东方青苍充满了怨恨。

东方青苍沉默地看了小兰花许久，似乎终于认命了，破天荒地带着几分无奈地叹了一口气。

他像瞬间失去了斗志一样，踢了踢小兰花的腿，声音也失了几分往日的威风："站起来，让我进去。"

小兰花不理他，拿屁股在地上磨蹭了一下，往后退了退。

东方青苍觉得自己应该指责小兰花这个动作，但是他心头满满的都是无力感。最后只好弯下腰，准备俯身进入身体当中。

小兰花抬起头，正对上东方青苍近在咫尺的脸。他面对面地向她压过来，鼻尖触碰鼻尖，然后透体而入。在一阵疼痛过后，身体里面又变得拥挤起来。

小兰花哼唧了两声："这才是闹剧到此为止！"

这才是，他们正常的样子……

东方青苍心里的无力感更重了几分。

方才东方青苍与朔风剑灵的打斗致使山洞之中山石震颤，掉落不断。许多碎石落下来砸在女子冰雕上，待碎石从冰雕之上滚落下来时，竟被冻得坚硬异常，可见冰雕寒冷。

小兰花望着那女子已经模糊了的五官，嘀咕道：“天界的女神仙一个个都罗带轻飘、步履似烟，我不记得有她这样英姿飒爽的啊。”

东方青苍撑着右边身子站了起来，声音带着些许讽刺：“天界没有天地战神的雕像？”

小兰花一愣，连着之前的事情一想，登时反应过来：“这竟然是赤地女子……”传说中的天地战神、打败了东方青苍的英雄。

东方青苍不再搭理小兰花，右手掌中火焰凝聚，绕成一根藤蔓形状，如蛇一般攀爬到赤地女子身边的长剑之上。火蛇缠绕着寒剑，极热与极冷相互碰撞厮杀，白气喷涌而出，将整个冰洞之内遮掩得朦朦胧胧。随着争斗越发激烈，洞内空气犹如利刃，斩裂数块崖壁山石。小兰花惊悚地看着她面前的地面被气流斩出了一道深不见底的裂痕，然而利刃在东方青苍面前三步时，突然止住来势，然后像被打散了一样消失无踪。

小兰花这才注意到，在她的面前早就结下了一个透明的结界，阻挡了外界的一切激荡气息。

东方青苍在这样剧烈的震荡之中岿然不动，与他面前的赤地女子相望而立。

小兰花终于明白，原来当初主子所说的东方青苍与赤地女子一战，使天地颠倒，日月星辰亦受其干扰，绝不是夸张。

便在小兰花感慨万千的时候，忽听一声巨响，面前包裹着朔风长剑的坚冰终于被东方青苍的烈焰灼烧干净，冰雕基台破裂。

东方青苍一抬手，火蛇缠绕着朔风长剑，将它拉了过来。剑柄被东方青苍握在手里，小兰花明显感觉到它在抗拒挣扎，但东方青苍五指稍一使力，剑刃周身被红光一灼，长剑便再无声息。

小兰花大惊：“你杀了朔风剑灵？”若是剑灵已死，那这把剑可就成废剑了。

东方青苍将朔风剑收于腰间：“不过是让他听话。”

失去朔风剑，面前的赤地女子冰雕瞬间没了光泽。头顶山石塌下，压碎了冰雕的脑袋，地面震颤，尘埃四起。这个地方经不住方才的争斗，终于要塌了。

“我们得赶快找到出路。”

“出去还用找路？”东方青苍开口讥讽，周身气息一动，径直冲上洞穴天顶，搅碎山石，生生从大山中间撕开了一个通道。东方青苍便轻轻松松地从头顶的通道飞了出去。

离开山洞之后，小兰花不由得回头去看。在一声声轰鸣的巨响之中，一块雪山山体轰然崩塌，将冰洞和冰雕一同彻底掩埋。

小兰花回过头：“你这样搞破坏，天界会治你的罪的。”

东方青苍毫不在意地一笑：“本座本就是万罪之身，何惧再多一条？如今天界，也无人能奈我何。”

小兰花一噘嘴：“我也是天界的人啊。”

此话一出，回答她的是雪崩之后昆仑山上死一般的寂静。

“还有啊。”小兰花有恃无恐地说，“你这么厉害，进冰洞的时候怎么还会被拉扯得灵魄离体啊？咻咻咻地就不见了，坚持的时间还没有我久呢。”

东方青苍本不想理她，但小兰花越说越来劲，啰瑟个没完，让他心烦不已，唯有答道：“天地之间本就有不少时空罅隙，你主子告诉你许多地方不能去倒也没错。此处于他人而言是必死之地，先有极寒为盾，后有罅隙将人的灵魄与肉体剥离。赤地女子将她的长剑冰封于此，是不想他人打朔风长剑的主意。”

“那你还把这剑拿出来，一点也不尊重别人的遗愿。”

东方青苍冷笑：“要怪也只能怪赤地女子无能，将此剑藏得还不够深。”

小兰花噘嘴：“你灵魄都被人家拉出去了呢，还好意思笑话人家无能。”

“若不是你抢占本座一半身躯……”东方青苍咬了咬牙，将心头怒气忍住，“也罢，如今朔风剑已取得，给本座带路，去昆仑山下妖市取一把剑鞘。”

小兰花一愣，又回头看了看塌掉的半座山：“闯了这么大的祸，去妖市要是被什么奇奇怪怪的妖魔看出咱们两个灵魄共用一具身体……天界回头要是知道你闯祸时我在你旁边，我会被连坐的……”

“那真是太好了。”听得出，东方青苍是真的很愉快。

小兰花噘了噘嘴，心里不满，却也并不觉得十分生气或失望。她明白，她和东方青苍现在是彻彻底底的仇人，都打心眼里希望对方倒血霉。

东方青苍与小兰花各自算计着心里的事情下了昆仑山。在他们离开之后，崩塌的白雪之中慢慢飞出了一只紫色的蝴蝶，拖曳着一道灵动的光芒，翩翩飞舞，往天边而去。

昆仑山下的妖市妖气十足，热闹非凡，前来买卖的人更是鱼龙混杂。除开各种各样的妖魔，偶尔也可见几个修仙的凡人前来购买法器。

小兰花只听她主子提过妖市热闹，却不承想，原来妖市比主子描述的更加奔放。

从踏入妖市的那一刻起，小兰花的眼睛就一直滴溜溜地转个不停。这边路旁的花长着牙齿，那边的房子修成了弓形，面前走过的这个女妖魔，察觉到小兰花的眼神，还向她抛了一个媚眼……

天界清净，何曾这般灯红酒绿过，小兰花一路都啧啧称奇。

东方青苍对这些热闹显得毫无兴趣，直奔兵器铺而去。只是小兰花目光流连，使东方青苍的左脚时不时跟不上步伐，没多久就有妖魔凑到东方青苍旁边介绍："大哥，要拐吗？"

东方青苍目光冷冷一转，那人一愣，然后便灰溜溜地退了回去。店铺的老板恶狠狠地打他的头："好不容易看到一个瘸的，你不好好卖？"

"老板，那是个身残志坚的……哎哟别打！"

在妖市绕了一圈，愣是没有找到兵器铺子，小兰花不走了，往路边茶肆一坐，道："我们得打听一下，自己瞎找哪行啊。"

东方青苍没说话，默认了小兰花的说法，因为转了许久，他并没有感觉到属于武器的斗气。

茶肆中没有几个人，东方青苍一坐下，老板娘就翘着一人长的蛇尾巴走了过来。看她头上鲜红的冠子，小兰花猜这应该是个上千年的蛇妖。

蛇妖走到近前，眼珠子在东方青苍脸上一转，然后笑了起来："这位小哥面生啊，第一次来妖市？"她说着，给东方青苍倒了杯茶。

东方青苍一贯不爱理人，只好由小兰花来应付。她抿了口茶，答道："是第一次来，跟老板娘打听一下，这妖市哪里有卖剑的呀？"

"小哥要买剑哪。"蛇妖上上下下打量了东方青苍一圈，目光在他腰间的长剑上略一停留，眼底闪过一丝惊诧，下一瞬，便觉周围气息陡然变重，一股杀气扎进肉里。她连忙挪开眼神，背后淌出冷汗，笑道："小哥第一次来，恐怕有所不知，咱们妖市以前东西都是混着卖的，但自打那位来了之后啊，这寻常东西和杀人武器就分开卖了。要买剑得穿过市场后面的那片小树林，到冰湖下面去。”

“那位？”小兰花眨巴着眼睛问，“哪位？”

“外面的人不清楚，只有咱们这些常年在这儿摆摊的才知晓，是妖市的主子，咱们叫他殿下。”

东方青苍手指在桌上叩了两下，站起来便要走。老板娘连忙道：“小哥茶还没喝完呢。”

小兰花仰头将杯中茶饮尽，又道了声谢，然后便被右边身子拖着走了。

蛇妖见东方青苍走远，连忙到了楼上，推开房门喊道：“闺女闺女，这次娘亲给你看好了，是个极勾人且身体强健的小伙子。”

屋内床上的女子闻言立即坐起身来。

“娘亲看不透他的修为，想来是有点本事的。”

床帏内传出女子沙哑的声音：“他修为高……如果药，没有起作用该如何是好？”

“无妨，娘亲亲手调制的夜夜笙歌，那可是连神仙喝了都挡不住的。”

床帏之内传出蛇吐芯子的“嘶嘶”声。

“你记着稍微克制点，可别把这个再给弄死了。殿下这段时间可是都注意到为娘了。”

“女儿知道。”

“娘将他诓到妖市后面的树林子里去了，你嗅着夜夜笙歌的味道去就是。”

“唰”的一声，屋内再无响动。

第六章

听说堂堂魔尊在集市上买肚兜

一路行至妖市外的树林中，小兰花的脚步越来越拖沓。

东方青苍忍了忍，但又一次左脚绊右脚后，他终是没忍住，沉了脸色冷冷地道：“又有何事？树林子你也瞅着新鲜？”

小兰花有些不舒服地抓了抓衣领：“大魔头，你不觉得有点热吗？”

东方青苍冷笑：“些许药物便能乱你心神，你这仙体可当真是自己修的？”

“药物？”小兰花一边说一边又要拽衣领。东方青苍眉头微皱，一把拍开左手，还没指责小兰花，小兰花就先急了：“你让我解开衣领喘喘气啊，我都快热死了。”

东方青苍显得无动于衷：“那你就去死。”

小兰花气得咬牙：“扒个衣服而已，你一个大男人羞什么羞？要看见什么，亏的可是我！”顿了顿，小兰花又补上一句，“再说了，你身上还有什么地方是我没看过的！”

听见这句话从自己嘴里说出来，东方青苍已经连扶额的力气都没有了。

他不想再与小兰花做无谓的口舌之争，迈腿往前，但左脚死死地钉在地上，半点也不挪地方。东方青苍心底积攒的怒气蹿了起来，声音冰冷：“你当真以为本座拿你没有办法？”

话音未落，小兰花便用他的嘴喘了两口气：“不是……我是真的觉得好奇怪。”她咬着嘴唇，拿左手摸了摸小腹，温暖的触感一下子涌上了大脑，一股从未有过的感觉叫嚣而来，“大魔头，你的身体……好奇怪……”

东方青苍的眉头皱得更紧了。

这小花妖的道行及定性真是比他想象中的还要差，不过一点药物反应便能将她扰乱至此。东方青苍对教养出这样灵物的主子表示十分不满，但这样的状况下，他若是再不管，任由药物在体内肆虐，恐怕小兰花真的会生出什么他难以意料的祸端。

他沉了眉目缓缓开口：“定心神。身体五感不过是虚幻之物，且守元心，抛……”话没说完，小兰花扒掉了外袍。

“我们回昆仑雪山上去凉快凉快吧。”

东方青苍沉默，然后不悦地开口：“本座肯开口指点心法，是多少人求不来的福分。你好好听本座的话，比你上十座昆仑山都顶用。”

小兰花却显得越发焦躁，连话都不想和东方青苍说了，只拿手在身上磨蹭。身体升腾起的愉悦感让东方青苍也有几分意外——这竟不是单纯的妖界媚惑物。

他调动体内气息，欲将药物强行推挤出体内，便在此时，忽闻“嘶”的一声自他身侧传来。左腿上有异物划过，滑溜溜的感觉甚至让小兰花不自觉地呻吟出声。

“公子，怎么独自一人在这孤寂林间，可是不知前路如何行走呀？”沙哑中带着媚惑的声音在东方青苍耳边响起，气息喷在东方青苍的耳朵里，吹出了一阵阵难耐的瘙痒。小兰花忍不住左腿一抖。

东方青苍却冷冷地站着，等蛇妖将脸伸到他面前，吐出芯子要去亲吻他的嘴唇的时候，东方青苍右边嘴角一勾，表情邪魅又狂妄。他右手一抬，将缠在自己身体上的蛇身人头女揪了下来，五指成爪，狠狠捏住了她的脑袋。

蛇妖哀哀叫痛，蛇身痛得在空中蜷了起来，蛇尾在地上挣扎着甩来甩去：“公子公子……哎哟公子……奴家好痛。”

“将主意打到本座的头上，当真是勇气可嘉。”

在东方青苍的手指之间，蛇妖看见面前的男子左边脸与右边脸表现出了完全不同的反应。他左边脸颊面色酡红，目光迷离，是与寻常中了她娘亲药物的男子一样的表现；右边则完全不同，他右眼清明，眸光犀利，暗含杀气，嘴角的笑意更是犹如杀神一般令人胆寒。

这一左一右截然不同的反应让人首蛇身的女妖魔心惊不已，然而更让她惊惧的是捏着她脑袋的这只手。光凭她拼尽全力挣扎而未能挣脱一丝一毫这个事实，蛇妖就知道自己与面前这人的实力天差地别："大人，大人！奴家……小妖知错了……"

东方青苍点头，凉凉地道："好，既然认错，那便说说，你该得什么惩罚。"

"这……"

"你不说……"东方青苍的脸色冷了下来，"那本座便直接罚了。"话音一落，东方青苍五指之间微微燃出了红色的烟火。只听"嗤嗤"几声，蛇妖脸上立即被烧出了五根指印。她凄声惨叫，声音震得林中鸟儿四处乱飞。

东方青苍将她甩开，蛇妖立即痛得在地上蜷成一团。她没有手，只好用尾巴挡住自己的脸，浑身颤抖着，竟不敢抬头看东方青苍的脸。但是即便垂着头，她也能看见东方青苍拖着一条腿慢慢地走到了她的面前。随着东方青苍的靠近，她周身的空气又开始变得灼热而沉重，几乎要将她的皮肉挤破。她从未感受过如此骇人的气势，只得低着头匍匐在地，连痛也不敢叫，一声不吭地表示臣服。

东方青苍伸出了手："解药。"

"大、大人，这是小妖母亲调制的药物……没、没有解药。"

东方青苍闻言，挑了挑眉："如此说来，留你无用？"

"不不不！"蛇妖连忙求饶，"小妖现在便让母亲调制解药，求大人饶命，求大人饶命！"她声泪俱下，却哭得东方青苍连连皱眉："本座近来最烦哭声。"

东方青苍手中烈焰骤起，就在此时，他的左手一动，忽然贴在了自己小腹之下，然后猛地一抓！

东方青苍浑身一僵。便在这怔忪的一瞬间，他嘴里溢出了一声沙哑的喘息。

手中火焰猛地熄灭，东方青苍像是被自己吓傻了。

趴在地上的蛇妖更是摸不清状况。她眼珠子左右转了转，心里实在是想不透，这个男人到底是什么情况？到底是有没有中那什么药啊……

场面静默了好久，直到远处传来呼呼的风声，一个女子大喊着奔来："休要伤我女儿！"一道妖力冲着东方青苍劈砍而来。

东方青苍下意识地竖起结界。妖力被撞散，将周遭的大树尽数拦腰截断。

青蛇妖站在东方青苍面前，沉着目光又上下打量了东方青苍一眼："是我们有眼不识泰山，得罪了大人，还望大人恕罪。这夜夜笙歌有解药，解药便是奴家的血。奴家愿滴血赎罪，只望大人别再追究。”

东方青苍紧紧闭着嘴巴，竟是被刚才那一声吓得不敢轻易开口了。

堂堂魔尊，竟然会有不敢开口说话的时候。东方青苍觉得，自己这段时间真是把以前没做过的事情全都做完了。

将小兰花放在小腹之下的手拿开，为防她挣脱，东方青苍干脆左右手十指相扣，小兰花终于无法再做出出格的动作了。

但是这样并不能让东方青苍身体中的躁动消失。小兰花焦躁难耐，左手手指在东方青苍的右手手背上来回抓挠。

东方青苍皱着眉头，终于冲蛇妖开口：“拿来。”

蛇妖连忙将食指割破，转手以术法变出一个瓷杯，将血挤入瓷杯之中，小心翼翼地端给东方青苍。

东方青苍接过，转了转杯中红血。小兰花嗅到蛇血的气味，躁动平息了些许。

“三千年青甲蝮蛇，倒是滋补。”东方青苍将杯中蛇血一饮而尽，舔了舔染血的唇。再一抬眼，那盈满杀气的眼神骇得青蛇妖不由自主地连连后退：“在妖市这地界最重承诺，不管什么买卖皆是如此，方才大人答应放我母女走，而今反悔，可是会惹上不小的麻烦。”

“哦？”饮过蛇血，小兰花的灵魄在东方青苍的身体里像是精疲力竭地睡过去了一样，彻底安静下来。这让本来由小兰花撑着的半边身子几乎瘫痪。东方青苍心中不悦，再加之想到平时连他都要费心思与这小花妖斗智斗勇，如今她却如此轻松地被药放倒，这岂不是显得他很没本事？

东方青苍想了想，心中不悦更甚。

但这些不愉快都被他藏在了内心深处，他脸上只是勾着嘴笑了笑，不甚在意地对青蛇妖道：“可本座就是要惹这麻烦，如何？”

话音一落，青蛇妖忽觉周身压力更重，空气中好似有一只无形的手，不管她如何拼命相抗，那只手都紧紧地拽着她，坚定不移地把她拉到东方青苍面前。

东方青苍抬起右手，轻轻落在青蛇妖的颈项上。一股寒意扎进她的肉里，让她再也无力挣扎。至此时，她方才意识到自己到底惹到了一个多么不该招惹的人。

青蛇妖觉得委屈极了，这个人此时的气质举动和在茶肆时的言行举止明明判若两人啊！若是早知如此，再给她十个胆子她也不敢对他下手啊！

青蛇妖觉得自己受到了欺骗，但此时哪还顾得上委屈，她哀求道："大人大人，饶了小妖吧。小妖苦修三千年，天劫也历了十数次，大人您杀小妖容易，但恐损您阴德呀！"

东方青苍冷笑："待你见了冥王，尽管让他给本座扣阴德。只怕他卷宗积满了冥界，也数不完本座罪孽。"言罢，他指尖在青蛇妖颈项间轻轻一划。伤口极小，鲜血缓缓淌出，青蛇妖吓得面色青白，东方青苍对于青蛇妖的惊恐显得无动于衷。他将染满蛇血的指尖放到唇边，然而还没等他伸舌品尝，忽觉斜刺里卷起一股细风，利刃一般划开自己擒住青蛇妖的力量，让青蛇妖挣脱了束缚。

东方青苍眉目微冷，转头一看，树林的另外一头传来枯叶被缓缓碾过的声响。

没一会儿，来人的身形出现在小树林通往冰湖的道路之上。

见到这人，东方青苍微微眯起眼睛。不只因为此人竟腿脚残废、困坐轮椅，更因为这人周身缠绕着神秘的气息。以他魔尊之体，竟然难以看破此人的道行来历。

而挣脱东方青苍禁锢的青蛇妖则好似陷入了更深的恐惧中。来者救了她，她却并不逃到那人身边，只退到自己女儿身旁，跪在地上，将她女儿紧紧抱住："殿下……"

妖市之主？

东方青苍眉梢微微一动。

"近来妖市常有独身前来的男子失踪，果然是你母女所为。"蛇妖之女瑟缩在青蛇妖怀里，不敢抬头看那人一眼。男子掩唇咳了两声，"去冰湖之下领罚。"

"殿下……"青蛇妖想要求情，但触到妖市主的冰冷目光，连忙垂头应是，捂着颈上的血，转身欲走。

东方青苍倏尔冷冷一哼，一道杀气飞快地划过，斩裂了青蛇妖面前的大地。"本座的食物，岂是说走便能走的？"

青蛇妖不敢答话，悄悄瞥了妖市主一眼。

妖市主坐在轮椅上，身边一个服侍的人都没有，面对东方青苍在气息上刻意的压制，却只是微微一笑："魔尊大驾光临，有失远迎，还望恕罪。"

青蛇妖闻言，眼珠子都要瞪出来了。

魔……魔尊？

她今天给传说中的上古魔尊下了……那啥？

东方青苍眼睛一眯：“何以看出本座身份？”

“说来惭愧，在下与魔界尚有几分交情，对魔界境况也算略知一二。如今三界之中能拥有如此强大魔力的人，除开前些日子撞毁昊天塔的魔尊，还会有谁？”妖市主笑道，“怪在下治下不严，使手下之人对魔尊行如此失礼之事。作为赔偿，便请魔尊随意在这妖市逛逛，看上何物，尽管取用便是。”

东方青苍指了指青蛇妖：“先要她的命。”

“魔尊说笑了，生命如何能拿来买卖。”

“不给吗？”东方青苍一哂，“本座自己取。”

青蛇妖听闻这几句对话，骇得一动也不敢动。一前一后的两人都没有再说话，但周遭树木上的树叶却开始诡异地晃动。就在青蛇妖以为两人即将动手之际，东方青苍哼唧了一声。

空气中的剑拔弩张感瞬间消失。

青蛇妖拼着性命回头看去，只见东方青苍捂着嘴，黑沉着一张脸。

气氛越发诡异。

“妖市中人，是错是对、如何惩罚都由在下决定，不敢劳烦魔尊。”终于，妖市主打破沉默，“至于其他……冰湖之下水晶城中不日便有大量精致法器宝物拍卖，魔尊自可随意挑选。”

听闻妖市主的提议，东方青苍无动于衷。他放下捂住嘴的手，找回方才慑人的气势：“从没有谁对本座不敬后，还能全身而……哼哼……”

听到最后两个音节又从嘴里冒出来，东方青苍太阳穴上的青筋一跳：“还能全身而退……哼哼！”

小兰花的灵魄在东方青苍的身体里睡熟，因被他的说话声惊扰，发出不满的哼哼声。

东方青苍不得不再次捂住嘴。

他的行为举止旁边三人都看呆了。

东方青苍额头上青筋直跳，正强自忍耐，青蛇妖忽然动了念头，抱着女儿想要趁机逃走。蛇尾一动，在地上磨出了微不可闻的一声。

东方青苍正是一腔邪火无处可泄，闻声抬眼，四周杀气陡增。妖市主连拦都未来得及拦，空中一道气息便“唰”地切下，径直将青蛇妖的尾巴斩断了手臂长的一截！

青蛇妖一声惨叫，断尾处鲜血淋漓，痛得她倒在地上翻了好几圈。

妖市主目光微凝。

东方青苍黑着脸，探手一抓，将蛇妖断尾抓在手上："本座给你一个情面，留她一命。妖市宝物本座没有兴趣，给本座寻造宝人一名。"他语速极快，像是生怕慢一点就控制不住自己了一样。

青蛇妖在凄声惨叫，蛇妖女儿缠着她母亲的身体压抑着惊恐的哭声。妖市主静静地看了东方青苍一会儿，竟没有生气。他的目光在东方青苍腰间的朔风剑上一转，声音平和地道："如此，魔尊便先入冰湖之下的水晶城吧。"他手轻轻一挥，一盏白色的灯浮在空中，飘飘荡荡地往冰湖而去。

东方青苍紧闭着嘴，一声不吭地随白灯下了冰湖。

直到东方青苍的气息全然被湖水淹没，妖市主幽深的眼眸方转向还在地上哀哀呼痛的蛇妖："你们杀了不少人，行事越发熟练，胆子也越发大了，主意竟打到了魔尊身上。"

"小妖无知，小妖无知……"青蛇妖趴在地上瑟瑟发抖，她女儿更是一眼也不敢看妖市主。

"你们知我素来宽宏，但规矩始终得立好。"

青蛇妖脸上冷汗涔涔，却咬紧嘴唇，不敢发一言。

"三千年蝮蛇妖滋补……"妖市主的目光落在昆仑山方向的天边，"那便存下来吧。"他轻唤一声，"蝶衣。"紫色的蝴蝶倏尔自他轮椅之后飞出，落在他轮椅右后方。光华一转，一个紫衣女子垂首而立。

"榨干她的血，保存好。"他说得轻描淡写，身旁的女子也应得干净利落，面无表情地走到青蛇妖面前，伸出了手。

"殿下！殿下，小妖不为自己求饶，只求殿下放过小女……"

妖市主的目光淡淡地落在人首蛇身的女妖身上："她呀，她暂时不会死，我另有用处。"

小兰花不知自己在黑暗中睡了多久，等她再次醒过来的时候，周遭环境已全变了样。

水底，无光，只有前面一盏诡异的白灯摇摇晃晃地领着路。

"这是哪儿？"小兰花开口，眼珠子左右一转。不等东方青苍回答，小兰花的目光忽然落到了他的右手上。他手中正捏着一条青色的断蛇尾，蛇尾还在不停地蠕动，断口处鲜血淋漓。小兰花吓了一大跳，拼命往后偏了偏脑袋：“这是什么？好恶心！东方青苍你不要胡乱捡东西行不行！”

东方青苍努力把脑袋偏了回来，隐忍着怒气开口：“给本座闭嘴。”

小兰花还欲争辩，前方的灯倏尔停了下来。只听“吱呀”一声，一丝光亮从黑暗中泻出来，门扉打开，热闹的声音登时涌进耳朵里。与声音一同扑面而来的还有一股奇怪的气息，小兰花自身修为不够，从来没有感受到过这样的气息，但东方青苍知道，这是斗气。

是染过血的武器特有的冰冷而雄浑的气息。

东方青苍浑身的血液几乎是不由自主地加快了流动速度：“妖市主话倒不假，此处确有不少宝贝。”

小兰花早就听主子说过，魔尊东方青苍生性好斗，当年斗遍了魔界又上天界，但凡有点名气的武将，没有谁没被东方青苍打疼过的，直到与赤地女子一战中，败于她之手。

小兰花一直不明白为什么东方青苍好斗，直到现在感觉到他体内涌动的气息，她方知，有一种东西叫作天性。

冰湖底的水晶城说是一座城，其实更像是一座巨大的水底宫殿，墙壁以水晶砌成，又布施了结界，使宫殿之内没有渗透进一点水珠。

在宽阔的大殿之中，是一个买卖市场。相比于地面上的妖市，这里的交易要郑重得多。付款时鲜有金银，多为鲛珠或镇魂玉等奇珍异宝。白色的灯依旧在东方青苍面前飘着，将他带往造宝人所在之地，但是小兰花从进来以后，全部心神都被路边宝物吸引，哪里还迈得动脚步。

左手边这个摊位上在卖亮晶晶的首饰，前面那家店做的暗器精致玲珑，特别适合女子随身携带，还有那个！

小兰花瞬间被一家卖肚兜的店铺吸引了全部目光，几乎是强迫地拖着东方青苍的右半边身子一瘸一拐地挪到了店铺旁边。她摸了摸绣工精致的红色肚兜，露出了“想要”的目光。

店铺老板娘的原形是鲇鱼精，两根鱼胡子长长地垂下来。对上东方青苍亮晶晶的眼神，她立即热情地用胡须将挂在高处的肚兜取下来，递给东方青苍，嘴里还招呼道：“小哥，自己穿还是给媳妇啊？”

东方青苍听到这句问话脸色黑了一半，而另外一半却越发精神奕奕起来：“自……”东方青苍一把捂住自己的嘴，拍出的响声将周遭路人都惊了一惊。

老板娘满含深意地笑了：“小哥，做了这么多年的生意，我都懂的，我今日男男女女都卖了不少呢。我跟你说，这一年啊，也就今日能让你在水晶城买到我织的这天香肚兜。不怪你被吸引，我这肚兜确实好啊，颜色鲜艳、质地舒服，最重要的是，这肚兜平时闻起来一点气味也没有，可是只要温度稍稍一升高，这料子里暗藏的香，哎哟！勾人心魂！这最最重要的是啊……”老板娘在肚兜上揉了揉，登时，一股异香飘散开来。小兰花一嗅，果然是勾人心魂，连东方青苍也不由得被这香味熏得挑起了眉头。

老板娘贼贼一笑：“将肚兜搓到这种热度是勾人，要是再使劲儿揉一下，那就能要人命了。咱们水晶城只卖武器，这肚兜，可是个防身利器。”

小兰花的眼睛不可抑制地亮起来，不管东方青苍的右手将嘴捂得多死，她愣是从缝隙里挤出了几个字：“买！买买！”

东方青苍彻底黑了脸。

他堂堂魔尊，在妖市买了一个女人的红色肚兜，这传出去像什么话！他转身往外走，小兰花却拼死要留在店里，两人无法达成一致，几乎要将身体撕成两半。

便在这时，一股更诱人的香气传到小兰花的鼻子里，那是食物的味道！

小兰花把脑袋往旁边一偏，看见了一个正甩着锅铲的老板，锅里是几颗白色的药丸。老板大声吆喝：“吃一颗浑身鲜血变毒血了啊！没人敢碰你、没人敢咬你的防身利器啊！附带丰胸美颜、滋补养生功能啊！卖一颗少一颗咯！”

丰胸美颜！

小兰花的眼睛又是一亮，她愣是在这瞬间爆发出惊人的力气，将东方青苍的身体整个儿拉到了药丸摊前。她豪气地一拍桌子，学着东方青苍的腔调吼了一句：“给本座来一颗！”

看到周围人惊骇的眼神，东方青苍已经不知道第几次生出这种羞愤欲死的心情了……

他最后到底没有让小兰花吃下那颗药丸。东方青苍黑着脸，几乎是单脚蹦跳着离开了水晶城内最热闹的区域。

跟上前面还没走远的白灯，东方青苍开始气急败坏地训斥小兰花：“本座是对你太过仁慈，才让你越发不知分寸了？”

肚兜没买到，药丸也没买到，小兰花本还有点不高兴，但听到东方青苍这句语气森然的话，还是默默咽了口口水。

“如此之事若再有下次，本座定重回郦城，撕裂三界封印；待寻得机会，本座还要去天界，闹得你的主子与那些仙人欲死不能。”最后四个字他说得咬牙切齿，好似深有体会，“本座的话，你可记住了？”

小兰花自知理亏，闷不吭声地挨完骂，乖乖地跟着东方青苍的频率迈腿。

直到前面领路的白灯停住，东方青苍心头的邪火方才消了些许。

小兰花一抬眼，就看见一个漆黑的屋子，门上挂着“匠房”二字。屋里传来敲敲打打的声音，东方青苍迈进屋里，屋内面积不大，三三两两的匠人正在忙碌，后门开着，门外是个壮实的汉子，正在敲打烧得火红的长剑。

东方青苍一进屋，大家的目光都落在了他身上。东方青苍用眼角轻蔑地在屋中一扫，而后将方才挂在腰间的蛇尾扯下，扔到其中一个正在磨木头的老鼠精跟前。

忽然看到这条还在蠕动的血淋淋的蛇尾，老鼠精吓得叫了一声，然后惊惶不安地抬头看向东方青苍。

东方青苍却看也没看他一眼，又拔出腰间的朔风长剑，“唰”的一声，将它插入地面之中。刹那间，以朔风一剑为中心，地面“咔咔”地结了一层厚冰，直扩散了两尺来远方停住。

“以蛇鳞造此剑剑鞘，几日能成？”

匠人们一时都被朔风剑吸引了目光，围过来啧啧称叹。

小兰花却在感叹东方青苍的法力实在高强。

此前朔风剑在东方青苍身上的时候可一点寒气也没散出来，可见是东方青苍一直用法力压制着它。这把剑有自己的剑灵，还是赤地女子用过的神剑，属性更与东方青苍相克，可他压制它的时候却不见半点费力……

小兰花觉得是时候深刻地反思一下自己近来的所作所为了。她还得好好想想，有没有什么办法，让他们在分开以后，自己不至于死在这只自己用过的爪子上……

在小兰花心思乱转的时候，匠人们回答了东方青苍的话，说剑鞘大概要七日做成。

东方青苍倒也没有计较时间，只是恐吓了匠人们一通，让他们好好为他办事，不要乱打朔风剑的主意，然后就出了匠房。

小兰花还不放心地回头看：“剑就留在那里吗，他们要是把剑据为己有了怎么办？”她道，“那可是咱们辛辛苦苦地弄出来的。”

听到“咱们”两个字，东方青苍很不愉悦地冷冷一哼，道：“凭他们，根本无法靠近朔风剑一尺。剑放在那儿，不过是为了让他们看看尺寸。”

小兰花对东方青苍傲慢的回答撇了撇嘴。东方青苍对于她这样拉扯自己面部肌肉的动作已经习惯，连开口制止都没有，直接换了话题：“本座离世已数万年之久，于世间事所知甚少。”

东方青苍说出这样的话其实是让小兰花有些吃惊的。在这段日子的相处里，东方青苍总是表现得无所不能，事实上他确实也是这样，他什么话都敢说，什么事都敢做。但对于败于赤地女子之手、“死”在上古的事，东方青苍提都未提过，好像那件事对他复活后的人生根本就没有半分影响。

但这句话却让小兰花察觉出东方青苍对当年那件事的在意。此刻，在她看来，他越是对这件事避而不谈，其实便越是在意……

“先前你说你的主子博知天下事。她可与你提过这妖市主是什么来历？”

小兰花眨巴了一下眼睛：“没提过啊，我今日才知道这里有妖市主。”

东方青苍垂眸沉思。

水晶城里的交易还在继续。站在匠房门口，小兰花闲得无聊，眼珠子又开始往热闹的地方转。东方青苍有所察觉，略一琢磨，道：“可以去看看，不过，你要听本座的话。”东方青苍开口，一副对小孩说话的语气，“不准乱走乱跳、胡乱开口叫喊。”

对于东方青苍还准她去逛街这事，小兰花感到无比惊讶。惊讶之后，她连连点头：“好好好，都听你的。”

然后东方青苍迈开了腿，疾步向前。小兰花的目光还来不及在任何摊位上停留，东方青苍已经跨进了一个冰块堆成的屋子之中。

小兰花沉默……原来东方青苍是自己想看啊。

这间店铺给小兰花的感觉极其凝重。角落里有两三个衣冠华丽的妖魔在挑选长剑，店员正在给这两人介绍：“此剑剑气、邪气、戾气、怨气皆有，唯缺杀气，一旦到了人界战场之上，便能收得许多……”

小兰花转头打量起整个屋子，此间武器与外面看到的似乎相差无几，只是别致许多。店铺老板是个白胡子老头儿，本坐在角落里算账，但东方青苍一跨进门，他的目光就转了过来，然后甩了甩手上的金算盘，迎了上来。

“公子要什么？”仅从外表来看，小兰花看不出老板的原形是什么，想来道行已深。

东方青苍不搭理他，目光高傲地在屋内扫了一圈，最后落在墙壁正中的一束花上。

“本座要它。”东方青苍甫一开口，老板的眼中就泛起了精光。

“公子，那只是本店墙上的假花，不卖的。”

东方青苍冷笑：“本座可问过你卖不卖？”

老板脸色微变：“公子，我这儿可是做买卖的地方。”

东方青苍一哂，右手掌心一转，一枚金色的小石头被扔到了老板面前。小兰花认识，那是东方青苍以他自身魔力凝聚出来的法力精石。这小小一颗对东方青苍来说消耗不了多少法力，但对于这妖市乃至三界来说，都堪称异宝。

持有魔尊的法力精石则可习上古魔族之术，炼化吸收后，还可以一夜之间法力暴涨。到时候不仅长生不老不是梦，连横行人界都不再会是梦。

小兰花有点想将那块精石抓回来，毕竟那可是能扰乱人界秩序的东西。但在小兰花动手之前，老板已一把将精石抢了过去。他看看精石，又看看东方青苍，脸色一会儿红一会儿白，最后嘴唇颤抖着问：“魔尊？魔尊？”

东方青苍瞥了一眼墙上的东西：“将它取下。”

老板态度大变，点头哈腰地将那花从墙上取下，递到东方青苍手里。东方青苍抓起自己的左手，将花置于左手手腕上。只听窸窸窣窣的一阵响，花已不见了踪影，只留下一根藤蔓缠在左手手腕上。

不再看老板得到精石之后欣喜若狂的表情，东方青苍转身出了店铺。

“等等……大魔头……”

“这是骨兰。”东方青苍道，“骨兰护主，将它戴好，危急关头将左手抬起即可。本座不想让身体的另一侧处在毫无防备的状态之中。”

“谢谢啊，不过大魔头……”

“好好戴着，这个妖市不同寻常，妖市主或有阴谋，本座虽为不死之躯，但眼下没工夫在此处与人消耗。”

“哦，但大魔头……”

东方青苍皱起眉头：“还有何事？”

小兰花道：“你不是在找一个叫谢婉清的人吗？刚才我听见店里那两个买剑的人说，谢婉清现在在战场上呢……”

东方青苍脚步一顿，猛地回头去看那家店铺，眼神比方才亮了两分。小兰花瞬间感觉到，身体里那种热血沸腾的感觉又出现了……

第七章

悲剧来得太快 就像龙卷风

小兰花万万没想到，东方青苍把那把辛辛苦苦取来的朔风长剑说扔下就扔下了。

他把剑丢在妖市水晶城里让工匠帮他加工剑鞘，然后就驾云到了鹿城。

鹿城是大晋国的军事重镇，已经在风雨中屹立了三百年，如今却身处飘摇之中。原因无他，大晋国已有苛捐杂税，又逢三年干旱，百姓苦不堪言，帝王却不思朝政、整日奢靡享乐，终是令百姓举旗反了。

叛军遇上腐败的政府军，一路势如破竹，直至杀到鹿城。

鹿城到底是军事重镇，易守难攻。叛军久攻不下，索性挖沟围城，打算将鹿城内的守军活活困死。但鹿城城内粮食储备充足，是以战争一时陷入胶着状态。算上今日，叛军已在鹿城城前扎了八天营了，再耗下去，叛军自己的粮草补给怕是也会出问题。

“他们后天一定会攻城。”小兰花站在城墙之上，俯眺城外大军，“主子一般写的都是十天之后攻城。”

东方青苍显然对这种事情不感兴趣，他转过身在戒备森严的城墙上踱步，因为施了隐身术，是以即便大刺刺地从守城军面前走过也丝毫没被察觉。

东方青苍的目光在守城军的脸上逡巡了一圈：“谢婉清不在这儿。”说着，他一跃跳下城墙，往内城而去。

城内宵禁戒严，街上一个人也没有，连犬吠声都听不到。这样的环境让小兰花感到有些压抑，她找了个话题缓解情绪：“大魔头，你这么急着找谢婉清，是不是喜欢她啊？”

东方青苍不理她。

小兰花噘了噘嘴：“我猜一定不是。就我这段时间的观察来看，你吧，心眼小，心肠坏，这么惦记一个人一定不是因为喜欢人家。你就像是贼惦记人家的钱，狗惦记人家的包子……”

小兰花顿了顿，接着道：“我觉得你是来寻仇的。”

东方青苍冷笑：“本座如何行事要你过问？到时候本座杀了她，你自取她的身体来用便是。”

“你要杀她？”小兰花打断东方青苍的话，瞪着眼睛道，“这怎么行？她要是阳寿未尽，你将人家杀了可是犯天条的。这和等她阳寿尽了，我捡她的身体用完全是两个概念的事。”

东方青苍对于小兰花的论调嗤之以鼻，正要开口驳斥她，忽见旁边有一队士兵急匆匆地走过，领头之人正是一个穿着铠甲身材窈窕的女子。

她命人守在小巷口，只带了一名医生走进小巷，经过两三家院门后，她推门而入。

东方青苍目光跟着女子的身影，而后毫不犹豫地迈步跟上她，随她进了小院。

“这是谢婉清吗？”小兰花问，“你怎么知道是她？”

东方青苍不答，可是小兰花能感觉到东方青苍的情绪有如暗流涌动。

踏入小院，一股浓重的药味扑面而来。东方青苍也不走门，径直穿墙而过，入了里屋。屋内，面色苍白的男人倚床而坐，身着铠甲的女子站在他身边，身姿是寻常女子少有的英挺干练，但此时她的眉宇间却染上了忧愁。

大夫给男子把完脉，摸着胡子摇了摇头。

女子没再说话，摆了摆手让大夫去外面开药。她自己坐在男子的床边轻轻握住了他的手。

男子睁开眼睛，静静地看着她，面色苍白地笑了笑，然后转过女子的手，在她掌心写了几个字。女子见了，沉默许久，而后也开始在他掌心写字，但写到一半，她就好像写不下去了一样，垂着头，再没动作，好似十分颓然。

男子抓着她的手，十指紧扣，像是在给她无言的鼓励。

两人之间气氛虽沉凝，但款款深情却让小兰花看得感动不已："原来是个聋哑病弱男和女将军的搭配，这两人一定十分相爱……哎哎哎！东方青苍！你要作甚？"

只见东方青苍右手成爪，指甲上泛着寒光，对准女将军的后背便抓了过去。小兰花吓得连忙一把抓住东方青苍的右手，将它紧紧扣在胸膛上："这种时候你想杀她？"

东方青苍显得很不耐烦："她迟早也是死，本座帮她解脱有何不好？"

"反正她迟早都是死，你再等几天能怎样？"小兰花道，"如果她是谢婉清的话，那应该也活不了几天了，反正朔风剑的剑鞘也还没造好，你就留在这里等等呗。"

东方青苍面色不豫："放开。"

"不放！"

东方青苍周身杀气澎湃而出。

"谁？"女子忽然站起身，拔剑出鞘，直直盯着东方青苍所在的方向。

小兰花一惊，在这一瞬间，她几乎以为这个女子真的看见东方青苍了。但很快她就发现，那女子只是盯着东方青苍所在的方向，并没有真的看见他。

想来也是，一介凡人，怎么可能看破魔尊的隐身术。不过她能感觉到杀气也极不容易了，这个女子绝不普通……小兰花皱了皱眉，在摇曳的烛火之中，小兰花倏尔觉得她的身形有几分熟悉，却想不起来在哪里见过。

女子持剑而立，直到身后的病弱男子拉了拉她的手。她回过头对他笑了笑，极慢地说道："是我太紧张了。"男子握着她的手，无声微笑。

女子收剑坐下，又陪了男子许久，就在小兰花以为他们今天晚上都会这么沉默地对视过去的时候，女子忽然垂着头道："这几天，叛军大概便要攻城了。他们欲一举攻下鹿城，必定来势汹汹，而我方已疲于守城……怕是抵挡不住。"她说得太多、太快，男子没有看懂她的唇形，但他也不着急，只是浅笑着望着女子，而女子也笑看着他，就像是在说情话，而不是诀别语。

"先皇于我谢家有恩，便是战死，我也不能降了叛军。今日走后，我可能回不来了。"她轻轻触摸他的眉眼、鼻尖、脸颊与唇瓣，"我知道，没有我，你也会好好吃药、好好生活，不会耽于过去，不会自暴自弃，对吗？”

最后这两个字，她说得缓慢又清晰，于是男子点了点头。

她沉默了一会儿，突然抱住男子，在他颈窝间磨蹭了好一会儿，才放开了他：“军中还有事，我先走了。”

她迈出房门，东方青苍欲跟上，小兰花却扭头看了屋内的男子一眼。在女子走后，他好似消耗完了所有精力一样，疲惫地闭上眼睛，呼吸微弱，是将死之相。

小兰花有些不忍，但转念一想，这是凡人的事情，她不能干涉的。

“你同情他们？”东方青苍开口。他看向旁边柜子上的梳妆镜，镜子里面映出两张脸，一张是他的，一张是小兰花的。

镜中的小兰花垂着脑袋，难得地消沉：“主子说过，生老病死、天道轮回，前世因后世果，世间事本就没什么同情不同情可说。”

东方青苍凉凉地道：“可你同情他们。”已经是肯定的语气了。

小兰花不说话。

“你若不拦着本座杀她，本座便让他们死得开心一点。”

小兰花眼眸一抬，眼珠子亮晶晶地看着镜中神色倨傲的东方青苍，假惺惺地担忧他：“可那是犯天条的举动……”

东方青苍神色轻蔑，说出了小兰花想听的话：“本座犯了无数天条，不差这一则。”

于是小兰花欣喜了：“我拦了你的，可是没拦住，主子一定不会怪我的。”

东方青苍嗤笑一声。

小兰花却很开心。在镜子里面，她用脸蹭了蹭东方青苍的脸颊：“大魔头，你还是有良心的。”

其实被小兰花蹭脸，东方青苍只能看见这个画面，而什么都感觉不到，但看着镜中小兰花的笑容，东方青苍却有几分愣怔。他扭开头，不再看镜子里两人的身影：“休要再碍着本座行事，否则待你离开本座的身体之后，本座定让你魂飞魄散。”

提到这事，小兰花瞬间变得忧心忡忡，但仔细将东方青苍的话一回味，她眨巴着左眼问：“这么说，如果我不碍着你行事，回头我离开你的身体之后，你就不会杀我了吗？”

东方青苍“哼”了一声，没有说话。

魔界，暗色系的卧房中，觞阙站在床榻旁边，道：“探子传信来，说前日在昆仑妖市中看见了魔尊。”

床榻上正在喝药的人动作微微一顿，“魔尊去了昆仑妖市？”说话之人虽是男子，但语调之中却带着诡异的妖媚，“他去做什么？”

“去了水晶城，应当是去选购武器的，但有一点有些奇怪。”觞阙皱眉道，“探子说，他在去水晶城之前，身上便已配了剑，而且到水晶城后，魔尊言行举止……略有可疑。”

“哦？如何可疑？”

“他……好像对女人的肚兜和丰胸的药丸很感兴趣……”觞阙揉了揉眉心，“孔雀，这当真是上古魔尊？你未醒那几日，他在魔界的举动也极为怪异，整日自言自语、神神道道，还……好男色……”

“上古魔尊，难免有点邪行，这些都无妨大事，只是……”孔雀放下药碗，目光微凉，“昊天塔、昆仑山，他还要你去寻一名人类女子……”

“可有不妥？”

“觞阙，为了救出魔尊，我们翻阅了那么多典籍，你还想不到吗？”孔雀下了床，行至铜镜前看着镜中的自己，揉了揉自己苍白的嘴唇，“有一个上古神，在消失之前，可是毫无缘由地去过这两个地方啊！”

觞阙一愣：“赤地女子……”

“赤地女子在何地消失，上古典籍未有一本有所记载，但我猜测，她那样的人与魔尊是一样的，生而不死，死而不灭。魔尊死后，更无人杀得了她，三界五行之中，她除非去冥界，否则不会消失得那么干干净净。”孔雀用手指将他的唇瓣揉得嫣红，令他脸色变得好看了些许，“魔尊，是找赤地女子去了。”

觞阙惊愕：“他……他已辞世如此之久，怎么会知道赤地女子生前去过的两个地方？”

“魔尊最是好斗，自上古时，只要是他盯上的猎物，没有不被找出来的。更何况，那可是打败他的赤地女子。”孔雀顿了顿，“魔尊可能是想像咱们复活他一样，去复活赤地女子呢。”

觞阙大惊：“赤地女子复活，定会对我魔界不利。”

孔雀面容沉凝：“或许根本等不到她对魔界不利，咱们便没什么好果子吃了。”他转头看觞阙，“东方青苍与赤地女子的上古一战，使星辰颠倒、时空混乱，这可不是夸张的说法。天界经不起他们再斗一次，咱们也一样。”

觞阙咽了口唾沫："那如今，是要劝阻魔尊吗……"

"那般倨傲之人，岂是他人劝得住的。"孔雀叹息，"要是魔尊别那么在意上古旧事、少点好胜之心就好了。"他伸出手，放在铜镜之上。看似普通的铜镜忽然荡出了诡异的水波，而孔雀的手竟慢慢地伸了进去，像是触碰到了什么，他的神情霎时变得有些痛苦。

他飞快地将手抽了出来，一股黑气随着他的指尖逸出。不过是一点点流窜出来的气息，便让立在一旁的觞阙浑身一僵，心底不由自主地涌起一股诡异的愤恨情绪，他忙压住心神，问："这是什么？"

"是可以让东方青苍听我们话的东西。"

此时千里之外的东方青苍倏尔顿下了脚步。小兰花左脚迈出去不见右脚跟上来，便也站定，奇怪地问："怎么了？"

东方青苍往天边望了一会儿，没有理会小兰花，继续向前走。

小兰花实在是忍不住好奇，问道："你到底有什么办法让他们开心啊？"

东方青苍冷淡而简单地答道："解决他们的烦心事。"

"哎？"

东方青苍一跃而起，飞至城墙上。此时，鹿城城门紧闭，百米之外便是安营扎寨的叛军。八万兵马尽数集结于此，他们好似打算开始攻城了，战马拉出、队列站好，战场上的杀气滚滚而来，让小兰花觉得有几分压抑。

但东方青苍却目光轻蔑。他缓缓地抬起了右手。

小兰花心里忽然闪过一丝不祥的预感："大魔头，你说的解决烦心事，不会是……"

话未说完，宛如一声平地惊雷响，一道法力凝成的屏障罩在鹿城城门前十丈距离。屏障深深地切入地里，将大地压出了一道宽约一丈的壕沟！

小兰花看得目瞪口呆。

大地震颤，不仅惊了叛军的战马，战士们也都是脚下不稳；而鹿城之上守城的士兵同样感觉到了震颤，他们皆好奇地往城下张望，不明白发生了什么事。

耳朵里传来谢婉清还算镇定的声音："怎么回事？"

随着她话音一落，东方青苍又一挥手，平地风起，在鹿城的法力屏障之外，风慢慢地变大、加快，变成了狂风，刮走了叛军的帐篷，卷跑了他们的粮草。在所有人都处在惊愕之中时，暴风忽而如龙一般直冲云霄，战马和叛军终究难以支撑，纷纷被卷到半空中，乱舞成一团。

这一场突如其来的狂风不过眨眼之间便将八万叛军吹得没了踪影。

小兰花已经惊愕得说不出话来了，目光呆滞地看着鹿城城门前的那片连草都被拔光了的空地。

东方青苍一抬手，法力的屏障消失，只余下地上深深的壕沟证明他动过手。“解决了。”他道，“明日午时，便是谢婉清注定丧命的时辰，本座就等到那时，取她性命。”

小兰花整个人都要疯了，她左手在空中乱抓了几下，最后一把揪住自己的衣领：“你在逗我玩吗？你在逗我玩吗？你当我年纪小不懂事就可以随便糊弄吗？你这算什么事啊！”

东方青苍拉掉左手：“这算本座难得做了一次好事。”

“好事！你这叫好事？”

“你不是要他们开心吗？”东方青苍淡淡地道，“没了敌情，他们可以开开心心地活到我取走她性命的那一刻。当然，我也可以让他们像那些凡人所求的那样，同年同月同日死。”

他说得很是嫌弃，因为东方青苍一直不明白，凡人追求一起死到底有什么意义。反正这群凡人最后都是要去冥界的，冥界又不可能因为他们是手牵手一起下去的，就把他们下辈子安排成亲兄妹。等喝了孟婆汤，桥归桥，路归路，谁还记得谁是谁啊。

小兰花几乎是在咆哮：“你有没有考虑过我的感受？让他们开心明明有更简单的做法，只用改变他们命格中很小的一部分就行了，但你！你！你把人家八万士兵都刮去哪儿了？那些将军呢，叛军首领呢？要是人家命定是要做皇帝的怎么办？那是国运啊！国运天命啊！你乱了天命是要遭天打雷劈的！”

东方青苍勾唇一笑，一如既往地狂妄：“劈便是，本座还受不了区区几记天雷？”

他就是这么强大，他就是这么任性。

小兰花早就该猜到的，她明明已经这么熟知他的秉性了。一阵巨大的疲惫感袭上心头，她松了衣领，像死了一样将东方青苍左边身子整个儿软了下来：“我完了，我都做了什么呀！主子知道了不拿我去喂猪简直都对不起明天升起来的太阳，我完了……”

看见活生生的八万人马消失在自己面前，城墙上的凡人只比小兰花更惊愕。连谢婉清也是一副怔愣的模样，她扶墙眺望远方，不敢置信地眨了眨眼睛。

“老天爷显灵了？”

忽然有士兵喊道:“是老天爷显灵了！”

“老天爷”东方青苍面对士兵们的欢呼显得很淡定，只在拖着自己半边身子路过谢婉清身边的时候停了停。

“快了。”东方青苍倏尔喃喃自语道，“就快了。”

“你在说什么？”小兰花强自找回镇定问他，“你又想做什么？”

东方青苍没有回答她。因为没有镜子，所以小兰花只感觉到东方青苍扯了扯唇角，并没有看见他暗红的眼睛深处泛出的嗜杀的血光。

第八章

善恶终有报！天道好轮回！不信抬头看！我主子饶过谁！

自从东方青苍将叛军八万人马刮没了影开始，鹿城上空便阴云密布，是天雷在积蓄着力量。

小兰花是被她主子点化成仙的，这辈子连劫雷都没见过，更别说这看起来就够唬人的天雷了。她非常忧心：“大魔头，我们要不要干脆先离开鹿城啊，你本事大我知道，但是鹿城的百姓可没你那么强大啊！要是劈到他们该如何是好……”

东方青苍淡淡地道：“那与本座何干？”

小兰花心头一怒：“主子说，为人处世的第一原则就是不要给别人添乱。你是怎么做到成天成夜地给别人添乱还添得这么理所当然的！”

闻言，东方青苍眼睛微微一眯：“小花妖，你是怎么好意思说出这句话的？”

小兰花被噎住了。

争论间，旁边议事厅的大门打开，里面的官员鱼贯而出。谢婉清走在最后，慢慢停住了脚步。她闭上眼睛，仰起头，深深呼吸，好似心情很是愉悦。小兰花看见她唇角轻轻勾出了一抹笑，甜甜的酒窝在她脸上浮现。

如果她换下军装，穿上罗裳，应该也会是个美丽可人的女子吧。只可惜……

小兰花看了看时辰，现在离午时已经很近了，她的命数也就只能到这里了。如果没有东方青苍的话，她现在应该是在千军万马中绝望地厮杀……然后死于战场。看着她脸上的笑容，小兰花有几分感慨："大魔头，你为什么非要杀她呢？"

东方青苍像没有听到小兰花问的这句话一样。谢婉清提步离去，他也立刻沉默地跟了上去。看方向，她是要去找那个病弱的男人。

"你去冥界翻命簿，又让魔界的人去寻找，在听到她的消息之后立刻马不停蹄地赶来了……你到底和她有什么仇？你……"小兰花看着前面谢婉清的背影，陡然停下了脚步。东方青苍早已习惯自己时不时瘫痪一下的左边身子，面不改色地继续往前走。

"她是……她是赤地女子吗？"小兰花震惊地开口。

东方青苍不应。

"等等，东方青苍，等等！"小兰花想拉住东方青苍，却无从下手，左边的废腿也不能阻止东方青苍几乎是跳着前进的步伐。小兰花只好喊道，"你怎么这么幼稚！她都已经变成凡人了，上古的事情都不记得了，你杀她有什么意义啊？太幼稚了！"

"谁说本座要报复？"东方青苍忍无可忍地道，"你若想在得到那具身体之后不至于马上魂飞魄散，现在最好乖一点。"

小兰花嘴唇动了动，没再说出话来。

午时已近，鹿城上空却笼罩着浓厚的黑云，不见天日。

谢婉清脚步轻快地走进小巷。东方青苍手中法力凝聚，小兰花几乎有点不忍心再看下去。

"阿然，你怎么起来了？"谢婉清推开门扉，就见那病弱男子歪歪斜斜地站在院中。他看看天色，又看看谢婉清，神色是莫名的阴郁。

"阿然，叛军不见了。"谢婉清目光清亮地看着男子，一字一句地道，"他们不见了，鹿城保住了，我大晋保住了。远在西北的谢家军也有机会回来了。"

男子看懂了谢婉清的唇语，但神色却更加凝重。

谢婉清摸摸他的脸，然后抱住他的腰，将脸贴在他的心房上："阿然……"

她的话止于利刃划破喉咙的那一刻。

鲜血喷涌。

却不是东方青苍动的手。

小兰花愣愣地看着那个名唤阿然的男子，手持短匕首，在谢婉清脖子上割出一条深深的伤口。

谢婉清脸上的神情僵住。连一旁作为看客的东方青苍也不由得皱起了眉头。

鲜血瞬间浸红了谢婉清大半边身子。她的手臂无力地垂下，然后整个人瘫软在地。她的脸贴在地上，嘴里呛咳出泡沫一样的血："然……"

男子在她身边跪下，脸色惨白地看着谢婉清，然后握住她的手，在她掌心写下："晋必亡，谢家军必死。"

谢婉清忽然反手抓住男子的手腕。她用尽了最后的力量，死死地抓住他的手，直到指甲将男子的皮肤抠破。她盯着他，血与泪打湿了地上的泥土。

男子只静静地看着她，直到谢婉清脖间的血慢慢流尽了，手上的力气也小了。但自始至终，她都未曾闭上眼睛。

东方青苍道："她的灵魄要离体了。你要进去，只有一瞬的时间。"

小兰花此时满心惊愕，听得东方青苍这句话，才呆呆地回过神来。谢婉清的手从男子手上滑落，白色的气息自她身上升腾而起。东方青苍右手一转，气息便缓缓飘到了他的掌心："你不走？"

他话音未落，忽觉心脏一阵绞痛，好似被一只手给死死捏住了一样，几欲炸裂。

小兰花显然也感觉到了这股疼痛，痛吟出声："大魔头，你……你在干吗？"

他什么都没干……

根本未给人反应的机会，东方青苍心口又是紧紧一缩，疼痛让他都不由得微微弓起了身子。小兰花更是忍受不了地大喊："我走！我走！我不是和你一起待久了有点难分离吗？就耽搁你一点时间，你至于这么赶人吗？"

话音一落，身体中倏尔一松，小兰花的灵魄一头扎进了谢婉清的身体里面。

但是在小兰花离开之后，东方青苍身体之中的疼痛却并未消失，反而愈演愈烈。他咬牙，以法力强制压住疼痛，手中将谢婉清白色的灵魄凝成球状，放进袖中早已备好的瓷瓶之中。

心底的疼痛猛地扩散至五脏六腑，好似有一股力量在他身体里肆意撕扯。东方青苍将法力蛮横地灌入体内，任由两股力量在他体内拼撞争斗。

而那边的小兰花进入了谢婉清的身体，察觉到掌心痒痒的，是那个叫阿然的男子正一脸惨白地在她手中写着:“我会陪你。”

小兰花登时怒了，唰地坐了起来，一巴掌推开他:“你有什么资格陪她呀，你都在这儿划了一刀了！”小兰花指着脖子上鲜血淋漓的伤口给男子看。

男子惊呆了。

“你看你弄得这一身黏糊糊的！”小兰花不满地抹了一把脖子上的血，而本来已凝固的伤口因为小兰花的动作又开始淌血。

小兰花抹了半天抹不干净，她知道这一刀是直接割断了谢婉清的颈中血脉。她想起从议事厅走出来时谢婉清嘴角勾起的微笑，还有她走进巷子时轻快的步伐……小兰花心头涌起同情，同情完了又横生一股怒气。

真是杀千刀的薄情人！

她一把撕下被血染红的衣襟，劈头盖脸地甩在男子脸上:“你尝尝！这是你背的血债！我告诉你，天道好轮回，你这么心狠手辣，我主子不会放过你的！你小心天打雷劈！”

小兰花这话刚落，滚滚黑云之中忽然白光闪动，如山倒的雷鸣之声传来。

小兰花寒毛一竖，这才想起东方青苍招来的天雷就要落下来了！

她抬头一望，黑云之中的闪电以摧枯拉朽之势劈砍而下。小兰花以为这记天雷就要落在院子里了，但奇怪的是，雷光像是在鹿城上空撞上了什么屏障一样，向四周散开，消失不见了。

是东方青苍布下的结界?

他想保护鹿城的百姓？几乎是毫不迟疑地，小兰花就推翻了这个猜测。以东方青苍的性格，布下这么大的结界，应该只是单纯地蔑视天雷，为了方便索性撑开一把大伞，让天雷无法对他的行动产生一丝半点的影响……

真是任性又猖狂。

不过，说起来……

东方青苍呢?

小兰花不再管跌坐在地上、已经骇得失去了神志的男子，往四周张望。她以现在的凡人之身，是看不到施了隐身术的东方青苍的，但看这劫雷的位置，东方青苍应该还在这院里。

他取了谢婉清的灵魄但是还没走吗？小兰花揣测，难道是想留下来杀她?不过如果他要杀她，为什么会耽搁了这么久都还没动手?

想想离开东方青苍身体之前的疼痛，小兰花忽然生出了点不安。和东方青苍待在一起这么多天，虽然他们大部分时间都不对付，但她对他还是有那么一点点难友情的。

“大魔头？”她在院子里转着，“大魔头？”

天上劫雷翻滚，又是一个惊雷劈下。这次天雷虽然仍旧被挡住了，但与此同时，结界发出了“咔”的一声。

小兰花瞪大了眼，只见又是一记天雷落下，径直劈在结界裂口处。一声巨响之后，结界分崩离析。

小兰花便眼睁睁地看着接二连三的天雷像报复似的，如雨落下。

完了……

这是小兰花仅有的想法。

她下意识地抱住头蹲在地上，但当雷声在耳边炸响之时，她却感觉不到身体有任何痛感。她悄悄地睁开眼睛，小院还在，草木无损，一切都还好好的。

她转了转脑袋，看见了立在她身后的东方青苍。他手中结印，撑出了一个比之前小了许多的结界，而此时方圆两丈外房屋的屋顶已经被劈没了，外面的小巷也已烧成一片焦土。

小兰花本以为是东方青苍及时赶到救了她，正感动得说不出话，但再仔细一看，发现东方青苍根本就没有挪过位置，他站立的地方还是她离开他身体时的那个地方。

他不是为了保护她，而是为了保护自己才撑出了结界。他只是顺便护下了她和旁边那个已经呆怔了半天的男子。

小兰花爬起身来，拍了拍屁股，看了一眼东方青苍。见他额间竟出了些许虚汗，小兰花道：“大魔头你的心脏不会还在痛吧？痛得都影响到你的发挥了吗？”

如果以传说中东方青苍做过的事来推断的话，他应付天雷的次数大概和小兰花吃饭的次数一样多。所以照常理来说，东方青苍是无论如何都不会被几记天雷给劈成这样的。

但现实却是他的大结界没了，隐身术也没了，勉勉强强地撑了个小结界，还一副看起来很吃力的模样。

他站在那里不像是不想动，更像是动不了。

小兰花觉得，除了她离开他身体时感觉到的那股难以忍受的绞痛，大概没有什么别的事会忽然让大魔头的力量变得这么弱。

天雷一记记落下，眼看着东方青苍的脸色越来越难看，小兰花急得在院子里直转圈："你到底是怎么了呀？我才拿到这个身体，都还没焐热乎呢，可不想马上被雷劈到再死一次……"

"有人在对本座下咒。"东方青苍咬牙隐忍地道，"带本座去山里。"

"下咒？"小兰花愕然，"谁对你下咒？谁能对你下咒？"

东方青苍声音阴冷："我自知晓是谁，你不用问这么多，带本座去山里便是。那处方位阴邪，利于本座摆阵。"

"山里？"小兰花极目远望，在鹿城东边隐隐看见了一座青山的影子。只是……影子……

小兰花摇头："太远了，太远了，那山离这里少说也得有二十里地，我现在就是一介凡人，不能驾云不能遁地的，这雷又这么一道道地劈，你让我怎么带你去山里！"

东方青苍不说话，只牢牢地盯着小兰花。

小兰花用了很久东方青苍的身体，但除了第一次见面时，东方青苍躺在地上，她在一旁打量过他的五官外，其余时候，小兰花从来没有仔细地看过东方青苍的脸。毕竟……当时那种情况，谁有心思照镜子研究长相。

是以，如今小兰花被东方青苍这么阴恻恻地一盯，心里忽而像被秋风刮过的大地，寒凉颓废了一片。小兰花觉得，如果先前他们是各自用各自的身体与对方吵架拌嘴的话，自己大概两句话就会败下阵来。

因为东方青苍的眼神实在是太吓人了。

血红的眼珠子天生带着煞气，只是淡淡一瞥便让人感觉好似被利剑砍在骨头上。

小兰花的腿有些没出息地抖了起来。

东方青苍看在眼里，心道，他们终于回到正常的对话方式上来了。所有人都怕他，这个小花妖自然也该怕。先前的相处，不过是他人生中的一点小插曲罢了。

东方青苍冷冷地一勾唇，笑得万分阴森："你不帮本座，那便留在此处吧。本座乃不死之灵，便是结界消散，亦能历万劫而不死。至于你……"东方青苍神色轻蔑，"一记天雷，便足以令你魂飞魄散。"

小兰花吓得呆住，随即咬牙："你！你又这样理所当然地给别人添麻烦！"

东方青苍只是冷笑。

小兰花不再看他，气呼呼地左右一望，就看见院里有一口尚在结界范围内的水井。她咬了咬唇，然后撸起袖子：“我偏不信了，就你这样的状态还能威胁我。”她一边摇起井中的水桶，一边将绳子绑在腰上，一只脚正要跨进井里，回头一看，院子里还有一个活人，于是她又挣扎着走到那人面前，将他的腰上也绑了绳子。

“我不是想救你，只是我主子说救人一命胜造七级浮屠，我现在救了你，是做了大善事，天雷劈下来的时候一定会顾及着我一点的。”小兰花碎碎念个不停，也不知是说给男子听还是说给她自己听。

给男子也绑好了绳子，小兰花一巴掌把人推到了井里，然后对东方青苍做了一个鬼脸，也毫不犹豫地跳到了井里面。

东方青苍黑着脸看她做完这一切，半晌，森冷地道：“你自会来求本座……”

这边小兰花跳到了井里，和男子面对面地浮在井水中。看男子还在发愣，小兰花不由伸手在他面前晃了晃，问：“你还活着吗？”

看见小兰花晃动的手指，男子的眼珠子终于动了动。他一抬手将她的手抓住。

他因为病弱，一直脸色惨白，在光线昏暗的井中，看起来几乎像个孤魂野鬼。小兰花咽了口唾沫，用力挣扎起来，想甩脱男子的手：“别对我动手动脚啊，上面那个我打不过，对付你我现在可是绰绰有余的。”

男子此时力气却大得出奇，他呛咳两声，嘴角都流出了血，却还是死命地抓着小兰花的手。他死死地盯着她，在她手上写字。但因为小兰花挣扎得太厉害，男子一个字都没有写成。他心绪翻涌，终于松开小兰花，撕心裂肺地咳嗽起来。

小兰花小心翼翼地盯着他：“你不会是要病死了吧？”

男子听不见声音，待得咳嗽稍缓，他转过头来看着小兰花，伸手比画了一下，示意小兰花把手给他。

小兰花犹豫了一阵，终是把手伸了出去。

“你不是婉清。”他写得很快，“你是谁？”

“我当然不是她。”小兰花说话的时候发现男子专注地盯着她的嘴，于是她稍稍放慢了一点语速，“事情很复杂，我也不知道怎么说，但谢婉清死了是事实，你杀了她。然后我捡了她的身体来用。”

男子怔了一会儿，放下了手，脸色比刚才更加灰败。

小兰花问："你为什么要杀她？她对你那么好。"

男子的手指在小兰花掌心停顿了许久，最终只写了四个字："我是内线。"

小兰花一惊。"叛军的内线？"她嘀咕道，"原来是这么个安排……"

接下来便是一通沉默无言。

雷还在不断落下。小兰花在井里一直等一直等，老是等不到雷声停止，在数到第三百六十二记雷声后，她脑袋一偏，在井里面呼呼睡着了。

等再醒过来，小兰花往上面一望，天都黑了，天雷还在不停不休地劈。

小兰花不由骂道："混账大魔头，作那么多孽！"

她往旁边一看，没了大魔头的天眼，黑乎乎的井里面，小兰花是两眼一抹黑，连近在咫尺的男子也看不见了。想到对面是个病弱的凡人，在这湿气寒重的井里待了一天，她有点担忧地伸手去摸："你还好吧？"

小兰花摸了许久，却只摸到一根绳子。她疑惑地顺着绳子一直摸到末端……

人……不见了……

小兰花头皮发麻，往身下看去。黑乎乎的井水里好像什么都没有，但又好像有一张被水泡得发胀的脸在瞪着眼盯着她……

"嘤……"她忍不住心头惊惧，登时身手矫健地爬了上去。

是时东方青苍还在挨雷劈，没有挪地方。他的结界又缩小了一点，但好在还将水井包含在内。小兰花从井里挣扎着爬出来，披头散发连滚带爬地向东方青苍跑去："大魔头！大魔头！有鬼！"她一把将东方青苍的腰抱住。

东方青苍竟被她撞了一个踉跄，天雷穿过结界，"啪"的一声打进了那个水井里。

小兰花吓得大叫："鬼鬼鬼！"脑袋还一个劲儿地往东方青苍的怀里蹭。

东方青苍大怒："你在说你自己吗？放开本座！"

"走走！快走！我带你去山里！"她说着便拉起东方青苍往外走，但拉了半天，东方青苍半点没动。她回头看他："你不是要去山里吗？倒是走啊！"

东方青苍咬牙瞪了小兰花一会儿："本座若是自己能动，何须使唤你这累赘？"他沉着脸道，"过来，背我。"

小兰花呆了好半晌："大魔头，你现在……竟如此没用了吗？"她不看东方青苍森冷的面色，只在他面前站直，然后伸手比了比两人的身高，"你比我高一个头呢，我怎么背你啊？"

“你就不知道动动脑子？”东方青苍极其嫌弃。

小兰花勃然大怒：“这脑子又不是我的！”

东方青苍吸了口气，愣是被她呛得一时无言。

小兰花看了看远处的山，又看了看东方青苍额头的虚汗，终于一咬牙：“不管了，拼了。”她抱住东方青苍的腰，使出吃奶的劲儿将东方青苍往门外拖。可她狰狞着表情拖了半天，也不过才将他从院里挪到了院门口。

“这样走得走到明年啊！”

东方青苍只顾闭着眼睛专心应付天雷，显然不想对小兰花做出任何评价。

小兰花很是气馁地转过头去，忽而瞥见门外停了一辆好似是平时用来拉货的独轮车。这车贴墙放着，正好被东方青苍的结界保护在内。

小兰花二话没说，直接将东方青苍摁倒在车上。

“你把结界撑住啊。”小兰花说着，一咬牙，拉着独轮车便开始走。

这车下面就一个轮子，上面就是块木板，也没有什么防护栏之类的东西，小兰花一开始掌握不了平衡，走得东倒西歪，将车上的东方青苍翻到地上去好几次。直到东方青苍被弄得灰头土脸，她才勉勉强强掌握了诀窍，然后像个劳力一样，拖着东方青苍往山那边奔去。

小兰花觉得自己上辈子一定是欠了东方青苍不少，不然这辈子怎么会沦落到给他做牛做马的地步……

到了鹿城城门前，守城的士兵早就被劈个没完的天雷吓得没了踪影。此时城门紧闭，小兰花发了愁：“咱们要怎么出去啊？”

东方青苍道：“继续往前走。”

小兰花没有其他主意，只好听了东方青苍的话，直直地往紧闭的城门奔去。

就在她离城门还有四五步距离时，一道天雷劈下。只听一阵轰鸣乱响，城墙之上的城楼登时分崩离析，紧接着又是一道天雷，城墙垮塌，城门被挤压得变了形。小兰花便在这一片尘土翻飞的混乱当中，仗着东方青苍的结界，冲出了鹿城。

待跑得远了，小兰花回头一看，鹿城城门已经塌成了一片废墟。

小兰花迎着电闪雷鸣几乎要泪流满面：“我下界后都乱七八糟地干了些什么呀……”

这一天，小兰花像马一样拖着东方青苍赶了一天的路，终于跑到了鹿鸣山下。然而自打走上了山路，独轮车便不大好使了。山路极窄，很多地方根本没办法拉车过去。

思量再三，小兰花决定将车扔掉。

“小花妖，好好记下本座的话。”东方青苍忽而开口，声音是小兰花从没听过的虚弱，“方才我已用神识将此山搜了一遍，你顺着这条山路走，西行三里有一深潭。到了深潭之后，你便刺破我的胸膛，然后将我放入潭水之中，你再去潭水的东南西北四角，各放一截我的指甲。”

“哎？”

“我会撤掉结界，陷入昏迷。”东方青苍盯着小兰花，“你最好动作快点儿。”

话音一落，在小兰花还没反应过来的时候，东方青苍已经闭上了眼睛。周围的结界陡然消失，小兰花心头一凉，便见天雷毫不留情地劈了下来。

小兰花抱头惊呼，却没有感觉到疼痛。

她睁眼一看，自己身上正散发着微光，一如方才东方青苍在空中撑出的结界。而旁边……小兰花一转头，东方青苍昏迷在地，周身土地焦灼。

他用仅剩的力量为她撑了个结界，却把自己放在外面了吗？

小兰花惊呆了：“大魔头竟然保护……”

不对！小兰花拍了拍自己的脸，他保护她是因为还需要她给他做事呢！

又是一道天雷劈下，狠狠地打在东方青苍的身上，小兰花吓得捂住耳朵。地上的东方青苍像是死了一样毫无反应。

小兰花转头四顾，心里陡然生出一个想法：她现在身上有结界，东方青苍则陷入了昏迷，也就是说，她现在既不必担心被雷劈到，也不用担心东方青苍再捉住她了。

那她是可以逃跑的啊！

反正她现在有了新身体，和东方青苍也没有什么别的瓜葛了，她为什么还要救他啊？这样的大魔头就是被天雷劈死了，才能还世间一个安宁呢！

但……

又是一道天雷落下，东方青苍双眼紧闭，面色竟比她第一次见到身受重伤的他时还要难看。

小兰花咬了咬牙，脚尖一转，到底是走到了东方青苍身边，将他扛到了背上。但小兰花高估了这个人类身体的承受力，她一将东方青苍拉到背上，就被压得径直跪了下去。

从地上爬起来，她抹了一把汗。看了看身后双眼紧闭的东方青苍，小兰花又默默地将他拉回自己背上，然后就这样一路跪行，将东方青苍驮往寒潭的方向。

就当是报答他给她找到身体之后的不杀之恩吧。

三里路，说远也不远，但还是将小兰花的膝盖磨破了皮。看见那汪深潭的时候，小兰花高兴得几乎要跳起来了。她将东方青苍掀翻在地，然后一屁股坐到他的肚皮上，细细回忆他昏迷之前跟自己说过的话。

先是怎么来着，要划破他的胸膛……

划破……胸膛？

她这辈子可没杀过人啊。她看了东方青苍好一会儿，终于狠下心，划就划吧，反正是他让划破的。她左右看了看，却没有看见可以拿来当刀用的东西。

难道要用东方青苍自己的爪子划开他自己的胸膛吗？

小兰花抓起他的左手，在此时，东方青苍手上自动脱落了四枚指甲。

对了，待会儿还要把这四枚指甲摆在东南西北四个方位的。

小兰花捡起指甲，拿出其中一枚看了一会儿，然后扒开了东方青苍的衣裳。

对着他结实的胸膛，小兰花不合时宜地吞了口口水。

那次醉酒的记忆浮现在脑海里，小兰花清晰地记得，东方青苍的胸膛摸起来真的挺舒服的……

她甩了甩头，用东方青苍的指甲在他胸膛上划拉出了一条口子。

鲜血溢出，自胸膛上滴落，有一股诡异的美感。小兰花又吞了口口水，然后将东方青苍推进了深潭之中。

他胸口的血液在清水里漂荡开来，始终未停的天雷“啪”的一声打进潭水之中。雷电触到水面，像是点亮了里面东方青苍的血液一样，漂散在水中的鲜血变成了一丝一缕的细微光线，潭水泛出美妙的白光。水中的东方青苍银发铺散，宛如幽灵，在层层蓝光的照耀下慢慢往深潭之下沉去。

直到再看不见东方青苍的身影，小兰花才恍然回神，忙辨别了四周方位，将东方青苍的指甲摆了上去。

小兰花做好了东方青苍交代的事，可天雷还在响。但渐渐地，四周起了风，小兰花看见深潭周围的青草忽然以肉眼可见的速度枯萎，接着是旁边的树木开始掉落树叶，没一会儿便只剩下光秃秃的树干了。

小兰花看呆了。

这……难道是大魔头吸走了山中灵气？

小兰花明显感觉到四周的空气开始躁动，潭水变得浑浊，冒出气泡。小兰花惊疑不定地看过去，只见一阵细波荡开，东方青苍的银发漂到水面上，然后他慢慢从水中踏了出来。

银发贴着他的脸颊，水珠顺着他的下颌滴滴答答地淌下来，有的滑过他的脖子，有的滑过他赤裸的胸膛……

他面色不豫地看着小兰花："小花妖，你动作还能再慢点吗？"

小兰花把视线从他的胸膛调回他的脸上，却惊讶地发现："大魔头……你的眼睛，怎么变黑了？"

不仅眼睛变黑了，那一身肆意张扬的杀气也收敛了许多，简直就像……

"大魔头，你被天雷劈得从良了吗？"小兰花愣愣地发问，换来了东方青苍寒意凛冽的眼神。

可不等东方青苍开口说话，便又是一道霹雳从天而降，劈在东方青苍身上。雷电隐没，东方青苍身上的水珠还在来回传递蓝色的电光，好一会儿才逐渐消失。

小兰花抬头望天："这天雷怎么还在，大魔头你不是摆阵了吗？"

东方青苍冷冷一哼："本座摆阵又非为了对付区区天雷。它要劈，便让它劈。"话音未落，又是一道天雷落在东方青苍身上，他却毫发无损。

小兰花呆呆地看着他："那你刚才那么努力地布结界对付天雷是为什么？我还那么辛苦地把你从山下背了上来！你看我的膝盖！"

东方青苍的目光在小兰花破皮的膝盖上轻轻扫过，他竟没有开口嫌弃她没用，反而是沉默了一瞬后，难得地开口解释道："本座先前说了，有人在下咒。天雷不是大事，但若与那咒术结合，还颇为麻烦。"

小兰花眨巴了一下眼睛，立即便被转移了注意力："那咒术还在吗？"

"在。"东方青苍回头看了一眼那汪本来清澈，现在却已变得浑浊的潭水，"不过并不在本座身上。"

原来他是把对方给他施加的咒术转到了深潭中……

难怪水也浑了，草木也枯了。能使山间生灵瞬间凋敝，定是极为邪门的咒术。

想到离开东方青苍身体前的那股撕心裂肺的疼痛，小兰花心有余悸。她歪着脑袋盯着东方青苍："你那么厉害，是怎么被人使的绊子呢？打从你复活开始，我基本上都和你在一起，没见谁有机会对你下手啊。”

东方青苍瞥了小兰花一眼：“若是连你都能察觉，本座能容得了他下手？此咒唯一有可能落在本座身上的机会，便是在本座复活的那一瞬间。”

小兰花恍然了悟：“是魔界的人！可……他们为什么要对付你？你们不是一伙的坏人吗……啊，对了，打上古开始你就不喜欢与人为伍的。”

传说中的东方青苍本就是一个独来独往、性格冷漠而极其好斗的魔头，小兰花点了点头：“也难怪他们要对你下咒留个后手，换我，我也这样干。”

东方青苍一声哂笑：“换你？施咒的那一刻你便会爆体而亡。”他说着，嘴角勾起一抹阴森的笑容，“胆子够肥才敢对本座施咒。这样的禁术，再用上一阵，他们也没什么好下场。”

天上雷云翻滚，又是几道天雷接二连三地落在东方青苍身上，他皱了皱眉头：“吵得心烦，往下走有个深山溶洞，且随本座去歇歇。”说着，他自然而然地向小兰花伸出了手。

小兰花不由愣了愣，看着东方青苍祸国殃民的侧脸，她竟心头一跳、脸颊泛红。她“哦”了一声，乖乖上前握住东方青苍微带凉意的手掌。

东方青苍不动。

小兰花一抬头，发现东方青苍正眯着眼睛看她。

小兰花愣愣地问：“怎么了？”

“是让你扶着本座。”

小兰花恼羞成怒，甩开他的手，道：“你都能自己从水里爬出来，为什么还要我扶？！”

“因为累。”

小兰花黑着脸将东方青苍扶到了他所说的深山溶洞。

借着东方青苍留在她身上的结界发出的微光，听着东方青苍“往左，往右，往上一点”的使唤，她终于将东方青苍扶到了他想要待的位置。

小兰花撒了手，气鼓鼓地道：“我就帮你到这儿了，现在我要去过新的生活，咱们江湖再见。不，还是别再见了。”

小兰花身上的结界散发出的微光照亮了倚石而坐的东方青苍的脸。此时他唇边有笑，难得不掺杂一丝半点的奸恶，他道：“走吧。”

略带沙哑的声音停在小兰花耳朵里，竟有几分让人脸红心跳的温柔。

小兰花按捺住心头的情绪，不再看他，背过身子，摸着墙，顺着来时的路慢慢往洞外走。

她身上的微光在转了几个弯之后彻底消失不见。东方青苍把脑袋靠在石头上，深深地呼了一口气，闭上了眼睛。不过安静了片刻时间，然后不出所料地，那道微光又以比离开的时候快三倍的速度狂奔回来，还挟带着惊呼与斥骂："东方青苍你个浑蛋！"

东方青苍好整以暇地看着面前喘着粗气、对他怒目而视的小兰花。他笑："不走了？"言语间，那股邪恶气质又隐隐流露了出来。

小兰花大声斥问："为什么我走到洞外结界就消失了？我差点儿被天雷劈焦了！"

东方青苍淡淡地道："大概是因为，你我之间的距离一旦超过五丈，结界就会消失吧。"

此话比刚才的天雷还要响，深深地炸进她的心底。小兰花呆呆地看着东方青苍，难怪啊……难怪这家伙当时愿意把结界放到她身上而自己毫无防备地昏迷过去啊……

亏得她还天真地以为是他相信她呢，原来是这样。

小兰花把牙咬得咯吱咯吱地响："东方青苍……你真是……"

东方青苍神色淡淡地接过话头："本座自是机智。"

小兰花怒道："我现在和你两不相欠，你还困着我做什么？"

"自是做牛做马，以备不时之需。"

"你就是在报复！"小兰花斥道，"你就是觉得前段时间我让你丢人现眼了，心理不平衡，所以现在找着机会了就死命地报复我！"

"难得。"东方青苍悠然地道，"你总算活明白了一次。"

小兰花被东方青苍的态度彻底激怒了："我跟你拼了！"她往前一扑，双手直直地掐向东方青苍的脖子。

东方青苍一偏头，轻而易举地躲过了小兰花的招数。他出手如电，像捏鸭子一样捏住了自己扑过来的小兰花的脖子，然后身形一动。

小兰花只觉一阵天旋地转，然后便被狠狠地压在了地上。背后是粗粝的岩石地，好在谢婉清穿着铠甲，铠甲撞在地上，发出刺耳的摩擦声。

待得一切声音消失，小兰花发现身上是沉甸甸的东方青苍。

他压着她，捏着她的脖子，呼吸在她耳边轻拂，银色的头发自他耳畔两侧滑下，像是两道水晶帘，为他们隔出一个狭小的空间。

“小花妖，”东方青苍声音很轻，“你且记着，不要妄图以你微末的武力来攻击我。”他的手指在小兰花的脖子上摩挲，在那处，导致这具身体死亡的伤口没有愈合，甚至在这两天的折腾下开始溃烂了。

东方青苍的目光在她伤口处一转，有几分分神。便是这一瞬间，小兰花忽然双手抱住他的脖子，往上一抬头，报复似的狠狠咬在了他的脖子上。

东方青苍感觉得到她是使了浑身的劲儿，拼命地咬他。

但东方青苍的身体被天雷劈了也不见有个窟窿，更何况小兰花现在这凡人肉体。她拼尽全力地咬下去，也不见东方青苍颈间留下半点齿痕。

东方青苍没有动。

他对敌不下万次，遇到的对手有强有弱，其中也不乏女子，却从没有哪个会用这种招数来对付他……

还是咬脖子……

东方青苍愕然得忘了将小兰花从自己脖子上推开。

直到小兰花咬得嘴都酸了，才稍稍松开牙关，但手还环抱着东方青苍的颈项，脑袋则下意识地抵在东方青苍的下巴上。

一时静默，东方青苍竟生出一种在被人撒娇的感觉。

他一眨眼，找回神志，正要冷漠地推开小兰花，却听一声抽泣，小兰花主动松开了手。

她躺倒在地上，拿手臂掩着脸，哭得好不伤心：“我哪里对不起你了，你要这么欺负我？”

东方青苍盯着她，黑色的眼眸像镜子一样映出被发光的结界勾勒出身形的小兰花。

“一开始是你不经过我同意就跟我换了身体，我后来赖在你身体里也是迫不得已，还差点儿被你杀死。现在我好不容易有了新身体，打算想办法回去找主子，你为什么又要欺负我？早知道你昏迷的时候，我就不该背你上山。我就该直接跑路，就算被雷劈死，也不要便宜你。就让你躺在那儿，继续与天雷和那个什么咒术做斗争算了……呜呜呜……”

东方青苍沉默着，眼波微动。

他是知道的。

即便是在昏迷之时，他神识仍在。他能看见小兰花是怎样把他背到山上去的。

小兰花的抽泣声越来越大，眼瞅着就要变成号啕大哭。东方青苍皱了皱眉头，道："若非你乖乖把本座背上山，你现在早已魂飞魄散了。"他翻身坐到一边，"起来吧。本座方才从潭水之中出来时没有杀你，以后也懒得杀你。"

小兰花哭声骤止，她眨巴着水汪汪的眼睛盯着东方青苍问："你以后都不杀我了？"

"天雷停后，你自可离去。"

小兰花眼睛大亮，然后又露出期期艾艾的模样："你既然都打算放我走了，为什么不干脆现在就放我走？给我弄个结实点儿的结界不就好了吗……"

东方青苍瞥了她一眼，闭上眼睛，并不回答她的问题，只道："本座要静坐调息，别吵。"

小兰花撇了撇嘴，走到洞穴的另一边，抱膝坐下。

第九章

你与本座的关系深如琼渊之水、热如旱地之沙？

小兰花睡了一觉，再醒来时眼前漆黑一片。

她伸出手，看不见自己的五指。她愣了愣才反应过来，先前洞中尚有微光，是因为东方青苍留在她身上的结界。而现在，结界已经消失了。

“大魔头，”小兰花的声音在黑暗的洞穴里来来回回荡了好多次才停下来，“你死了吗？”

没人回答她。

小兰花咽了口唾沫：“大……大魔头？”

“别吵。”

声音冷冰冰的，却让小兰花松了一口气。“你给我的结界没了。”她道，“我还以为你又死了呢……”

“结界是护着你不被天雷劈的。天雷没了，结界自然也没了。”

小兰花眼睛一亮，道：“天雷停了？那我可以走咯？”

“嗯。”东方青苍淡淡地应了一声，让人听不出情绪。

小兰花欣喜地扶着墙壁站了起来，往前走了三步，忽听东方青苍出声提醒：

“方向反了。”小兰花应了一声，转过身往反方向走。待走过了第一个弯，她像是想起了什么一样，忽然停下脚步。

犹豫了一会儿，小兰花道：“大魔头，这些天咱俩虽然谁都没让谁好过，但我还是要谢谢你。你让我看到了以前从没有看到过的东西，经历了从没有经历过的事。我主子以前对我说，我要感谢所有在我生命里留下痕迹的人，不管他留的是鲜花还是唾沫。以前我不懂，遇到你之后我好像有点明白这个道理了。”

东方青苍睁开眼睛，洞穴里的黑暗根本妨碍不到他的视线，他轻而易举地看清了扶着石头说话的小兰花。她脸上难得带了几分像其他姑娘一样的娇羞，向着石头的方向鞠了个躬：“谢谢你啦！”

东方青苍也难得地没有戳穿她的笨拙。

她鞠完躬后直起身，接着道：“不过谢归谢，要认真算一算，如果别人是在我人生里吐口水的话，你这样的程度大概算是在我的人生里随地大小便了吧……你好像在任何人的人生里都是在随地大小便……”

东方青苍又后悔没戳穿她了。

“好心劝你一句，你还是少作些孽。我主子说过，出来混迟早都要还的，老天爷都安排得好好的呢。言尽于此，听不听全在于你，我走啦，大魔头。”小兰花总算是迈开了脚步，一步一踉跄地往山洞外面走去。

东方青苍活了很长的时间，见过很多的女人，小兰花这样性格的人也不是没遇到过，但是能与他的命运纠葛至此的，一个也没有。

这或许真的是她说的所谓老天爷的安排吧。

不过也到此为止了。

东方青苍闭上眼，本打算继续调理内息，但奇怪的是，他的神识却不由自主地跟着小兰花的背影，往洞外探去。

小兰花走出山洞，洞外被雷劈得惨不忍睹，草木荒芜、山石裸露，没一块地方是完好的。但即便是这样，见到外面明亮的日光，小兰花仍旧是畅快地吸了一口气。没有时时刻刻束缚住她的另一半身体，没有大魔头时不时的鄙夷嫌弃，没有雷云压头的死亡威胁，小兰花觉得，即便是独自艰难地爬行在凌乱的山石上，她的生命也是灿烂美好的啊！

翻下这座山头，小兰花回头望去。身后的树木已经变成了光秃秃的一片，但好在并没有继续扩大范围，想来是施咒的人停止了咒术。

东方青苍应该暂时不会有危险……

小兰花甩了甩头，她现在已经不需要去想东方青苍的事情了，她是天界的人，说不定哪天她还会和东方青苍兵戎相见呢……虽然她注定打不过就是了。

当务之急是想个办法回天界，让主子给她想想办法，看能不能再给她弄个身体，毕竟老是用着别人的残躯也不像样子。小兰花这边正盘算着，忽听树林那头传来骂骂咧咧的声音："格老子的！这天雷劈了这么多天，我还道是哪个大仙到老子的山头来历劫呢！结果呢？这么大动静，放屁一样说完就完了。完了也不给个结果，那大仙倒是成没成啊？成了倒是给咱山头洒个福雨、留点儿祥云啊；没成倒是把尸首给摆出来呀，老子也好捡来吃不是！"

小兰花听得这话，吓得抽了一口冷气，悄悄躲到了树后。

她小心翼翼地探出脑袋去看。

林子东边走出来一个缩肩驼背的小妖魔，一边走一边神情谄媚地望向身后。而紧跟着他走出来的妖魔身形足有两个成年男子般魁梧，猪耳朵猪鼻子，两颗长长的獠牙向上弯起。他手里拿着一条人腿，一边骂骂咧咧，一边咬了一口，鲜血染红了他的下巴与胸膛。

小兰花看得几欲呕吐，她捂住嘴，不敢发出一点声响。

这个猪妖还没完全化成人形，看来是道行不高。但是道行再不高，他也是妖魔啊！而她现在就是凡人一个，连最简单的遁地术或者隐身术都不会，若被这妖魔发现，一定会被吃得干干净净！

"大王大王，大王别急。"走在前方的小喽啰道，"这雷劈完了，不见祥云飞升，自然是仙人没有历劫成功。咱们再到那个山头上去找找，指不定就能找到仙人的尸身了。仙人肉滋补，这次一定能让大王吃得开心。"

野猪妖哼哼了两声，将手中的人腿扔掉，又走了两步，忽然停了下来，猪鼻子动了动，道："有尸体的气味。"

小兰花死死地捂住嘴，连气都不敢喘了。

但是野猪的脚步还是越来越近。

不能坐以待毙，小兰花心道，现在不跑的话一会儿就更没机会了。她一咬牙，如离弦之箭一般飞快地冲了出去。

身后那小喽啰咋咋呼呼地惊叫道："大、大、大王！她在那儿！那儿！"

小兰花闷头往前冲，忽然脑后一疼，被人狠狠抓住了头发。野猪妖大力一拉，小兰花痛呼一声，脖子差点儿被扯断。

野猪妖毫不留情地拎着小兰花的头发将她提了起来。小兰花疼得直哼哼，野猪妖哪里会可怜她，只将猪鼻子凑在小兰花的脸上嗅，黏糊糊的液体沾了小兰花一脸。恶臭扑鼻，小兰花无法控制地干呕出来。

“凡人？”野猪妖嗅了一会儿，随手将她扔在地上，“明明是具尸体，你为什么还能动？”

小兰花只顾捂着胸口干呕，挣扎着往后挪，就算是逃不了也要尽量离这只猪妖远一点……

实在太臭了……

可她挪了半天，那猪妖一步就跨了过来。他捏住小兰花的下巴，左边看看、右边瞅瞅：“长得还不错。”

“不……”小兰花捏住鼻子道，“这不是我的脸……”

猪妖的鼻子又在小兰花脸上蹭了蹭：“虽然是尸体，但是肉还是很嫩。”

“不嫩不嫩不嫩！”小兰花连忙摆手，“我是死了的！我是死了的！我一点也不好吃！”

她话音还没落，野猪妖便在她的腰上狠狠掐了一把。小兰花疼得大叫，野猪妖哈哈大笑：“腰细，叫声也好听，今天老子要再娶一房夫人！”

小兰花直接吓哭了：“不不不，你不不不能娶我！”

野猪妖手往下移，掐了一把小兰花的屁股：“老子要娶谁还没有不能的，跟老子走！”

“你不能娶我！你不能娶！”小兰花眼珠子一转，“我嫁人了！我嫁过人了！”

野猪妖将小兰花扛上肩头，狠狠地在她屁股上打了一巴掌：“你以为骗得了老子？你再乱动，老子现在就上了你！”

小兰花顿时吓得浑身僵硬，眼泪像不要钱一样流个没完。“大魔头……大魔头……”她大哭，“呜呜呜，救救我呜呜……”

小兰花现在脑子里乱成一团，只是下意识地哭喊求救，哪承想刚喊了没两声，那野猪妖忽然停下了脚步，抽出腰间的匕首便回头向一棵大树扔去：“谁在那里？”

短小的匕首插在树上，那三人合抱的树干竟从中裂断。“咔咔”几声过后，大树轰然倒塌，男子的身影出现在了后方。

他着一身黑袍，静静伫立在那里，银色长发几乎拖曳至地。他不说话，就静静地看着野猪妖。

野猪妖莫名觉得四周的空气有些压抑，旁边的小喽啰甚至开始浑身发抖，抓住野猪妖的腿毛：“大、大王……这人看起来不好惹……”

小兰花泪眼蒙眬之中看见了那边的人影，愣了一会儿，害怕的感觉突然消失了。与此同时，一股委屈汹涌澎湃地冲上心头，她挣扎着向东方青苍伸出了手哭着大喊：“大魔头！大魔头！呜呜呜！他欺负我！”

树林里，只有小兰花的哭喊声。

野猪妖看着东方青苍的眼睛，咽了口口水。他感觉不到这人有半点妖力，但只是被他盯着，心头就冰凉冰凉的一片。

小喽啰又在下面拽了拽他的腿毛：“大、大王，要不咱们先走吧……”

野猪妖摸着自己肩头上这个女人细细的腰、圆圆的屁股。美色壮胆，他将小兰花甩在小喽啰身上：“你看着她！”说罢，他在掌心吐了两口唾沫，搓了搓手，然后拔出身后的宽背大刀，虎虎生风地一挥动，摆好了架势吼道，“不管你是哪个山头来的，今天这女人我要定了！”

小兰花离开了猪妖也不哭了，把泪一抹，气势汹汹地对东方青苍喊道：“收拾他！大魔头收拾他！”

野猪妖全神贯注地盯着东方青苍的一举一动。忽然之间！那黑袍男子动了！野猪妖握紧刀柄，等待着他发来的第一招！

然后……

东方青苍身子一侧，绕过他们走了……

野猪妖有些蒙，小兰花更是摸不着头脑，她眨巴着眼睛，脑袋跟着东方青苍的身影转动，却见他面无表情地往树林深处走去，就像是根本没看到这里发生的事情一样。

小喽啰颤颤巍巍的声音打破了沉默：“他好像……不想管咱们的事啊？”

对呀，他好像……不想管啊。

场面静默了一会儿。

小喽啰看了一眼呆怔的小兰花，问道：“你们真的认识吗？”

认识呀！

“大魔头！”小兰花对着东方青苍喊道，“我在这里！救我啊！”

野猪妖看了小兰花一眼，又在手里吐了口唾沫，指着东方青苍道：“别想耍阴谋诡计，过来与我堂堂正正地决斗吧！”

“她与本座无关。”那边传来东方青苍淡淡的声音。

野猪妖转过头来怒气冲冲地骂小兰花：“你这个女人还敢骗老子？这叫认

识？想唬你爷爷我呢？”

小兰花也怒了，东方青苍竟然翻脸不认人了！亏她之前还对他那么好，他放她走的时候，她都快以为他是好人了！

结果！

小兰花看着东方青苍渐行渐远的背影，心道，既然你不仁，也不要怪我玩心机！

她气势汹汹地踹了小喽啰一脚，本还想撞开野猪妖去抓东方青苍，却被野猪妖扣住了手腕。小兰花回过头，瞪了野猪妖一眼，然后指着东方青苍的背脊道：“我跟你说，我嫁过的人就是他！”

野猪妖愣住了。

小兰花又冲着东方青苍的背影喊：“我摸过你的胸膛、亲过你的颈项！前两天还时时刻刻跟你待在一起，不久前还夜夜与你共睡一榻！就在刚才，你还将我压在身下，为所欲为！”

东方青苍的脚步一顿。

小兰花再接再厉：“东方青苍你居然好意思说我跟你没有关系！我跟你的关系明明就那什么……深过琼渊之水，热过那个……旱地之沙！你这辈子都别想甩开我！”顿了顿，她声嘶力竭地喊出最后一句，“你这个薄情郎、负心汉！”

这一通话噼里啪啦地说下来，四周一时鸦雀无声。

小兰花回过身，拍了一下野猪妖的胸膛：“猪大哥！你比他高大威猛多了，以后我就跟着你。今日你将他杀了，我就欢欢喜喜地和你回去成亲。”

说出最后一句话时，东方青苍回过头冷冷地看了她一眼。

小兰花冲他扮了个鬼脸。

野猪妖哈哈大笑：“好，老子今天就砍了他，捡回去炖汤给兄弟们喝！”他大吼一声，提着大刀向东方青苍冲去。

两人距离越来越近，野猪妖忽然从袖中抖出一把土，向东方青苍撒去。

东方青苍眉头一皱，侧身躲开，但身上还是沾到了一点。令人惊奇的是，这土沾到东方青苍的身体之后非但没有掉落，反而牢牢地黏在他身上并蠕动起来。沙土面积由小变大，瞬间布满东方青苍的腰腹，而落在地上的那些土也如同活物一般爬上了东方青苍的脚踝，将他牢牢地固定在地上。

小兰花大惊：“那是什么？”

小喽啰在旁边嘻嘻笑道：“那是咱们大王的法宝。被魔土缠住，纵是天王老子也跑不掉的。”

小兰花张大了嘴，眼见着野猪妖的大刀一下砍在了东方青苍的肩头上。

她下意识地闭了一下眼，但想到东方青苍那具刀枪不入的身体，又忙睁开眼去看。果不其然，野猪妖的大刀只停留在了东方青苍的肩头。

而此时的东方青苍却还有闲情逸致拈起一块落在他腰上、还在不停扩大的土，拿在手里揉了揉，目光微微一亮：“此物自何处得来？”

野猪妖一刀砍在东方青苍肩上，不见他受伤，不由得惊了一瞬，不过很快举起了刀要重新砍下：“这话你就问冥王去吧！”

东方青苍冷冷一勾唇：“不说吗？”他抬起了手。

一枝藤蔓自东方青苍手腕间飞快长出，挡住了再次落下的刀。在野猪妖反应过来之前，藤蔓之上分出枝丫，径直向野猪妖的心房插去。

藤条瞬间没入猪妖的胸腔。猪妖的眼睛猛地睁大，面色极度惊恐，他张着嘴想要说话，却从喉咙里冒出血来。

东方青苍眉目冷淡，像是真的在杀一头猪：“你不说，本座便让这些枝丫在你心上开朵花。”

森冷的语调，隔了老远的小兰花听了也心头悚然。

这大概是……她第一次见东方青苍这样杀人。

那个小喽啰见势不对，一溜烟跑没了影。

野猪妖咳出的血顺着他肥腻的下巴往下流，他挣扎着动了动嘴唇：“千、千隐山……千隐郎君。”

“千隐郎君？”东方青苍呢喃，然后勾唇一笑，“也算有点用，便留你一个全尸吧。”言罢，穿进野猪妖胸膛之中的藤蔓窸窸窣窣地缩了回来。野猪妖的尸体像废品一样被甩在一边。

与此同时，失去宿主的“魔土”全都掉在了地上。除了颜色稍深一些，这土看起来与寻常的土并无区别。东方青苍抓起一把在手中捏了捏，刚才几乎包住他全身的土，到了他手里却只有一个拳头大小。东方青苍研究了一会儿，便将土随手扔掉，再一抬头，正好对上小兰花的眼睛。

小兰花下意识地退了一步，有些恐惧地盯着缠绕在他左手腕上的藤蔓。

她记得，这是在妖市水晶城的时候，东方青苍用他的法力凝珠换来的手链……

她还记得当时东方青苍说过此物防身，但她并没有将这话放在心上。没想到，这东西竟然如此厉害。

小兰花呆呆地看着东方青苍，忽然发现一件蹊跷至极的事情——东方青苍为何不用法力杀人，而要借助防身之物？

“大魔头……你的法力……”

小兰花话没说完，便见东方青苍勾着唇向她走来。“大魔头？”他道，“方才东方青苍四个字，叫得不是挺溜？”他的语气让小兰花不由自主地吞了口唾沫，东方青苍笑道，“仔细想想，本座已有许多年未从他人口中听到自己的名字了，当真是怀念。”

小兰花忍不住又往后退了两步：“方才是危急关头，迫不得已，情急之下……总之，现在既已无事，咱们青山不改绿水长……嗬！”小兰花倒抽一口冷气，因为她的后背已经抵在了一棵树上，而东方青苍已经站到了她的面前。

“你摸过本座的胸膛、亲过本座的颈项，与本座夜夜同眠，甚至方才本座还将你压在身下，为所欲为？”

小兰花闭着眼睛摇头：“没有没有……”

“你与本座的关系深如琼渊之水、热如旱地之沙，本座这辈子都别想甩开你？”

小兰花要哭了：“不是的，不是的……”

东方青苍俯下身来，伸手勾起一缕小兰花的头发：“本座本想放你走，但既然你与本座的关系如此紧密……”

“不紧密！”小兰花连忙道，“一点也不紧密！我那不是为了活命吗？你不知道那个猪妖有多恶心……”小兰花说着委屈地擦了擦自己的脸，“谁让你一开始不愿意主动帮我的……”

东方青苍居高临下地看着她：“你不是说本座在你的生命里随地大小便吗？本座受了你的指责，现在连脚印也不想留下一个。”

小兰花腹诽，连这点言语上的小仇也要记着……真是小气。

东方青苍退开一步：“你方才在算计猪妖，让他来砍本座时，便没有想过本座将他杀了后，你这使心眼的小花妖会有什么下场吗？”

小兰花垂头嘀咕：“只顾着去想猪妖的下场了……”

东方青苍冷冷“哼”了一声，突然伸出手指，在她脑门上重重一弹：“最后饶你一次。”

言罢，他竟是一转身，走了。

小兰花愣神。

这个大魔头……就这样仁慈地放过她了？这……这不像东方青苍啊！

看着东方青苍的背影，小兰花揉了揉额头。她知道自己现在应该让大魔头走，走得越远越好，一句话都不要再和他说，但是不知道为什么，她还是鬼使神差地开口问道："大魔头，你为什么会在这里啊？"

东方青苍停下脚步，微微侧过头。

小兰花搅了搅手指："你是知道我有麻烦了，专程过来救我的吗？"

东方青苍沉默了一会儿，小兰花听见他用鼻子很不屑地哼笑了一声："恰好走到这里罢了。"

第十章

他的呼吸近在耳边，唇几乎擦过她的脸颊

与东方青苍分别之后，小兰花独自踏上了属于自己的征程。

可她的征程还没有开始几步，她便觉得有点不对劲了。

先前那个野猪妖糊了她一脸的不明液体，她实在受不了自己浑身恶臭，便去了山脚小河边，在河里好好洗了洗。待她上了岸，躺在石头地上晒了一会儿，又嗅到了一股奇怪的味道。

小兰花左边嗅嗅右边嗅嗅，始终不知道这股气味是从哪里来的。她趴在河边往河水里一照，便惊见这具身体颈项上的伤口竟然已经溃烂了一大片。

小兰花吓得抽了口冷气，捂着脖子摔坐在地上。

为什么会这样？

有灵魄进入这具身体，应该会延缓她的腐坏速度才是呀，怎么会这么快……

小兰花忍着害怕，又趴到河边，仔细地审视起自己这具“新”的身体。河面映出来的女人面色乌青、唇色黑紫，是一副彻头彻尾的死人相。

小兰花怒了，东方青苍到底给她找了具什么身体啊！劣质！退货！

照这个速度发展下去，不用多久这身体的脑袋就该掉了。彼时她顶着一具

无头尸，在人间岂不是寸步难行！到时候别说回天界找主子了，她恐怕会直接被人界的这些修仙人士收了炼药，连冥界都去不了。

她得去找东方青苍要具新的身体才行！

小兰花撕下一块衣摆，在脖子上绕了两圈，将伤口捂住。她拍了拍自己的脸，强迫自己打起精神，仔细琢磨东方青苍现在会在哪里。按照常理推论，魔界的人给他下了咒，他应该是回魔界去找那些人算账了。但是他现在好像没了法力，回到魔界估计也讨不了好，他应该不会那么莽撞才是。

小兰花细细回忆着一些先前的细节。他好像对那野猪妖的什么魔土很感兴趣，还问他是在什么地方得到的……难道他是想去那个千隐山找魔土？

千隐山，小兰花皱了皱眉头，她好似听主子提过这个地方。它是海上一个虚无缥缈的福地，时隐时现，没有机缘的人即便在海上漂一辈子也见不到一回。

这样的地方，她现在凡体肉胎的，要怎么去找啊？

不过小兰花转念一想，东方青苍现在也没有法力，不能腾云驾雾，本质上和她没什么区别。他既然要出海，那就必定会用到船。

小兰花拿定了主意，穿上铠甲，拄了木棍，起身上路。

这是她这辈子第一次孤身远行。

半个月后，临海城。

临海城临海而筑，本是大晋国极为繁华重要的港口城市，但因为而今世道大乱，临海城中鱼龙混杂，白日里偷盗、夜晚里抢劫之事层出不穷。

正是一个阴郁的雨天，街上行人行色匆匆。一个戴着斗笠、穿着蓑衣的人拐进了一条无人的小巷，忽然间，迎面跑来一个男子，似不经意地撞上了蓑衣人的肩膀。

不承想那蓑衣人竟如此不经撞，一下就摔在了地上。斗笠盖在那人脸上，让人看不到他的模样。

男子掂了掂到手的钱袋，看了一眼躺在地上的蓑衣人，嘲讽道："就你这破身板还敢来临海城，找死呢？今天给你长个记性，哪儿来的赶快滚回哪儿去。"

他说完这话，却见地上的蓑衣人对他伸出了手。

男子皱眉，不明所以。

"拉……拉一把……谢谢……"

向偷了自己钱袋的贼伸出求助之手，这人不是有毛病吧？男子上前踹了蓑衣人一脚："找死啊！"他用了很大的力气，将蓑衣人踢得身子偏了偏，于是盖在蓑衣人脸上的斗笠滑了开去。

男子便看见了这蓑衣人的脸，是一个女人的脸，但是长着这张脸的脑袋却正以一个不可思议的角度歪在地上……

脖子几乎全断，只剩一层皮与颈项相连。可就是这样，那人还鼓着眼睛瞪他，气鼓鼓地道："你不拉便算了，踹我干什么？我的脊椎骨又歪了两节！我很难弄的，坏蛋！"

男子吓得瞠目结舌，嘴唇抖了半天，愣是没说出一个字来。

小兰花吃力地抬起手，将自己的脑袋推回脖子上，摸了摸，神色大惊："啊！全断了！这下怎么办！"她瞪着旁边已经看傻了的男子，骂道，"快拉我起来，不然我跟你没完！"

"妖……妖魔……"男子两眼一翻，彻底晕了过去。

小兰花一见，急了："你倒是先将我拉起来啊，我脊椎歪了自己起不来的！"

她歪歪斜斜地躺在地上，急得没有办法，就在此时，忽听旁边传来一声低笑。

小兰花眼珠子转了转，却因为姿势而始终看不见来人的模样："还有人在吗？帮帮我呀，我会非常非常感谢你的。"

伴随着小兰花的恳求，沉稳的脚步慢慢走到她的身边，站在了她的脑袋旁。然后来人蹲下了身子，歪着脑袋看她："小姑娘，你是怎么变成这副模样的？"

小兰花终于看清了这人的长相。只见他着一袭白衣，衣领处簇拥着白色的狐狸毛，许是天气的原因，他的脸色苍白得有些过分，但眉宇间的气度却是明显不同于一般人的。

看见她现在这副模样还能淡定微笑而不逃跑的人，想来也不是什么好招惹的家伙，但是小兰花也没有办法了，只得可怜巴巴地向他求助："说来话长，你能先将我扶起来吗？我得坐起来才能把自己的脊椎骨接好，然后才能把脑袋接回去。"

白衣人看了一眼小兰花的姿势："我帮你正骨吧。"说着，他也不嫌小兰花一身的泥泞，将她的身子翻了过去，然后扒下她的蓑衣，用拇指与食指顺着她的脊椎骨往下捋。到了产生偏差的地方，他的手就停了下来。

小兰花的脑袋此时已经完全和身体分家了，看着白衣男子娴熟的动作，那颗脑袋惊叹道："你看起来比我专业多了。"

男子轻笑着摇头："你的身体腐坏得太厉害了，正了骨也没用，回头稍稍一碰，又得歪了。而且……"男子笑着捧起了小兰花的脸，"你脑袋都这样了，要这身体还有什么用？"

小兰花很沮丧地说："可是没这身体……没这身体我怎么活啊？我还要去千隐山找人呢……"

男子眨巴了一下眼睛，道："你要去千隐山找谁？"

小兰花露出气愤的神情："找负心人、薄情郎！"

小兰花在这段赶路的时间里算是将东方青苍想明白了。

打从一开始东方青苍就没打算给她找新身体。他只是想杀掉赤地女子进行自己幼稚的报复，然后顺便把她从自己身体里推出去。

但是！赤地女子乃天地战神，她下界转世为凡人，虽然天界上没有关于此事的记载，但猜也猜得出来，不是为了历劫就是受到天道责罚才会这样。

她转世为人之后，命格不是司命星君所定，而是全凭天命做主。她每一世死后，她在人间的身体自然也是天命做主。所以这具身体里面不管住进了什么样的灵魄，都会照着正常的速度腐烂，然后消失。

东方青苍怎么会不知道这个道理！

难怪他当时愿意放她走，难怪说什么最后饶她一次，原来是不管他放不放她、饶不饶她，她都活不久！这具身体迟早分崩离析，到时没了宿体，她迟早会死！

他不过是懒得动手罢了！

想到这些，小兰花难免情绪激动："我要找到他，然后咬他一块肉下来！"

男子被逗得笑了起来："那我带你去吧。"

"郎君！"旁边倏尔传来另一道低沉的声音。小兰花转了转眼睛，就看见旁边墙壁上投射出来的一道人影。

"这小仙灵合我眼缘，又性子单纯，带回去也没什么不好。而且……"男子神秘地笑了笑，随即对旁边的人道，"将纳灵壶拿来。"

旁边那人好似有点不甘愿，拖拖拉拉了许久，才将一个黑色的壶递给男子。

小兰花有点怔然地看着男子温和的笑脸："你看得出我的身份？"

"自然看得出，兰花仙灵。"男子将黑色的壶递给小兰花，"你这个身体不能用了，我先将你装进我的壶里，当作你的暂居地。等回头到了千隐山，我再另外给你一个身体。"

“哦……哎，不对，你到底是……”

男子眯眼笑道：“千隐山千隐阁千隐郎君。你要去千隐山找人，连那里的主子是谁都没打听过吗？”

小兰花认为，这个千隐郎君看起来不像坏人。

至少比东方青苍像好人！

等到了千隐山，她对自己的判断就更加坚信了。

这个千隐山之主模样温文儒雅，待人有礼有节，举手投足间更是风度翩翩。更重要的是，他还给她找了个新的身体！

小兰花照着镜子，摸了摸自己鲜活柔软的脸，不敢置信地问身后的人：“这真的是陶土捏的身体吗？”

千隐郎君坐在小兰花身后的桌子旁边慢慢地饮了口茶，道：“是呀，如何？与你给我描述的你原来的容貌有几分相像？”

“十分像！”小兰花捏了捏自己的脸，“太像了！肉是软的、骨头是硬的，拍一拍关节也不会错位，摸久了皮肤还会有温度，简直和活人的身体一模一样。”

小兰花心里感动得都要哭了，天知道她从鹿鸣山到临海城的这些日子是怎么过的。

“不过……”小兰花看了一会儿镜中的自己，心中困惑。她转过身盯着千隐郎君道：“我主子和我说，这世上除了天地大道，没有谁能赋予别人生的权利。用陶土捏造的肉身乃死物，没有生气，就算有灵魄进去，应该也是活动不了的。你的工匠是怎么做到的？”

千隐郎君点了点头，道：“你主子说的自是不错，不过我这千隐山有另外一种东西。”千隐郎君自腰间抽出了一个小荷包摊开，露出里面棕色的泥土。泥土在桌上慢慢变平，然后又堆积成小山的形状，它就像一个活物一样，在不停地变化。

小兰花眨巴着眼看着那土，她认识，当时那野猪妖和东方青苍打架的时候，就撒了一把这个土。猪妖的小喽啰还叫这东西魔土。

“这是息壤。”千隐郎君道，“乃天地间一奇物。与普通土壤不同，它有生生不息之力。”千隐郎君将息壤递给小兰花，“在陶土中加入息壤之后，它便可承载灵魄，使之活动，与活人无异。”

看着小兰花惊叹的神情，千隐郎君忍不住笑开：“可是神奇？”

小兰花点头。

“不过还是你主子的话对。这世间，除了天地大道，没有谁能造出一具活人一样的肉身。”千隐郎君道，“即便加了息壤，你这具身体也只能用三天。三天之后，息壤生气消失，陶土之身不可活动，你还得换另外一具身体。而且因为你现在是土做的，千万记得，不管什么时候，都不可以碰水。不然，哪儿碰哪儿坏，那可是会比你先前那具身体烂得还要快的。”

小兰花闻言，伸出去给自己倒茶的手默默地缩了回来：“喝水也不行？”

千隐郎君笑得很温和：“你现在是不需要喝水的，甚至不需要食物。但你可以吃东西，而且还能尝到食物的味道，只是它们都只会囤在你的肚子里。”

“吃了不长肉？”

千隐君失笑：“当然不长。”他起身，引着小兰花往门外走，“我这岛上，最不缺的就是厨子。你想吃哪个菜系的？”

小兰花没有答话，只是呆呆地看了千隐郎君一会儿，然后突然道：“我主子以前说过，无事献殷勤，非奸即盗。这个息壤应该十分珍贵吧，我这身体要三天一换，一定得用很多息壤。咱们平生素不相识，你这样全心全意地帮我，到底图我什么呢？”

他对小兰花好得让她都觉得有点离谱了。可她现在连身体都是这个人给的，他又能图她什么呢？

难道……想要她的灵魄，拿去炼丹？

“呵……”千隐郎君垂头一笑，“阿兰姑娘，你都与我到了我千隐山上，现在才问这话，是不是也太迟了一些？”

“问出口了就不算迟。”

千隐郎君脸上挂着温和的笑，对小兰花的话没有半点气恼，只是继续领着小兰花往外走。他指了指道路两旁种着各种奇奇怪怪的花朵的花圃道：“我有一个收藏的癖好，这世上独一无二的秘宝，我都想将它圈在自己的地盘里。”

小兰花眨巴着眼睛问：“我是什么独一无二的秘宝吗？”

“是啊，相当珍贵。”

小兰花一句“我是什么秘宝”还没有问出口，忽见另一头急匆匆地走来一个女子。她行至千隐郎君身边，对他行了一礼，然后附在千隐郎君耳边说了几句话。

千隐郎君闻言，目光微微一深，点了点头，然后摆手让女子离去。

小兰花好奇:“怎么了？”

“有几个妖魔想闯入千隐山。”

小兰花一愣:“妖魔？”

“嗯，不过不用担心，他们已经被拦在千隐山外的迷阵之中了。”

“千隐山外……有迷阵？”

“阿兰你与我一同入山，自然是不知道这迷阵的。”千隐郎君道，“我千隐山本就处在天地间一处诡谲方位之中，山体于海上时隐时现，凡人大多无缘，千觅而不得。每一次有人入山，我皆会倾力相待有此善缘之人。但十来年前，我千隐山入了一奸人……”千隐郎君一边说着一边引小兰花走到庭院深处的花亭之中。他让小兰花坐下，推了桌上的糕点给她，“先解解馋，我让他们去做其他菜。”

小兰花毫不客气地拿起一块花糕吃掉，入口即化的口感让她睁大了眼。这东西比之前天帝向她主子求亲时送来的糕点还要好吃！她又咬了两口才含混不清地问:“千隐山入了一奸人，然后呢？”

千隐郎君望着小兰花鼓鼓囊囊的脸，有点想捏，又觉得不合礼节，于是只好用手指在桌上敲了敲，道:“那是一只厉害的妖魔，他偶得机缘入我千隐山后，竟将来路记住了。待出去之后，他集结了一群心怀不轨的妖魔，欲抢我千隐山秘宝。”

“真是过分。”

“是啊，秘宝终究被他们抢走了一些，听说他们将那些东西拿去卖了换钱。”千隐郎君说着，像是很可惜地摇了摇头，“要钱与我说便是，我给他们就好了。”

“你别难过，他们抢了东西，也不会有好下场的。”小兰花嘴里包着花糕道，“所以你就布下迷阵了吗？”

“本来被抢之后，也没打算布的，毕竟迷阵也会阻碍我千隐山之人出入，但是这世间最可怕的便是人心贪婪。”千隐郎君道，“那次过后，他们却并不满足，还欲接二连三地来。于是，我便借宝物之力，合此处方位，成大迷阵于海底山中。从那以后，非请而入者，皆被困其中，丧命于此。”

最后四字，千隐郎君的声音中带了杀气，听得小兰花心头一寒。她抬头看他，千隐郎君却还是温和地浅笑着，神色不改。

是……错觉？

“只可惜我那些被盗走的宝物，不管我这些年来如何去世间寻找，却总是寻不完全了。”

小兰花咽下花糕，环顾四周，道：“可你这儿已经有很多宝物了呀。”她指了指桌上的香炉，“这个是可报时的十二时炉，那边院中还有可测天气的阴阳石，方才来的路上，我还见到一池子上池水……但那东西最好少弄一点，抹到眼睛上，会看见不干净的东西……”

千隐郎君听得小兰花的话，脸上的笑慢慢隐没下去，神色间似有些怔然：“你……都认识？”

小兰花点头：“嗯，识得一些。但你这里稀奇古怪的东西太多了，我也认不全，不过……”

千隐郎君倏尔抓住小兰花的手，目光灼灼：“你随我来。”他语气里的兴奋，真如捡到了宝一样。他拉起小兰花走出花亭，可是还没有走两步，一道黑影就拦在了千隐郎君面前。

“郎君，不可。”

小兰花认出了这个声音，当初在临海城的时候千隐郎君要带她回千隐山，这个声音便在旁边阻止。当时她只看到了一个黑影，现在……还是一个黑影。

这人全身上下都裹在黑布之中，让人连五官都看不见。

千隐郎君绕过他，拉着小兰花继续走：“无妨无妨，这小仙灵性子单纯。”

“郎……”那人还要再说什么，小兰花已经被拉着走远了。

千隐郎君将小兰花带到一个房间，在书架的某个地方一摁。书架转开，一个暗门出现在面前。

小兰花连忙捂住眼：“我不看我不看，我主子说了，看见秘密的人死得快。”

千隐郎君失笑：“我护着你，保证不让你死。”他重新握住小兰花的手，“来，我带着你走。”

暗门后的密室中一片黑暗，只有千隐郎君手中的灯笼是唯一的光亮。下面的通道有许多分岔，小兰花开始还记得路，到了后来就全晕了，只有任由千隐郎君在前面领路。

千隐郎君心思细，走了一会儿便转过头来问小兰花：“你怕不怕？怕黑可以抱住我的胳膊。”

小兰花没有抱，但很感动于千隐郎君的细心体贴。

走到路的尽头，千隐郎君打开一扇门，里面登时珠光宝气四散，亮成一片。

小兰花张着嘴看了许久，只吐出了一个："哇……"

房间里是堆成小山的宝物，比天宫还要气派。有的东西小兰花认识，但连主子都告诉过她，这世间没有这样的东西了。小兰花震惊地看着千隐郎君："你……这些东西你是怎么得来的？"

千隐郎君浅笑："所以说，我很喜欢收藏啊。"他走进去，"这里面的东西，我有多半不认识，但出于直觉，我在人界游历时看见这些东西，还是收回来了。"他回头看小兰花，"如果有认识的，你帮我识别一下可好？我让人天天给你做好吃的。"

小兰花眼睛发亮。

于是这一天千隐郎君给了小兰花一支笔和一个本子，让她将认识的宝物全都记录下来，名字、作用、来历。一开始，千隐郎君的目光还兴奋地跟着宝物转，但到了后面，他也不看宝物了，就只盯着小兰花，然后抿着嘴笑。

是时，小兰花拿起一颗珠子看了半天，脑袋里拼命地回想："这颗珠子看起来好眼熟，叫什么来着……"

千隐郎君轻笑："你先想着，我去给你拿点好吃的。"小兰花咬着笔头点头，也不知将没将他的话听进去。千隐郎君只宠溺地笑了笑，便提了灯笼出去，留小兰花一个人在这堆宝物里面苦思冥想。

石门合上，黑影人又出现在千隐郎君面前："郎君，你怎能将她一人留在那里？"

千隐郎君被灯笼的光照出一脸温暖的笑："宝物自然应该跟宝物放在一起，没什么不对。"他道，"这个姑娘，落在别人手里可就可惜了。"说罢迈步离去。

黑影看了石门一会儿，随即身影也消失在了黑暗之中。

小兰花还在宝物堆里摇头晃脑地想，她握着笔站起来，一边走一边嘀咕："叫什么来着……"她走到墙边，脑袋往墙上一靠，"哎，看了这么多东西都看迷糊了……"

忽然间，小兰花感觉脑袋后面的砖石往后移动了一下。

她一时间反应不过来，待得脚下"咔"的一声脆响，小兰花叼在嘴里的笔掉了下来："完蛋……"话音未落，一阵失重感猛地传来。

小兰花只觉一阵天旋地转，然后便是屁股一痛。她终于想起来手里这颗珠子叫什么了——夜光珠。只是正常的夜光珠都只有拇指大小，这一颗竟有拳头那么大，难怪她看了半天都想不起来……

小兰花摸着屁股站了起来，拿着夜光珠往四周一照，发现这是一个黑乎乎的洞穴，头顶上是岩壁。她东摸西摸了半天都没有找到回去的机关，不死心地顺着岩壁边摸边走，结果不仅半个机关没找到，还迷失在岔路中，干脆连掉下来的洞穴也找不回去了。

黑暗中，只有小兰花迟疑的脚步声。夜光珠的光亮范围外似乎随时会扑出来什么妖魔鬼怪……小兰花被自己丰富的想象力吓得几乎挪不动脚步，夜光珠一晃，幽幽的蓝绿色光芒之中忽然现出一张人脸。

小兰花愣了一瞬，然后惊恐地抽了一口冷气，将夜光珠一扔，连连倒退："鬼鬼鬼！"

她捂着脸抖了许久，见没有动静，便分开手指，往那方一看。

在夜光珠幽幽的光辉中，那处静静立着一个人，正上上下下地打量她。还是那身黑袍，还是那头长发，面上也仍是不变的嫌弃表情。

"大、大魔头！"小兰花惊呼出声。

东方青苍咧嘴一笑，阴险又可恶："是你啊，小花妖。"

小兰花指着他："你你你……你怎么在这里？"

"这话应该我问你吧？"东方青苍道，"你怎么还活着？"

他果然知道那具身体有问题！小兰花将牙咬得咯吱咯吱地响："你才是阴魂不散呢！"

落在地上的夜光珠散发着冷色的光，将两人的面容都照得很诡异。

东方青苍眯着眼打量着小兰花。

她和千隐郎君详细描述过自己以前的容貌，是以这具身体的模样与小兰花本身虽说不上一模一样，但也像了个十之八九。东方青苍见过小兰花的本体，当然记得她的模样，他问："你这身体是从哪儿得来的？"

小兰花戒备地抱胸后退一步，脸上神情还是气呼呼的："你还好意思问我这具身体哪儿来的，你给我找了一具那样的身体，我还没找你算账呢！"

东方青苍冷笑一声，上前一步："好啊，且让本座看看，你要如何算这账。"

小兰花咽了一口口水，再退一步，心里对东方青苍是一阵咬牙切齿的恨。

东方青苍笑了笑："十多天前的教训，你好像还没记住。"

十多天前，小兰花设计野猪妖去砍东方青苍，之后东方青苍教训她，不知道想想野猪妖死后，她自己的下场。现在小兰花一路玩命地扑腾着追到临海城找东方青苍算账，却没想想找他算账，自己的下场。

不用东方青苍奚落她，她也知道自己的脑子好像是直的，做事都不想想后果……

找东方青苍算账，说笑吗？

看着小兰花略带沮丧的神情，东方青苍又近一步："说，你这身体是怎么来的？"

小兰花在他迫人的目光下连连后退，最后贴在了岩壁上："我……我红运当头自有奇遇！这世上总归是好人比你这样的坏人多。"

东方青苍眉梢微微一动："遇到那千隐郎君了吗？陶土成体辅以息壤，倒是个不错的办法。只可惜终归不过是一个能动的容器，撑不了几日。"

"你怎么……"

他怎么什么都知道！

便在小兰花愣神的这一瞬，东方青苍已走到了她面前。两人贴得很近，让小兰花感到了极强的压迫感，她不由得伸出手去推东方青苍的胸膛："你、你再靠近我可就不客气啦。"

"哦？那你不客气一个给本座瞧瞧。"说着，他一把拉扯住小兰花的脸颊，又戳了两下，"质感倒还不错，与人体别无两样。"

东方青苍捏着小兰花的脸，翻来覆去地看，像是在审视一件精细的工艺品。

小兰花的神情彻底呆滞了。

东方青苍离她那么近，近得她都能感觉到他呼吸的温度，看得清他睫毛的长度。当东方青苍转过她的脑袋去研究她耳鬓的细发时，他的唇几乎擦过她的脸颊。

小兰花毫无预兆地脸红了。

然后回过神，她猛地推了东方青苍一把："流氓！"

但小兰花那点力气哪里推得动东方青苍，反而提醒了他：这个身体的主人现在很不配合他的审视。

于是东方青苍眼睛一眯，毫不犹豫地采取了强制镇压的手段。

他用一只手擒住小兰花的两只手腕，像手铐一样将她紧紧锁住，然后往墙上一推，将小兰花贴着墙提了起来，让她只能用脚尖着地。如此一来，小兰花全身的力气都用在脚尖，去支撑自己身体的重量，哪还有力气反抗。

小兰花惊叫："东方青苍，你做什么？放我下去！你浑蛋！"

似乎是嫌弃小兰花的声音在他耳边吵得太厉害，东方青苍暂时停下了审视的目光，转而直勾勾地盯着小兰花："你若再吵闹，本座便卸了你的胳膊。"

小兰花咬住唇，心里的委屈一波波涌上来，眼眶红了一圈又一圈。但她现在是陶土做的，一滴眼泪都流不出来，她只好低声控诉："大坏蛋、采花贼。"

她将嘴唇咬出了一个牙印，东方青苍不客气地拉下她的唇瓣，看着她咬出的印记从深至浅，然后慢慢消失。他心里盘算完自己的事，一抬头正好对上了小兰花带着控诉、泫然欲泣的眼神，他心头忽然像跑马灯一样闪过四个字——挺可怜的。

他几乎是下意识地将小兰花放矮了一点，让她能用前脚掌着地，不用踮脚尖踮得那么辛苦。

"脑袋转过来。"他神色依旧冷淡。

小兰花心里百般不甘愿，但到底是人在屋檐下，不得不低头，只好依言转过脑袋。东方青苍偏着头研究起小兰花后脑勺的头发，忽然动手拔了一根下来。

小兰花吃痛，转过脑袋怒道："看就看，不准动手！"

话音一落，便见东方青苍手里那根发丝化成陶土，散落于地。

小兰花眨巴着眼，心头惊讶。这个身体竟然连头发也是用陶土做的。如此细致的活，竟然只用了一天时间就完成了？

"你的身体，做了多长时间？"东方青苍果然与她想到一起去了。

小兰花怔怔地答道："一天……"

东方青苍垂着眼眸，将手指上的陶土灰捻落在地。他思索了一会儿，倏尔一笑，目光幽深："千隐郎君的本事真是让本座越发好奇了。"

言罢，他松了手。小兰花终于踩实了地，长舒一口气。她揉了揉手腕，抬眼一看，东方青苍竟然自顾自地转身走了。

小兰花一呆，这……这就走了？她往四周一望，黑漆漆的一片，眼瞅着东方青苍就要走出夜光珠照亮的范围了，小兰花来不及多想，连忙捡起地上的夜光珠，小跑着跟上了前面东方青苍的步伐。

但等到要追上时，她又心有余悸地落后一段距离。她怕东方青苍又突发奇想地研究她，又怕离得太远跟丢他，于是只好这样不远不近地跟在东方青苍身后。

走了一会儿，小兰花意识到东方青苍应该是没有要伤她的心思，不然刚才就已经对她动手了，于是她又悄悄地跟得近了些。再走了一会儿，小兰花回头看了看身后的黑暗，又拉近了几步和东方青苍的距离。

渐渐地，同身后那漆黑的岩洞相比，东方青苍变得越来越不可怕。小兰花终于大着胆子跟东方青苍走到了一起，肩膀时不时还会碰到他。

东方青苍斜眼扫了小兰花一眼，倒也没恶声恶气地赶她走。

对于小兰花现在还能活着这回事，不得不说，他感到很惊讶。

这个小花妖，明明屁大的本事都没有、生命时时刻刻受着威胁，但偏偏像是真的得了福报一样，每次危急关头都能逢凶化吉。

“你是如何遇上千隐郎君的？”东方青苍将这句话问出口后，自己倒先愣了愣。想了想，他又补了一句，“他为何要救你？”

“他是好人。”小兰花侧过头，瞪了东方青苍一眼，“不像某些坏蛋，背信弃义，说过的话从来不作数。”

东方青苍闻言一笑：“本座说的话，几时不作数？”

“你说给我找身体！”

“找了。”

小兰花一噎：“是找了，但那个身体明明有问题！”

“我什么时候说过给你找没问题的身体？”

小兰花直接被噎死了。

见小兰花气得又开始咯吱咯吱地咬牙，东方青苍弯了弯唇：“小花妖，本座乃魔尊。你以为与本座打交道，讨得了几分好处？”

“与我打交道，也没见着你讨到多少好处。”小兰花“哼”了一声，“咱们彼此彼此、承让承让。”

回首他们打交道的这一路，东方青苍实在是不得不承认小兰花这句话说得极对。

两人沉默下来，又在黑暗里走了一会儿，小兰花才重新开口道：“大魔头，你是怎么到这里来的？先前我听千隐郎君说有人闯入千隐山迷阵，就是你吗？你现在是破了千隐山迷阵？”

东方青苍转头看向小兰花，淡然地道：“此处便在迷阵之中。”

小兰花一呆：“哎？”

东方青苍道：“本座也奇怪，既然那千隐郎君救了你，为何又让你掉入这迷阵之中？”他唇边的笑带着讥讽的意味，“还是说，是你自己太过蠢笨，误入迷阵尚不自知？”

小兰花望着东方青苍没有说话，心里却翻起了一阵又一阵的惊涛骇浪。

她不过就是在那个藏宝的房间里随便靠了一下墙壁啊！为什么就掉到迷阵里来了？有这么危险的机关为什么千隐郎君离开的时候都没有告诉她一声！千隐郎君说这个阵法无人能破，可她的身体还要三天一换呢！这下完了，她是真的死定了！

或者……

她求东方青苍行个好，等到这具身体不能用的时候，让东方青苍在他身体里面挪挪位置，让她再进去暂住一下？

他们好歹也在一具身体里住过那么多天了，再住一下也没有关系吧！

她抬头望着东方青苍，目光闪亮。

东方青苍看着她的眼神，似乎已经读透了她的心理活动，只咧了咧嘴，露出尖尖的虎牙，恶劣地笑："你觉得呢？"

第十一章

烈火焚烧若等闲……哎？我衣服怎么烧光了？

小兰花觉得，大魔头现在是一副准备看好戏的模样。

简直是幸灾乐祸！

但她不敢和东方青苍生气，她沉默地跟着东方青苍走了一会儿，然后拽了一下东方青苍的衣袖。

东方青苍转头看她。小兰花目光闪亮地盯着他："大魔头，和你待在一起以来，我知道，其实你比其他人更加坚定纯粹，你并不像传说中那么坏，你心里藏着别人看不见的温柔……"

"你疯了吗，是从哪里幻想出这种东西来的？"东方青苍毫不留情地戳穿小兰花的谎言，"省省你的力气吧，好好珍惜这为数不多的日子。"

东方青苍继续走，小兰花几乎要去抱他的大腿："大魔头，你不能见死不救啊！好歹我们也同生共死了那么多次，也是有患难与共的情谊的！"

"情谊？"东方青苍的语调极尽讽刺。

小兰花咬了咬牙，随即眼珠子一转，道："好，你不帮我，我也不帮你。你别想从这个迷阵里走出去！"

东方青苍像是听到了什么笑话一样，嗤笑出声："小花妖，你是怕死怕得开始说胡话了？"

小兰花道："我听我主子讲过你的故事。传说中你天生一双魔眼，号称这世上没有你看不透的东西。照理说，你掉到这个迷阵里，应该很快就能看穿阵眼，破阵而出。但是，过了这么久了，你还没找到阵眼，大魔头……"小兰花顿了顿，一脸豁出去了的表情，道，"你的法力还没有恢复吧？"

东方青苍慢慢转过头，深深地看了小兰花一眼。其中暗藏的杀气让小兰花往后缩了缩。但等了半天，东方青苍既没有对她动手，也不反驳，竟是默认了。

小兰花心头一喜，肃容道："所以，你得救我！"

东方青苍挑了挑眉。

"我知道阵眼在哪里。"

东方青苍笑了："小花妖，你当本座是三岁孩童？在本座告知你此处乃迷阵之前，你蠢得甚至不知道自己掉进迷阵了吧？本座岂会信你的胡说八道。"

"我是不是胡说八道你听听就知道了。"小兰花道，"我主子以前是天上的司命星君，撰写过无数人的命格，对于世间事和稀奇的宝物都有研究。我在耳濡目染之下，也识得不少宝物。千隐郎君对我这个本事，咳，非常佩服，于是将我带入了一个书房密室之中。"

这些都是真事，小兰花说得坦然，东方青苍也并无异议。

"从书房暗道进入密室之前，他提着灯笼带我走过了很长一段黑暗的道路。"小兰花往前面一指，"就和现在一样。"

东方青苍抱起了手，目光微凝。

"到了密室后，他说去给我拿吃的，便离开了。我在屋中研究宝物，一时不慎，触动了机关，然后便掉到了此处。"

小兰花看见东方青苍微微一亮的目光，道："你已经猜到了吧？那个密室在岛中一个极隐蔽的位置，里面还藏有宝物，根本不可能是岛外的迷阵。唯一的可能，就是那处乃迷阵阵眼！"小兰花掷地有声地下了结论后，偷偷瞥了东方青苍一眼，见他若有所思，便鼓起勇气继续道，"只是我掉下来后，太过慌张，四处乱走以至于迷失了道路。不过……大魔头，你一定还记得踏入迷阵时的入口吧？"

东方青苍挑眉："所以？"

小兰花模仿着自己主子写命格时偶尔露出的高深莫测的神情道："这里的洞

穴与先前千隐郎君带我走过的暗道几乎一模一样，简直就像是镜子中的另外一个暗道。所以，大魔头，你带我去入口处，我便能顺着路，找到阵眼。”

东方青苍神色微妙：“你记得路？”

小兰花答得万分肯定：“我记得路。”

“小花妖，从来没人敢骗本座。”

这不是为了活命吗？谁想骗你！

小兰花心中苦涩，面上还要十分淡定地微笑：“大魔头，天界的仙子都是心地善良而且最诚实的。”

两人在黑暗中沉默地僵持，忽然之间，却听前面传来“呼呼”的声音。

小兰花下意识地往东方青苍背后躲：“这是什么声音？”

东方青苍眉头微蹙：“阵中杀气已动。”

这阵里还有杀气啊！小兰花心中大悲，想不到千隐郎君也挺心狠手辣的，这不仅仅是个迷阵，还是个杀阵啊！难怪没一个人走得出去……

“轰”的一声，前方拐弯之处火光一闪。一团烈焰烧过前方转角，向东方青苍与小兰花扑来。

东方青苍五行属火，这世间没有哪道火焰能比他自己的厉害，他自然是半点也不惊惧；小兰花则吓了个半死，火焰烧来的速度极快，甚至没有给小兰花去抓住东方青苍的机会就已经点燃了她的衣裙。

小兰花以为自己就要活生生地被烧死在火焰之中了，但是闭着眼睛惨叫了半天，却没感觉到灼痛感。

她这才猛然反应过来，对呀，她现在是陶土捏造的身体，制作过程中都不知道被火烧过多少遍了，根本也不用怕这火焰。当时千隐郎君也只交代她，防水就行了。

小兰花知道自己不会死，稍稍安下心来，但她垂眸一看，刚安下的心瞬间又提了一百八十个台阶。

衣服！衣服！

她的衣服可不是陶土做的！也不是大魔头那样魔界供奉的珍贵材料！它只是件普通的衣服啊！这下全部都烧起来了！

衣裙、罗袜、亵衣、亵裤，连肚兜都没有放过。

大魔头还在呢！

虽然这个身体是土做的！但要她赤身裸体地和大魔头面对面，那也是相当有羞耻感的好不好！她还没有心理准备让一个男人把她看光光啊！

赤焰呼啸着一烧而过，小兰花身上几乎已经不着寸缕了。

她惊恐地“嘤”了一声，抱住自己的胸。

站在她身前的东方青苍听到动静，正要回头，小兰花却毫不犹豫地在他后脑勺上招呼了一巴掌：“不准回头！”这巴掌用力到将东方青苍的脑袋打得偏了偏。

东方青苍额上青筋一跳。

烈焰已过，洞内恢复死寂。东方青苍面色森冷地转过了头：“小花妖，你是越发得寸进……”

声音戛然而止。

小兰花蜷着身子蹲在地上，双手紧紧环抱着自己。但东方青苍还是看见了她光洁的背部肌肤、若隐若现的蝴蝶骨，还有脊椎之下的线条……

不知是因为冷还是紧张，她的身体在微微发抖。

小兰花死死咬着嘴唇，隔了许久才带着哭腔道：“说了不准回头……”

东方青苍看着她，面色冷淡：“本座对你没兴趣。”

是啊，别说这具陶土捏的身体，就是她本来的身体东方青苍都亲自“用”过，他能有什么兴趣？而且魔界风气开放，袒胸露乳的女妖魔随处可见。听说上古之时，女妖魔们更加肆无忌惮，东方青苍怕是早就看惯这些了。

但是……

还是很有羞耻感啊！

小兰花干脆把脸埋了起来：“大魔头，你把衣服脱了……”

东方青苍挑了挑眉梢：“你这是，想勾引本座？”

“我只是想穿你的大黑袍子！”小兰花缩成一团，然后向东方青苍伸出了一只手，“袍子……”

东方青苍淡淡地道：“本座若是不给你，你待如何？”

小兰花的手在空中一僵，然后默默地缩了回去，好半天也没再吭声，但是身体颤抖的幅度越来越大、身体越缩越紧。就像一只被人逗弄的刺猬，只知道团成一团抱住自己可怜巴巴的心肝，兀自惊惶不安。

他扭过头，不再看小兰花。

小兰花觉得东方青苍一定是在看她的笑话，心里的不安委屈和羞耻感开始无休止地扩大。

忽然间，一块尚带余温的布料搭在了她头上。就像是一道净神咒一样，将她心里那些负面情绪登时压盖了下去。

她下意识地抓住滑落到肩头的衣服。

是东方青苍的黑袍。

小兰花几乎不敢相信这个大坏蛋竟然也有这么好心的时候。她睁大了眼睛抬头看了东方青苍一眼，四目相接，黑暗迷阵里只有夜光珠在地上发着幽幽的光，而东方青苍漆黑的眼眸里有她被幽光勾勒出的身影。

“不要？”他说。

小兰花连忙将黑袍子死死抓住：“要！”生怕对方反悔，她将袍子囫囵往身上一裹，也不管袖子穿没穿上，总之先把胸和屁股挡住了再说。

等她好不容易手忙脚乱地将袍子裹紧了，再抬头一看，东方青苍背着身子，根本就没有看她一眼。

小兰花竟生出一种以小人之心度君子之腹的羞辱感，她连忙将袍子穿好，咳嗽了一声：“大魔头……”东方青苍没有应她，小兰花继续道，“谢谢……”

“走吧。”

“我还要你的腰带……”

东方青苍脚步一顿，回头看向小兰花。那一身对他来说合身的衣服穿在小兰花身上，犹如给她罩了一块大黑布。衣摆拖在地上不说，就连宽大的衣袖也几乎要拖地了。

东方青苍毫不客气地鄙夷道：“小矮子。”

小兰花额上青筋一跳，终究是咬牙忍住了。她抓着腰上多出了一大截的衣服：“我总不能一直抓着这衣服走啊……你腰带……”小兰花看了一眼东方青苍，他穿着一身黑色中衣，那根腰带是用来系裤子的。她如果把腰带抽了……

那场面，小兰花想一想就沉默了下来。

“要不我还是提着……”

她话音未落，前方竟又传来轰鸣声。小兰花脸色一白，这是……汹涌的水声啊！

吸取了上次被火烧的教训，小兰花这次径直扑到东方青苍身边，紧紧抓住他的手。“怎么办，大魔头？”她慌乱地说，“千隐郎君说我这个身体就是个泥菩萨，不能被水冲的，一冲就散了！”

东方青苍闻言十分淡定:“是吗?且让本座看看，会如何散开。”

小兰花大惊:“你心思怎么这般歹毒!”

争吵之间，轰隆的水声渐近。小兰花吓得一张脸惨无人色，一把抱住东方青苍的脖子，爬到了他的背上。为防东方青苍将她甩下来，两条腿还紧紧夹住了东方青苍的腰。

东方青苍脸色一黑:“给我下来!”

小兰花哪肯理会，生死关头，她也顾不上去抓衣服了，宽大的黑袍披在她身上，她整个人光溜溜地贴在东方青苍的背上，如同八爪鱼一样将他死死抱住，大声道:“你要么让我进你的身体，要么想想别的办法!”

要是换另一个人趴在东方青苍背上对他说这样的话，那人只怕早就死得不见影子了。但小兰花说完后，东方青苍心里的无奈感竟好似胜过愤怒，他只铁青了脸伸手去抓抱住他脖子的手臂:“下来!”

可手还没碰到小兰花，就听见她惊呼出声:“断了断了!”

小兰花的脑袋贴着他的脸，埋在他的颈间，前方汹涌的水已转过弯，如狼似虎地向他们扑来。

这水里有法力。

东方青苍目光一凛，手腕翻转，藤蔓飞速长出、壮大，在他与小兰花周围结出结界一般的球形空间，几乎将他们完全隔绝其中;与此同时，一部分骨兰藤枝深深插入旁边的岩壁之中，将藤球牢牢地固定在岩壁之上。

“轰”的一声，水与藤球撞在了一起。小兰花动了动手脚，还好，都在。她这才敢抬起脑袋看周遭的环境，一看就愣住了:“大魔头，那个手链竟如此厉害……”

东方青苍没有理她，只道:“此处乃五行杀阵。借五行之力杀阵中人，在阵中待得越久，五行杀气越强。方才的火只是凡火，而今的水却掺杂了法力，接下来的攻击只会更难应付。”

小兰花听得愣了神。

“小花妖，你最好祈祷你是真的记得找到阵眼的路。”

大水过后，藤枝慢慢撤回，又变成了他左手上一条服服帖帖的手链，半点也看不出它方才瞬间爆发出的强悍力量。东方青苍脚一落地，便听小兰花惊呼一声，抱住他的胳膊跳了起来，又一脚踩在他的脚背上，然后像是怕被他甩开似的，连忙抱住了他的腰。

方才是在他后背上蹿下跳，现在竟敢直接扑到他面前来了。这猴子一样的小花妖当真以为他不会拿她怎么样？东方青苍一只手捏住了小兰花的脸，将小兰花的嘴都挤变了形。她“嘤”了一声，睁着一双水汪汪的眼睛望着他。

东方青苍眯着眼道：“你对本座真是越来越放肆了。”

“嘟魔豆……水……”

东方青苍瞥了一眼地面，在方才的大水过后，坑坑洼洼的地上积了不少水。小兰花掰开东方青苍的手，无辜地道：“地上有水，我才这样的。你就先这样带我走过这一段路，过了之后我就自己下来走。”

东方青苍冷冷地瞥了小兰花一眼，然后伸手一把揽住她的腰，在小兰花尚未来得及反应的时候，他手臂一用力，便将小兰花抱了起来，然后……扛在肩头上。

“大魔头！”小兰花惊呼挣扎，“这样很不舒服啊！”

“是吗，你是觉得躺在地上比较舒服？”

小兰花看了一眼地上的水，默了一瞬，然后妥协道：“夜光珠，把那颗夜光珠带上……”

最后，是东方青苍扛着小兰花，小兰花抱着夜光珠走过了那条积水的小道。

拐过了几个弯，小兰花拿夜光珠一照，地上干燥了。她正要从东方青苍身上下去，忽听“咔”的一声惊雷，洞穴里白光大作，小兰花吓得浑身一抖。

她登时回想起刚才东方青苍说过的话。

这是个五行杀阵，阵法会越来越强。方才水火已过，现在应该是金了……

身子往下一落，是东方青苍毫不客气地将她甩到了地上。小兰花的后背被凸出来的石头重重一剐，疼得她想骂人。小兰花正想指责东方青苍的粗鲁，却见他微微弯下身子，挡在她面前。他盯着她，没有说话。

一道霹雳撕裂洞中空气，猛地击打在东方青苍的背上。

雷声大得几乎要震裂小兰花的耳膜，光芒刺眼得快要灼伤她的眼睛。但不知为什么，在这样刺目的光芒下，小兰花竟失神地看着东方青苍，甚至忘了眨眼。

白光隐没在东方青苍的身体之中，他若无其事地直起身子，毫发无损。

想来也是，东方青苍这具身体连天雷都不惧，又岂会害怕区区几道阵法之雷。这对他来说，或许就如微风拂面，根本不值一提。

可这是第一次，在没有她的乞求、哭诉、抱大腿，各种死皮赖脸的情况下，他主动救了她。

“大魔头……”

小兰花话没说完，便有一阵诡异的香气扑鼻而来。她下意识地深吸了两口，然后就见东方青苍皱着眉头说：“屏气。”

这香味初初闻在鼻子里，除了香气浓郁，并无特殊。但渐渐地，小兰花就觉得，这股香味好像是许久以前，主子身上的味道。

那个时候她还是司命星君养在窗台上的一盆兰花，不会说话、凝不出人形，却早早地生了灵识。司命探得了她的灵识，素日里待她极好，还总是喜欢与她说话。

她教会了小兰花许多东西。在那段不能动不能跑的时间里，司命是小兰花生命中唯一的伴。她真是喜欢极了自己的主子。

香味像是慢慢入了骨，小兰花好像又看见在天界阳光的照耀下，司命伏案写命格的模样。她神情专注，而小兰花则老老实实地待在盆里，静静地陪着她。

忽然之间，司命猛地一抬头，神色冰冷地盯着小兰花：“听说你跟着魔界的魔尊跑了？”

小兰花脸上的笑容一僵：“主子……”

“你和他在人间为非作歹，不顾天理，乱了天地秩序，是不是？”

小兰花从没被司命如此声色俱厉地斥责过，当即吓得腿软。她从窗台上跌了下去，摔在地上。四周场景陡然一变，天界的阳光不再，微风不再，只有让人惊恐的黑暗。

在这黑暗之中，司命提剑走到她面前：“我养你，不是为了让你到处去打乱那些我辛辛苦苦写好的命格的。”

“我没有，我没有。”小兰花手撑在地上拼命往后挪，“主子你听我解释，那都是东方青苍做的！”

司命冷哼一声：“他做的，你与他在一起，你也是帮凶。今日，我非斩了你拿去喂猪不可！”她话音一落，旁边立即出现了那只先前死在东方青苍手里的野猪妖。

小兰花惊骇得连连抽气，只见那只野猪妖趴在地上，脸上又是血又是口水。他死死地看着她，嘴里好像还在说着一些下流又让人惊恐的话。

小兰花几乎是跪着爬到司命脚下的。她抱住司命的大腿，苦苦哀求：“主子不要拿我去喂猪，呜呜呜，主子别杀我。我那是形势所迫，不得不和他待在一起啊！我跟你保证，等出了那黑乎乎的地方，我立即踹了东方青苍，转身就走，他求我我也不看他一眼！”

“哦，是吗？”东方青苍的身影忽然出现在了小兰花的身边，他蹲下身子，戳了戳小兰花的眉心，一双美得过分的眼睛冷冷地盯着她：“本座救了你这么多次，你这小花妖不想着回报本座，还想跑？”

“你没有救我，你一直想要杀我来着，是我自己聪明才从你手上逃出来的。”

“本座若狠心要杀你，你以为凭你那点小聪明，当真能够逃脱？”

小兰花愣住了。

便在此时，司命突然又开了口：“好啊，你果然和这个罪恶滔天的魔头有奸情！”

小兰花大惊，又是摇头又是摆手：“不不不，不是你想的那样！”

司命却再不听她说一句话，手中长剑一舞：“看我不杀了你！”话音一落，长剑上寒芒一闪，瞬间穿过了毫无戒备的东方青苍的心口。

小兰花睁大了双目。

东方青苍脸色一白，口中涌出鲜血。他呛咳一声，倒在地上。司命毫不留情地抽出长剑，东方青苍胸膛的鲜血流得更快了。

小兰花倏尔心头一空，几乎不受控制地大呼出声：“大魔头！”她想也没想就爬到东方青苍身边，看着他胸口淌出的热血，连忙伸手将他的伤口捂住。但她哪里捂得住，东方青苍的血登时染了小兰花满手。

司命目光冰冷：“你还敢说自己与他什么都没有？”

小兰花连忙解释：“没有没有，什么都没有，只是他救了我很多次，也帮过我很多次，我……我……”

“你不想他死？”司命长剑之上的鲜血滴答落下，“可他是魔尊，他不该重回三界，他必须死。”司命剑指小兰花的心房，“你向着他，便是与天界为敌，你也必须死！”

小兰花脸色惨白地望着司命，看着她的剑飞快刺来，眼瞅着要扎进她的心房，便在此时，一只手忽然从旁边伸了过来！

那只手将司命的长剑握住，长剑霎时变成了木枝，只听“咔”的一声脆响，那木枝被折断成了两截。

随着这声脆响，小兰花眼前场景一花，她猛地回神。

野猪妖不见了，死掉的东方青苍不见了，而面前的司命则化成了几条树藤编制而成的假人，慢慢分崩离析，化为枯藤，散落于地。

黑暗褪去，夜光珠的幽光再次亮起。

小兰花愣愣地抬眼看面前的东方青苍。他神色冷漠地将方才折断的树藤扔在地上，然后转过头来嫌弃地看着她："你连屏息凝神都不会？如此拙劣的幻术也能将你诓骗进去？"

"大魔头……"小兰花愣愣地道，"你还活着……"

东方青苍眉梢微微一挑。

小兰花又摸了摸自己的脸，"我也还活着，不是主子要杀我……"她这才反应过来似的松了一口气，"不是主子要杀我……"

东方青苍看着腿软得几乎站不直的小兰花，将地上的夜光珠捡起来扔到她怀里。

亮光驱赶了黑暗，让小兰花少了些许惊惧。她呆呆地望着东方青苍，东方青苍却转过了头。"起来。"他头也不回地向前走去，"走了。"

黑暗好像永远没有尽头，小兰花都不知自己在里面走了多久，可她现在却没有心思抱怨累，也没有心思去琢磨五行杀阵里面还有什么攻击会袭来。她只是望着前面东方青苍的背影沉默不语。

许是她的眼神过于专注，让东方青苍无法继续忽视下去，他瞥了小兰花一眼。小兰花也不回避他的目光，就睁着亮晶晶的眼睛，将他盯着。

东方青苍转过眼不看她。

小兰花还是专注地将他盯着。

东方青苍忍了忍，没忍住："你又待如何？"

"大魔头，"小兰花严肃地开口，"我问你一个问题啊。你说咱们一路走来那么长时间，如果你当真狠下心要杀我，那我大概是跑不掉的，可你为什么没有狠心杀我呢？"

东方青苍脚步微顿，转过头来看着小兰花，目光幽深。"原来，你是想死了？"他道，"本座成全你。"他缓缓抬起手。

小兰花看得眼睛一凸，连忙摆手："不不不，你误会了，你冷静一下……"她退了一步，却觉得方才还十分坚硬的地面竟有了几分绵软的感觉。小兰花一愣，低头一看，竟发现刚走过的路竟然都变得如同泥沼一样。就这么一会儿工夫，她的脚踝已经陷在其中。

是土，五行杀阵里面的土！

小兰花第一个反应就是拽住东方青苍的胳膊："大魔头，拉我出来。"

东方青苍面无表情地道："你方才不是还嫌本座不够狠心没有杀你吗？"

"现在是计较这种鸡毛蒜皮的时候吗？！"小兰花都要疯了，"你怎么这么斤斤计较！"她目光往东方青苍脚下一转，惊骇地道，"你再不拉我，自己也要陷进去了！"

东方青苍不语，手腕上骨兰一动，如同蜘蛛结网一样，生出数条藤枝，深深插入四周的岩壁。随后，他抓住小兰花的手臂，将她往上一拉，却没拉动。

此时泥沼已经没过了小兰花的小腿，而且湿润的泥沼让小兰花陶土做的腿慢慢变软，几乎要与地融为一体。

小兰花连连惊呼："用力用力！"

东方青苍手上一用力，却听得"啵"的一声，他将小兰花的整个手臂直接拔了下来。

场面有一瞬间的僵滞。

连素来见惯大风大浪的东方青苍也有点发愣，他眼看着手上这截断臂的颜色从玉白变成了泥土的颜色，然后慢慢化成灰，散落在泥地中。

小兰花愣然地看了一会儿，然后才反应过来似的，用另外一只手捂住自己的断臂处，大声呼痛。然而不过是这一瞬间的耽搁，小兰花的半个身子便已融进了泥地里。她自知是无论如何也爬不出来了，就算爬出来，这断胳膊断腿的身体也没法要啊！小兰花连忙向东方青苍伸出了仅剩的一只手，惊惧不安地道："大魔头，快快快，让我进你的身体里面……"

如果能流出眼泪，她现在肯定已经涕泗横流了。

"你不能见死不救啊！不是说好了找到迷阵的入口我再带你去找阵眼吗？我真的找得到路！你就让我进你的身体里去吧！我就待一会儿，回头咱们出去了，那个千隐郎君还会给我另外捏个身体的……"

泥沼已经没过了她的胸。

"大魔头……"小兰花觉得东方青苍这次大概是真的要见死不救了。

也是，他是上古魔尊，怎么会允许一个莫名其妙的小花灵和他共享一个身体。之前丢的那些脸，他一定不想再尝试第二次了吧……

泥土淹没了小兰花的口鼻，她绝望地闭上了眼。

所以她没来得及看见东方青苍的手微微一抬……

然而便在此时，东方青苍忽觉骨兰上传来一阵诡异的震动。他抬头往上一看，整个洞穴的岩壁都化成了泥土，如同雪崩一样向他兜头罩来。骨兰还来不及形成防御之势，就和东方青苍一起被掩埋其中了。

泥土慢慢变回坚硬的地面，仿佛什么都没有发生过。

第十二章

你骗我

小兰花耳边响起了嘈杂的声音，像是山崩地裂，像是大河奔腾，又像是万物生灵在痛苦地号叫。她皱着眉头睁开了眼睛，眼前的一切让小兰花惊骇不已。

她像是被什么力量固定在半空中。大地在她的脚下，但与她平日所见完全是两回事。山河破碎、生灵涂炭，大地上是一道道几乎深入地底的裂缝，奔腾的岩浆清晰可见，像是土地流出的血，让人触目惊心。

小兰花还来不及回过神，便见远处忽然刮来一阵大风。风中似有刀刃，撕裂空气、斩破乌云，消失于天际。而大风刮来的方向有两个争斗不休的身影，其中一个小兰花认识，正是东方青苍。

但这个东方青苍却与她印象中的有些不同。

他眸色似血，眉心有一道剑似的猩红印记。他正与一个女子激斗，周身杀气四溢，脸上是睥睨天下的猖狂笑容。比起小兰花认识的东方青苍，这个东方青苍看起来更加残忍与邪恶。

那方，东方青苍手中烈焰长剑挟着雷霆万钧之势向面前的女子砍去。女子举剑格挡，手中正是那把朔风长剑。

两剑相交，巨大的气浪横扫四周生灵，小兰花恍然意识到，这个女子便是传说中的天地战神，而此时她看到的场景应该是上古之时，东方青苍与赤地女子的旷古一战。

可……为什么她会看到这些？她不是应该在千隐山下的五行杀阵之中吗？她不是在东方青苍的注视下被泥土掩埋了吗？为什么……

“过来。”

小兰花还没想出个所以然来，忽觉后背一紧，她被人拽到了一边，与此同时，一记杀气贴着她的脚尖划过。

小兰花愕然转头，却见又一个东方青苍站在她身后。

“大、大魔头？”

小兰花彻底摸不清状况了，她看看那边正与赤地女子激战的东方青苍，又看看身后这个只穿了黑色中衣、黑眸白发的东方青苍，问：“到底怎么回事？”

“阵中阵。”东方青苍道，“五行杀阵之中的土，是个阵中阵。”

小兰花呆住了：“阵中阵……可为什么会看见上古之时你和赤地女子打架的场景？这是个什么阵？应该怎么破？”

东方青苍沉下眉目，直接略过小兰花前面两个问题：“天下之阵，皆有阵眼。找到阵眼，此阵自然不攻自破。”

“那阵眼在哪儿？”

东方青苍的目光落在争斗不休的两人身上。小兰花也顺着他的目光看去，然后苍白了脸色：“你是说，他们……打得这么不可开交的两人是阵眼？”

东方青苍默认。

小兰花往四周看了一圈：“打成这样，咱们要怎么靠近他们？刚才你将我拉开，是因为这阵里面的杀气是真的能伤人的，对吧？”

东方青苍点头：“此杀气看似为他们争斗所产生，其实不然，这乃此阵中自生的杀气。”他语气傲慢，“本座与她上古一战，岂会只有这点威力。”

听起来他还……挺骄傲……

“不过此阵杀气伤不了我，至于你，牢牢抓住这具躯壳，本座自是不会让你死得太快。”

躯壳？

小兰花奇怪，然后垂头一看，这才恍然惊觉，难怪她刚才一直觉得四肢无力，原来竟是她的四肢全都没了，只剩下了一个胸腔和脑袋，挂着一块破布，被东方青苍拎在手里。

“天哪，太惨不忍睹了！”小兰花惊呼，“都怪你！方才你若肯将身体挪一点位置给我，我哪会像现在这样！”

东方青苍眯眼看她：“若不是本座在泥沼之中拉住了你这残破的身躯，你现在已经在杀阵之中魂飞魄散了。”

小兰花气急：“你若真要救我，为什么不干脆把你的身体借我用用？”

“本座为何真要救你？”

一句话将小兰花噎住。

“本座保得你不魂飞魄散已是极大的仁慈，至于你别的请求，且看本座心情。”

小兰花咬牙，却也不敢真的与东方青苍闹翻。他说得没错，在这里与东方青苍分开，她或许连自己的灵魄都保不住。

但她心里委屈啊，仔细想想，她和东方青苍待在一起这才多长时间，她都前前后后玩坏了多少身体了！要不是她脑袋够聪明、灵魄够生猛，怕是早就化成烟消失在这世间了。

“咱们俩肯定是命里相克。”小兰花嘀咕。

东方青苍闻言冷冷“哼”了一声，突然身形一动。

小兰花扭过头一看，发现原来是骨兰在他背后结出了一双巨大的翅膀，呼扇着带着他们往前飞。

小兰花一愣：“你不是说这个只是起防御作用的吗？”

“骨兰食杀气而生，此地处处是杀气，自是本座想如何用便如何用。”东方青苍的声音一如既往地冷漠，但小兰花却敏锐地察觉到他语调有点紧绷。

“大魔头，你和赤地女子……”小兰花的话还没有问完，那方忽然有紫色的光芒一闪。

骨兰结成的翅膀猛地一振，好似在表达主人的情绪波动。

小兰花往两人争斗的地方一看，却见那方不知什么时候出现了一道紫色的身影。他趁东方青苍与赤地女子打斗之际，在东方青苍背上狠狠砍了一刀。东方青苍大怒，一回首，长剑径直扎入那偷袭者的心房，烈焰在偷袭者身上瞬间燃烧起来。

然而让人吃惊的是，偷袭者却没有立即死亡，他像是拼尽了全部的力量一样将东方青苍的手臂拽住，不让东方青苍将剑从他身体里拔出去。

便在这时，赤地女子手中朔风长剑光芒暴涨，从东方青苍身后将他狠狠穿透。

正中心脏。

朔风长剑的寒气让东方青苍的心口处瞬间结上了粒粒冰晶，一如小兰花先前在昆仑山冰洞之中看见的蓝色冰晶一样，带着极寒的温度，如藤蔓一般，遍布东方青苍全身。

东方青苍手中力气一松，由他法力凝化而成的烈焰长剑瞬间消失。那个紫衣偷袭者从空中掉落下去，不见了身影。赤地女子似要拔剑去追，但东方青苍却伸手将穿透他胸口的朔风长剑紧紧握住，也不管剑上的寒气让他的手结出了多少冰晶。

小兰花惊讶得张大了嘴:“大魔头……这……这都是真的？”

原来……

上古一战，并不是赤地女子独自打败东方青苍的，当时还有另外一人存在……可为什么，所有关于这一战的古籍里，从来没有记载过这个人的存在？甚至连她的主子司命星君都不知道这件事……

小兰花想抬头看东方青苍，却见东方青苍目光忽明忽暗，背后的骨兰翅膀呼扇出的风越发狂暴，让人不安。

“大魔头？”

小兰花知道这阵中出现这些场景一定是有原因的。幻境杀阵无非是借由人心之中的阴暗罅隙铺垫埋伏，而后伺机而动，在人心迷失之时，趁机将人斩杀。

之前的幻境如此，这个幻境更是如此。

东方青苍此生唯有那一战败于人手，他心里定是极为不甘，而现在小兰花看见了，他竟然还是因为被人偷袭才落得之后被诸天神佛斩杀的境地。以东方青苍的性格，他心中对此事必定极为怨怼不满。

若东方青苍被此情此景迷惑了心志，陷入愤恨之中，那靠她一个人怎么破阵？

小兰花当即拿脑袋撞了下东方青苍的腰：“大魔头，你可不能被这幻境迷惑啊，你被困在这里没关系，可我还要出去呢！”

东方青苍不理她。

小兰花只能拿脑袋不停地撞东方青苍的腰：“大魔头大魔头，你倒是清醒一下啊！”

撞了半天，东方青苍还是没反应。小兰花一琢磨，没有办法了，她一张嘴，一口咬在东方青苍的腰上。牙关紧锁，她丝毫没有吝惜力气。

东方青苍的身体下意识地微微一颤。小兰花松了口，抬头一看，只见东方青苍垂下头，正目光晦暗地盯着她。小兰花干笑了一声：“大魔头，你这身体刀枪不入，但没想到还怕痒啊……唔……”

东方青苍掐着小兰花的脸，目光森冷：“小花妖，你竟胆敢对本座的身体动嘴了啊？”

小兰花的脸被捏得变了形，嘟囔着一个完整的字都说不出来。

然而便在此时，幻境之中的场景猛地一抖。阵中杀气锐减，东方青苍目光微凝。

小兰花挣扎着扭头往前望去，然后惊呼出声：“不见了！”

赤地女子与东方青苍竟都不见了。

东方青苍眉梢一挑：“阵破了。”

“哎？”

阵破了？可他们明明什么都还没做啊！

小兰花尚在愣神，忽觉一阵失重感传来，她惊悚地回头，却见东方青苍背后那双骨兰结成的翅膀也不见了！两人急速下坠，小兰花想抓住东方青苍，但她没有手啊！

“大魔头！”小兰花只能惊慌地大喊，“你要好好把我抓住啊！”

东方青苍没有回应。

但随即，在失重感带来的惊恐之中，小兰花感觉有一只手臂圈住了她的脖子，将她抱在怀里。

温热的胸膛，有着让人安心的力量。

她不会死的。小兰花心里忽然坚定地涌出了这个想法。她不会死的，因为有大魔头在。

忽然，身子一沉，小兰花感觉自己脸朝下落了地，但却丝毫没有疼痛感。她睁开眼，眼前一片黑暗。

余光里，她隐隐看到了一丝光亮。

“还算是来得及时。”千隐郎君的声音在她耳边响起，“阿兰，你可还安好？”

小兰花转了转头，她眨巴着眼睛，让自己的视线慢慢变得清晰。她看见那浑身裹着黑布的神秘人提着灯笼站在一旁，而此时俯着身子皱着眉头打量她的正是布下那重重杀阵的人——千隐郎君。

他脸上的神色好像极为抱歉："怪我疏忽，让你如此狼狈，真是我的不是。"

小兰花愣愣地看了他好一会儿，眼珠子才往旁边一转。自己仍在那条黑暗的地道中，只是之前那诡谲的杀气已尽数消失不见："大魔头呢？"

她问出这几个字，神志忽然就清醒了："大魔头呢？"她神色惊慌。

"从本座身上滚开。"

一句低沉的喝骂自小兰花身下传来。

小兰花这才感觉到异样，低头一看，竟是她仅存的、尚还完好的胸脯将东方青苍的脸给压住了……

小兰花尖叫了一声："流氓！"她急欲翻身离开，但无手无脚，只能用脑袋撑着地挣扎着往旁边挪。

许是这个场面狼狈得让旁边人都看不下去了，千隐郎君道了一声："失礼。"接着脱下自己的衣服给小兰花裹上，然后才将她残破的小半截身体从东方青苍脸上抱了起来。

面前的阻碍消失，躺在泥地里的东方青苍与千隐郎君打了个照面。

千隐郎君对东方青苍笑了笑，然后瞥了他手腕上的骨兰一眼，接着就转回了目光，连忙用袖子给小兰花擦着脸上的灰，看起来十分心疼的模样。"痛吗？"他声音又轻又柔，"要不阿兰先去纳灵壶里住一会儿？"

阿兰？

东方青苍眯起眼睛，还真是叫得出口。

小兰花也觉得千隐郎君对她的关心让她有点无所适从。

是因为……她会辨识宝物？

她心里犯嘀咕，旁边的东方青苍已经自己从泥地里站了起来。虽然他现在也是一身狼狈，但依旧是一副高高在上的模样："你便是千隐山主？"

听得这句话，千隐郎君的目光才从小兰花脸上挪开，转头去看东方青苍："正是。"他打量了东方青苍一眼，"看兄台的气质，若在下没猜错，你应当是魔界之人。"

这个千隐郎君竟看不透东方青苍的身份？小兰花转头看了东方青苍一眼，了悟了。

这一头灰一身土，浑身法力全无、满脸倒霉的模样，任谁都不会将他认成叱咤风云的上古魔尊吧。

“我千隐山与魔界素无交集，不知兄台前来，所为何事？”

“息壤。”

东方青苍简洁地吐出的这两个字让气氛瞬间沉了几分。黑影人的手微微一动，东方青苍手腕上的骨兰立即有了反应，场面紧张得一触即发。

“阿影。”千隐郎君淡淡地喝止了身后人的动作。

黑影人僵持了半晌，终于默默地退了一步，东方青苍的骨兰也随即服帖了下去。

千隐郎君的笑容深了几许：“你便是阿兰与我说的，她要到千隐山来找的那位薄情郎、负心汉？”

小兰花的脑袋微不可见地一僵。

然后她便听到了东方青苍喜怒难辨的声音：“哦，对，我约莫便是她口中的那个薄情郎、负心汉。”

小兰花后颈的寒毛都竖起来了，不用想也知道，东方青苍现在一定又在琢磨折腾她的办法呢。

千隐郎君看看小兰花又看看东方青苍，了悟过来他们的关系或许比小兰花表述的要复杂许多，于是他对东方青苍笑了笑：“你既是阿兰的朋友，我千隐山自得好好招待。”

话音未落，他身后的黑影人又抗议地发出了动静，但毫无意外地被千隐郎君忽略了去。

小兰花目光越过千隐郎君的肩头，打量黑影人，但在他黑布的遮掩下，什么都没看到。她撇了撇嘴，正打算转回目光，恍然间却看见黑布之中有一只红色的眼睛转了一下，直勾勾地看向她。

小兰花吓得脖子一僵，再一眨眼，却再没看见什么红色的眼睛。

是错觉吗？

她愣愣地转开目光，耳边千隐郎君接着对东方青苍道：“息壤确实乃我千隐山之物，只是不知兄台为何要特地来此取用息壤？据我所知，息壤对于魔界之人而言，并无用处。”

东方青苍沉默了一瞬，随即瞥了小兰花一眼：“为了造一个身体。”

小兰花闻言，倏尔眼睛一亮，她猛地抬头，恰好对上东方青苍的目光。小兰花的心脏像是被一股热流撞了一下，让她从刚才开始就一直凉乎乎的身体微微发热起来。

大……大魔头不辞辛苦，千里万里地找来千隐山，闯过迷阵，只为给她重造一个身体？小兰花觉得自己无法冷静下来了，但是在激动之中，她又忍不住感觉到事情有点蹊跷。

如果东方青苍是为了给她重造身体才来的千隐山，那为什么当时在得到千隐山的消息后不直接带着她上路呢？他就不怕等他造出身体，再回来却找不到她的灵魄了？

还是说，他要造的这个身体，根本就不是给她的？

小兰花越想心头越凉，刚才涌上来的热乎劲儿慢慢冷却下来。她静静地看着东方青苍，可是他重造身体，不给她，还能给谁呢？

“哦？”千隐郎君像是明了小兰花的心意，代她问出了声，“是为了给阿兰重造一个身体吗？”

东方青苍沉默，小兰花莫名有些紧张地看着他。不过片刻，东方青苍嘴角一弯，笑了：“不然还有谁？”

得到这个回答，小兰花形容不出此时的心情，但她感觉得出来，她的脸颊是热热的，耳根也是热热的，连现在这个身体没有的那颗心脏，也是热热的。

大魔头对她，还是挺好的……

千隐郎君也温和地弯了弯眼：“看来兄台并非阿兰口中的负心汉啊。”紧接着他话锋一转，“只可惜恐怕要让兄台失望了。”千隐郎君示意黑影人提着灯笼在前面走，他抱着小兰花跟上去，看样子是要带他们走出迷阵了。

“阿兰这副身体便是我以息壤为引，辅以陶土捏造而成的躯体。但遗憾的是，即便如此，这具身体也用不过三日。兄台要以息壤重塑身体的愿望，恐怕不能实现。”

“陶土是死物，捏造的身体自然撑不过几日。”东方青苍淡淡地道，“全部用息壤即可。”

千隐郎君脚步一顿，眼中被前方的灯笼点出了一簇火光：“兄台或有不知，息壤乃生生不息之物，若不辅以陶土，其形状怪变，根本无法塑造人形。即便将灵魄注入其中，也无法令其生四肢长五官，它仍旧只是泥的形状罢了。”

东方青苍淡淡瞥了千隐郎君一眼，神色倨傲：“我自有办法令其成人形，你只需将息壤给我便是。”

前面领路的黑影人脚步一顿，呵斥出声：“狂妄！”

东方青苍毫不在意地笑了笑，像是得到了什么夸奖一样。

千隐郎君打量了东方青苍许久，道："息壤数量有限，即便全部取用也不过只够造一具身躯。若是重塑身体不成，阿兰日后恐怕就只能住在纳灵壶里面了。兄台，你可是有十分的把握？"

小兰花听闻此言，心头也是紧张，连忙眨巴着眼睛盯着东方青苍。

东方青苍仍旧冷冷一哼："造一躯体而已，还会失败不成？"

也是，比起东方青苍做的其他事情，造一个躯体听起来好像还挺简单的，而且他本来就有点物成人之术，像之前在魔界时，她与东方青苍一起……用同一个身体洗澡，东方青苍也是随便泼了一点水出去就塑了两个人影出来。虽然那样造出来的人活不了多久，但有他的法术加上息壤这种神奇的东西，应该也是挺容易的吧……

因为他是东方青苍啊。

不过等等……

小兰花忽然发现了一件非常可怕的事情——

东方青苍他……他现在不是没有法力吗？！

黑影人点着灯笼在前面引路，没一会儿，几人便走出了这困了她与东方青苍好久的迷阵。

被外面的大白天光一照，小兰花像是终于活过来了一样，长长地舒了一口气。她往四周一望，发现这里竟是当初千隐郎君带着她乘船上岛的地方，她的身后就是千隐山，而前面就是白白的沙滩和海浪。

原来这些时间，她和东方青苍一直就在山中迷阵里打转来着……

千隐郎君引着小兰花与东方青苍到了院子里。他给东方青苍安排了房间，然后命人打扫，在这期间便让东方青苍先到小兰花屋里暂候。

他将小兰花的"身体"先放到了桌上，摸了摸她的头："我现在便去催人给你造新的身体，会尽快在今晚给你送来的。"

小兰花一愣："不是说息壤数量有限吗？"

"用陶土捏的身体花费不了多少息壤的。"千隐郎君笑道，"而且息壤没有被我统一放在一个地方，而是遍布岛上各处。将息壤全都找回来还要两三天，这期间，阿兰还得有个新身体才行吧。你放心，我自会计算好的。"他说着，又摸了摸小兰花的脑袋，方才离去。

小兰花扭头看了一眼坐在一旁闲闲喝茶的东方青苍，道："千隐郎君很温柔，是不是？"

“温柔？”东方青苍一哂，“你说是便是吧。”

小兰花一愣：“什么意思？”

东方青苍嫌弃地瞥了小兰花一眼，然后目光投向窗户外：“阴阳石、上池水……这里宝物遍地，但每一件宝物的气息都诡谲至极。”

“气息……”

“你虽认得这些宝物，却只识其形不识其心，你那传说中的主子，也是白教你了。”

小兰花跟着东方青苍的目光往窗外看去，但见那些奇花异草正在阳光下各自盛放，她心里忽然涌出了一些奇怪的感觉：“大魔头，你说的心……是什么？”

东方青苍的目光再次落在小兰花脸上，他道：“影子。”

“影子？”

“不属于它们自己的影子。”

经东方青苍如此一提点，小兰花放远目光一看，一株爬在院墙上的粉色花朵在阳光照射之下投出的阴影忽然诡异地动了一下。虽然弧度极小，但它是真的动了。可此时并无微风也无人经过，花朵也未动。

影子……自己动了……

小兰花只觉周身发凉：“大、大魔头……那是什么？”

东方青苍仍旧悠闲地喝茶：“大概就是你那温柔的千隐郎君所说的宝物吧。”

小兰花恍然想起先前她与千隐郎君坐在院子里吃糕点之时的对话，脸都白了：“大魔头啊……怎么办？”

“静观其变。”东方青苍道，“不管他留下我们的目的是什么，只要他拿出息壤，别的都无所谓。”

“不……”小兰花觉得自己的嘴角有点颤抖，“我是说，之前千隐郎君对我说，我也是宝物……你说，他是几个意思？”

东方青苍眉梢一挑，盯住了小兰花：“哦？宝物？”

小兰花睁大眼睛，求助地看向东方青苍。

东方青苍将手中的茶杯放下，感兴趣地笑了。“难怪他对你如此好。倒是让人好奇……”他眯起了眼睛，“你到底会是什么宝物？”

小兰花看见东方青苍唇角的笑意，忽然觉得她不该将千隐郎君的话告诉东方青苍。

因为，如果千隐郎君是头恶狼的话，那她眼前这只……

就是穷凶极恶的上古妖兽啊！

傍晚的时候，千隐郎君给小兰花送来了新的身体。

可自打发现这千隐山的奇怪之处后，小兰花再也没法用正常的神情去直面千隐郎君温和的笑容了。

她对着千隐郎君拿来的新身体看了许久，拐弯抹角地问道："头发都是用陶土捏的啊？"

千隐郎君温柔地笑道："是啊，费了不少功夫。"

"这么精致的身体，做起来应该挺不容易的吧？但感觉郎君你手下的人完成得还挺快……"

千隐郎君坦荡地答道："因为之前便有捏好的人形，只需要在细节上修改一下即可。"小兰花穷追不舍地问："之前便有人形？你之前捏这些陶土人形做什么？难道……"小兰花小声地说出自己的猜测，"你有别的灵魄放进去吗？"

这句话问出口，小兰花自己先胆寒了一下。

难道这个岛上有飘荡流离的灵魄？

千隐郎君闻言默了一瞬，随即笑道："哪里还有别的灵魄，阿兰多虑了。"又道，"阿兰可是不喜欢这具躯体？要不在东方兄将身体造好之前，你先住在纳灵壶里？"

东方是小兰花告诉千隐郎君的名字。她不敢说全名，即便人界知道魔尊姓名的人少之又少，但她还是留了个心眼。

小兰花听得千隐郎君这般说，立即摇了摇头。

纳灵壶里又黑又小，她才不想住进去。而且住在纳灵壶里，指不定天天被千隐郎君提来拎去的，她想和大魔头密谋个什么事情都不行。

比起千隐郎君，小兰花到底是更相信东方青苍一些。

两相比较，小兰花连忙道："没有没有，这身体很好，比我现在用的这个还漂亮。"说完，她一溜烟地钻进了新的身体里。

灵魄隐入陶土人体的一瞬间，灰白坚硬的陶土开始慢慢变软，皮肤有了肉体的质感，眼珠子变得有神，气息开始在她鼻尖均匀地流转，然后陶土捏造的手指动了动。

小兰花张嘴说话："呼……还是有手有脚比较方便。"

见证了整个过程的千隐郎君轻笑："这是自然。"他眯起眼睛，掩去眼底诡异的情绪，“说来，东方兄现在是去了哪里？”

“他说出去转转。”小兰花弯着手臂捏了捏拳头，恍然反应过来，转了转眼珠子，答道，“你放心，他不是个贪图钱财宝物的人，不会拿你的宝物的……吧……”小兰花越说越没底气，谁知道东方青苍会不会做出什么奇奇怪怪的事情，他是大魔头，言行举止就没有一个准则……

千隐郎君失笑：“既见东方兄气度，自是不担忧他会打我千隐山宝物的主意，不过……”千隐郎君目光灼灼地望着小兰花，“我倒是好奇，你是兰花仙灵，为何会与魔界中人走到一起？”

小兰花叹息：“一开始，我是因为被他占了身子……”

饶是不动声色如千隐郎君，听到这句话时也不由得面色发僵。

小兰花见他神情，回味了一下自己刚才的话，然后连忙摆手：“不是不是，你误会了，不是你想的那样，我和东方的关系很单纯……非常单纯……”见小兰花一副百口莫辩的模样，千隐郎君不由笑道：“听阿兰的意思，你与东方兄并不是那薄情郎与痴情姑娘的关系。”

“哎？”小兰花一愣，心跳莫名快了一瞬，“啊……那个啊……那个是我说着玩的。我和他……我们俩比起那种关系，倒更像是仇人来着。”

“如此我便放心了。”

“什么？”

千隐郎君俯下身，在小兰花耳边轻言细语，呼出的气息吹动了她耳边的细发：“这样，我就还有机会把你收藏在我身边啊，就像那些宝物一样。”

小兰花愣愣地盯着千隐郎君。

“我是……宝物吗？”她声音有点抖。

“对啊。”

“什么宝物？”

“或许是可以达成我夙愿的宝物。”千隐郎君揉了揉小兰花的脑袋，“今晚早些睡，这段时间在迷阵里，定是把你吓坏了。”

她现在才是真的吓坏了。

小兰花哪里还睡得着，千隐郎君离开她的房间之后，她便急匆匆地跑去找东方青苍了。但到了东方青苍的院子，却发现东方青苍竟然还没有回来，她只好抱着胳膊坐在门口等。

等着等着，倒是真的睡了过去。

于是当东方青苍踏着黑夜归来时，便看见小兰花靠在门口仰着脑袋睡觉的场景。

东方青苍走到她身边，小兰花一无所觉，咂巴了两下嘴，仿若在梦里吃到了什么不错的东西。东方青苍等了片刻，仍旧不见小兰花醒来，便大力地一推门，进了屋。

靠在门扉上睡觉的小兰花一头仰倒，径直摔在屋内的地上。

“嗷！”小兰花一声痛呼，捂着脑袋醒了过来。

她坐起来揉了揉头，扭着脖子往屋里一望，东方青苍已经坐在桌子边倒了杯凉茶喝起来了。小兰花怒气冲冲地质问：“你就不能好好把我叫醒了再开门？”

“戒心如此低，怪得了谁？”

知道东方青苍就是这个脾性，小兰花捂着脑袋嘟囔了几句，倒没真的生他的气，而是往门外一望，随即退到屋里，紧紧地关上了门。

“大魔头，外面有人吗？”

东方青苍喝了口茶，淡淡地道：“没有。”

小兰花这才急急地走到东方青苍身边坐下，一脸愁苦地道：“大魔头，不好了，那个千隐郎君是真打算将我当作宝物留下来！他说，我能帮他达成什么夙愿来着。”

东方青苍抬眼看了看小兰花，没有发表意见。小兰花继续嘀咕：“我如果真的是什么宝物的话，为什么我不知道？即便我不知道，我主子也该知道啊，但她哪里有把我当宝物对待了？那就算我主子也不知道，大魔头，连你也看不出来吗？”

东方青苍倏尔一笑：“急什么，他留你自有他的用处。用到你的时候，你不就知道了？”

“这怎么行！等那时候我肯定死得很难看。”小兰花想了想，又道，“不过也是奇怪，如果他真想对咱们不利的话，为什么还愿意把息壤给咱们呢？我有一个身体，对他来说也有什么好处吗？”

听小兰花用“咱们”来概括他和她，东方青苍正要开口，小兰花又自顾自地说：“也没关系，反正你拿息壤给我捏了身体后咱们就走，管他要做什么。”说到这里，小兰花顿了一顿，“大魔头，你会带我走吧？”

东方青苍微微侧头，看见小兰花正睁大了眼睛盯着他，漆黑的眼珠映着桌上的烛火，似乎有晶亮的光芒。

他转开目光，晃了晃手中的茶杯，看着茶水映出的光变得细碎，漫不经心地“嗯”了一声。

小兰花安下心来，不再盯着东方青苍，转而趴在桌子上嘟囔：“你说千隐郎君的夙愿会是什么呢？他到底是要我做什么呢？自打我跟着你到处跑以来，遇见的奇奇怪怪的人和事真是越来越多，让人脑袋都转不过来了。”

东方青苍的目光落在窗上，月光照着竹叶，在窗户纸上投下一片摇曳的竹影。他没有说话。

过了一会儿，他听见均匀的呼吸声自身侧传来。他转头一看，竟是小兰花趴在他桌子上又睡着了。

东方青苍挑起眉梢，毫不客气地掐了一把小兰花的脸：“起来，回去睡。”

小兰花迷迷糊糊地睁开眼，推开他的手，往旁边挪了挪：“不要，我回去睡不着。”一想到屋子外面都是诡异的影子在到处爬，小兰花就胆战心惊。她调整了下姿势，打算就这样趴着睡。

“那是你的事。”东方青苍说着拽住小兰花的胳膊，还没使力便听见小兰花皱着眉头，半是求饶半是撒娇地说：“我又不抢你床，我就在这儿睡。”

她说：“你这里安全。”

他这里安全？

东方青苍有一瞬间觉得自己幻听了。

他是世人唯恐避之不及的魔尊，但到了这个小花妖嘴里，他身边却成了安全的地方。

东方青苍一时竟不知道该拿什么表情去应对小兰花。就在他打算忽视心头那股异样感将她丢出去的时候，小兰花竟然拿脸蹭了蹭他的手背，然后兀自睡得更加香甜。

东方青苍便没了动作。

他盯着小兰花的后脑勺看了好一会儿，然后毫不客气地一抽手，回到床上躺下，倒是没有再赶她走了。

小兰花又被他闹醒，撇着嘴抱怨了几声，就又趴着睡熟。

她是真的累了，是该好好休息。但这关他什么事？他为什么要容忍这区区小花妖占领他的房间？

东方青苍觉得自己的脑子大概是出了什么毛病。

窗外竹影仍旧在摇曳，但摇曳的只是竹影，并没有风吹过竹叶的沙沙声。

在铺洒着月光的庭院之中，千隐郎君迎着月光闭目仰首，在他身后，黑影人将方才小兰花对东方青苍说的话一字不变地复述了出来。

千隐郎君勾起唇角微微一笑：“小仙灵性情十分爽直啊。”又问，“那人今日去了岛上哪些地方？”

“只绕着海边走了一圈。”

“哦？”千隐郎君睁开眼睛，“此人身上虽半分法力也无，但气息诡异，将息壤给他之后，多加观察，不能放过任何不妥之处。”

“是。”

“嗯，无事便下去吧。”

黑影人迟疑了一下：“郎君，当真要将息壤尽数给那魔界之人？他若是失败了……”

“他若是失败，我不过也与你一样装扮便好了。可若不试一试，我无论如何都无法甘心。”他抬手，摸了摸脸颊。他的脸上已经有一块皮肤脱落，掉在地上，变成了泥灰。他垂下头看了地上的陶土一眼，说，“走吧，我又该换个身体了。”

三日后，千隐郎君将息壤尽数给了东方青苍。东方青苍不许任何人前来打扰，包括小兰花。然后他便拿起息壤入屋闭门，连着几天足不出户。

小兰花实在好奇得不行，每天都去院子外面蹲守；与她相比，千隐郎君倒是很沉得住气。他像是根本不在乎东方青苍拿着那些息壤干什么一样，每天只顾着邀请小兰花在岛上到处玩，虽然小兰花是一次也没有答应。她情愿每天枯守在东方青苍门口，哪儿也不去。

是日正午，小兰花正把耳朵贴在院门上细细探听屋里的情况，忽听“咚”的一声。小兰花一惊，登时什么也顾不上了，推门冲了进去。

屋中两张桌子拼成的长案上是一个用白布盖着的泥人，小兰花心急地想去掀开白布，但旁边忽而传来喝止的声音：“不行。”

小兰花往旁边一看，这才看见东方青苍竟然倒在地上。他的长发铺了一地，他蜷缩着身体，手掌捂着胸口，神色隐忍。

小兰花顿时也不急着看泥人了，连忙过去将东方青苍扶起来，这才看见他眼睛恢复成了以前的血色，手上的指甲也长回来了。她问：“大魔头，你……恢复法力了？”

“本座的法力……从未消失。”东方青苍道，“不过是暂时遗弃在那深潭之中了。”

对了，之前东方青苍还在挨雷劈的时候，他也是这样忽然开始痛起来的。他说那是魔界的人给他下的咒术，然后让她背着他去了鹿鸣山的深潭之中，这才解开了咒术。便也是从那时候起，他的眼睛变成了黑色，或许……他的法力就是在那个时候丢掉的？

那他现在找回了法力，所以咒术带来的疼痛也跟着回来了吗？

“你很痛吗？”小兰花问，“是那个咒术造成的吗？有什么办法让你不痛呢？”她心里又急又愧，“对不起啊，都是要给我造这个身体才这样的……”

东方青苍只道：“把你的哭腔给本座收起来。”

被东方青苍一喝，小兰花连忙咬住了嘴巴。她不敢再出声，只老老实实地听东方青苍的吩咐，把他扶到了床上。

“息壤之体尚未成形，本座……会昏睡片刻。”东方青苍闭上了眼睛，额上有虚汗渗出，“在此期间，不得让任何人进来。”

小兰花连连点头：“好。”

东方青苍的声音慢慢弱了下去：“你也不能……去看……”

小兰花点头：“好。”

东方青苍昏睡过去。小兰花蹲在床边守着他，目光却不由自主地落在了那盖着白布的身体之上……越是细看越是觉得这具身体好像有点奇怪啊……

胸前怎么是平的呢……身体好像有点长也有点宽啊……

小兰花回头看了一眼昏睡的东方青苍，又看了看桌上的人。她起身绕着桌子走了一圈，走到那个身体的脚边时蹲下身，悄悄拉开一个角看看应该没什么关系吧？

于是她没按捺住好奇，这样做了。

她掀开白布的一个角，往里面一看，然后傻眼了。

从脚的方向望过去，那个两腿之间的是什么东西？

小兰花只觉脑袋一热，然后一把掀开了白布。

她看着眼前这个胸膛平坦、粗腰宽肩的男人身体，静默了很久，然后气得几乎要咬碎牙：“东方青苍这个混账大粪球！”

难怪不让她看！原来是要把她捏成男人啊！

小兰花气得一把抓住两腿间的那一坨息壤，将它狠狠地抓了下来，掰成两段，搓成球状，放到了胸上。然后小兰花对昏睡的东方青苍吐舌头做了个鬼脸：

“我再也不靠你了，我自己动手！”

小兰花从东方青苍捏好的泥人身上节省下来了一堆泥土。

她搓细了泥人的胳膊与腿、掐细了它的腰、柔和了它面部的线条，然后将鼻子眼睛全都改了一遍。最后看着自己的成果，小兰花得意地笑了。

身材极好，脸蛋极棒，这是她以后的身体，小兰花想想就觉得很幸福。

她在桌子边驻足许久，眼看着“自己”的身体从湿润慢慢变干，小兰花轻轻碰了碰泥人的手指，发现已经变得和千隐郎君拿给她的泥土身体差不多了。这应该就是东方青苍昏迷之前所说的“成形”吧。

小兰花忽然变得很心安。

便在此时，床榻之上呼吸声一重，小兰花恍然回神，连忙用白布将泥人盖上。她转头一看，东方青苍已经从床上坐了起来。

他揉了揉额头，像是在调整自己的状态。他手上尖锐锋利的指甲又没了，睁开的眼睛也再次变成了黑色。

大概是将法力又给暂时遗弃了？

所以，他果然是为了造这个泥人才暂时将法力找回来的，即便要忍受那样的痛苦……

小兰花心头有几分说不出的感动，毕竟东方青苍这样的人，居然愿意为了她受苦。但这些感动在想到东方青苍将她捏成了个男人后，又生生打了个折扣。

“你醒啦。”小兰花不冷不热地打了个招呼。

东方青苍目光一转，落在她身后白布盖着的泥人身上，又转回来对上小兰花一直到处乱转的目光。他微微眯起眼，下床大步走到桌边，一把抓住白布……

与此同时，小兰花抓住了他的手：“要不，我先进去这个身体，穿好衣服你再看？”

话说到这个地步，东方青苍还有什么不明了的。他牙关紧咬，额上青筋凸起，小兰花几乎听到了他的血液在身体里冲击的声音。东方青苍一把掀开白布，同时将小兰花甩到一边，力道之大，掀得小兰花一个踉跄，摔倒在地。

看着面前这具胸大腰细屁股翘的女人躯体，东方青苍的脸色是从未有过的阴沉。他伸手在泥人腰腹上一摸，感觉到泥土的硬度，嘴角又沉了几分。

他转过头看小兰花，道：“你是半点不将本座放在眼里。”

小兰花在东方青苍眼里看到了隐隐杀气，吓得心神一凛，本来还想分辩是东方青苍有错在先，但在这样的注视下，竟然一句话都说不出来。

他是真的……生气了。

可他到底在气什么？就为她把这个身体变回了女人？

还不等小兰花想出个结果来，东方青苍就一把抓起她的衣襟，将她从地上提了起来。小兰花怔怔地与东方青苍四目相对，这一刻，她以为东方青苍是真的要杀她。

可到底是没有杀她，东方青苍冷着脸将小兰花丢出了房间，道："不许进来。"然后便将门"砰"的一声合上，插上门闩。

小兰花在外面愣愣地站了一会儿，忽然反应过来，难道东方青苍还要强行改变那个身体的性别？

她大惊，连连拍门，但哪里拍得开。小兰花急了，忙在窗纸上戳了一个洞，眼睛往前一凑，这下才是彻底惊呆了。

东方青苍在桌上画了一个阵法，随即自衣袖中掏出一个小瓶。小兰花识得那个瓶子，是东方青苍用来收谢婉清灵魄的瓶子。

瓶子里缓缓飘出一个白色的灵魄，东方青苍以阵法之力，引着她慢慢往那泥人的身体里面去！

小兰花惊愕地睁大了眼。

东方青苍……东方青苍做这个身体，竟然不是给她的！

小兰花心头倏尔一空，体内的血液好似瞬间凉了下去，她反应了好一会儿才消化了这个事实——东方青苍骗她。

他造身体根本就不是为了救她。

他是要救另外一个女人！

一股怒气直冲天灵盖，挟带着她自己也说不清道不明的不甘心，像一场盛夏季节的狂风暴雨，席卷了她整个人。她气得手都在发抖，甚至她都理解不了自己为什么会生气成这样。"开门！"她使劲儿地拍门，"东方青苍，你浑蛋！"

里面的人自是无动于衷。

眼瞅着那灵魄就要进入她辛辛苦苦捏好的身躯之中，小兰花一头撞在门上，将身体撞晕了过去，然后灵体出窍，挣脱那个陶土身体，穿门而入，径直向泥人身体扑去。

东方青苍目光一凛，咬破食指将血液滴洒在法阵之上。法阵登时光芒大作，小兰花的灵魄一头撞在法阵结出的结界之上。结界之力化为红光，缠绕着小兰花的灵魄，痛得她惨叫出声，声音竟带了哭腔：

“东方青苍你这个大骗子！”

小兰花的声音带着三分愤怒、三分不甘，更多的，是说不清的委屈。

东方青苍看也没看小兰花一眼，只执着地将谢婉清白色的灵魄往那具身体里面引。

小兰花拼命按捺住翻腾的情绪，让自己尽量理智地思考。大部分息壤已经用来造这具身体了，如果她没有抢到这身体，那以后就只能依赖剩余的那点息壤继续用陶土的身体过活，要不然就只能被装在纳灵壶里……

那么凄惨的日子，她才不要！

法阵的红光还在继续撕扯她的灵魄，小兰花心一横，大喝一声，继续往结界上面撞。

红光报复似的更紧地缠住她的灵魄。

东方青苍听见了小兰花死死压抑的哭泣声。

他目光微微一动，恍然想起那天晚上，小兰花贴着他的手闭眼睡觉的模样。她软软的声音好似还在他耳畔轻响：“你这里安全。”

他看着现在狼狈不堪的小兰花，心神微动。

他这里一点都不安全。

他是这世上最坏心眼的恶魔。

就在东方青苍微微失神的这一瞬间，屋内的影子竟全部诡异地动了起来，有的缠住他的脚，有的爬上桌，将他画在桌上的法阵遮盖住。结界登时一弱，小兰花趁机一头闯进结界的范围之中，近乎凶恶地将那已进入泥人躯体一半的白色灵魄挤开，蛮横地钻进了那具躯体之中。

然后侵略，然后占有，丝毫不给别人机会。

此时此刻，与活下去的欲望一样强烈的，是看一看东方青苍那张铁青的脸的欲望。

脸色越难看越好！神情越糟糕越好！

他不让她好过，他也别想好过到哪里去！

然而，这个身体似乎与之前的陶土之身不同。小兰花进入这个身体后，眼前是一片黑暗，在这黑暗之中，她感觉到一股大力，将她拼命地往外推挤。

不是东方青苍的力量，而是这个身体在抗拒她。那力道大得令小兰花的灵魄几乎都要爆炸了。

是了，小兰花记起千隐郎君说过，息壤有生气，从某个角度来说它是活的。它并不是像陶土一样的死物，它肯定会排斥别的生物来操控它。

但她现在肯定不能被推出去。

大魔头在外面啊！

如果现在她被推了出去，大魔头肯定会抓住她的脖子让她就此灰飞烟灭于尘世间的！

事关生死，小兰花咬住牙，与息壤的力量相互拉扯着。

在疼痛淹没她所有感官之前，她想到很久之前，司命对她说："人生在世不容易啊，你这个待在盆子里的小花灵，是最幸福的了。"

她现在也深深地觉得以前待在盆子里的日子是最幸福的了。

黑暗袭来，小兰花再也无力抗争，陷入了沉沉的黑暗之中。

第十三章

大荒东海有灵山，山上千影成一人

小兰花觉得自己做了一个梦。

梦里她遇见了穷凶极恶的上古魔尊。

他毁了她的身体、侮辱她的灵魄，然后利用她、欺骗她。她梦见自己与那个大魔头一起看了许多奇怪的人，经历了许多奇怪的事，她开始相信他，并且有点无法控制地依赖他了，她以为那个大魔头只是看起来冰冷，但在危急关头，他都会救她性命。

可最后，却是他用一个红色的结界，让她险些魂飞魄散。

她觉得这个梦真是太吓人了。等她醒了，她一定要好好地和主子哭诉，主子一定会轻言软语地安慰她，温柔地给她浇水，耐心地给她清理盆中杂草，然后抱着她去院子里晒太阳……

有一缕刺眼的阳光照进黑暗中。

小兰花适应了好一会儿，才慢慢睁开眼。

屋外夕阳西下，最后一缕斜阳透过窗户，正好落在了她的脸上。她正躺在一块坚硬的木板上，睁眼就看见了上方的房梁。

她想转动脖子，却发现脖颈僵硬。

这一瞬间，她以为自己真的还在天界司命星君的小院里，是那株被种在盆里、没法自己移动的兰花。她眼珠子一转，瞥见一个黑影立在自己身边。

“主子？”她叫。

“呵。”

这一声冷笑宛如一根扎进太阳穴里的银针，小兰花只觉整个脑袋一炸，立时回过了神，什么梦境幻影都瞬间破灭。

“东方青苍！”

小兰花说出这四个字，说得咬牙切齿。

东方青苍往前走了一步，让透过窗户的阳光落在了他脸上。他并没有如小兰花期盼的那样露出失望颓败的神情，他如往常一般冷着一张脸，只是黑色眼眸里射出的寒光比平时更凛冽。

但她有什么好怕的。小兰花想，她已经占了这个身体，便没什么好怕的了。

东方青苍抬手，在小兰花脑袋上敲了两下：“出来。”

小兰花想躲，但身体实在是僵硬得不行，她只好怒视东方青苍：“你做梦！这是我的身体！你这个坏蛋休想让我放弃！”

东方青苍眯起眼睛。

小兰花现在看见他的脸就不由自主地想到先前他布结界的模样，登时怒从心头起，厉声指责：“东方青苍你这个言而无信的大骗子！说什么要给我捏身体，你根本从一开始就心怀鬼胎！你就是时时刻刻想让我魂飞魄散、灰飞烟灭！坏蛋！”

东方青苍盯着小兰花，呼吸微微重了一瞬，他隐忍下来，沉声道：“本座未曾想让你魂飞魄散。”

“你那不叫想让我魂飞魄散叫什么？给我机会自生自灭吗？”小兰花冷哼，“你就是藏了一肚子的坏水，逮着机会就全往我身上倒，我再也不要相信你了。”

东方青苍额上青筋微微一跳，道：“本座会给你再找一个身体，这个不行。”

小兰花闭上眼睛不再看东方青苍：“那我就待在这个身体里，等你再造好一个身体再说。”

真当她傻吗？

小兰花心道，息壤都没了，如果东方青苍真的还有别的办法再造一个身体，那他从一开始就不会大费周章地跑到这诡异的千隐山来。

"你出去吧，我现在不想看到你。"

话音一落，小兰花的脸就被捏住了，东方青苍掰着她的脸，把她的脑袋扭了过来。

小兰花一睁眼，就看见了东方青苍近在咫尺的脸，也终于感受到东方青苍极力控制的情绪。他目光阴冷，神色晦暗："小花妖，你当真以为本座如今拿你无可奈何？"

小兰花每次看见这个样子的东方青苍都忍不住心颤胆寒，只嫌自己膝盖软得不够快，但今天不知是怎么了，只觉一股气堵在胸口，上不去下不来，连东方青苍这样唬她也愣是没有把这口气给唬下去。

她冲口便道："好啊，你要毁了这个身体便毁了吧。左右如今我是拿着这个身体做屏障的，你要是不看重这个身体，它也成不了我的屏障。我求不求你、怕不怕你，你心里都有自己的打算。那我干脆便不求了，也不怕了，我要做一朵有骨气的兰花，不给我主子丢脸！

"你就随便处置我好了。大不了我魂飞魄散了，你想复活的那个赤地女子，在这个世间也没有她的落脚处！"

话一出口，场面有一瞬间的静默。

小兰花像是被自己的话吓住了一样。

东方青苍眼睛微微一眯，手上的劲力也轻了一瞬。

小兰花闭上眼，恨不得将自己的舌头咬掉。

最后这一句像是在使性子的话，她到底是为什么要说出口啊……

便在两人僵持之际，院子外面忽然传来了一行人的脚步声。

小兰花猛地睁开眼。千隐郎君来了！虽然他可能不是什么好人，但千隐郎君既将她当作"宝物"，就一定会护着她的。让他去和东方青苍斗，总好过她现在这个"瘫痪在床"的人和东方青苍斗。谁知道大魔头会不会真的一怒之下就将这个身体毁了呢，刚才话虽然说得那么决绝，但她到底还是想活着回去见主子的……

东方青苍自是也听到了脚步声，他目光微微一凝，松开了钳制着小兰花的手，将小兰花的身体用白布一裹，扔到了床上，拿被子盖上。便在此时，敲门声恰好响了起来。

不等东方青苍说"进来"二字，已有人推开了房门。千隐郎君走了进来，他的神色虽与平时没什么区别，但从这个举动来看，却是带着几分急迫的。

"身体……阿兰的身体，可是造好了？"

东方青苍坐在小兰花身边，盯着走过来的千隐郎君道："好了，不过目前四肢尚还僵硬，需要一段时间适应。"

千隐郎君看也没看东方青苍一眼，目光直接落在小兰花脸上。但见她肌肤胜雪、五官精致，一双眼睛水灵灵地动人，千隐郎君神色复杂地呢喃："竟当真……成功了。"

看着他的眼神，小兰花不禁想起前几天他在她耳边轻吐的"宝物"二字，只觉似有一条冰凉黏腻的蛇顺着她的脊背往上爬。

她嗫嚅着不敢搭腔，千隐郎君立刻关切地询问："阿兰可觉得身体有什么不适？不如我命人去把阿兰的床褥布置得更加柔软舒适一些……"

"不用了。"小兰花还没开口，东方青苍便先打断了千隐郎君的话，"她就在我这里睡。"

"哎？"小兰花愣住，"什……"

东方青苍根本不理会她，只对千隐郎君道："以息壤塑造肉身也是我第一次尝试之事，并不知后续是否会有意外，所以我要将她留在身边方便时时观察。另外，太软的床铺对脊椎不好，她就睡我这里。"

千隐郎君的目光这才落在东方青苍身上，"东方兄既如此说，自无不从。"千隐郎君轻笑，"东方兄可要将阿兰照顾好啊，她现在，可是世间至宝啊。"

东方青苍也眯眼笑："我自然知晓。"

千隐郎君告辞离去，小兰花缩在被子里打量东方青苍："你把我留在这里，不会是还想着将我的灵魄从身体里拖出去，然后换那个赤地女子进来吧？"

"闭嘴。"东方青苍轻喝了一声。他闭上眼睛，耳朵动了动，听见已经走出院子的千隐郎君轻声说："明日晚上动手。"他嗓音冰冷，"他不好对付，万事小心。"

"大魔头？"小兰花奇怪地看着东方青苍睁开眼睛，然后勾出诡异又奸诈的笑。

小兰花眨了两下眼睛："你果然还是想对我做不好的事！"

东方青苍看着小兰花，笑得十分恶劣："这里就没有人想要对你做好事。"

是夜，天阴。

千隐山中一片黑暗，东方青苍屋里的桌子上点了灯，他坐在桌子旁边，任由烛光将他的影子投在地上。

在他身后的床榻上，小兰花在不安分地动来动去。她适应了一整天，但现在能做的动作也仅限于抬抬手臂、扭扭脖子，腿与腰还是不受她的控制。

这无疑让小兰花有些焦急与挫败，特别是在她和东方青苍独处一室的情况下……

“别扭了。”东方青苍头也没回地道，“没有三天，你是无法完全适应这具身体并且灵活活动的。”

小兰花“哼”了一声，现在但凡东方青苍与她说话，她便觉得心底有一股余怒未消，几乎是下意识地呛声：“你也没有自己吹嘘得那么厉害嘛！造了个身体，让人住进去了还得当好几天的活死人。”

东方青苍像是没听见一样，端起茶盏自顾自地喝了口茶。待放下茶杯，他一回味，这才皱了眉头。他心里觉得奇怪，是从什么时候开始，他对这个小花妖的冒犯可以容忍到这种程度了呢……

推开茶杯，东方青苍喝了点清水漱口，然后一挥衣袖，扇灭了桌上的烛光，让房间陷入彻底的黑暗当中。

小兰花的心瞬间就提起来了。

只听东方青苍的脚步声在黑暗中不受半点阻碍地往她这边走来，小兰花陷入了彻底的惊惶当中。“你要干吗？”她徒然地扭了几下。黑暗中，以她的视力根本难以视物，只能睁大着眼睛向东方青苍的方向痛斥，“你竟然想对一个泥腥味都还没散的、瘫痪在床的弱女子行非礼之事！你简直丧心病狂！”

“本座向来是丧心病狂之人，你今日才知晓？”

东方青苍面不改色地在床榻边坐下。小兰花吓得面如土色，便在她发愣的时候，东方青苍的胳膊横过她的胸前，温热的手掌贴上了她的脸颊，轻轻一用力，小兰花的脑袋便不由自主地往旁边歪了一下。接着，温热的呼吸喷洒在她的耳畔：“闭眼，睡觉。”

这种姿势怎么睡啊！小兰花扭头挣扎，却觉东方青苍的食指在她耳边轻轻勾画着什么。

她一愣，忽觉耳边传来不同寻常的热度，紧接着脑袋里竟响起东方青苍的声音：“闭上眼。”

是传音入密……

东方青苍现在连传音入密这种低等法术都要靠在人耳边画法阵才能实现了

吗？他为了不让咒术缠身，还真是一点法力也没留啊……

小兰花一边琢磨，一边闭上了眼睛，接着便惊讶地发现，闭上眼后，东方青苍的身影竟然出现在了她的面前，小兰花吓得忙又睁开了眼。

但睁眼之后却是一片虚无的黑暗，一时间，她竟有些分不清到底哪个才是真实的世界了。

东方青苍显然有点不耐烦了，捏了捏她的耳朵："让你睡觉。"

小兰花心知东方青苍一定是有事情要和她说，这才怀着忐忑的心情重新闭上眼睛。黑暗之中，东方青苍立在她身前，神色冷漠："你可还想走出这座千隐山？"

她要去找主子，自然要离开千隐山。小兰花皱眉道："不然我待这儿干吗？"

"过了明日，你即便不想待在这儿，怕是也会被强留在此。"

小兰花一愣。

"大荒东海有灵山，山上千影成一人。"东方青苍冷笑道，"这座千隐山，只怕应该唤千影山才是。"

"什么意思？"

"先前本座让你注意此处的影子，你竟还未悟透？"东方青苍道，"这里的影子全是有灵气的，岛上之人，全是影妖，那千隐郎君也不例外。影妖天生缺陷，即便修道万年也未必能得一体。他那身体与你前些天用的身体没什么两样，皆是陶土捏制而成。"

小兰花一惊："那他为什么还愿意拿息壤来给我造身……"话没说完，小兰花就反应过来，不由得脸色一白。

那千隐郎君和东方青苍一样，都虎视眈眈地觊觎着她这具身体呢。

"可是……"小兰花忽然想到一件不合情理的事，"先前他为什么要说我是宝物呢？如果说他想要那具息壤身体，他应该说息壤是宝物，或者你是宝物才对呀，"小兰花盯着东方青苍，"毕竟你才是能把息壤做成身体的人啊！"

东方青苍眯着眼睛笑："是啊，他为什么要这么说呢？"

小兰花一见东方青苍笑就下意识地想往后退，但身与愿违，一点都动不了。

"且不论这个。"东方青苍转移了话题，"千隐郎君明晚欲除本座而后快……"

小兰花眼睛一亮："他们能杀掉你吗？"语气听起来竟有几分小激动。

东方青苍斜睨着她："你道本座死了对你有好处？"他冷冷一哼，"你只会成为千隐郎君的笼中雀，以后就别再妄想回天界了，等他抢去这具息壤的身体，你便用他捏的陶土人将就过活吧。待剩余的息壤用完，你便如外面那些宝物一般……”

小兰花一惊：“那些宝物也有蹊跷？”

“每个宝物里都承载着一个影妖。千隐郎君倒是聪明，借宝物灵气助那些小妖成形。”东方青苍毫无感情地瞥了小兰花一眼，“你日后便在纳灵壶里自求多福吧。”

小兰花立即坚定地道：“你画法阵传音入密，一定是要预谋坏事的。你说，我听听看是否可行。”

“不指望你做什么大事。”东方青苍道，“记住这个阵符的画法。”他说着，虚无的黑暗中忽然出现一道亮光，像笔一样在空中画下了一道符咒。

小兰花皱起眉头：“这符好邪气。”

“本座画的符，自是邪气。”东方青苍道，“桌上的残茶中含有本座血气，明日下午，为了将本座引开，千隐郎君必定会到此处来牵制你。到时候你沾些许茶水，找机会在千隐郎君身上画下此符。”

小兰花想了想，先问了一个最重要的问题：“我这息壤之身，手指碰了水，会不会化掉？”

东方青苍一哂：“你当本座连一个身体都造不好？”

得到这句回答，小兰花点了点头，然后才问：“这符画在千隐郎君身上，会有什么作用？”

“让他爆体而亡。”

东方青苍说这话时，语调森冷得像从冥界吹出来的风。

小兰花看了他一会儿：“大魔头，你莫不是对之前在迷阵里面吃的亏，还心怀愤恨吧……”

东方青苍没再理她，身影慢慢变淡，然后彻底消失。

小兰花撇嘴：“还真是……睚眦必报。”

嘀咕完这句话，小兰花兀自沉默了一会儿。在被东方青苍欺骗之后，小兰花觉得自己应该重新审视一下东方青苍。这个上古魔尊，在很多情况下救了她不假，帮了她不假，但是在这些情况中，他帮她是为了帮自己，或者是被迫帮她。这个魔头的本性始终未变，奸诈、狡猾、骗起人来面不改色，报复心又强，他……

他不是值得信赖和依靠的人。

她已经为自己的轻信付出了代价。东方青苍用现实打她的脸真是打得毫不犹豫。

有了前车之鉴，小兰花觉得自己这次不能完全听信东方青苍的话，她得有自己的打算。

她若是落在千隐郎君手里，后果可想而知，但落在东方青苍手里就会有好下场吗？

他迟早有一天会为了达到自己的目的而将她挤出这个身体。到时候她一样是孤魂野鬼，说不定比留在千隐郎君这里还惨。

所以她得好好筹划一下，给自己留条后路。

第十四章

小花妖，你是不是喜欢上他了？

翌日，千隐山下起了绵绵细雨，屋内昏昏沉沉的一片。

小兰花已经能下床了，正扶着墙壁在屋中僵硬地走来走去。东方青苍闲极无聊，从书架上随便挑了本书，倚着窗户看。

东方青苍看书，这个画面让小兰花有些惊讶。不论是传说中，还是这段时间亲眼所见，她都觉得东方青苍是一个不开心就用武力解决问题的人。这样的人，也会读圣贤书，习仁者道义？

他只怕是……

窗边的东方青苍忽然对着手里的书冷冷一笑，神色轻蔑。

小兰花抽了抽嘴角，登时明了。东方青苍其实是在看写这些书的人有多蠢，然后在心里嘲笑他们罢了。书中的道理，对于崇尚武力的东方青苍来说，就像是地上的泥土，一文不值。

她不再看他，只专心走自己的路。

其实在小兰花观察东方青苍的时候，东方青苍也时不时抬头扫她一眼。

因着小兰花现在身体僵硬，步履蹒跚，走几步歪一下，只要那边的小兰花一个不稳摔倒在地，东方青苍便会轻瞟她一眼，见她自己爬起来继续走，目光才再落回书上。

活像是在看孩子……

傍晚，千隐郎君来的时候，看见的便是这么一幅既诡异又和谐的画面。

他的出现打破了屋中的沉默。小兰花挪着步子尽量不动声色地躲开他，最后靠着桌子站稳，问："千隐郎君怎么来了？"

"自是来看你的。"千隐郎君如是说，目光却扫向东方青苍，而后才转到小兰花脸上，将她上下打量一番后，满意地笑了，"阿兰竟然已经能活动了，看来适应得很是不错。"

想到他这话背后的含义，小兰花只觉得脊背一阵阵地发寒，忙接了话道："还不适应呢，走路老摔。"

"如此，还得勤加锻炼才是。只可惜今日下雨，没法邀你去花园散步，只好委屈你在这屋子里走走了。"

小兰花沉默，那边的东方青苍更像是没听见这两人的对话一样，只自顾自地看书。却是千隐郎君将话头引到了东方青苍身上："说来惭愧，我这千隐山中工匠十数人，研究息壤数十年，却无一人能以息壤为体。如今剩下的息壤虽已不够再做一具身体，但工匠们对此奇淫巧术却充满好奇，不知东方兄肯否为我千隐山的工匠解惑？"

"我的法术他们学不会。"东方青苍冷硬地丢了一句话过来。在千隐郎君眸光微深之际，他却丢了书起身，表情是一如既往的高傲，"不过我不介意为人解惑。"他说着，往门口走去，"带路吧。"

千隐郎君微微眯起眼，看着东方青苍没有说话。东方青苍转头看他，问："怎么，不去了？"

千隐郎君轻笑："自是要去的，阿影。"他唤道，那个一直跟着他的黑影人身影一闪，"带东方兄去工匠们的地方。"

"小兰花。"离开房间之前，东方青苍却忽然顿住脚步，他转过头，隔着雨幕和逆光，神色专注地看着她，"乖乖等我回来。"

不等小兰花答话，他已转身。银色发丝划出一道桀骜的弧度，他身着黑袍，毫不犹豫地踏入雨幕之中。

小兰花有些失神，却听千隐郎君道："东方兄虽是男子，但容颜风姿实在让我等不得不惊叹。"

是啊，东方青苍这家伙最让人无法原谅的事，大概就是明明有一颗世上最恶劣的心，却生就一副倾城的容貌吧。

小兰花心里有些沉，东方青苍那身体虽然无惧刀山火海，但一想到他昨日连传音入密这种低级法术也要靠画法阵来实现，小兰花就有些心烦意乱。

她不承认自己是担心东方青苍，她只是担心东方青苍失手的话会连累她的计划……

千隐郎君在桌边坐下："阿兰，你不坐下来歇会儿？"

听到千隐郎君这句话，小兰花才回过神来，她撑着桌子坐下，然后将茶杯端到了自己面前。

千隐郎君见状，眸光微动："阿兰已经可以喝水了？"

"嗯。"小兰花点头，"大……东方说我去海里游泳都没问题。"

千隐郎君垂下眼眸："到底是息壤捏的身体，就是不一样。"他的手指在桌上轻轻敲了敲，像是在斟酌着什么。忽然间，地面传来一阵震动，桌上茶杯里的水荡出了细微的波纹。

不等千隐郎君开口，小兰花忽然道："你的人开始对他动手了吗？"

千隐郎君还在桌上轻轻敲着的手指一顿，他抬头看向小兰花，温和的脸上满是困惑："阿兰在说什么？"

"别装了，我都知道。"小兰花道，"你是影妖，想要我这具息壤的身体。"

话音一落，屋里的空气窒了一瞬。

千隐郎君脸上的笑意慢慢冷了下去，他盯着小兰花，道："哦？阿兰是如何知道的？据我这几日观察，东方兄或有察觉与防备，但也不应知道得如此清楚，没有机会与你细说才对呀。"

"要论演戏，你们谁又演得过他。你们是骗子，他是个大骗子。"

小兰花说着，地面又是一阵震动，比之前还要强烈几分，桌上的茶杯都与桌子发出了"笃笃"的磕碰声。

小兰花神色镇定，一字一句地道："而且，要论打架，你们也打不过他。"

千隐郎君的眸光凝在小兰花脸上，"东方兄在阿兰心目中，竟是如此厉害之人吗？"他轻笑，"还是说，在阿兰看来，在下便如此无用？"

"不是我心中如此认为，而是他本来就很厉害。"小兰花说得很是无奈，"我知道，你既然能在千隐山中布下那么大的迷阵，定是有非凡的本事，但你们不会是他的对手。"

像是要印证小兰花的话一样，更大的震动传来，从窗户望出去，只见群鸟叽叽喳喳地喧嚣成一片，各自飞上天逃生。

千隐郎君沉下眉目。

小兰花像是丝毫不受影响，面容沉着地道："我知道影妖修道万年也难成一体，你对这个身体一定十分渴望，不然也不会这样大费周章。我可以把这个身体给你。"

千隐郎君眯起眼睛："阿兰定是不会无条件将这个身体给我的吧？"

"没错。"小兰花道，"我要和你做交易。"

千隐郎君轻笑，神色之间，好似对千隐山另一端发生的事情毫不在意一样。他问："不知阿兰要与我做何交易？"

"我主子以前常说，做买卖要公平。我将我知道的事坦诚相告了，你也得将你知道的事坦诚地告诉我。如果你要得到这个身体，第一步，告诉我，你一直说我是宝物，我到底是什么宝物？"

千隐郎君笑了笑："东方兄没有告诉你吗？"

小兰花不说话。

"有意思。"千隐郎君道，"说实话，在下并不知晓阿兰到底是什么宝物，不过，阿兰可还记得咱们第一次见面时，你的那个身体已经破烂成了什么模样？"

当然记得，那时候的狼狈，小兰花这辈子都不会忘记。

"如你所说，我确实是影妖，是这天下最接近灵魄的活物。对于灵魄要去依附一具身体而存的感受，没人比我们更明白。所以我知道，在你当时那种情况下，依旧能够依附身体在世间行走，寻常灵魄绝对办不到。而你的灵魄，却能好好地待在那具身体里，若非你自己出来，恐怕再坚持两三天都不是问题。"

小兰花皱眉："你是说，我因为怕死所以爆发的力量特别强大吗？"

千隐郎君失笑："如果那时候还能这样说的话，那你现在能安稳地待在这具身体里，绝对不是因为你'怕死'才爆发出强大的力量，而是因为你灵魄的力量，本就强大。"

小兰花一愣，这倒是千古以来头一遭有人夸她力量强大。

"息壤形状多变且有生气，多年以来，我千隐山从无人能抵抗息壤自有的生气。"千隐郎君眸中有灼热的光，"但是你却可以驾驭这个身躯，使它慢慢变得灵活，慢慢臣服于你的灵魄。

"阿兰，你说，你不是宝物是什么？"

灵魄附体时的片段闯入小兰花脑中："所以当时，我的灵魄被东方的法阵所拦，地上的影子突然动了，帮我遮挡住了东方的法阵……因为你想让我先进入这个身体，让我当实验品，看看会不会成功……"

千隐郎君点头，倒是坦诚至极的模样："然后，待你将这个身体变得灵活，我再设法将你的灵魄引出，彼时息壤对灵魄的抵抗必定要少许多。"

小兰花愣了好一会儿才道："果然，你们就是一窝的骗子，阴谋诡计数不胜数。"

千隐郎君不言语。

地面震颤得更加强烈，小兰花稳了稳心神，深吸一口气，道："好，过去的事我都不追究了，当务之急是，我要去天界，你要得到我的身体。"

千隐郎君眉头一皱："你要去天界？"

"我是兰花仙灵，当然要回天界。你若能将我送到南天门，让我回到我主子身边，我就把这具身体还给你。要不然……"小兰花用手指蘸了蘸茶杯里的茶水，"东方教了我一个咒。"她说着，在桌子上画下那个咒符。她指尖经过的地方一开始并没有任何痕迹，但随着最后一画落定，小兰花指尖离开的一瞬，桌面上光芒大盛，一股邪气猛地自符咒中涌出。

千隐郎君见状就地一蹬，他座下木凳立时滑出去了老远。此时邪气已将木桌包裹，不消片刻，一张好好的实木桌子竟在那浓郁邪气的包裹下化为了灰烬。

地上木桌的影子猛地发出一声尖锐刺耳的惨叫，然后消失殆尽。木屑落了一地，有的还撒在了小兰花的膝盖上。

她盯着地上的灰烬，脸色苍白，有点发愣。

她知道东方青苍给的东西一定很邪门，但还是没想到竟邪门至此。这符咒如果真画在千隐郎君身上，现在掉在她膝上的就会是一团团的土灰了吧。

她抬头看向隔了老远的千隐郎君。他脸色微沉，眼神犀利："这咒术，是东方教你的？"

小兰花按捺住心头汹涌的情绪："没错。"

千隐郎君的脸色第一次变得有些难看："东方到底是何人？"

"我说了，你们斗不过他的。现在你唯一的出路，是带我去天界。"小兰花说着，脸色还有些发白，但神情已经镇定了下来。见千隐郎君没什么反应，她终是咬了咬牙，然后在千隐郎君的注视下，她左手端起茶杯，右手蘸了杯中的茶水，指尖落在自己胸前。

“要不然，咱们谁都别想好过。”

千隐郎君的眸色瞬间如外面的天气一般晦暗。

屋檐上落下的雨水在石板地上砸出滴滴答答的声响，屋里鸦雀无声。

千隐郎君神色阴沉地看了小兰花许久，倏尔笑了：“我只道阿兰是心思单纯的花仙，却没料到阿兰遇事也能如此沉着地谋划，实在是有大将之风啊。”

“我主子以前和我说过，兔子急了也咬人的。一个东方一个你，左边是狼右边是虎，我要再不动动脑子，这脑子可就没法动了。”

千隐郎君定定地看着她，似乎对千隐山另一头的激烈斗争全不关心：“只是阿兰，九重天何其高，南天门岂是我等下界小妖说去就能去的地方？你这赌，只怕是赌差了。”

“赌没赌差你心里有数。”小兰花犹豫了一下，随即一咬牙，在自己胸前画下了第一笔，“别想拖延时间，你要么现在带我走，要么我就……”她话音未落，却听一声巨响自远方传来。小兰花愕然地望向窗外，只见远处的山忽然往旁边偏了偏。

下个瞬间，千隐山主峰猛地坍了下去。随着主峰的坍塌，整座千隐山都开始慢慢塌陷，尘埃漫天纷飞。

小兰花瞠目结舌。

东……东方青苍怎么搞出这么大动静！他是想把整个岛全部翻到海里面去吗？

巨大的震动很快从地底传了过来，伴随着轰鸣声，整个房屋都开始摇晃。小兰花的身体本就还不太灵活，再被这样一晃，根本无法站稳。她下意识地伸出手，想要扶着点什么，却被一个温暖的手掌握住。

小兰花一转头，却是千隐郎君将她抓住了。

小兰花大惊，茶杯里的水早在刚才天摇地晃的时候被全部泼了出去，此时也就她的手指头上还有点湿润的痕迹。她虽然想联合千隐郎君逃过东方青苍的魔掌，但前提是她得有能力胁迫千隐郎君听她吩咐才行啊！

否则和落在东方青苍手上有什么区别！

还不如跟着东方青苍混呢！

至少她也被东方青苍压迫那么长时间了，脾气还是互相了解的……

小兰花想通这一茬，当机立断，伸出手指头便往千隐郎君身上戳，一心要在他身上画出一个符咒来。

但且不论他们的力气谁大谁小，便说她现在，光是身体的灵活度都比不过千隐郎君啊！于是毫无悬念地，千隐郎君三下五除二地便将小兰花彻底制住，困在了怀里。

得，什么谋划都不必说了，全砸在东方青苍这一通天摇地晃里面了。

在不在都坏她事！这倒霉催的东方青苍！

“阿兰。”千隐郎君自身后将小兰花抱住，一只手擒着她的双手手腕，另一只牢牢地圈住她的肩头。他的声音如往常一样温柔，“你若是再挣扎，我也是可以在不伤害这具身体的情况下，让你吃吃苦头的。”他轻声道，“息壤的身体也是会痛的，对吧？”

对……

谈判崩了，现在是她处于弱势，只有听人吩咐的份儿。

地底的震颤还在继续，屋内的顶梁柱在剧烈的摇晃之中终于支撑不下去了。只听“哗”的一声巨响，整个房顶罩头塌下。

小兰花在千隐郎君身前，根本不用她担心，千隐郎君便已撑起结界，挡住了碎石砖瓦，还有迎面扑来的绵绵细雨。

小兰花知道，他那具陶土做的身体不能沾水。

没有墙壁阻碍视线，小兰花这才看清，四周已是巨石嶙峋、满目疮痍。相比于其他地方，小兰花屋子所在的这个地方竟然是四周唯一一块尚且保存完好之地。

若非如此，此时小兰花只怕是已经在石头上挺尸吹风了……

她忽然想到东方青苍临去时对她说的那句话，他让她在这里乖乖等他回来。是因为……他知道这个地方不会被破坏吗？

小兰花一时心情复杂。

整个千隐山已是风貌大改。岛的尽头似乎被一圈不知从哪儿冒出来的山围住了。小兰花定睛一看，险些爆粗口。

那他大爷的根本不是什么山！

那是海！

四周全是海！是东方青苍将整个岛沉了下去，现在周围的海水只是被他的法力撑住，只待他将结界撤去，整个千隐山立刻就会被彻底淹没在海底！

他不是没有法力了吗？！

小兰花呆滞地看着眼前的一切。

千隐郎君更是神色凝重，直至此时，他终于承认，自己恐怕是算计了一个绝对不该算计的人。

他早有预料那人不好对付，但却怎么也没想到他竟然有本事将整个岛拉坠到海底。而今三界之中，还有谁有这个本事……

“东方……”千隐郎君瞳孔一缩，“东方青苍！他是上古魔尊？”

小兰花已经被四周的海吓得快尿出来了：“你知道得太迟了……”

千隐郎君紧紧扣住小兰花的肩：“他到底想干什么？”

小兰花也是一片惶然：“我怎么知道他想干什么！”

千隐郎君一咬牙，提起小兰花便往给东方青苍设下埋伏之处赶去。

待到了地方，只见那黑影人正生死不明地躺在地上。小兰花第一次看见黑影人的脸。他的脸上五官模糊，是黑乎乎的一团，许是察觉到了千隐郎君的气息，黑影人缓缓睁开眼睛。

“阿影，回来。”千隐郎君沉声唤道。那黑影人倏尔化作一道黑影，贴着地面，向千隐郎君游来。

一瞬之间！半路中猛地蹿出一道枯藤，钉子一样穿透黑影，将他牢牢地钉在地上。

影子发出凄厉的呼喊声，小兰花不由自主地竖起了寒毛。

“千隐郎君？”

东方青苍自一块大石背后走出。他步伐闲适，绝非之前为了做息壤的身体而动用法力后那般颓然无力。也就是说，东方青苍把千隐山弄成这样，竟然连一点法力都没有动用？

小兰花觉得自己有点理解不了这些上古神魔的世界……

可不等她再想，东方青苍剑一样的目光已经犀利地扎在了她身上：“若是按本座的计划，他现在应当已不在三界之中了才对。小花妖，”东方青苍语调微微一扬，“你又动了什么歪心思，嗯？”

小兰花只觉似乎有十数条毒蛇吐着芯子顺着她的脊背爬上她的脖子，让她不寒而栗。

他说，千隐郎君此时应当已不在三界之中了。那也就是说，那咒术……竟是一个让人魂飞魄散的咒术……

小兰花有点想从千隐郎君的禁锢里挣脱出手来，将她画在自己胸口上的湿润痕迹擦掉……

“魔尊。”

千隐郎君脸色僵硬地看了一眼被藤枝钉死在地上的黑影，目光转回东方青苍身上：“久仰魔尊威名，不想一见之下，竟有所冒犯。”

东方青苍歪起嘴角一笑：“无妨，本座自古以来，便习惯了被冒犯。”他的话中带着血腥与杀气，“本座将这冒犯，讨回来便好。”

四周湛蓝的海水将千隐山围住，气氛格外压抑。

小兰花隐隐听见远处有人在惊恐地呼喊。

千隐郎君眉头紧皱，终是先服了软，开口道：“在下有眼不识泰山，得罪了魔尊，不求其他，唯愿魔尊能放我千隐山生灵一条生路，他们并无过错。”

东方青苍一笑：“如何没错？你既成大迷阵于这山中海底，这山是错，这海也是错，千隐山上上下下，本座一个也不会放过。”

这魔头……果然是记恨在迷阵之中吃的苦头来着。可是在迷阵时，吃苦最多的明明是她吧！水淹火烧的，哪个碍着东方青苍的事了？除了最后他们一起被埋在土里……

小兰花神色微微一顿，难道，东方青苍是因为看到了那些上古旧事而不开心？

那场与赤地女子的战斗当真是他心中的死结？但凡有一点拐弯抹角的牵连都不行？

还是说，他的死结，是赤地女子？

想到自己现在用的这个身体本是他不惜忍着咒术带来的剧痛，动用法力为赤地女子造的，小兰花这些日子一直掩埋在心底的那股不舒爽感又出来了。再想想先前，东方青苍做的事，当真无一件不是在围着赤地女子打转。

朔风剑、谢婉清……

难道，上古之时，他真的是因为喜欢赤地女子才败在她手下的？

小兰花越想越远，不等她想出个结果，地底又有轰鸣声传来。周遭的海水也跟着激荡起来，小兰花不由开始心忧，若是东方青苍当真让这海将千隐山淹没，到时候势必激起海上巨浪，形成海啸。千隐山周围的小岛，甚至陆上沿海的村庄恐怕都会受到不小的波及。

东方青苍这个货真价实的、浑天浑地的大魔王！

小兰花心念电转，思索着阻止这场灾难的办法。可惜她现在被擒在千隐郎君手里，又能有什么办法？

她被擒在千隐郎君手里……

小兰花眼睛倏尔一亮，她挣扎了一下，千隐郎君立时将小兰花抓得更紧。像是被突然点醒了一样，千隐郎君再次开口，声音之中仍旧紧张，但却多了几分希望：“虽不知魔尊与阿兰到底是什么关系，但既然你肯不辞辛苦，远道而来取我息壤，想来阿兰……不，或者说这具身体，对你而言定是十分重要吧。”

千隐郎君说着，扣住小兰花肩头的手放到了她的喉咙上。手指成爪，锁住小兰花的咽喉：“不知息壤造就的身体，毁坏之后，是否还能愈合如初呢？”

东方青苍微微眯起眼睛，随即毫不在意地笑了一声：“谁知道，要不你试试？”

小兰花一愣，来不及反应，千隐郎君手中倏尔寒光一闪，一把匕首出现在他掌间。他手一动，小兰花只觉脖间一凉，还没来得及生出更多的感觉，忽见一根藤枝迎面刺来，速度快如闪电，但却在千隐郎君身前一尺处，被千隐郎君的结界挡在了外面。

藤枝与结界撞击出火花，可到最后仍旧没能穿透结界。

藤枝没有拦住千隐郎君的动作，是千隐郎君自己停了下来。

他松开匕首，以气凝聚而成的匕首转瞬消失，只有小兰花的脖子上留下了一道深深的印记。

没有流血，但伤口周围一圈变成了灰白的颜色，好似没有生气的泥土。

伤口没有愈合。

千隐郎君摸了摸那道凹陷的伤口：“好像没办法愈合呢，魔尊。”

小兰花吓得脸色惨白，愣愣地望着东方青苍。

东方青苍盯着千隐郎君，黑色的眼眸之中寒气凛冽。盘旋在他周身的杀气撩动他长及脚踝的银发，气氛一触即发。

看着这样的东方青苍，小兰花几乎有一种错觉——他好像在生气，为别人伤了她而生气。

但这样的错觉不过一瞬的时间，小兰花心里清楚，东方青苍不会为别人伤了她而生气，他只会为别人伤了这具身体而生气。

他在乎的是息壤。

千隐郎君胸有成竹地笑了：“看来魔尊是口是心非呢。”不等东方青苍应声，他收敛了笑容道，“事已至此，这具息壤的身体我可以不要，如今整座岛的生死都在魔尊一念之间，只求魔尊放过我千隐山一干生灵。如若不然……”

一道黑影从千隐郎君的掌心漫出，贴着小兰花的脖子往上爬，像是蛇一样，一圈一圈地将小兰花的脑袋缠住，在她脸上勾勒出诡异的图案。

东方青苍目光更冷，眼底红光一闪而逝。

“在下虽不才，但毕竟成妖多年，还是习得了不少咒术秘法的。虽不足以抗衡魔尊，但让阿兰这具刚造好的息壤身体变为一团死灰还是绰绰有余，更有甚者，恐怕还会波及其中灵魄。”千隐郎君摸了摸小兰花的脸，对结界外分出无数尖刺的藤枝视若无睹，“此咒既施，便是施术者身死亦不会失效。唯一的法子，便是由我亲自解咒。”

他说完便静候东方青苍的选择，身前的小兰花也圆睁着一双眼看着东方青苍，对面之人却始终没有动作。

千隐郎君目光微暗：“看来，魔尊是想让阿兰与我等同归于尽了。”他倏尔一拂袖，周身结界猛地撤掉，漫天飞舞的细雨立时落在了小兰花的头上。她一惊，想要转头去看千隐郎君，却被他禁锢了动作，无法回头。

“若这是魔尊想要的，那便如此吧。我死，千隐山亡，你想要的，也得不到。”

还真是……和她刚才威胁千隐郎君的步骤，一模一样……

随着漫天细雨落下，小兰花感觉到脸上被黑影缠绕的部分开始传来灼痛的感觉，她想抬手挡住脸上的细雨，却被千隐郎君抓住了手。

她垂眼一看，千隐郎君暴露在雨水中的手已经开始慢慢化成湿润的泥。

她心中惊愕，这人是真的打算和她同归于尽吗？

肩上一重，千隐郎君那陶土捏的脑袋搭在了小兰花的肩头上，紧接着她身上一沉，是千隐郎君的陶土身体整个儿压在了她的身上。

小兰花身体本就不太灵活，被男子的身躯一压，当即便腿一弯，一下跪在了地上。

泥水溅在小兰花的脸上，让她忍不住痛呼出声。

便在此时，四周的藤蔓蓦地生长出来，在小兰花四周形成了一道屏障，还有一些缠绕过来，将她与千隐郎君一同缠住，固定在地上。

紧接着，大地之下的轰鸣声一震。

小兰花转头一看，东方青苍长身玉立，背后的银发被流动的气息撩动，张扬在空中。他手中结印，一双长眸静静地望着她。

那是一双猩红的眼。

他把法力拿回来了。

前些日子东方青苍为了捏造身体而动用法力之后的虚弱狼狈小兰花还记得。现在，为了让千隐郎君给她解咒，他又打算动用法力将整个岛重新抬上海面去了吗？

可见这个息壤身体对东方青苍而言……着实重要。

但为什么东方青苍要这样看着她呢，简直要让她误以为，他想要救的是她。

只是她。

“呵……”在一片混乱喧嚣之中，小兰花听见已经变得面目全非的千隐郎君在她耳边低声轻笑，“阿兰，有幸得魔尊如此相护，对你来说，到底是好事，还是坏事呢……”

小兰花垂眸看着湿润的土地：“不是这样的。”

不是这样的，东方青苍要护的，根本不是她。

所以根本谈不上什么好事坏事。

大地的震颤渐停，千隐山终于重新浮上海面。四周结成屏障的藤蔓渐渐松散，踩着湿润泥地而来的脚步声，在这天地都好似已死寂的场景里，格外突出。

“解咒。”东方青苍的声音不带丝毫温度。

千隐郎君低笑：“魔尊还要答应我，此事过后不会对我千隐山施加报复。”

东方青苍冷冷一笑：“好，本座答应你。”

“在下相信上古魔尊不是言而无信之徒。”千隐郎君道，“阿兰，我本来也不想害你的。”说着，他抬起又湿又软的手贴到小兰花脸上。

脸上的灼痛感在慢慢消失，些许冰凉的感觉渗出来，在小兰花还愣神之际，她身后倏尔传来“唰”的一声。

小兰花惊愕回头，只见一枝藤条自土里钻出，狠狠穿透千隐郎君的身体！

大魔头果然又赖皮了！

接下来，他一定会让千隐山沉下去的。“大魔头……”小兰花一把抱住东方青苍的腿，“不可以！”

“不可以？”东方青苍眉目冷淡地蹲下身，一把推开小兰花肩头上千隐郎君残缺的陶土身体，接着手腕一转，捏住了小兰花还沾着泥水的下巴，眯眼看她，“千隐郎君跑得倒快，你不让本座追去杀他，是对他生了什么情不成？”

千隐郎君跑了？他只是要去追千隐郎君？

小兰花松了口气。还没说话，就觉下巴被狠狠一捏，她吃痛地叫了一声，抬头对上东方青苍猩红的眼睛。

四目相接，东方青苍语气微妙：“本座记得，之前交代过让你杀了他。”他手下力气越来越大，“小花妖，你当真是喜欢上他了？”

小兰花看见东方青苍眼中的杀气，连忙摇头：“不不不，不是的，我只是……我只是……”

只是想威胁千隐郎君，利用他对这具息壤身体的渴望，逃回天界去……

这句话说出去大概会死得更快吧！

于是小兰花沉默了。

东方青苍捏着她的下巴晃：“你且说说，你将本座给你的符咒用到哪里去了，嗯？”

“我闲得无聊在桌子上画画，就画到桌子上了……”

东方青苍不语，半晌方缓缓开口：“还没人敢用这么拙劣的谎言欺骗本座。”

见东方青苍抬起手，小兰花吓得直往后缩，结结巴巴地说：“咱、咱们有话好好说……”

锋利的指甲碰到了小兰花的颈项。

小兰花吓得闭上了眼睛。

但喉间却没有刺痛感传来。

小兰花睁开眼，却见旁边伸来一枝藤蔓，尖端之上粘了一块黑色的泥土。东方青苍用手指将那点泥土抠下来，敷在了小兰花脖子上的伤口处。

他的指腹贴在她的颈项上，温热的触感从伤口处慢慢传遍了全身。

东方青苍歪着脑袋，细细地将伤口抹平，然后收回了手，道：“息壤有生气，伤口是可以自行愈合的。只是你现在的身体刚与灵魄融合不久，所以愈合的速度很慢。这是千隐郎君那具陶土身体里的息壤，先用它填补伤口，回头待你的伤口开始自行愈合，这块息壤自然会被推出去。”

小兰花仰着头，表情有些呆。

东方青苍居高临下地睨着她，说：“本座知晓，若不另外给你找具身体，你必定要折腾不休，所以本座会给你再找一具身体。接下来的日子，不管愿不愿意，你都得与本座待在一起，你心里那些奇奇怪怪的小算盘最好趁现在全部给本座打消。”说完，他不再看小兰花，站了起来。蒙蒙细雨中，他的面目有些模糊，声音却一如既往地冷硬，“起来，现在要尽快离开这里。”

第十五章

孤岛、艳阳、睡美人和小鱼干

细雨还在不停地下。

小兰花挣扎着从地上爬起来的时候，东方青苍已经走出去了很远。她踉踉跄跄地往前追，地上尽是乱石碎土，一个没注意，她就被突出来的石头绊了一跤。

小兰花顾不上疼痛，拍了拍灰土就爬起来继续追赶，却见前方的东方青苍竟然折了回来，向她伸出手。

小兰花愣愣地看着他，然后恍悟，惊愕地道："不是吧！我都瘸成这样了，你还让我扶你？"

东方青苍伸出去的手在空中一僵，他神色微妙地道："谁说要你扶我了？"话音落下，他一把抓住小兰花的手，将她拉到自己身前。

小兰花被他的力道拉得往前踉跄了两步，紧接着就发觉东方青苍的手臂绕过她的腰，手掌贴在她的腰腹上，然后一用力——

她被扛了起来。

"东方青苍！"她惊呼，"痛痛痛，肩膀硌到肚子了！"

东方青苍不耐烦地一皱眉，说：“你自己抓好。”他说着，调整了下姿势，让小兰花趴在他背上。小兰花下意识地抱住他的脖子，双脚紧紧地缠在他的腰上，像个布口袋一样挂在东方青苍身上。

也不管小兰花抓没抓稳，东方青苍迈步往前走去。

整座岛上已是一片死寂，这些全是拜东方青苍所赐。

但也是这个人，不管出于什么目的，三番两次地救了她的性命。

突然间，一声嘶鸣划破长空。

小兰花立即精神紧绷起来，东方青苍绕过几块遮挡视线的巨石，只见风起浪涌的黑色大海之上，一条通体银白的大蛇探出半个身子，立在岸边。

这蛇头上有金黄的冠子，一双鲜红的眼睛有灯笼大小，身体比三人合抱的大树还要粗，浑身的鳞甲似刀刃一样闪着寒光。

小兰花震惊地看着它，这……这不是传说中的海中魔蛇吗？

小兰花听主子说过，这可是上古时期便存在的老怪物，仙魔大战后隐世不出，一旦现世，必定引起一场腥风血雨……

东方青苍面不改色地向它走去，那魔蛇将脑袋放在沙滩上，俯首于地，以示臣服。

这画面哪有半点腥风血雨的气势……

东方青苍行至魔蛇身边，魔蛇先是乖巧地闭上眼，但好似是察觉到了小兰花的气息，又倏尔睁开眼，周身鳞甲一竖，吐出了乌黑的蛇芯子。

小兰花吓得四肢一紧，紧紧夹住东方青苍。

东方青苍并未指责小兰花，而是轻飘飘地瞥了魔蛇一眼。

巨蛇像是意识到了危险，收回芯子，将头埋得更低。

东方青苍冷哼一声，踏上巨蛇的身体，坐在它的七寸之上。小兰花仍旧紧紧抱着东方青苍，东方青苍皱眉道：“放手。”

“哦……”小兰花犹犹豫豫地松开手，她感觉自己的四肢都已经用力得有点发软了，“我们坐在这蛇背上干什……”话还没说完，魔蛇长嘶一声，猛然腾空而起，飞入天际。

小兰花不由自主地往后一仰，差点儿一个跟头滚下去，幸好身后的蛇鳞立了起来，将她护住了。小兰花在空中转头一望，被东方青苍折腾得一片狼藉的千隐山眨眼之间已隐没了踪迹。

这个大魔头竟然当真信守承诺，没有将千隐山沉入海底？小兰花觉得有点匪夷所思，依照他睚眦必报、言而无信的脾性，怎么也不会放过千隐山才对呀……

小兰花回过头来，正想问东方青苍，却见东方青苍已经倒在了蛇背上。银发盖在他的脸上，让人看不清他的表情。

小兰花愣了愣，叫他："大魔头？"

没有回应。

小兰花戳了戳他的腰，依旧没有回应。她踌躇了一会儿，终是鼓起勇气，爬到东方青苍脸颊旁，伸手拨开他脸上的银发，然后就看见他苍白的脸色还有……

七、七窍流血……

"大魔头！"她不敢胡乱触碰东方青苍，又怕魔蛇察觉到东方青苍受伤，不肯再臣服于他，只得压低声音，在东方青苍耳边焦急地呼唤，"大魔头，东方青苍，你怎么了？"

没有回应。

原来，不是东方青苍不想报复，而是他根本无法报复啊！

找回法力对东方青苍的影响竟然如此之大，难怪急匆匆地带她离开千隐山，他这样的状况若是被千隐郎君撞见，只怕是要反过来担心被千隐郎君报复了……

小兰花看看四周，魔蛇已驮着他们飞到了白云之上。周围云雾缭绕，鸟也不见一只，她现在一个泥土的身子，怎么带着东方青苍跑路啊……

小兰花正愁得不知所措，忽觉蛇头向下一转，毫无预兆地俯冲而下。小兰花大惊，难道是这蛇发觉东方青苍不对劲，想将他们甩下去？

她下意识地一把抱住东方青苍，一手圈着他的肩膀，一手捂着他的脑袋，不是寻求保护的姿势，倒像是要去保护东方青苍。

魔蛇穿破云雾，一座遍布嶙峋岩石的孤岛出现在视野里。蛇身落下，稳稳地停在一块平坦的岩石之上，蛇头低俯，没有了动作。

小兰花拖着东方青苍，战战兢兢地爬了下去。魔蛇一直规规矩矩地贴在地上，直到她双脚落地，方一甩尾巴扎进海中，彻底消失了踪迹。

直到海面再次恢复平静，小兰花方松了口气。举目四望，四周皆是深灰色的礁石，看起来并无活物，应该还算安全。

于是小兰花重新将注意力放回了东方青苍身上。

她将他在地上放平，然后拨开他脸上的银发。只见鲜血从他眼中汩汩流出来，糊了满脸。小兰花捏着袖子给他擦脸，一边擦一边嘀咕："要不是你把千隐山弄沉了，哪会搞成这副德行。"

她道东方青苍正在昏迷，什么都听不见，哪想她话音还未落，东方青苍便鼻息一沉，缓缓开口："你若是肯乖乖听本座的话将那千隐郎君杀了，本座也不至如此。"

小兰花一惊，给东方青苍擦脸的手一顿，然后坐在地上连连往后挪出去好远。"你、你没事？"

东方青苍睁开眼睛，瞳孔竟还是鲜红的颜色。他冷笑一声，回答道："死不了。"

小兰花默然，隔了许久，在东方青苍重新闭上眼之后，她才问出了声："你那个法力……咒术还在，你身体不痛吗？"

"你说呢？"

看来还是挺痛……

小兰花绞着手指道："你要不，再把法力先放到别的地方去？我又没本事对你做什么，在这里也做不了什么……"

东方青苍冷笑道："你道封印法力的阵法何处都能摆？若是如此，当初我又何必让你带我去鹿鸣山深泉。"

"可你上次造这个息壤身体的时候也动用了法力，不是一样还回去了，现在就不行了吗？"

东方青苍转过头瞥了小兰花一眼，说："捏造息壤之体多借助阵法，根本无须多少法力，你当重塑山河也如此简单？"

小兰花忍不住嘀咕："你毁掉千隐山的时候倒是简单……"见东方青苍目光不善地盯过来，她赶忙抢先开口，"话说回来，你到底是怎么做到的？"

"事先在千隐山周围布下阵法，让千隐山杀气四溢。"东方青苍勾起唇角，声音万分邪恶，"而后借骨兰之力，挖空整个海底。"

骨兰食杀气而生，小兰花陡然想起东方青苍有一天曾在千隐山四处逛了一圈，只怕是那个时候就计划好了的。

真是阴险……

"小花妖，"东方青苍倏尔道，"本座会昏睡一段时间，待本座醒后，我们去妖市。"

小兰花一愣，还没来得及问他回妖市干什么，便见东方青苍闭上了眼睛，声音慢慢变小，但命令的口气半点未减：“在这期间，你乖乖守在本座身边，休想逃走。”

小兰花看了看他，又往四周一望，幡然醒悟——

东方青苍让那魔蛇将他们送到这个孤岛上，难道是为了保证在他昏睡期间，让她无处可逃吗？

真是……

小兰花咬牙看着东方青苍那张血糊糊的脸，心底的气不知道为什么有点聚集不起来了。

为了困住她，他还真是拼命啊！

这孤岛上一眼望去全是礁石，连根草都没有，小兰花在岛上走了一圈，只好回来继续守着东方青苍。闲极无聊，她干脆就在东方青苍旁边躺下，睡了过去。

一夜相安无事，第二天小兰花被热辣辣的太阳晒醒，睁开眼的瞬间差点儿直接被阳光晃瞎。

周围深色礁石的温度也随着太阳的升起而越来越高。小兰花回头看了眼直挺挺地躺在礁石上的东方青苍，觉得这样不行。她顶着太阳又在岛上兜了几圈，研究了许久，终是找到了一个能挡住四面烈日的石穴。

她走回来架住东方青苍的胳膊，将他连拖带拉地往石穴里搬。待到了地方，小兰花累得像狗一样直喘，东方青苍的衣服也被磨破了好几个地方。

他被小兰花随意扔在地上，姿势奇怪、银发覆面，活像是被抛了尸一样……

当然，这些东方青苍自己不知道，小兰花也是毫不在意的。她继续百无聊赖地守了东方青苍许久，眼看着外面的太阳都升起来两轮了，可东方青苍还是不醒。她看着东方青苍紧闭的双眼，摸着他微弱的鼻息，甚至生出了一个想法——他大概永远也不会醒了。

小兰花看着外面的礁石，心道东方青苍确实够有心计，这样的岛上，她连翻块土将他埋了都做不到。

每天这样守着东方青苍也不是个办法，小兰花绕到东方青苍左边蹲下来，用最凶狠的眼神瞪着他的左手腕，又作势要掐东方青苍的脖子。她龇牙咧嘴地折腾了许久，东方青苍左手腕上的骨兰却毫无反应。小兰花气急，站起身来踢了一脚东方青苍身前的石头。

然而便是这一脚，骨兰蓦地一动，刺出老长一条藤枝，尖锐的末端堪堪停在小兰花的眼珠子前。

小兰花先是吓了一跳，反应过来后赶忙退后一步，蹲下身子，将那根藤枝“咔”的一声折了下来，然后毫不犹豫地从东方青苍脑袋上拔下来两根头发，将它们细心地打了个结，套在藤枝尖端之上。

做好这一切后，小兰花志得意满地出了石穴，在满地礁石上挑了一块石头，奋力磨了一上午，做成了一个鱼钩，往藤枝上一挂。

扛着这根自制的钓鱼竿，小兰花走到海边，在礁石缝隙里捉了两只螃蟹，将它们放在石头上砸碎了做成饵，一把撒在海里，一点穿在鱼钩上，然后便坐下来，一边打哈欠一边等着鱼儿上钩。

不知是上天眷顾还是她运气太好，凭着这般简易的工具，竟真让她钓了三条鱼上来。

手边没有像样的刀，小兰花找了半天，就又打起了东方青苍的主意，她抱起鱼跑过去，一把抓住东方青苍的手，然后用他尖锐的指甲在鱼肚子上一划，鱼肚子瞬间就被划开了一道口。

如此这般，小兰花将三条鱼都开了膛。

东方青苍醒来时，就发现自己一手血腥。出了石穴，他一眼便扫到了一边钓鱼一边打瞌睡的小兰花，她身边还有几条翻着肚皮曝晒的鱼干，看到这个场景，饶是东方青苍也忍不住抽了抽嘴角。

等到走近看清她手里的鱼竿后，东方青苍额上的青筋都跟着跳了起来。往水里扫了一眼，那魔蛇又回来了，正咬着鱼往小兰花的鱼钩上挂。小兰花睡得直点头，对此毫无反应。

东方青苍一巴掌抽在小兰花的后脑勺上，说：“鱼上钩了。”

小兰花一个激灵，下意识地捞起鱼竿。东方青苍伸手捏住了用他的头发做成的渔线，面不改色地将鱼取了下来。

小兰花这才回过神：“大魔头，你醒了！”

东方青苍居高临下地看着石头上的鱼干，问：“你饿了？”

小兰花摇头道：“晒着玩。”她上上下下地打量起东方青苍，“你不痛了吗？”

“痛，但咒术的力量已有所减弱。”东方青苍冷笑道，“此咒如此厉害，能坚持到今日已算是他们本事。再继续下去，施术者必定被反噬。”

小兰花看着东方青苍猩红的眼睛里闪烁的杀气，心道日后他怕是要去魔界掀一场血雨腥风了。东方青苍忽然对着海面唤了一声：“大庚。”

脚下礁石一颤，小兰花回过头，见那条魔蛇又回来了，正把脑袋乖乖地摆在礁石上，低头顺目地俯在东方青苍脚下。

东方青苍踩着它的脸上了背，说：“去昆仑妖市。”

小兰花踌躇了半天才跟着伸脚往大庚脸上踩，毕竟心下忌惮，爬得东倒西歪。正挣扎之际，一只手伸到了她面前。

小兰花一愣，抬头看向东方青苍。他逆光而立，猩红的眼睛里面没有半分情绪波动，但有她的影子。

小兰花垂下眼，将手放在东方青苍手里。

他的掌心温热，用力一握，她就被拉到了大庚背上。

小兰花坐在东方青苍身后，看着他的背影和被风吹起的长发。偶尔有几缕银发飘到她面前，轻轻触碰她的脸颊，柔软得像是在抚摸。小兰花忽然觉得，如果东方青苍懂得温柔的话，应该会是一个很好的情人吧……

下一秒，小兰花就被自己这个想法惊呆了。

她……她刚才居然把东方青苍和情人这两个字联系在一起了。她这是……疯了吧？

正在小兰花对自己唾弃不已时，前面忽然传来东方青苍的声音：“小花妖。”

“啊？”

东方青苍微微偏过身子，说：“手给我。”

小兰花一愣：“嗯？”

像是不耐烦了一样，东方青苍径直伸手抓住她的右手。接着，骨兰顺着东方青苍的手腕爬了过来，变成环，紧紧地扣在了她的手腕上。

东方青苍松开手，转过身去，一副不打算再说话的模样。

小兰花愣愣地看着手腕上的骨兰，又看向东方青苍，问：“为什么要给我？”

如果不是靠它，在东方青苍失去法力的这段时间里，他不知会凄惨多少倍。这么重要的防身物品，他却给了她？

“本座既已找回法力，虽咒术还在，不能轻易动用，但防身无碍，不需要它了。但你需要。”

小兰花一默，点头道：“也对，这个息壤的身体很宝贵，不能弄坏了。”

东方青苍闻言微微侧头看了小兰花一眼，只见她正垂着脑袋拨弄手上的骨兰。他转回头，道："不止息壤，你也需要保护。"

小兰花一怔。

"本座答应再给你找一个身体，便不会让你在那之前出事。"东方青苍没有回头，只给了小兰花一个冷漠的背影，"所以，你只需安安心心地待在本座身边即可。"

小兰花有些莫名的心绪杂乱，她伸手把头发理到耳朵后，然后点头应了一声："哦。"

大庾速度极快。

抵达昆仑妖市之时，太阳尚未落山。大庾渐飞渐低，下面的人察觉到浓郁的魔气，纷纷仰头观望，发出一阵阵惊呼。

小兰花有点不好意思地说："这样是不是太高调……"话没说完，冰湖已经出现在了视线里。

"抓紧鳞甲。"东方青苍轻声道，紧接着，大庾一头撞在冰湖之上，冰水扑面而来。

巨大的冲击之下，小兰花徒劳地抱着鳞甲，眼看自己就要被冲走之际，一只手忽然抱住了她的腰。然后她只来得及看见周身飞快往水面蹿的气泡，闭眼再睁眼，东方青苍已带着她撞进了冰湖的结界中，突兀地落在了妖市中央。

周围的吵闹声瞬间死寂一片，卖天香肚兜的妖魔还在，卖药的大叔也在，所有人都眼巴巴地看着他们俩。

小兰花抬头一看，大庾被拦在了结界外。它也不急，自顾自悠闲地在湖里游来游去。湖底妖市的地面上全是它流动的巨大影子，给人带来无形的压迫感。

小兰花不好意思地挠了挠头，说："大家……继续啊，我们就来取个东西……"话音未落，她便被东方青苍拽着往前走去。

东方青苍先去了那家把骨兰卖给他的店。

两人进门时，店铺老板正在拨弄一把玉珠算盘。察觉到有人影靠近，他抬头瞥了一眼，然后呆了一下，连忙将算盘收了，方才还麻木的脸上堆满了笑。"魔尊大人，您又来光顾小店啊？"他搓了搓手，"上次您给的法力凝珠已经卖出去了，您看看这次还要什么，我这店里的东西，随便您挑啊！"

"本座此次来，只为卖你一物。"东方青苍道。

“卖？”老板愣了愣，又忙堆起笑，“大人，您要卖什么，小人要怎么与你买呀？”

“卖你一则消息，我们金钱交易即可。”

“好呀！”老板很开心，想也没想就应下来了，“能用钱解决的事都是小事，小人相信，大人您给的消息，那必定都是，嘿嘿……”

东方青苍一笑，嘴角的弧度阴险又奸恶。“自临海城出发，向东南方前行有一岛，名唤千隐山。”小兰花愣愣地转头看向东方青苍，听他冷笑着说道，“岛上秘宝无数，妖市之物难以匹敌。”

商铺老板闻言，一双浑浊的眼睛里面聚起了精光。

东方青苍又道：“本座可许你一张前往千隐山的航海图。”

小兰花嘴角抽了抽。

东方青苍这家伙……自己报复不了就怂恿别人去帮他报复……真是睚眦必报到一个境界里去了。

两人从商铺里走出来时，东方青苍手中便捏了一沓银票。小兰花看着那印有“妖市通用”字样的银票不由纳罕道：“你要妖市的钱干什么？”

东方青苍脚步未停，只拿余光瞥了小兰花一眼：“买东西。”

小兰花忍不住开口揶揄：“你买东西也用钱吗？这么讲道理的大魔头还真是少见。”

东方青苍难得没有黑脸，反而勾了勾嘴角：“本座偶尔也想遵守一下这世间的规矩。”

小兰花撇嘴：“其实你就是想借妖市这些贪婪商人的手给千隐郎君找麻烦而已吧？”

东方青苍心情颇好地笑了笑，权当默认。

说话间，两人到了兵器铺。东方青苍掀开门帘走了进去，小兰花跟在他后面，然后就一头撞上了他的后背。

杀气自东方青苍周身溢出，小兰花从他背后探头一望，兵器铺里面的人都一脸惶恐地看着东方青苍，而他离开时插在地上的那把朔风长剑已经不见了踪影，只在地上留下了一道尚结着冰霜的裂痕。

东方青苍挑起眉梢，目光在每个工匠脸上扫过。“何人能动朔风剑？”

隔了许久，一个打铁的彪形大汉方战战兢兢地开口：“那把寒剑被殿下取走了……”

殿下，妖市主？东方青苍想起那个坐在轮椅上的男子，他皱了皱眉，问：“妖市主在哪儿？”

大汉犹豫着不敢开口，他用求助的目光左右看了看，却没人敢说话。东方青苍眼睛一眯，便在此时，背后传来一道女声：“魔尊大人。”

小兰花回头，只见一个身着紫衣的女子垂首静立。“大人，知晓大人再临妖市，主上特派小女子来迎接大人前去录雪殿一叙。”

东方青苍也回头看她，转身的时候，小兰花拉着他的胳膊，挪着小碎步又移到了东方青苍背后。然后还是如刚才那样，只探了个脑袋出来盯着那女子。

“本座从不与谁一叙。”

那紫衣女子仍旧垂首道：“主上担心朔风剑寒气伤人，便暂将其取走，存于录雪殿之中。大人若想要拿回朔风长剑，也须得移步才是。”

东方青苍眉梢一挑：“要挟本座？倒有几分勇气。”

紫衣女子侧身，恭敬地道：“魔尊，请。”

既然朔风剑在那里，东方青苍自是要去的。

小兰花和东方青苍随着紫衣女子走到妖市入口处。结界之上有五扇门，左右四扇门皆有人出入，唯有正中的门紧闭，直到紫衣女子行到面前，棕红色的大门才缓缓打开。

三人抬脚跨了进去，门的这边竟是鸟语花香、阳光明媚。地上春草正在生长，野花也藏在石头缝里摇晃，头顶蓝天白云，暖风和煦……

他们竟是直接到了陆地上？

自打遇见东方青苍，小兰花就处在不停歇的逃命奔波之中。她已经太久没有看到如此和谐美好的场景了，眼前的一切都好似有一股若有似无的吸引力，引诱着她往深处而去。

小兰花心旌摇荡地往前走了两步，但立即就被东方青苍抓着衣襟拎了回来。

“别乱跑，是幻境。”

一句话让她回过了神，小兰花愣愣地回头一看，门那边喧嚣的妖市还看得清清楚楚。一门之隔，差别竟如此之大，果真是以法力营造的幻境。

紫衣女子一言不发，引着二人踏着青草继续往里面走。登上一个山坡，小兰花放眼望去，满目绿意，流水环绕，远处是一个小院，看起来简朴至极。

这个妖市主，布下偌大的幻境，竟然就是为了住在这么一个地方？

在春草与野花中踏行了片刻，到底是走到了小院前。

小兰花与东方青苍一走进院子里，主屋里便出来了两个人。其中一个是女子，从相貌到衣着打扮都与引他们来此的那紫衣女子一模一样，她手中推着一辆轮椅，轮椅之上的，自然便是妖市主。

在小兰花看见妖市主的那一刻，许是她的错觉，妖市主的第一眼也落在了她的身上。四目相接，她竟在妖市主的眼中看到了近乎狂热的光。

与此同时，小兰花手腕一痛。

竟是骨兰扎了她一下。

小兰花"嘶"地抽了一口冷气，东方青苍回头看她，小兰花嘟囔："你送的骨兰有点扎人。"

东方青苍闻言不再理她，转过头去开门见山道："朔风剑何在？"

妖市主咳了两声，才道："朔风剑寒气太重易伤人，在下便将它取来，已久候魔尊大驾。"他挥了挥手，院子里那两个一般相貌的紫衣女子便化作一对紫翅蝴蝶，扑扇着飞出了院落。

妖市主指了指那简陋的小屋，说："在下将剑暂放于此，魔尊自可将其取走。"

东方青苍闻言微微挑眉，却是不信事情如此轻易。但直到他进屋取了剑又出来，妖市主都无半点动作。

他只是把目光若有似无地停在小兰花身上。

小兰花起初并没有觉得有什么不对，但慢慢就在这目光中察觉到一点熟悉感了。

后背的冷汗一下子就冒出来了。

因为……

之前千隐郎君也是这样看她的……

第十六章

书生养出来的花妖，难怪如此蠢笨

用蛇鳞锻造的朔风剑剑鞘已经铸好，妖市的工匠们手艺高超，将一片片蛇鳞打磨得光滑至极。

只是蛇妖千年道行终究太浅，抵不过朔风剑的寒气，在蛇鳞重叠的缝隙里还是有寒气溢了出来，在剑鞘表面结出了一层冰晶。

妖市主驱使轮椅向院外走："既已物归原主，我这便送二位出门吧。"

小兰花躲在东方青苍背后悄悄地打量妖市主。察觉到她的目光，妖市主不躲不避，竟对她轻轻笑了笑。

那笑容温柔至极，仿若春暖花开。

小兰花有点愣神。

妖市主将他们送下山坡，然后停在路边，道："两位顺着这条小径一直往前走，便可回到湖底水晶城了。"

东方青苍闻言，立刻毫不客气地转身大步离去。

待走得有些距离了，小兰花才拉着东方青苍的袖子小声道："这妖市主给人的感觉好生奇怪，他是不是也在打什么坏主意啊？"

东方青苍冷哼一声：“兵来将挡，无名小卒何足为患。”

小兰花闻言忍不住回头看去，只见春草陌上，妖市主仰着头，任由一只紫色的蝴蝶停在他眉心。

隔了那么远的距离，照理说小兰花应该是看不清楚什么的，但奇怪的是，妖市主的脸像是近在眼前一般，她甚至能清晰地感觉到他睫毛的颤动还有鼻尖轻缓的呼吸……

“大魔头。”小兰花不由有点恍惚，这个幻阵与千隐山海底山中的幻阵全然不同，那里是黑暗与杀气，而这里却像一场美到极致的梦，“这里太美了，我都有点不想走出去了……”

“然后等着死在这里，是吗？”

东方青苍的话像一坨铁，硬生生地将小兰花被花香鸟语迷惑了的脑袋砸醒，然后她就被东方青苍拎着衣襟拽出了门。

两人走得太快，谁也没看见在他们身后，一只紫色的蝴蝶想要跟他们一样穿过大门，但是只来得及露了一个翅膀出来，便像是被一股大力吸回去了一样，不见了踪影。

门外的妖市一如既往地吵闹。

“你想跑吗？”

花香之中，漫天蝴蝶翩翩飞舞，妖市主摊开掌心，对指尖上的蝴蝶轻轻吹了一口气。蝶翅开始剧烈地扇动，然后蝴蝶滚落在地，竟发出了痛苦的人声，直至渐渐变成了一个人的模样。

一个女人，与之前那两个紫衣女子有着一模一样的脸。

她赤身裸体地躺在青草之上，神色惊恐地看着轮椅上的妖市主。

妖市主一双淡漠的眼睛里映出她的身体，细细打量了一会儿，他发出一声叹息：“过了这么些天，你还是学不像。她不会露出你这样的神色，将眼泪收回去。”

女人的身体剧烈地颤抖着，她连忙抬手将眼泪抹干，死死咬着牙，不敢发出一点点声音。

妖市主又盯了她好一会儿，最后还是摇了摇头。

“蝶衣。”他唤道，身边立即出现一个紫衣女子。

“在。”这女子的面容与地上的人亦十分相似，只是眼角的皱纹让她看上去沧桑了几分。

“她学得不像。”妖市主摆了摆手，“像她母亲一样，把她的血榨干。”

“是。”

蝶衣上前，正要将地上的女人拖走，妖市主忽然再次开口：“蝶衣，你跟着我多久了？”

蝶衣将犹自挣扎不休的女子拎起来，面无表情地道：“已有八千年了。”

妖市主勾唇笑了笑：“难怪，你也老了。”他转过头望着远方，似有无限感慨，“可她是不会老的。如果她还活着，她一天也不会老。你……到底不是她啊。”

蝶衣闻言，手上一抖，捏得那女子发出一声痛哼。

妖市主摆了摆手，道：“带她走吧，哭得心烦。”

“是。”

妖市主抬起手，一只紫色的蝴蝶停在他的指尖。他一挥手，紫蝶化成一道人影，静静地立在他的身前。他看着面前的人，轻轻抓住了她的手：“要是魔尊能再快一点就好了，再快一点……我就能再见到她了。”

他看着面前的人，说：“真是奇怪，明明天天都能见到你……明明天天都能见到你，但我好像，越来越记不起你的模样了……师父……”

再次走到兵器铺前的小兰花忽然抽了一口冷气：“嘶……”她垂头看着手腕上的骨兰，然后抬头问东方青苍：“大魔头，你之前是不是也常被骨兰扎啊？这一天到晚扎来扎去的，好疼啊。”

东方青苍淡淡地道：“不过是感受到了店铺内兵器的杀气罢了。”他掀帘进门，小兰花紧紧跟上。她问：“你把朔风剑都拿回来了，还到这兵器铺里来干什么？”

东方青苍回头看她：“你主子教过你什么武器？”

小兰花一愣，随即反应过来，不敢置信地望着东方青苍：“你要给我买武器？”

东方青苍挑眉，反问：“不想要？”

小兰花的目光在各式各样的兵器上绕了一圈，然后回到东方青苍脸上，说：“我……我主子是九重天上的文官，是讲理的人，她才不会教我舞刀弄枪呢。”

东方青苍一脸嫌弃地道：“难怪如此蠢笨，原来是书生养出来的花妖。”

“我是仙灵！”小兰花顿了顿，“而且我主子也不是书……”话音未落，东方青苍已径直取下一把刀往小兰花面前一递。小兰花下意识地伸手接住，然后等东方青苍的手一收回去，刀便“咚”的一声落在了地上。

东方青苍看她，小兰花涨得满脸通红：“太……太重……”

东方青苍不置可否，换了一把红缨枪放在小兰花手里。小兰花双手握枪，将它立在地上。东方青苍眯起眼，发现这枪比小兰花要高出一个头还多，她拿着枪这样一站，不像是要去厮杀，更像是一副要顺杆爬的模样……

于是东方青苍又把枪拿走，换了一把剑给她。

小兰花握住剑，这下合适了，不大不小，不长不短。东方青苍还算满意地点了下头，道：“舞两招剑式给我看。”

小兰花苦着脸。

她是兰花仙灵，还是个被一口仙气催生出来的兰花仙灵，她这辈子干得最多的事就是趴在阳台上晒太阳，其次是看主子写命格。她哪有机会去学什么剑招啊。

她往周围看了一圈，兵器铺内的工匠们全都放下了手里的工作，一副看热闹不嫌事大的表情盯着她。

小兰花将剑还给东方青苍，道：“我不会。”

周围立时响起一片嘘声。

东方青苍目光凉凉地一转，然后将剑塞回小兰花手中，从身后圈着她，握住她的手：“本座教你。”

话音落下，他拉着小兰花的手一挥剑，剑气如虹，“轰”地一下掀了兵器铺的屋顶。

小兰花看着忽然亮堂的屋子僵住了表情。

屋里看热闹的工匠们也僵住了表情。

东方青苍一把扔了断掉的长剑，冷声道：“劣质品，给本座拿最好的来。”

工匠们闻声而动，都连忙将自己打好的剑拾掇拾掇藏了起来。

东方青苍的目光在屋子里扫了一圈，众工匠遮遮掩掩地护住自己的刀剑，然后七嘴八舌地出主意：“大人，我觉得小姑娘不适合舞刀弄枪的，干脆你给她买条鞭子吧。”

做鞭子的立即就黑了脸：“鞭子多难学啊，抽到自己怎么办，还是买软剑的好。”

打软剑的连忙摆手：“软剑哪行啊，刃口锋利还没有剑鞘，小姑娘腰那么细，绕两圈都嫌松，别回头再割到自己，还是收把匕首吧。”

卖匕首的大惊："匕首能顶什么用！人都说一寸长一寸强，回头人都打到她了，她匕首都还没掏出来呢，我觉得还是买暗器好。"

这个提议得到了一致同意。毕竟这兵器铺里没有暗器，外面才有……

东方青苍没有说话，反是小兰花先开了口："暗器好啊。"她回头，目光灼灼地盯着东方青苍，踮着脚尖往他耳边凑。但东方青苍背挺得笔直，小兰花脚尖都要绷直了也还是差一点。东方青苍斜眼看她，然后竟微微弯下了腰。

"大魔头，反正你不就是想让我有自卫能力嘛，我觉得不战而屈人之兵的武器最好了。"小兰花道，"外面那个天香肚兜我瞅了许久，感觉甚是不错，要不……"

东方青苍弯下的腰一僵，随即微微侧头，也凑在小兰花耳边，道："稍后，本座便会回魔界。魔界之人既敢给本座下咒，必定免不了一通恶战。"他声音中带着几分不怀好意，"小花妖，你是要穿着一条肚兜陪本座去厮杀吗？"

说完，他重新站直身体，小兰花目光发直："你、你要……你要我和你一起去魔界打、打、打、打架？"

"本座说了，接下来的时间，你都要和本座待在一起。自是我去哪儿，你去哪儿，我下地狱，你怎能在人间独活？"

小兰花觉得这个句式真是太熟悉了，从前常在主子的命格本子上看到一个人对另外一个人说："你去哪儿，我就去哪儿，你下地狱，我怎能在人间独活？"

相似的话从东方青苍嘴里说出来，不过是换了"你我"两字的位置，竟有这般强的恐吓感。

她连忙摇头，说："不行不行，你要去打架，一定顾不上我，我会被人捅死在那里的。"

东方青苍收敛了逗弄小兰花的表情，说："所以本座让你挑一个顺手的武器。"

"我就不能让骨兰把我团成团，然后等你打完架了来接我吗？"收到东方青苍鄙夷的眼神，小兰花竖起两根手指发誓，"我不会使心眼儿趁机跑掉的……"

东方青苍冷哼一声走到火炉旁，突然赤手将炉子上烧得赤红的玄铁拿了起来。

众人看得目瞪口呆，东方青苍拿着玄铁左右翻看了两下，随即眼中红光一闪，掌中烈焰霎时包裹住整块玄铁。东方青苍研究了片刻，随即将玄铁放回炉子上，说："这把匕首，本座要了。"

“哎……可这还没锻造好呢……”

东方青苍扔给工匠一沓银票，说：“本座会在水晶城外的妖市客栈等一晚，明日给本座送来。”

接住那一沓印着“妖市通用”字样的银票，工匠的眼睛都直了。他不敢置信地低头数了两遍，再抬头时，东方青苍已经拎着小兰花出了兵器铺。

小兰花还在挣扎：“你给多了！你一定是给多了！你看旁边那些人的眼神！你一定给太多了！”

东方青苍毫不理会地往水晶城外走：“本座高兴。”

小兰花恨恨地道：“你多给他不如多给我，我一定比他更需要钱！”

东方青苍闻言终于瞥了她一眼，问：“拿钱买肚兜？”小兰花目光亮晶晶地看着东方青苍，东方青苍一笑，“好，本座给你买，全部给你买。”小兰花双目放光，东方青苍脸上和煦的笑却渐渐阴险起来，“不过，从此以后，你便日日只能穿肚兜。一天一件，不得重复。”

小兰花不说话了。

“还要吗？”

“不要了……”

眼看着小兰花像霜打了的茄子一样蔫了下来，耷拉着脑袋有气无力地跟在后面，东方青苍忍不住勾了勾嘴角。是时，他恰好走到了水晶城的结界边缘，透明结界上若有似无地映出了他的脸。

看见自己嘴角的那抹微笑，东方青苍微微一怔，随即一眨眼，转瞬便已将笑意掩去，没让任何人察觉。

出了水晶城，上了岸，身后的冰湖忽然传来“哗”的一声。

小兰花回头一看，原来是大庾从冰湖里探出脑袋，像先前那样乖乖地趴在岸边，像是在等东方青苍去踩它的脸。

东方青苍头也不回地继续往前面妖市走去。

大庾等了一会儿，眼见着东方青苍越走越远，它不解地把脑袋抬起来，看着东方青苍的背影，有点……

可怜？

小兰花是这样觉得的。

没有像期待中一样被踩脸，好像让它有点受伤……

“我们明天再走。”小兰花不由对大庾道，“你先在湖里玩着。”

大庾闻言，也没有什么不满，安安静静地将头缩回了湖里。

传说中一出世就要掀起血雨腥风的魔物，在东方青苍面前竟然乖巧得像隔壁仙君家养的小狗。这还真是让小兰花有点意想不到。

当晚，两人在客栈住下。小兰花躺下没多久就睡着了。

她知道自己开始做梦，而且很清晰地意识到这是一个梦。她像是被套在一个透明的笼子里，回到了妖市主营造的那个幻境中。

春草野花，暖阳与微风。

但是这个场景与她今日所见的幻境又有些不同。这里没有那种诡异的诱惑感，一切都是自然而然的，比起幻境，更接近于真实世界的样子。她看见从那座简朴的院落里走出一个紫衣女子，与今日所见的紫衣女子容貌一样，只是神情更为灵动，眉宇间更是透出一股难以模仿的英气。

她伸了一个懒腰，目光遥遥望着远方，不知是看到了什么，唇边勾起微笑，冲那方招了招手。她的口型好像是在说："过来。"

让谁过来？

远处好似有个身影在慢慢靠近，她脸上的笑越发温和。

"阿昊……"

"起来。"

小兰花的梦境被猛然打断。她睁开眼，窗外已是天光大亮，东方青苍站在她床边，面无表情地看着她说："你在天界便是一觉睡至晌午？"

小兰花愣愣地坐起来，道："我觉得我明明只睡了一会儿啊……还做了一个奇奇怪怪的梦……"

东方青苍眸光一动："哦？什么梦？"

小兰花使劲回忆了一下，然后挠了挠头，说："你刚才一叫我，我就给忘了。"

东方青苍审视了小兰花一会儿，没再说什么，只是将一把崭新的匕首扔到了她床褥上，"你的匕首，拿好。"

小兰花先是一呆，然后愁眉苦脸地拿起匕首，说："你还真要我和你一起去杀敌啊……"

东方青苍道："不指望你能帮什么忙。不过魔界到底不如千隐山那般好对付，骨兰不一定能护你周全。匕首上有本座的法力，紧要关头，或可为你争取一线生机。"东方青苍转身向外走，"回头别说本座没有护着你。衣服换好，今日该起程去魔界了。"

第十七章

你感受一下这火辣的眼神

烈日当头，小兰花坐在大庾背上，被晒得满脸通红，她望着前面东方青苍的背影，突然开口:“大魔头，你帮我挡一下太阳好不？”

说完不等东方青苍转头，她就一把撩起他的头发，用额头撑着他的后背，然后将那一头银发搭在自己脑袋上，松了口气:“再晒下去，我的脸都要龟裂了。”

东方青苍冷哼一声，倒没将小兰花推出去，反而任由她将脑袋靠在他的背上，慢慢把呼吸变得均匀。

“大魔头。”可在东方青苍以为她已经睡着了的时候，她又开了口，“你为什么非要复活赤地女子呢？”

东方青苍望着前方，没有答话。

“你一复活就奔去冥界找赤地女子的灵魄，到了魔界就迫不及待地让人去找她的剑，还从妖市马不停蹄地赶到人界，要取她的灵魄……”小兰花顿了顿，“你还骗我说要给我捏造肉身，实际却是为了她……”

尾音里带了一点情绪，又在东方青苍察觉前，被她自己压了下去，“难道你当年是故意手下留情，才导致被人偷袭成功，败给她的吗？”

“手下留情？”东方青苍一哂，“本座为何要手下留情？”

“因为你喜欢她啊。”

小兰花没听到东方青苍的回答，以为他是默认，心里情绪正涌动之际，东方青苍忽然道：“喜欢是个什么东西？”他言辞轻蔑，“少将人类的情感往本座身上套。”

小兰花张了张嘴，竟是不知道该如何接话了。

再一回味，小兰花也觉得自己有毛病，竟然将东方青苍和“喜欢”这种美好的词汇联系在一起。

她不开口，周遭便只有呼呼的风声。两人一路沉默着到了九幽魔都。

这次没人引路，小兰花根本就看不见魔界的入口。东方青苍踩着大庾的脸下了地，然后转头吩咐它：“将她护好。”

大庾点头，尾巴卷起来，将小兰花圈在里面。

小兰花探出脑袋，只见东方青苍在一片树林子前抬起手，他周身气息的变化搅动着地上的枯叶，最后绕成一道强风，随着他手一挥，径直往空中一个地方撞去。

大地倏尔一抖，小兰花面前虚无的空气里传来“咔”的一声。紧接着，半空中出现了一条黑色的裂缝，并且越来越大。

东方青苍从容地踏了进去。

大庾紧随其后。

随着东方青苍一脚踏在魔界的土地上，四周的黑暗顿时消失。小兰花回头一望，刚才走过的地方已经变成了那条贯穿九幽不毛地的黑水河。

前方驻守着四五个魔界士兵，见东方青苍凭空出现，几人皆是一愣，而后像是才反应过来似的，拿枪头对准了东方青苍。“尊、尊上……”他们十分戒备和紧张。

东方青苍面无表情地迈步往前走，几人连连后退，但碍于职责又不敢转身逃走。没等东方青苍出手，他身后的大庾便伸长了脖子，吐出芯子，猛地发出一声嘶鸣。

小兰花是什么声音都没有听到，但那几个士兵却捂着耳朵倒在了地上，七窍流血，痛得浑身抽搐。

小兰花惊呆了，原来这个喜欢让人踩脸的大蛇，竟然也有这么厉害的一面啊！

东方青苍目不斜视地走在大道上，一身杀气，引来越来越多的士兵。然而无人敢上前阻拦，只能在东方青苍与大庾面前围成一个弧形，随着他的步伐慌乱地后退。

待行至通往魔界祭殿的大道之上，东方青苍终于停住了脚步。

他放眼一望，在宽阔平直的大道尽头是魔界为他建造的宫殿，高大巍峨。正殿之中供奉着他的金身，那是魔界举办祭典的地点。

东方青苍倏尔笑起来，露出了尖利的犬齿："久别三界，后代子孙却道本座只是一具供奉在祭殿之中的金身，实在寡闻。"

周遭士兵越发躁动。

大庾也俯首在地，像是被什么气势压住了脑袋。

紧接着，小兰花听到了兵器落地的声音，先是零散的，渐渐连成了一片。只见围堵着他们的士兵竟然纷纷将手中的兵器扔在地上，不像是心甘情愿，倒像是被什么力量压制了一样。

他们一个接一个地跪了下来，如同大庾一般俯首于地。

整个场面里，便只剩下小兰花还仰着脑袋，看着东方青苍如这世上最高贵的君王一般压制着所有人。

小兰花见过天帝，那是三界之主，然而此时此刻，她却愣是在记忆里搜索不出任何一个人，能在气场上将东方青苍比下去。

这种天地之中唯我独尊的架势，若是其他人表现出来，那是个笑话；可放在东方青苍身上……竟然变成了理所当然。

他有那样的绝对自信，也有那样绝对的实力。

东方青苍一步踏出，地面之下传来沉闷的轰鸣。平坦的石板路拱了起来，东方青苍的力量仿若地底的游龙，飞快地向大殿的方向蹿去。

庄严宽阔的台阶寸寸裂开，整个大殿瞬间分崩离析。

殿中东方青苍的金身依旧矗立，他一挥袖，金身与大殿一般四分五裂。

四周响起一片惊呼声。

小兰花淡定地看着这一切。

毕竟东方青苍还在她面前做过让八万人马瞬间消失，将海水分开，让一座海岛直接沉到海底之类的事，和那些事比起来，现在仅仅是塌掉一座大房子，简直不够看……

有的事，习惯习惯就好了。

这时，一行人从那方腾起的尘埃之中仓皇逃出。小兰花定睛一看，是魔界的丞相觞阙和一个病恹恹的美男子。

她下意识地皱起眉，这个男人，美则美矣，但气场太过妖异，让人浑身不舒服。

觞阙与孔雀的身后还跟着几名武官，看穿着便知地位不低。

小兰花看见他们了，东方青苍自然也看见了。他咧嘴一笑，迈步向前。此时大道之上的砖石已被地下的力量挤得稀烂，魔界的士兵退在道路两边，被东方青苍的力量压得抬不起头。

随着东方青苍一步一步踏过来，大道另一头的几人皆是神色大变。觞阙惊骇地转头问身旁之人:“他不是中了咒术吗，为何毫发无伤？”

孔雀被身后的武官扶着，面色苍白，一双眼死死地盯着东方青苍道:“的确是中了咒术……”东方青苍周身气息剧烈涌动，连带着他的身影都有几分模糊，但孔雀还是敏锐地注意到了从他耳中淌出来的鲜血，顺着下颌骨流下来，然后隐没在黑色的衣襟之中。

孔雀笑了两声，笑声粗哑:“魔尊现在不过是在虚张声势罢了。”他吩咐身后之人，“鹿祁将军，魔尊五感极其敏锐，以声色乱其心，将暗杀者尽数唤出。此战若不叫魔尊败服，日后他难为我魔界所用。”

“军师……”鹿祁将军迟疑地道，“魔尊现今法力仍在，与他为敌怕是……”

“怕什么！”孔雀声色微厉，“他如今被咒术缠身，还有翻天的能耐不成？不过是撑出来的气势罢了。只要此次将魔尊收服，他日我魔族重临三界的夙愿，指日可待。”

鹿祁咬牙，抱拳应是。

孔雀转头看着觞阙，小声道:“此战即便不赢，也必要将那魔蛇背上的女人斩杀。”

觞阙一惊:“那是……”

“若我没猜错，那边是魔尊给赤地女子找的身体。”孔雀脸色阴沉，“说什么也不能让魔尊成功。”

道路两旁的屋檐之上，黑影忽隐忽现。

气氛变得有些诡异。

在漫天的杀气之中，另有一股诡异的香气飘散出来。小兰花晃眼之间好似看见了许多穿着暴露的男子，裸露着结实的胸膛挡在道路前方。

小兰花愣愣地盯着他们，然后就眼睁睁地看他们的脸慢慢变成了……

东方青苍。

一个沙哑至极的声音在她耳边响起：“小花妖，本座的胸膛，你摸着可还觉得结实？”小兰花涨红了脸，听他继续道，“你还要……再往下摸一点吗？来……”

救……

救命……

小兰花觉得自己的脑袋快要炸了，可她还是清晰地听见心里有个声音在说：“对，我想摸，手拿开……”

“区区声色魅惑之术也敢拿出来卖弄。”

一声冷笑宛如冬日凛冽的寒风，瞬间刮跑了小兰花耳边的呢喃细语。她一甩脑袋，就看见自己还在大庾的背上，而大庾依旧跟在东方青苍身后。

前方的东方青苍正在不遗余力地嘲笑魔界的人：“无知后辈。”

小兰花默了一瞬。

然后想到刚才自己看到的情景，她连忙用双手捂住脸。

她这是疯了吧！

便在小兰花埋头懊恼之际，大庾忽然加快了速度。小兰花一愣，立即恢复了神志。

大庾很不对劲。它走得太快了，甚至脑袋都要超过东方青苍了……

这不合理。

这么谄媚的蛇……怎么敢擅自走到主子前面去……

她拍了拍大庾的背，唤它的名字，想让它清醒，但大庾始终无动于衷。直到它的脑袋终于超过了东方青苍，东方青苍忽然一挥衣袖，一巴掌抽在了大庾脸上。

力道之大，打得它硬生生地在原地转了两圈才回过神来。

大庾有些委屈地叫了一声，然后像是明白过来自己是中了敌人的计，才导致东方青苍揍的它，它登时就出离愤怒了。用尾巴尖将小兰花圈紧，它大叫一声，半个身子压向一旁的房屋，张口在空中一咬。

下一瞬间，空中便溅出了鲜血。小兰花定睛一看，才发现大庾的嘴里竟然出现了两个黑影人！

原来这周遭的杀手都用了隐身术。

黑影人的手脚还在挣扎，大庾仰头就将两人吞了进去。

小兰花倒抽一口冷气，赶忙拍着大庾的背道："脏死了脏死了，别乱吃东西，快吐出去！"

大庾吞咽的动作一僵，然后垂下脑袋，脖子动了动，勉强将那两个已经动弹不得的黑影人吐在了地上。

然后它转头看着小兰花，一脸邀功的表情。

小兰花此时却已顾不及安抚它了。

黑影人见幻术对东方青苍没有影响，当即换了战术。只见数人从屋檐跳下，拔刀向东方青苍砍来。

这些人不受东方青苍的气势影响，想来功力深厚。

东方青苍薄唇微张，阴森森地吐出两个字："找死。"

随着他话音落下，周身杀气澎湃而出，竟将迎面而来的几人瞬间绞成了碎渣。

鲜血喷洒，将东方青苍跟前的地面尽数染红。

但东方青苍的杀气却并没有让黑影人们止住脚步。更多的人联手杀上前来，不出意外地变成地上的一摊血水之后，后面的人又接了上来。

东方青苍猛然察觉到了不对，此时他所立之地已尽数铺满了黑影人的鲜血。

余下的黑影人像是得到了什么命令，停下了攻势，在东方青苍四周围成了一个正正方方的四方形。每人手中皆以血结印，口中吟诵咒语。

小兰花忽然感觉到有一股若有似无的力量在拉扯她。手腕上的骨兰躁动起来，猛地生出数条枝丫，先是将小兰花包裹起来，而后迅猛地长出数条箭一般的枝丫向最近的一个黑影人扎去。

就在藤枝没入黑影人的胸膛之前，一道无形的屏障挡在了前方。

骨兰一击未成，枝丫立即向旁边伸去，却亦被拦下。仿佛他们已被一个无形的盒子装了起来。

小兰花看着四周还在不停念咒的黑影人，嗫嚅道："大魔头……"

东方青苍一哂："雕虫小技。"

他踏前一步，银发飞舞。在他的发丝扬起来的一刹那，小兰花好似看见了几缕沾了血的银发。

她一愣，话还没出口，便听一声闷响，四周以黑影人咒术凝成的屏障径直从内部爆开，外面的黑影人纷纷手捂胸口、狂吐鲜血。

小兰花却高兴不起来，因为她看见东方青苍不着痕迹地抹了一下眼角，然后将手掩在宽大的衣袖里。

她看见了他手背上的血迹。

是咒术……

得速战速决。

小兰花抬头看向前方，丞相觞阙正搀扶着那病恹恹的男子向一旁躲去。东方青苍目光一凛，便在此时，他们面前又凭空冒出许多黑影人，他们一批一批地涌上来，欲消耗东方青苍的法力与体力。大庾用尾巴卷着小兰花，只能用嘴去撕咬那些黑影人，小兰花一琢磨，拍了拍大庾的尾巴，让它把她放下，但是大庾不肯，于是小兰花伸手在它尾巴最柔软的鳞甲上一阵挠，大庾痒得受不住，一下就将小兰花松了。

这下大庾的尾巴得到了解放，呼啸着横扫过去，将一片黑影人掀翻在地。

小兰花为免被误伤，牢牢地抓着东方青苍给她的匕首，瞅准时机就往没人的地方躲。所有人的注意力都在东方青苍与大庾身上，一时倒真没人来拦她。

小兰花有些得意地想，自己在紧要关头还是顶点用的，下一秒，手上骨兰一动，背后传来“咔”的一声。

她僵硬地转过头，只见一把寒剑正高举在她颈后，被骨兰生出的藤枝架住。而拿剑的人，正是方才还在前方的军师孔雀！

他难道是瞬移到这里的吗……

没有时间去思考这些问题，小兰花拔腿就往大庾的方向跑，可刚跑了一步，背后的孔雀便用剑将骨兰生出的藤蔓绕住，让小兰花的行动受阻。

不过一瞬的时间，孔雀已发力将藤蔓尽数斩断，反过手来一剑扎进了小兰花的肩头。

小兰花痛得叫了一声，但身体里却没有血流出来。孔雀见状，微微眯起眼睛。小兰花忍着痛，一咬牙，将袖中匕首拔出鞘，飞快地在孔雀手腕上割了一刀。

孔雀吃痛收手，小兰花正想趁机逃走，然而她刚一背过身，便撞上了一个胸膛。

她心中惊骇，骨兰这时却像是失灵了一样，毫无反应。小兰花只道今天自己就要在这里变成一团团的泥灰了，但忽然间，来人一把拉住她的手，竟是把她拉到了他的身后。

小兰花只觉眼睛一花，身前之人已凶狠地向孔雀杀去。

小兰花在惊愕中定睛一看，这才发现她刚才撞到的竟然是大魔头的胸膛！

此时大魔头正握着他那把闻名千古的烈焰长剑，一剑刺穿孔雀的胸腹，将他钉在身后的顶梁柱上。紧接着，房梁被东方青苍的剑烧了起来。

在冲天的烈焰之中，东方青苍的红瞳看上去越发杀气凛冽。

"魔界军师？"他手中长剑在孔雀的伤口中转动，让孔雀的脸色变得一片死白。东方青苍森森地开口，"你可知本座费了多大的功夫才做成她那具身体？"

"呵……"孔雀一笑，却呛出一口血来，"魔尊竟……如此在意赤地女子的身体吗？魔尊对上古之事……执念甚深啊……"

东方青苍手中烈焰长剑的火焰烧得更旺。

孔雀涌出大口大口的鲜血，却还在笑："你杀不了我。"

话音一落，他倏尔抬手。

东方青苍蹙眉，猛地拔出长剑，却已是来不及。只见孔雀手中扬起一面镜子，东方青苍脚步一动，随即便化为一股黑气被吸入了镜面之中。

小兰花见状大骇，几乎是想也没想地追了过去。

"大魔头！"

她在镜中看见自己的脸，紧接着，天旋地转，在一阵身体像要被撕碎一样的疼痛之后，她陷入了昏迷。

小兰花觉得自己好像是掉进了一个梦境里。

她清楚地知道自己没有睁开眼睛，奇怪的是，她却能在脑海里看到诡异的画面。

蝴蝶与飞花、青草与小溪，经过风雨吹打而变得古朴陈旧的房门，还有被阳光晒得亮晶晶的院里水缸里的水。一个女子倚着院中的梨树小憩，正值梨花盛开，铺了她一身雪白。

女子相貌并不美艳，但她身上有一股让人安心的莫名力量。

"师父。"小兰花听见有人在院门口轻轻唤了一声，然后一名紫衣男子走了进来。看见树下沉睡的女子，他微微一愣，随即行至她的身边，在她跟前蹲下。

"师父。"他唤她。

女子没有应声。

一片梨花花瓣悠悠落下，落在女子唇畔。在微风拂落花瓣之前，紫衣男子忽然动了身子，他俯首于女子面前，凑近她的脸，然后微微启唇，将女子唇畔的梨花轻轻含下，唇瓣在女子红润的唇角上轻轻碰了一下。

他离开了女子的脸，伸手拈住被他含下来的花瓣，悄悄收了起来。

接下来的时间，他便什么都不做了，只规规矩矩地跪坐在女子身边，用目光描摹着她的睡颜。

忽然间，女子眉头皱了皱，清醒过来。她一双清澈的眼眸里映出了男子的面容。

“阿昊，你回来了，事情可还顺利？”

紫衣男子点了点头，垂下目光，轻声回答：“鼠妖都解决了，师父放心。”

女子微笑，抬手摸了摸紫衣男子的头，说：“阿昊办事，为师自是放心的。”

紫衣男子沉默地看着她，目光如水般柔软。

小兰花看得有几分愣神，一是因为这男子有些眼熟的眉目，二是因为这男子竟然对自己的师父……

“啪！”一声脆响在小兰花耳边炸开。

小兰花一个激灵，猛地睁开双眼，然后立即被眼前的场景惊呆了。她此时正飘荡在浩渺的星空之中，这画面比她这辈子任何时候看见的星空都要美丽，近乎诡异。

小兰花低头一看，却见脚下也是同样的星空。她惊诧地转头，这才发现她竟然是处在星空的包裹之中！

“好美……”她呢喃出声，身子往后转，然后一个身影出现在了她的视线里。

小兰花愣愣地看了他好一会儿才反应过来：“大魔头！”是了，他们先前还在魔界和人打架来着……然后就被那个孔雀军师的镜子吞了进去。这样说来，那这里……

“这是镜子里面？”

她问，却没有得到东方青苍的回答。

只见东方青苍正摸着下巴，用一种前所未有的正经目光审视着她。

小兰花被他看得有些不自在，连忙也低头打量自己，却没发现任何不妥之处。

她抬头看着他，问：“怎么了？”

东方青苍眯着眼睛道：“你为什么也会进来？”

小兰花愣了愣：“我跟着你进来的啊！”

“你为何会跟着我进来？”

小兰花越发摸不着头脑：“我来拉你没拉住，就也被那镜子吸进来了。”

东方青苍倏尔勾唇一笑：“噢，那你为何要拉我？”

小兰花张了张嘴，“想救你”三个字哽在了喉头。她呆呆地看着东方青苍，嘴巴动了又动，觉得自己不能将那几个字说出去。她是天界的花灵，他是魔界的魔尊，他们是宿命的敌人，但她却下意识地想救他……

简直不像话。

最后小兰花移开目光，指了指四方星辰，生硬地岔开了话题：“那个……说来，我们不是被吸进镜子里了吗，这里为什么会是这个样……”不等她将话说完，东方青苍忽然一抬手，用食指挑起了小兰花的下巴，迫使她仰头看他。

小兰花盯着东方青苍，有些惊恐，有些诧然，心底还迅速滚出了许许多多不明不白的羞赧，让她涨红了脸，身体僵硬。耳中似乎有轰鸣，但是东方青苍的声音还是那么清楚地钻了进来：“小兰花，你这般对我生死相随……”他的脸凑近，呼吸像柔软的毛笔一般在她脸颊上扫过。

小兰花惊愕得完全忘了动作，只听东方青苍的声音犹如魔咒一般在她耳边响起：“小兰花，你莫不是已经深深地爱慕于我了吧？你真是，让我好感动。”他的唇从她耳边慢慢滑向唇畔，比常人要高的体温使他的气息更加灼热。光是这些呼吸，便足以在小兰花脸上画出一阵阵的战栗感。

“等、等……等等！”

就在东方青苍的唇眼看着要贴上小兰花的嘴唇之时，小兰花忽然动了。她伸手推开了东方青苍，一张脸虽然还通红着，但是目光清明地问：“你、你是东方青苍？”

东方青苍被小兰花用手臂格挡住，轻笑着看她，反问：“我不是吗？”

“你叫我小兰花……”

“不对吗？”

“你也没有狂妄自大地自称本座。你只有在人前装模作样的时候才会这样。可现在没有别人。”

“哦，竟是这样。”

“你还对我这样笑……你平时，只会在嫌弃我或者要算计我的时候才对我笑。”

“东方青苍”一撇嘴，目光显得有些同情：“竟然这么对你吗？”

“你最讨厌撇嘴……”

零零散散地说完这些，小兰花恍然发现，原来在不知不觉当中，她对东方青苍已经这么了解了。

她一边说话，一边观察面前的“东方青苍”。他的眼珠子还是红色的，但颜色却比平时更加暗；他脸色有几分不正常的苍白，而他的嘴唇，隐隐泛着乌青。

“你不是东方青苍。”小兰花一边说一边想往后退，然而“东方青苍”出手如电，揽住她的腰，宛如钢铁一般，让她丝毫也挣脱不了。

他咧嘴笑了起来，一口尖利的牙齿全部露了出来。东方青苍明明只有犬齿锋利得异于常人，这个人却是满嘴的獠牙，令人望而生寒。

便是这样一张嘴，刚才差点儿咬到她嘴上。

小兰花一阵后怕。

只听面前的人笑道：“你倒是聪明。我确实不是东方青苍，不过这样说也不对，因为我也是东方青苍，我是他的一部分。”

“你、你是他的哪一部分？”小兰花抖着嗓音问。

男子闻言皱着眉头道：“你这话听起来有点奇怪。”

小兰花无言。

男子接着道：“我可以回答你，不过你得先求我。”

听了这句话，小兰花就有点相信这人是东方青苍的一部分了。因为他和东方青苍是一模一样地恶劣……

小兰花不回答，可并没有影响到男子自说自话的兴致。他仰头望着星空，组织了一下语言，道：“此事说来话长。我本是东方青苍身体里的一股气，从上古之时起便一直藏在他的身体中。只是从前我感觉不到自己的存在，直到他败于赤地女子，肉体被诸天神佛斩杀之后，他不灭的神识飘散于天地之间，我大概便是在那时，慢慢有了意识的。”他挑眉看向小兰花，“你知道在这数不清的时间里，东方青苍是在什么地方，看着什么样的景色吗？”

男子一挥手，指着浩渺星辰：“你看，就是这样。”他也不管小兰花愿不愿意，拉着她就开始在空中旋转，忽快忽慢，穿梭在星辰之间，“他每天就是这样，你知道为什么吗？”他抓住已经被转得想要呕吐的小兰花道，“因为除了神识，他什么都没有了。也就是从那时开始，每日每夜、每时每刻，我都能在这虚无之中听见一个声音。这声音非任何语言，但我却能感觉到他的不甘、愤怒与日渐积累起来的怨恨。他的声音让我愉悦，我陪着他走过了这虚无之中的日日夜夜。

我日渐长大，终于变成了现在的样子。”

他看着小兰花，问：“你看，我现在与东方青苍，是不是一模一样？”

“你……”小兰花盯着面前的人，战战兢兢地吐出了几个字，“你是东方青苍的……怨灵……”

“怨灵？”男子摸着下巴想了一会儿，倏尔笑开，“既然你如此说，那么你便当我是他的怨灵好了。”

小兰花看着他的牙，忍不住发抖。

听这怨灵方才的言论，他是生于东方青苍体内的怨气，随着东方青苍千万年在虚无之中的飘荡，慢慢成长起来的。可想而知，在东方青苍神识飘荡的日子里，他对自己败于赤地女子之事有多么不甘与痛恨。

生于怨气，成于憎恶。可以说这个“东方青苍”应该比小兰花所认识的那个东方青苍更加喜怒难测、嗜杀好斗以及……情绪外露。

“你……你抓着我干什么？”小兰花抖抖索索地轻声问，就怕声音稍微大一点就激怒了怨灵，“我就是一个兰花仙灵，还是被催生出来的。连我现在用着的这个身体都是土捏的，你吃了我……会不消化的。”

怨灵突然用力，不顾小兰花的挣扎，将她紧紧抱在了怀里。他说：“小兰花，你说话可真让人伤心，你为何会觉得我是要吃你呢？”

小兰花从怨灵的怀抱里艰难地挤出脑袋，问：“不、不然是想勒、勒死我吗？”

怨灵失笑：“你为了救‘我’，不惜以身犯险，你可知，东方青苍此生，从没有人为他做过这样的事情。”他爱怜地抚摸着她背后的长发，“我是想好好疼惜你呀。”

小兰花听呆了。

感觉到小兰花身体的僵硬，怨灵的动作更加轻柔，他甚至微微弯下身，把嘴巴凑在小兰花耳边道：“瞧把你吓得。你跟东方青苍一路走来，一定没少被他折磨吧？不过没关系，待我取代了东方青苍，我便好好地疼你、爱护你。”

他的指甲锋利，此时却是在用指腹轻柔地抚摸着小兰花的脸颊：“你说好是不好？”

小兰花愣了许久，终于抓住了重点：“你想要……取代东方青苍？”

怨灵一笑，将小兰花拉开了一点距离，刮了刮她的鼻子，说：“着实是个小机灵，真讨人喜欢。”

看着这张脸，听着这样的话，小兰花还是适应不过来。东方青苍向来只会骂她蠢笨，什么时候夸过她机灵？小兰花道：“可你……可你，你根本就不是东方青苍，你只是他分出来的……”

怨灵眼中暗红的光微微一闪，小兰花腕上一直安安静静的骨兰忽然就动了！

骨兰瞬间分出数十个尖锐的枝丫，箭一般扎向怨灵的心房。但每一根枝丫尖端在抵达怨灵身前一寸时，都如同被一股力量挡住了一样，刺穿不透。

怨灵目光一转，落在了小兰花手腕上的骨兰上面。

“随杀气而动的宝贝啊。”怨灵一笑，“是东方青苍送你的？”

这一笑间，杀气全退，骨兰缩了回去。

小兰花不敢搭腔，怨灵权当她默认。“倒是稀奇，东方青苍会送女人东西。”他一眯眼睛，“他身体里，竟然还有情欲……”

“什、什么意思？”

“东方青苍对上古一战败北之事执念甚深，魔界之人救出魔尊之时，他的神识只带走了这缕执念，而将他身体里本来也就不多的情欲、权欲都抛在了这虚空之中，当然也包括我。我收纳了他的情欲和权欲，才成就了如今你所看见的我。我费尽法力，趁着东方青苍复活之初，在外与人争斗之际，将虚空中的一个角落凝成碎片，在孔雀妖坠落之际，掉进了他的衣裳里。”怨灵笑道，“所以，即便我只是从东方青苍身体里分割出来的一部分，我现在却比他更加完整。他是魔尊，却只依靠一股执念支撑那具天地至尊的身体，怎么可能？”

小兰花愣愣地看着怨灵，问：“是你……给他下的咒吗？”

“对呀。”怨灵轻笑道，“他抛弃得太多，已经不是真正的东方青苍了。我接纳了他所有的欲望和情绪，所以，如今若要论谁才是真正的东方青苍，我才是。我取代他，不是理所当然的事情吗？”

“你要取代他……做什么？”

怨灵闻言，笑眯眯地看着小兰花，说：“掌握生与杀的权力，享受至高的叩拜，然后，做尽天下快乐事。小兰花，你如此爱慕东方青苍，然而他无情无欲，成全不了你，不如让我来……”

话音未落，斜刺里忽然砍来一道杀气。

怨灵立即连退数步，和来人拉开距离。

烈焰长剑划破星空，横在小兰花身前。小兰花抬头一看，黑色背影、银色长发、挺直的背脊……他没有回头，甚至连一个眼神都没有给小兰花，只是挡在她面前，对怨灵冷笑一声："取代本座，凭你？"

寥寥几字，小兰花方才被怨灵说得忐忑不安的心瞬间就落了下来。

那与东方青苍长得一模一样的怨灵在那头笑："东方青苍，我想见你已经许久了。"他看着东方青苍的眼神疯狂又痴迷。

小兰花默默地拽了拽东方青苍的袍角，说："被人觊觎身体时，别人就会拿这个眼神儿瞅你，你感受一下这股子疯狂劲儿……"

东方青苍此时方回过头，冷冷地瞥了小兰花一眼。

接收到这个眼神，小兰花瞬间就舒坦了。

对嘛！这才是东方青苍看她的眼神儿嘛！刚才被怨灵那阴阳怪气的目光搞得浑身难受的心情瞬间就被这冷冷一瞥打破了。

小兰花老实了下来，乖乖退到东方青苍背后。

"东方青苍，你一直耽于上古旧事，好不容易复活，却还想着把赤地女子折腾出来重新与你一战。如此好斗、目光短浅，我都替你着急。你这般不珍惜自己的力量与身体，不如交予我。"

东方青苍轻轻一哂，目光讽刺："不过是被本座抛下的废物，也敢如此叫嚣。"烈焰长剑火光大盛，比漫天星辰更加耀眼。

"这世上不需要第二个东方青苍。"言罢，他携剑而上，砍向怨灵。

怨灵倒也不怕，露出一嘴锋利的牙齿，笑得声音尖厉："你抛下了情欲、权欲，却未曾抛下这份自负呢！你现在还敢与我一战吗？"说着，怨灵身影一闪，躲过东方青苍砍来的长剑。

他立在东方青苍三步之外，只待东方青苍再一挥手便能将他斩于剑下。但是东方青苍却突然停住脚步，抬手捂住了左边胸膛，心脏的位置。

小兰花定睛一看，惊愕地发现，不知什么时候起，怨灵手里竟然捏了一颗心脏。

再仔细看去，那心脏却又不是完整的模样，只有一半……

"心主情，东方青苍，你抛却了欲望，便是抛下了半颗心。你半颗心都在我手中呢，你还能做什么？乖乖将身体交给我吧！"

小兰花大惊，难怪怨灵能给东方青苍下咒，也难怪东方青苍能痛成那副德行，原来……

她心中焦急，死死地盯着东方青苍，却不知道自己能做什么。便在她与怨灵都以为东方青苍再也直不起身子来的时候，东方青苍突然发出一声嗤笑：“区区半颗心……”他的声音里仿若压抑了极大的疼痛，“便想控制本座？”

怨灵一愣，小兰花像是猜到了他要做什么一样，睁大了眼，一声“不要”还没出口，便见东方青苍手中已握住了一团鲜血淋漓的血肉。

小兰花大骇。

怨灵亦是惊诧难言。

东方青苍毫不在乎地甩掉手上满是鲜血的心脏，一张苍白的脸上面无表情。“若不是一直找不到咒术的根源，本座岂会容你在本座身上施咒如此之久。”他鲜血淋漓的右手握住长剑，像是感觉不到心口还在流血一样，对着怨灵一笑，宛如地狱厉鬼，“有本事，你现在便来取本座的身体。”

小兰花觉得，比起怨灵，果然东方青苍才是这世上最凶狠的存在。

那可是……大爷你自己的心啊！

第十八章

了不得了，魔尊这回疯得更邪乎了

不等怨灵回过神来，东方青苍便提剑砍了上去。

怨灵仓皇躲过，但身前衣摆仍被东方青苍斩断，化为一股黑气，在虚空之中来回流窜。

东方青苍暂时停了手，眯眼看着那股黑气。而怨灵终于回过了神，他重新撑起斗志，勾了勾唇角，道："东方青苍，你是杀不了我的。我是你的一部分，无形无体，即便你的烈焰长剑能斩破三界，也杀不了我。"怨灵咧嘴一笑，露出锋利的牙齿。他把手中已经没有了用处的另外半颗心扔掉，让它随着方才东方青苍丢掉的心脏一起消失在虚无之中。

怨灵道："我和你一样，都不属于三界。我就是你。"

东方青苍血色的眼瞳盯着怨灵，没有了咒术的束缚，他终于可以肆无忌惮地使用法力了。

"你是本座？"东方青苍冷笑道，"好生放肆。"

东方青苍的怒气在夜空中激荡。小兰花耳中一阵一阵地轰鸣，甚至胸闷气短。这样的感觉在她进入这个身体之后，可是再没有感受过的。

她看向远方，许是她的错觉，她好似看见了远方星辰也在摇摇欲坠。

手腕上的骨兰默默地伸出枯藤，将小兰花的身体包裹住。

怨灵唇边的笑容不由自主地收敛了起来，他手下一动，一股黑色气息凝化而成的长剑出现在了他的手里。不等他有所动作，烈焰长剑挟着刺目的光芒当头劈下。怨灵凭着感觉抬手一挡，黑色长剑堪堪将东方青苍的烈焰挡住，然而不消片刻，火焰愈旺，只听“咔”的一声，竟是东方青苍生生将怨灵以气息凝成的长剑砍断了！

长剑瞬间化成一股黑气，依旧围绕在东方青苍与怨灵身边。

东方青苍目光冷冽，一剑砍进怨灵肩头。

黑气自怨灵肩上的伤口处喷涌而出，他闷哼一声，想要往后避开，却听东方青苍冷冷一笑：“骨头倒硬。”话音一落，一直在一旁观战的小兰花便见东方青苍手中长剑的光芒一隐。她初时还没反应过来发生了什么事，待得仔细一看，发现竟是东方青苍径直将那把剑砍进了怨灵的身体当中！

炙热的火焰在怨灵的身体中燃烧，小兰花听到东方青苍冷哼一声，下一瞬间，长剑的光芒重新照亮了小兰花的眼瞳。

东方青苍如同砍瓜切菜一般，生生将那怨灵劈成了两半。

好歹是和自己长得一模一样的人，大魔头还真能下得去手……不过小兰花转念一想，他对自己的心都说抛就抛了，还能指望他对别人怎么样呢？

想到这里，小兰花不由发起了呆。如果……如果有一天她回到天界，与东方青苍站到了对立面，那他大概也会如同刚才一般，毫不留情地……

不待她胡思乱想出结果，那方被东方青苍斩杀的怨灵脸上忽然勾出了一抹诡异的笑。

那笑容森冷又恐怖：“东方青苍，把身体给我吧！”

东方青苍眸光一凛，只见怨灵的身体忽然炸开，化作漫天黑气，将东方青苍围在其中。

小兰花隔得远，她惊愕地发现那包裹着东方青苍的黑气竟然变成了一个骷髅头的形状，而此时东方青苍所在的位置，正好就在那骷髅头张开的大嘴当中！

小兰花瞳孔一缩，她听见自己不由自主地大喊出声：“大魔头，小心！”

随着她话音一落，骷髅头猛然将嘴闭上。东方青苍被含在其中，四周黑气立时汇聚成一个圆球，将东方青苍的身影完全遮蔽。

小兰花下意识地就想奔上前去，但此时骨兰已将她的手脚都包裹住，小兰花动弹不了，只能眼睁睁地看着那个黑气凝聚而成的球飞快地旋转起来。

烈焰在黑气的包裹下激烈地突围，即便是没有看到里面两人的争斗，小兰花也能想象到这两个“东方青苍”的厮杀会是多么激烈。她提着心等待着结果，然而这场打斗愈演愈烈，黑气和烈焰此消彼长，却始终不见胜负。

不知围观了多久，小兰花盯得眼睛都酸了，便在此时，只见那黑气旋转的速度竟然慢慢减缓了。

东方青苍银白色的发丝露了出来，接着是头与脚、腿与颈项，最后那黑气彻底消失在了东方青苍的身体里面。

小兰花呆呆地看着东方青苍闭着双眼，静静地飘浮在半空中。

骨兰慢慢松开了钳制，小兰花试探地向前走了几步。“大魔头？”她轻声唤道，然而没有听到回答。

谁赢了？小兰花心里在不停地猜测。安静成这样，难道是……同归于尽了？

东方青苍的五官精致依旧，睫毛纤长浓密，和过去一样。除了心脏处的伤口外，不见有别的地方在淌血。

小兰花小心翼翼地伸出手，去探了下东方青苍的鼻息。

微弱，但还在。

没有死。

她心里悬着的大石忽然落了地，然而不过片刻，那块石头又悬了起来，身体还活着，但里面住着的人……是谁？

她看着东方青苍的脸，又轻轻地唤了他几声，仍旧没有任何回应。小兰花想了想，最后鼓足了勇气，抖抖索索地伸出手，捏住了东方青苍的鼻子。

她想，等东方青苍憋不住气醒过来了，就将手放开。可是她捏了许久，也不见东方青苍有半点要醒来的意思，于是小兰花开始惶恐地想自己是不是把堂堂魔尊给憋死了。

但待她松了手去探东方青苍的鼻息，那气息仍旧在。

像个活死人……

要是东方青苍就这样一直睡着，怎么办？

小兰花环顾四周，除了漫天星辰，什么都没有。待她静下心来，只能听见自己的心跳和东方青苍虚弱得微不可闻的呼吸声。

实在是太安静了。

小兰花忽然开始害怕，如果东方青苍突然不见了，把她一个人留在这里怎么办？于是她赶忙抱住东方青苍的脑袋，让他躺在自己怀里。

不知过了多久，小兰花的耐性都要被这无尽的星辰磨完了。她想起先前怨灵对她说的话，东方青苍便是在这样的虚无当中，辗转了千万年。

千万年是多长时间，小兰花根本就没有概念。但她在这里待了这么一会儿就觉得无聊透顶，也难怪东方青苍会生出那么大的怨气，都结成怨灵了。也难怪……

他对上古之事那么执着。

东方青苍那么小心眼，一定做梦都想找赤地女子把这笔账讨回来吧。

那个时候他会把息壤的身体做成一个男人，约莫是不想再和女人打架了……

思虑之间，忽然听得东方青苍呼吸一沉。

小兰花立即收敛了心思，往东方青苍脸上看去。只见他缓缓睁开了眼，还是那双血色的眼瞳，没有变得暗沉，也没有变得可怖。

小兰花知道，东方青苍赢了。

然而此时的东方青苍睁开了眼，他并没有看到小兰花，只看到了漫天星辰。还没等小兰花和他打个招呼，他便又兀自闭上了眼睛，随即勾起唇，发出了一声几不可闻的冷笑。

小兰花一愣。

这还是她第一次在狂妄得不可一世的东方青苍脸上看到如此颓然的神情。

像是认命，像是无奈，更像是……

失去希望，毫无期待。

“大魔头？”小兰花轻轻开口。

东方青苍倏然睁开眼，这次目光落在了小兰花脸上。他看着她，有几分忘了掩盖的错愕。

“不是梦……”他怔然开口。

小兰花愣了愣，说：“什么不是梦？”

东方青苍转了眼睛，看着满天星辰说：“我以为我曾离开这个鬼地方，只是一场梦。”

小兰花没想到东方青苍会回答她的问题，更没想到他会回答出这样一句话。

这样的回答，让小兰花觉得，东方青苍简直就像是……忘了在她面前戴上防备的面具，甚至脱下了他满是尖刺的外裳。

他说出了他心里的话。

原来，东方青苍在虚空中飘荡的时候对自己如此绝望。

原来，东方青苍也会有脆弱得让人心疼的时候……

小兰花也不知自己是突然生出了什么豹子胆，她一爪捏在东方青苍脸上，将他的嘴都拉得咧开了。

东方青苍脸色一黑，说："小花妖，想死了，嗯？"

"大魔头，你别怕。"小兰花松开他的脸，道，"你确实是被复活了。"

东方青苍一愣。

"虽然现在周围是这样没错，但咱们一定能出去……吧？"小兰花挠了挠头，"就算退一万步说，咱们出不去了……那、那还有我在这里陪着你呢。"

小兰花脸上没有玩笑的颜色，正经得让东方青苍有些失神。

"你不会一个人待在这里的。"

东方青苍闻言并不说话，猩红的瞳孔中映出了小兰花的身影。星辰在她背后，将她的剪影勾勒得比远方的星空更加明亮。

小兰花说完这话，忍不住兀自琢磨起来："那如果咱们一直出不去，要留在这里大眼瞪小眼，看对方到老的话，我这个身体，能撑那么长的时间吗？你是不死不灭，我呢？虽然我好像现在也不用吃东西，但要是这息壤的身体没了生气，那我……"

"不会。"东方青苍倏尔开口，"息壤的身体不会失去生气，我们也不会一直待在这里。"

小兰花一愣，不为其他，只为东方青苍说出的"我们"两字。这应该是东方青苍第一次把她归类到"我们"这个类别里吧？可不待小兰花多想，东方青苍的身体忽然动了动，他胸膛上立即渗出了更多的血。

掌间红光一闪，他抬手捂住伤口。

"去找。"

小兰花呆呆地应："找什么？"

东方青苍重新闭上眼睛，说："本座的心。"

听到东方青苍这个语气，小兰花知道他已经抛开了方才短暂的回忆，又变成了那个杀伐果决的魔尊。

可是……

小兰花瞪着眼问东方青苍："我上哪儿去给你找心？"

“就在这里。”

呵呵，很好，听起来真是简单，就在这里。

“你既然还要这颗心，那当时为什么要挖得那么潇洒啊？”小兰花怒气冲冲地说，见东方青苍白着脸不理她，她哼了一声，语气冷静下来，“再说了，这里别说东南西北了，就连上下左右我都分不清楚，你让我去找你的心？且不说我能不能找到吧，就算是找到了，我大概也回不来了。你难道打算待会儿就这样捂着胸口，像我去找你的心一样来找我吗？”

东方青苍没有睁眼，只是用另一只手将小兰花的手抓住，然后扣住她的五指。

十指相扣实在是一种很暧昧的牵手方式，小兰花被这突然一下弄得有点愣，随即脸红起来。她挣扎着要抽出手，却被东方青苍握得更紧。

“你、你、你干吗？”

“在你身上留下本座的法印。”东方青苍终于松开手，“不会让你走丢的。”

小兰花抬手一看，掌心果然多了一个小小的火焰印记，还微微地发着红光。红光凝成一条线，线的另一端牵着东方青苍的掌心。

这是东方青苍的法力，可看起来简直像是月老殿里，月老给凡人们牵的红线。

司命以前告诉过小兰花，凡人都有自己的红线。她那时很是羡慕地问主子，她的红线在哪里。司命笑着说，她是一株兰花，只要有蜜蜂就可以了，不需要红线。

即便到现在，小兰花也不理解这句话的意思。但是，在理解之前，她却有了……

主子啊，你好像说错了，兰花也是可以有自己的红线的。

“顺着这条线你就可以回来了，去找。”东方青苍用冰凉的话语将小兰花拉回了现实。

她撇了撇嘴，应了一声，然后转身向远处飘去。没飘出几步，她又不放心地回头说：“大魔头，如果有什么危险的话，你可一定要拉我回来呀。”

东方青苍没有应她。

小兰花等了半天，知道东方青苍不会搭理她了，于是气呼呼地骂道：“又不理我，闷葫芦、小气鬼！”骂完自觉地转身飘走了。

直到她的身影消失在黑暗之中，东方青苍才睁开眼睛。他扫了一眼掌心的红线，重新闭上眼，用另外一只手抚上了缺失了心脏的胸膛，皱了皱眉。

找回了抛弃已久的情绪与欲望让他还有些不适应，身体之中的气息来回冲撞，让他寸寸骨肉皆如撕裂一般疼痛。

不知在黑暗中待了多久，忽然，手上的法印微微一动。东方青苍睁开双眼，却见小兰花正抱着一颗鲜血淋淋的心脏往回飘。鲜血染红了她的衣裳，衬得她一张惊慌失措的脸更加惨白。

她总是这样，怕死怕痛，遇事不沉着，一点意外便能吓破她的胆。

东方青苍从来看不起这样的人，在他的观念里，弱者就应该被践踏在脚下。但对于小兰花，他竟可以容忍她站在自己身边，带着小心翼翼的神色揣摩他的情绪，然后在生死的夹缝中，时不时动点歪心思。

他对她的习惯和纵容让自己感到惊讶。

“大魔头，心心心……”小兰花赶到东方青苍身边就忙不迭地松了手，将他的心扔在他的胸膛上，然后还惊魂未定地在衣摆上用力擦了擦手，“吓死人了，怎么挖出去了还会跳啊。一路赶回来，跳个不停，弄得我自己的心脏都不知道该用什么频率跳动了……”

东方青苍瞥了她一眼，道：“你便如此将本座的心丢下？”

小兰花一愣：“不然呢？你还要我帮你装回去吗？”

东方青苍眉梢轻挑：“若就是要你帮本座把心装回去呢？”

小兰花眼睛一瞪，看了看还在跳动的心脏，又看了看东方青苍，连忙摆头道：“可是我不会啊！要是把你的心脏摆错位置了怎么办？手伸进去，碰到什么不该碰的怎么办？你还是自己来吧。”

“出息。”东方青苍一哂，“本就没指望你会。”

听得东方青苍此言，小兰花一愣，一句“你在逗我吗？”还没问出口，东方青苍就已经转过目光，不再理会她。

他用手握住心脏，贴在胸腔处。只见红光一闪，心脏转瞬消失不见。

东方青苍闭上了眼睛。

小兰花歪着脑袋专注地看着他。

她看见东方青苍的身体慢慢起了变化。他的头发变得更白，眉心一道剑似的红色印记若隐若现，本就锋利的指甲长得更长而锋利了。他的身体中还不时有红色的火光划过。

小兰花只觉掌心一灼，竟是连方才东方青苍给她留下的法印也比先前烫了几分。

东方青苍这是变身了？

下一瞬间，东方青苍微微启唇，吐了一口灼热的气息出来。他睁开眼，血色的眼瞳变得更加鲜红，好似有一簇火焰在他眼中燃烧一样，衬得他整张脸比先前更加杀气凛凛。

“大、大魔头？”小兰花忽然有点不敢开口唤他。

东方青苍目光一转，看了小兰花一眼。便是这一眼的时间，他眉心的长剑印记不再忽隐忽现，而是完全浮现了出来。

小兰花不由得微微往后一缩。

这……才是上古魔尊完整的模样。

东方青苍在空中立直了身体，银发随着他的动作猎猎飞舞。“小花妖。”他开口，声音如旧，“本座说了，会让你出去。”

小兰花愣愣地点头：“嗯……你说了……”

东方青苍一笑，嘴角咧出一个小兰花熟悉的恶劣弧度：“那咱们便出去吧。”他说着，张开五指，气息自他周身猛地散开，他的长发腾空而起。

小兰花却没有感受到什么震动。她侧头一看，发现自己周身笼罩着些许微光，一如先前东方青苍为了防止她被天雷劈死，特地布在她身上的结界一样。

他是真的在护着她的。

“本座对这景色，早就看腻了。”

话音一落，他五指收紧。忽然之间，仿若天摇地坠，远处的星辰像孩子手中的玩具一般纷纷坠落破碎。整个空间气息激荡，拉扯着东方青苍的发丝与衣袍。只听“轰”的一声巨响，小兰花下意识地抱住了脑袋。

待她再睁眼，四周黑暗尽褪，星辰不见。脚下是她踩惯了的土地，头顶是她看惯了的天，而身边，是一直不曾弯过背脊的东方青苍。

他们……

出来了……

小兰花左右一看，发现他们此时竟然站在一个大坑之中。她生怕这只是一场幻境，轻轻问道：“大魔头，这是哪儿？”

“我们从哪里进去的，自然便从哪里出来。”东方青苍说着，脚步一动。在他脚下，正踩着一块破碎的镜子。镜片已经不见，只剩下了外面一圈镜框。

东方青苍看也没看地上破烂的镜框一眼，一把抓起小兰花，跳出了大坑。

果然如东方青苍所说，他们还在魔界。脚下是已毁坏得面目全非的大道，前方是他先前掀翻的祭殿与他自己的金身。不远处，一群黑影人正用绳子牵制着大庾，将它紧紧地捆在地上。

大庾的尾巴仍旧在不停地挥动，做着最后的挣扎。听得这方动静，大庾用力回过头，看见东方青苍，它本来还在左右摇晃的大尾巴一瞬间就变成了上下拍打，好像是在说："救我……"

小兰花见了心里暗自嘀咕，这传说中的魔界大蛇，怕死起来跟她也没什么区别……

而此时，除了小兰花已没有人去关注那边的大庾了。

大道之上全部人的目光都聚焦在东方青苍身上。

孔雀摔坐在大坑旁边，丞相觞阙立在一旁。他们俩盯着东方青苍，神情皆是无法抑制的惊惧。

孔雀失声："不可能……你怎么可能……"

"呵。"东方青苍冷冷一笑，脸上的神情宛如邪神。

或者说，他现在就是邪神。

"后辈胆大，倒是比魔界前人更让本座惊讶。"

孔雀腰腹上被东方青苍的烈焰长剑捅出的伤口仍在燃烧，他一手捂住伤口，另一只手往后一伸，好似想让觞阙扶着他站起身来。但哪还由得觞阙动作，东方青苍身影一闪，眨眼之间便落到了孔雀身前。没人看清他是怎么动手的，待众人反应过来时，觞阙已被一股大力推开，径直撞在了街对面的房屋墙上，倒在砖石坍塌的屋子里，没了声息。而孔雀已经被东方青苍掐着脖子提了起来。

东方青苍掌心烈焰翻腾。

孔雀一张妖艳的脸上一片惨白，满目痛色。

"你既然敢胆大包天地算计本座，可有想过算计之后的下场？"

孔雀已没有力气回答，反倒是东方青苍身后的小兰花心里打了一个突。认真算算，她好像也算计了东方青苍不少次呢……

要不要趁着接下来的时间好好讨好东方青苍一下，让前尘往事一笔勾销……

在小兰花暗自琢磨之际，那边的孔雀在东方青苍的手中挣扎着说道："我辈将尊上复活……并非……为了让尊上……沉溺上古旧事……"

"本座如何行事，岂容他人置喙。"东方青苍血色的眼瞳中杀气凛冽，唇边的笑既嘲讽又狂妄，“你若不服，来与本座战。”

话音落下，他手臂一挥，将孔雀甩了出去。而在大道尽头，祭殿前的阶梯之上，突然自土地之中冒出了一块黑色长碑，如剑一般直指长天。

只见孔雀的身影犹如箭矢一般，向黑色长碑飞去，下一秒，碑上凭空长出数根尖刺，瞬间穿透了孔雀的身体，让他挂在长碑之上。

鲜血滴答落下，从长碑脚下蜿蜒流去。孔雀垂着脑袋，生死不明。

小兰花看得愕然，可不待她开口说一句话，东方青苍便向前踏了一步。他的声音不大，却传遍了魔界每个角落：“本座既已重临世间，魔界王权便是本座之物。若有不满者，诛之。”

全场一片肃静，无人敢动。随着东方青苍的目光扫过，空气变得沉重，压得所有人都弯了膝盖，匍匐于地。

捆绑大庾的绳索像是被无形的利刃割断了一样，“啪”地弹开。但是大庾却没有立起身子，而是与所有人一样，匍匐于地，向他们的王叩首而拜。

东方青苍踏步向前，随着他的脚步，远处早已坍塌的魔界祭殿再次震颤摇晃起来。黑色的尖石就如方才的石碑一样自地下一根接一根地冒出来，推开破碎的砖石，掀翻倒塌的金身，直至在那块土地上重新造了一个黑石宫殿出来。

小兰花看得惊呆了。

如果她没有猜错，那些黑色的石头，应该是由东方青苍的法力凝成的吧……

直接用法力造了一个王宫出来，东方青苍做事的风格还真是全然不在正常人的想象范围之内啊！

东方青苍一挥手，一边的金身径直化为齑粉，纷纷杂杂地飘了一地。他漠然开口：“本座不屑成为你们的信仰，本座只要你们的绝对臣服。”

寂静无声。

东方青苍踏过地上尘土，兀自向前。

小兰花看着他飘荡的银发与衣袂，愣了好久，才想起自己应该识趣地跟上。但她心中紧张，脚下发软，下一秒，左脚绊右脚，小兰花“啪唧”一声摔在了地上。

她挣扎着要爬起来，却见一道黑影挡在了身前。小兰花抬头一看，却是东方青苍肃着脸走了回来。

“怎、怎么了？”小兰花磕磕绊绊地问。

东方青苍没有说话，却将手递到了她的身前。

小兰花愣住。

东方青苍眉梢一挑，问：“不想起来？”

小兰花连忙摇头答：“不不，想起来。”她伸出手，有点忐忑地将手放到了东方青苍的手中。掌心一热，东方青苍将她拉了起来。

见她站起了身，东方青苍甩手就要走，可他手中力量稍松，小兰花又是一个踉跄，东方青苍这手便没能放得掉。

他看着垂头看地不想承认自己被吓得腿软的小兰花，微微吸了口气，终是抓着她的手，往前走去。

经过大庾身边时，大庾把脸往前探了探，东方青苍看也没看它一眼，直接迈了过去。倒是小兰花心软，在被东方青苍拖走之前，抽了个空摸了大庾的脸一把。大庾开心地摆了摆尾巴，心满意足地趴着不动了。

而在经过鸦雀无声的人群时，东方青苍脚步一顿，再次开口，语调并没有因为他拖拽着一个踉踉跄跄的花灵而变得柔软半分：“明日午时，魔界百官叩于本座殿前。”

冷冷吩咐完毕，他便拖着小兰花踏进了他自己建造的王宫之中。

待得东方青苍的身影消失，大庾先挺起头来，趾高气扬地从跪了一地的人群之中穿过，往王宫行去。

直到大庾也走远了，地上的人才抬起头。大家面面相觑，随后窃窃私语，最终向四方而去。

这一晚，魔尊归来的消息传了开来。东方青苍的铁血手段让魔界所有人都胆战心惊。

也是在这一晚，小兰花也在胆战心惊。

王宫之中处处是东方青苍的法力，哪里都是他触目可及之处。小兰花陷入了巨大的困扰中。到了晚上，她终于啪嗒啪嗒地跑去找东方青苍，开口便道：“我想洗澡。”

东方青苍闻言将视线从书中转到她脸上，挑眉问：“特地来与本座说这个，你是想让本座陪你？”

小兰花脸一红，然后恼羞成怒：“我没办法在你这殿里洗澡！”

东方青苍目光又落回书上，淡淡地道：“有浴室。”

“我知道。”

“知道就去。”

小兰花咬牙：“你是故意的！到处都是你的视线，我怎么洗澡？”

东方青苍斜了她一眼，用很久以前小兰花和他说过的一句话堵她的嘴：“你身上还有什么地方是本座没看过的？”

小兰花哑口无言。

“本座对你不感兴趣。”

小兰花咬咬牙，气呼呼地走了。

当晚，她还是洗了澡——穿着衣服。

沐浴之后，小兰花躺在了床上。

大床干净柔软，比前些日子睡过的荒岛礁石什么的好了不知多少，但小兰花只要一想到这个地方全是东方青苍的法力凝聚出来的，就浑身不自在。但到底是困了，没由她纠结多久，便迷迷糊糊地睡了过去。

就在她快要进入梦乡的时刻，手上的骨兰似乎轻轻地扎了她一下。但小兰花实在太困了，便也懒得睁眼看，径直昏昏沉沉地睡了过去。

又回到了梦境之中。

一片混沌的黑暗里，一个女子无助地嘶喊：“阿昊，阿昊！”又有人隔得远远地说：“我愿舍弃此身，受永世飘零坎坷之苦……”

最后，所有的声音都化成了一声轻叹，若有似无地在小兰花的耳边轻唤：“兰花仙灵，兰花仙灵……”

是谁？

小兰花听了一晚上，也没有听出结果。

第二天睁眼时，外面已是天色大亮。

小兰花躺在床上，感觉自己的心跳比平时更快几分，身体也有些绵软无力。这样的感觉，除了在最开始进入这个息壤身体的几天里有过外，之后便再没出现过。

小兰花将手放在心口上，心中纳罕，难道是她昨天晚上……灵魄出窍了不成？

难道是东方青苍现在找回了法力，所以不想遵守那个帮她再找个身体的承诺了，想要趁她睡着的时候神不知鬼不觉地把她的灵魄从这个身体里面赶出去？

小兰花警惕地四处环顾，却找不到丝毫东方青苍来过的气息。

她披了衣服出了寝殿，正巧碰到东方青苍自对面的房间走出来。

“大魔头！”小兰花大声道，“说！你昨天晚上是不是对我做了什么！”

东方青苍理了理衣襟，好整以暇地看着小兰花。只见她身上衣服穿得乱七八糟，一头长发也睡得凌乱不堪，东方青苍拿眼睛上下一扫，然后发出了冷冷一哼。

小兰花被他哼得一愣，然后气呼呼地道：“你别想抵赖，不然为什么今天早上起来我会这么累？”

闻言，东方青苍目光一转，声调淡淡的：“很累？”

小兰花点头：“对啊，就像是灵魄被挤出去了一样。”东方青苍眸光微微一转，还没来得及说话，便听小兰花接着道，“是不是你在我睡觉的时候，又对我做了什么不该做的事了？”

东方青苍收回了目光，说：“你对本座说这样的话，都不害臊吗？”

小兰花一呆。趁着她脸红的瞬间，东方青苍已整理好衣襟，往殿外而去。

正值午时。

王宫前，魔界百官早已奉命而至，正胆战心惊地齐齐盯着黑石碑上挂着的孔雀。丞相觞阙一动不动地立在殿前左侧首位，面色惨白，唇角似有血迹，脚下一股黑气来回缠绕。有大胆的官员上前一看，发现觞阙竟不是清醒的状态，而是被脚下那团黑气给固定在那处的！

百官愕然。

便在此时，忽听“吱呀”一声，东方青苍的王宫大门洞开，一身黑袍、神色淡漠的东方青苍自殿中踏出。

众人忙不迭地纷纷跪地，叩首而拜；失去神志的觞阙则是被黑气拖拽着跪在了地上。

“恭迎魔尊！”百官山呼，俯首于地，便没人看到大殿门后探头探脑的身影。

东方青苍自是察觉到了身后的视线，却也并不理会，只俯视着魔界众人，也不叫起，只冷冷地开口道：“今日起，魔族之人皆听本座号令。如有心有不服者，这便站出来吧。”

殿前一片静默，宛若无人。

东方青苍勾唇一笑，尽显猖狂本色：“既无人不服，本座行魔界王权便是理所应当之事，而后但凡再有图谋不轨者，下场如此逆贼。”他话音一落，黑石碑上穿透孔雀身体的尖锐石棱倏尔一转。众人不敢抬头去看那到底是怎样一幅场景，但光是寂静之中血肉撕裂和鲜血滴答掉落的声音便已足够令人浮想联翩了。

场面更加死寂，大家连呼吸的声音都在尽量收敛。

躲在门后的小兰花也忍不住屏住了呼吸。

待孔雀身上的鲜血滴落声渐渐缓了下来，东方青苍才再次开口，说出的话却让众人摸不着头脑：“数月前，与本座一同自天界昊天塔中逃出的堕仙，名唤赤鳞，乃铠甲化灵而成。”

众人闻言，左右相觑，不知东方青苍突然提这人干吗。

“即日起，倾魔界之力，于三界中寻此人踪迹。”东方青苍目光往下一扫，一道力量凭空打在一个武将身上。

武将被打得身子一歪，却看也不敢抬头看东方青苍一眼，只顾着连忙跪直身子，但身子却已抖得如筛糠一般。

“此事便由你负责。”

武将大惊，连连叩头：“尊、尊上……末将……末将何德何能敢担此重任……末将职权所限，也无权调动魔界兵力啊！还望尊上另……”

“你要什么权力？本座今日便允你这权力。魔族之内，不得有一人扰你行事。”东方青苍道，“但你且好好记着，三日之后，你若提不来本座要的人，本座便要你的脑袋。”

武将吓得腿软，趴在地上冷汗直流。东方青苍却不依不饶，问道：“可听见了？”

武将抖抖索索地应了：“是、是，末将领、领命。”

东方青苍挥了挥手：“走吧。”

说完，他一拂衣袖，再不看跪在地上的众人一眼，转身回了王宫。殿门在他身后合上，殿外百官愣了好一会儿才反应过来，这……魔尊的第一次训话便如此结束了？

给了一个简单粗暴的下马威，还有一个让人摸不着头脑的任务？

这个魔尊，比起先前那个时不时朝令夕改的魔尊，好像只是换了一种发病的方式呀……

大殿之中，东方青苍迈步向寝殿而去，小兰花亦步亦趋地跟在他身后，组织了半晌语言，终是没有想到什么拐弯抹角的套话方式，只好径直问：“你要找那个赤鳞，是因为他也和赤地女子有关？他是她的铠甲化的灵？”

东方青苍不理她。小兰花倒是已经习惯他的态度了，毫不在意地继续自言自语:“但是不对呀，赤地女子的东西都是有神气的，沾染了神气的铠甲化的灵，为什么会变成堕仙呢？他又为什么会在昊天塔里边呢？昊天塔里边不是应该关大魔头你这样的人才对吗？”

东方青苍脚步一顿，小兰花却没有停得住，一头扎在东方青苍的后背上。退了两步抬起头，却见东方青苍正斜着一双血瞳盯着她。

小兰花眨巴了一下眼睛，问:“怎么了？”

东方青苍眯眼道:“你难道察觉不到本座眼中有杀气？”

“有啊。”小兰花道，“你看我的眼神里一直都有杀气。”

东方青苍眉梢一挑，问:“不怕？”

“习惯了。”小兰花道，“你看你送我的骨兰都习惯了，一点动静也没有，证明你不是真想杀我来着。”

东方青苍的目光扫过她手腕上的骨兰，血色眼瞳沉了几分。

但他最终还是沉默不言地转过了头。

第十九章

你是不是又在骗我？

虽然东方青苍说他什么都没对她做，但小兰花这两天晚上却越来越睡不好了。

不只是在梦境里会听到一个女子的声音唤她“兰花仙灵，兰花仙灵……”，就连躺在床上神志尚清醒的时候，那声音依旧清晰可闻。

撞鬼了？

可这是魔界，自己躺在东方青苍用法力凝聚而成的床上。别说鬼了，只怕是冥王本人也不想靠近这座杀气凛冽的宫殿。

到了第三天晚上，小兰花刚闭上眼，这道声音又出现了，她实在是忍无可忍，只想掀起被子去找东方青苍理论。

白日里对她各种嫌弃鄙夷也就算了，到晚上了还瞎折腾不让她睡觉，真是欺人太甚！

可就在她要用右手掀开被子的时候，小兰花发现她的手居然动不了了！

眼皮上也似挂了千斤玄铁，让她怎么挣扎也没办法睁开眼睛。

这……这难道是传说中的“鬼压床”？

“别去找东方青苍。”一直在脑海里盘旋的女声终于不再唤她的名字，而说出了另外一句话，“他会害你……”她的声音清晰且沉着，听起来非但没有半点阴邪之气，反而正气十足。

小兰花一惊，忍着从心底涌出的害怕，小声询问：“你、你是谁？你想对我做什么？”

可是，她没再得到回答。

方才那两句话像是耗尽了女子的所有力气一样，周遭彻底沉寂了下去。手脚一松，小兰花猛地睁开了眼睛。

还是她的房间，她盖着被子好好地躺在床上，周遭空无一人。

小兰花瞪着眼睛望着床幔，满心的疑问。如果到现在她都还不能察觉梦中人的诡异的话，那也实在枉费她这些日子跟着东方青苍满世界乱跑所吃的苦头了。

那不是她的幻觉，是真的有什么人在通过某种办法联系她。

可这是东方青苍用法力凝造的宫殿，东方青苍怎么会感知不到？小兰花抬起右手，借着月色看着自己的手腕，骨兰没有反应，证明刚才没有杀气，梦中的人不是想害她。那人到底是谁？她到底想做什么……

清晨，小兰花一脸萎靡地推开房门，想去宫外晒晒太阳清醒一下。刚走到王宫正门，便见东方青苍的身影正堵在大殿门口。

他负手而立，背影一如既往地笔挺。

小兰花走得近了才听到殿外有人声传来，是三天前东方青苍随手点的那名武将在汇报。不用听他的内容，光听他声音发抖的程度，小兰花便知道这个武将把东方青苍交代的事情办砸了。

“卑职已寻到赤鳞的藏身之地，奈何那处有集天地而成的结界，卑职穷极办法也不能破。是以……是以……”

“哦，那地方在哪儿？”东方青苍的声音还是淡淡的，听不出半点怒火。

那武将小心翼翼地道：“在、在魔界西南方，花草甸。”

“哦。”东方青苍应了一声，手中聚起法力，便在这时，一道抽气声传来。

是小兰花在他身后忍不住发声了。却不是因为东方青苍的杀气，而是因为她的手腕间猛地疼了一下。垂头一看，竟是骨兰生出了一根枝丫，尖端扎破了她的手，血珠都渗了出来。

小兰花捂住手腕，一抬头，与东方青苍四目相接，脑海里忽然回响起昨晚梦中听到的那句“他要害你”。

这句话像是在她心口上咬了一下一样，让小兰花忍不住瑟缩了目光，咬住唇，下意识地后退了一步。她望着东方青苍，不敢再发出半点声响。

看见小兰花眼中极力隐藏的畏惧，东方青苍脑子里忽然冒出了一个荒谬的想法——他吓到她了。东方青苍之所以觉得这个想法荒谬，是因为打上古时候开始，他就从来没有产生过这样的想法。

吓到谁，这不是很正常的事情吗……

敬畏、恐惧，这才是常人对他应有的态度。

尽管东方青苍这样想，但此时此刻却不得不承认，他竟没了杀人的心情。他转过头去，声音依旧冷淡：“本座记得，先前说过‘提不来人，便提头来见’。”

武将抖得都没了人形：“卑、卑、卑职无能……”

“着实无能，还不给本座引路，且让本座去会会他。”

武将一听，身子也不抖了，吓傻了一样跪在原地一动不动。

东方青苍眼睛一眯：“看来比起引路，你这是更想掉脑袋？”

武将终于回过神来，连连叩首：“卑职愚钝，卑职愚钝，卑职这便为尊上引路。”

东方青苍点头，迈步出了大殿。走了两步，脚下一顿，他回过头，看向小兰花，手指轻弹。

小兰花只觉腕间一热，竟是东方青苍用法力将她的伤口给治好了。

她愣愣地看着东方青苍，只听他道：“好好待在殿里，别想到处乱跑。本座不在，魔界众人可不会对你客气。”

这话的意思是，不带她一起去了吗？

“大庾会守在殿门前。”他话音一落，大庾从门外探了个脑袋进来，对着小兰花上下点了点头。如果它能有表情的话，小兰花觉得，它现在应该是在谄媚地笑……

“若有突变，躲进本座房间即可。”

在东方青苍说这几句话的时候，那武将实在忍不住好奇，悄悄抬起头打量小兰花。但他还没看清小兰花的脸，便有一股压力狠狠地压在了他的脑袋上，将他整个脸摁在地上，再抬不起头来。

东方青苍抬脚走下殿前阶梯，小兰花情不自禁地跟着走了几步。

虽然时常被东方青苍嫌弃，虽然东方青苍对她也说不上多好，虽然昨天梦中女子的警告犹在耳边……但东方青苍仍旧让她有种说不出的依赖感。特别是在让人不安的环境里，她对东方青苍的依赖就如烙印一样，摆脱不了。

她觉得自己这样的心态大概是有点毛病的，可是她也没办法。

“大魔头……”

她开口，东方青苍便停住了脚步。

“你……什么时候回来？”

东方青苍看着小兰花带着些许不安的眼睛，只说了两个字：“明天。”

“那……我就在你房间里蹲着。”

“出息。”他说完这两个字，便头也不回地走了。

他没拒绝，小兰花便权当他同意了。直到他的背影再也看不见，小兰花伸手摸了摸大庾的脸：“你要好好看门。”

大庾乖巧地在小兰花手心里蹭了一下。

这天夜里，小兰花毫不客气地躺到了东方青苍的床上，卷着他的被子睡起了觉。毕竟连他的身子她都占过了，还有什么不好意思的呢。

这晚，即便是在东方青苍的屋子里，小兰花还是做梦了。梦里出现那个女子隐隐约约的轮廓，她说：“小兰花，你得离开这具身体。”

和以前一样，反反复复，只有这一句话。

第二天一早，东方青苍就回来了。

与他一同回来的还有一个红衣男子——赤鳞。

东方青苍当真只用了一天的时间，就将人捉回来了。

小兰花去的时候，正撞见赤鳞跪在王座前，对东方青苍道：“要杀要剐悉听尊便，我是不会帮你这魔头做事的。”

东方青苍冷冷一笑，道：“谁说本座要杀你？”话音一落，东方青苍五指成爪，赤鳞脚下立即生出了数十根拇指粗细的栅栏，像牢笼一样将他困在其中。

东方青苍再一挥手，牢笼瞬间挪到了大殿的角落。小兰花转头一看，这才发现那个角落里居然还摆着朔风剑。

赤鳞见了朔风剑也是无比惊讶，他望向东方青苍，一张吊儿郎当的脸上难得出现了凝肃的神情，问：“你到底想做什么？”

“本座要做什么，何须告知于你。”

“先取朔风剑再擒我……”赤鳞盯着东方青苍说，“难不成魔尊执念难消，扼腕于上古一战，以至于想方设法地要复活我主子，再战一场，以雪前耻？”

东方青苍被人点破也不生气，反而勾了勾唇：“是又如何？”

赤鳞没想到东方青苍如此轻易就承认了，反而一愣，随即肃了面容，说：“你不会成功的。”

“哦？”

“上古之时，主人自毁法力，销匿于天界。但凡主人还有一分神识存在于这世间，她都不会让你成功的。”

东方青苍一笑：“那便试试，看本座到底能不能成功。”他话音一落，忽见门口人影一闪，正是小兰花站在了门口，但此时她脸上的神色却有几分奇怪。

东方青苍眯起眼睛打量她。

这个小花妖的一言一行在他面前从来都直白得和一张白纸一样，但今天他竟有几分看不懂她的神色。

她站在殿门口，没有看他，却把目光落在了赤鳞身上。

赤鳞转头看见小兰花，眉梢一挑：“是你？”

小兰花嘴角动了动，又瞥了东方青苍一眼，没有说话。

东方青苍眸光微动，问：“又怎么了？”

小兰花转开目光，说：“我就是来确认下你回来了没……既然你回来了，那就没事了。我先回去了。”说完，她果真头也不回地跑回了自己的屋子。

东方青苍目光微沉，在这座以他法力铸就的宫殿里，一砖一瓦都有他的神识。他轻轻松松地就看见了小兰花回了屋子，关上门，然后到梳妆台前坐下，拿起梳子开始梳头发。似乎当真只是来确认一下，他是不是回来了。

东方青苍撤回了神识，不再管小兰花，他笃定这小花妖掀不起什么风浪。他将目光转回赤鳞身上，继续方才的话题：“本座倒是好奇，是何缘由，能使堂堂天地战神散去法力、弃了仙身，成一微渺凡人？”

赤鳞目光一暗，闭嘴不言。

东方青苍动了动手指，道：“不说也无妨，这些缘由，对本座来说，也不甚重要。”

这方，小兰花回到自己房间，看着镜子里面的自己，有点愣神。

当初东方青苍把这具身体捏成男人，把她气坏了，所以小兰花清楚地记得，在改造这具身体的时候，她在脸上花了不少功夫，捏得与她先前的脸相差得远了去了。

但是直到今日她才恍然发现，这张脸，居然与以前的自己越长越像了。

如果不是方才赤鳞一看她便说“是你”，小兰花怕是现在都反应不过来。毕竟一张与“自己”越来越像的脸，谁能那么敏锐地察觉到呢？

还有……

小兰花摸了摸右手手腕，她昨天被骨兰扎出了鲜血，然后被东方青苍治好了。

可是，之前她的身体受了伤，明明是不会流血的，只会像泥土一样变成灰白的一片。

难道她的灵魄在与这具身体慢慢融合？

这具身体是东方青苍为赤地女子捏造的。可现在他却眼睁睁地看着这具身体在他眼皮子底下变得越来越像另一个人，而没有任何反应。

以东方青苍的性格来说，如果不是他病了，就是他又开始起什么坏心眼了……

领悟到这一层，其实小兰花是有点伤心的。因为这些日子里，她自我感觉与东方青苍已经变得熟悉起来了。她觉得，东方青苍虽然不喜欢她，但至少是不会害她的。

但现在看来，这大概只是她的错觉。

还有一点，小兰花开始怀疑，梦中的那个女子或许就是赤地女子。如果真是那位天地战神的话，恐怕确实可以在这座王宫里面避开东方青苍的探查。只是，方才赤鳞说赤地女子是自己放弃仙身的。若那声音真是赤地女子的话，她为什么会在梦里告诉自己，让自己离开这具身体呢？她又为什么会说东方青苍要害自己呢……

小兰花思量了许久也没想出个所以然来，最后决定干脆找梦中人问上一问。

她放下手中的梳子，爬到床上平躺下来。小兰花入睡得很快，醒过来时已是正午。这个回笼觉睡得极为香甜，但是梦中始终没有听到那个女子的声音。

倒是下午的时候，东方青苍不客气地推了门进来。

他走到她床边，开口就问：“病了？”

小兰花正在努力酝酿睡意，听到这个声音，她猛地睁开眼，拽紧被子，像兔子一样戒备地缩到了床榻里面。

过了好一会儿，见东方青苍没有别的动作，小兰花才悻悻然地稍稍松了一点被子，露出半个脑袋小声问：“怎么了？”

东方青苍抱起手臂：“你怕本座？”

“嗯……”小兰花应了一声，见东方青苍挑眉，又立即道，“这是敬畏！”

东方青苍一哂，也懒得去戳穿小兰花拍的马屁，只道：“你在床上躺了一天了。”

“嗯。”

东方青苍等了一会儿，没有等到小兰花再说下一句，他不高兴地皱起眉头：“你在床上躺了一天了。”

小兰花不明所以：“是、是呀……”

东方青苍沉着脸：“你身体有何不适，便不知道自觉与本座交代吗？”

小兰花抓着被子嗫嚅：“我没什么不适……”

东方青苍没有理她的话，忽然俯下身，翻了翻她的眼皮，还摸她的脖子，最后直接伸手到被子里，摁住了她的心口。

小兰花惊得连挣扎都忘了，当东方青苍的手覆在她心房处时，她甚至感觉到自己的心跳陡然快了几分。

她有点惊慌地抬眼去看东方青苍，生怕他察觉到自己这点不敢为人知的小心思，但很显然——

东方青苍察觉到了。

因为东方青苍也抬了眼，四目相接，小兰花睁大着眼睛，害羞得甚至忘了避开目光。

但东方青苍却面无表情地收了手，将被子给她提上，冷声道：“你身体没问题。”

她这身体能有什么问题。

“我就是想睡觉。”小兰花将头半埋进被子里，不让自己与东方青苍目光相对。等了一会儿，见东方青苍没有离开的意思，小兰花咬了咬牙，终于忍不住问道：“大魔头，你说要给我找一具身体，现在咱们也不到处跑了，你看你把赤鳞都找来了，什么时候能帮我找到一具身体呢？”

东方青苍没有说话。

小兰花忍了一会儿，但到底是年纪轻道行浅，脾气来了，憋不住话。她的目光落在东方青苍脸上，带着三分委屈道：“你是不是又在算计我什么，不想给我找身体了？”

小兰花不知道，她委屈的时候，那双眼睛里的水雾和她嘴角向下的弧度会有多让人感到心软。

东方青苍坐在床边，看着她，血色眼眸里印着她的影子，问："你便如此想离开本座？"

没有否认，不是冷笑，并非嘲讽。

而是……这样一句话。

小兰花愣了。

东方青苍伸手拨开了她额上胡乱交缠的头发："多在这身体里面待会儿，不好？"

许是小兰花的错觉，她竟然觉得东方青苍的声音是意料之外的……温柔。也或许并不是他温柔，只是听的人希望说的人是温柔的。

"大魔头……"小兰花过了很久才愣愣地道，"你才是……生病了吧？"

东方青苍眸光微动，倏尔一把掐住小兰花的脸，毫不客气地往旁边拉了拉："本座与你说了这话，你却说本座病了？蠢得连话都听不懂了，嗯？"

小兰花并不挣扎，龇牙咧嘴地说："不是听不懂，我只是……不懂这些话怎么会从你的嘴里说出来。"

东方青苍松开小兰花的脸，面色冷淡地道："留在本座身边。"

六个字，不带感情，是东方青苍惯用的命令口气，丝毫不给人商量的余地。

小兰花睁大了眼，黑色的眼珠子里全是东方青苍。

"这样可是听懂了？"

听懂了。

"但是……"小兰花努力让自己保持清醒，但神色已经开始不受控制地变得飘忽了，"为什么？"

"没有为什么。"东方青苍道，"你只要知道，本座要你留下。"

小兰花呆呆地看着他，然后小声道："你这样说话，真是狡猾又恶劣。"她抓住被子，重新缩回去，发出来的声音显得含糊且有点可怜无助，"你这样……会让我以为你喜欢我的。"

东方青苍移开目光不看她，道："本座没说不许你这样以为。"

小兰花闻言，满脸的不可置信："大、大魔头……你……"

是喜欢吗？他这样说，是在承认他喜欢她吗？

这个东方青苍，上古魔尊，喜欢……她？

“骨兰若是经常扎到你，就取下来吧。”丢下这句话，东方青苍便毫不留恋地起身向外走去。

到了这个时候小兰花哪还有心思关心骨兰的问题，她只愣愣地盯着东方青苍，直到他出了房门也没有回过神来。

东方青苍喜欢她？东方青苍……让她留在他身边……

小兰花捂着自己的心口，有些害羞。“别跳了……”她说，“再跳就要被听到了……”

这之后的两天，小兰花一直没再见到东方青苍。他足不出户，也不知在研究些什么。小兰花无所事事，不免把心思动到了被关在大殿里的赤鳞身上。

其实，对于先前赤鳞在昊天塔里抓她的胸这件事，小兰花还是非常介意的。但为了套近乎进而从他嘴里套些话，小兰花还是揣了个鸡腿去找他。

往赤鳞牢笼前一站，小兰花觉得风水真是轮流转。上一次在昊天塔，她可是被关在笼子里的那个。

赤鳞只瞥了她一眼，又闭目不言。

小兰花把鸡腿递到笼子里面，问：“吃不吃？”

赤鳞冷笑道：“我会需要这些东西？”

小兰花撇嘴，把手缩回来，当着他的面啃起了鸡腿，吧唧吧唧地啃得满嘴油光。赤鳞皱了皱眉头，睁开眼斥道：“你先前一个好好的仙子，为何要与这魔头为伍，又为何要修炼魔法？如今弄成这副半点法力也无的模样，想来也是咎由自取，活该。”

他这几句话对小兰花一点杀伤力都没有，于是小兰花吐掉骨头，道：“那你一个好好的神明铠甲，为什么会变成堕仙？”

赤鳞哼了一声：“我是逼不得已才走到如今这地步的。”

小兰花道：“我也是逼不得已才走到如今这地步的。不过我走得比你好，我在笼子外面。”

小兰花将脸凑近，道：“你不想待在笼子里吧？我可以救你出去。”她面不改色地撒谎，“只要你回答我三个问题。”

赤鳞看了小兰花一眼，然后嘲讽地勾了勾唇，道：“也是，早在昊天塔的时候，那魔头便痴迷于你，看我占你一点便宜，便上蹿下跳得犹如猴猕。”

小兰花骂他：“你才犹如猴猕！”

赤鳞冷笑道："不喜欢听人骂他？你若是如此对他好，又何必为了从我嘴里套消息，来与我交换条件？"

小兰花清了清嗓子，道："你别管为什么，我就三个问题。第一，赤地女子长什么样；第二，赤地女子当年与东方青苍一战，从背后偷袭东方青苍的那人是谁；第三，赤地女子是个怎么样的人。这三个问题，你答了我，我或许……咳，就能放你出去。"

赤鳞神色变幻莫测："你为何知上古……"没说完，他便咬住了嘴，不再开口。而且不论之后小兰花再如何威逼利诱，他都不肯再开口说一句话。

小兰花无功而返，快快地回了房。走到房门口时，对面东方青苍的屋门忽然打开了，东方青苍坐在屋中，冷冷地看着她："为何忽然对赤地女子感兴趣？"

小兰花到现在也不敢直视东方青苍的眼睛，她左右四顾，然后绞了绞手指："就是想了解下女战神的风姿，以后好讲给主子听。"说完，她就推门回了房。

小兰花知道一扇房门挡不住东方青苍的视线，但只要不用面对面地看着他，就会让她好受不少。

当天晚上，小兰花久违地做起了梦。

在梦里，她发问："你是不是赤地女子？"

声音在黑暗之中盘旋了许久，在小兰花都快放弃的时候，黑暗里出现了一个声音："是。"

小兰花立即又问："你到底找我做什么？"

"东方青苍在骗你。"赤地女子道，"小兰花，离开这具身体。他在骗你。"

小兰花心头微凉，但后来不管她再问什么，梦中的赤地女子就只重复着一句话——他在骗你。

早上醒来的时候，小兰花出了一身的冷汗，将她耳边的鬓发都打湿了。

她望着床头，有点愣神。

东方青苍想复活赤地女子，但他也说过想让自己留下来；赤地女子不想复活，但她却在梦里让自己离开这具身体。

事情好像变得有点扑朔迷离了。

但不管怎么说，东方青苍和赤地女子，总有一个在说谎。

就在小兰花一筹莫展之时，魔界迎来了一个盛大的传统的节日——临圣之日，这是传说中的魔尊诞辰。

魔族人在这一天会祭祖、朝拜魔尊圣像、细数过去一年自己给天界添了多少堵造福了多少魔界子民……类似于人界的新年。

但是这个往年用来祭拜东方青苍的日子，现在却因为真正的东方青苍的存在而显得压抑了许多。

东方青苍在本是他祭殿的位置立起了如今的王宫，纯黑的宫殿外观，肃杀庄严。光是殿前那块还挂着孔雀的黑石碑就吓走了一批依照旧习俗前来叩拜的魔界子民。

而东方青苍只顾着办自己的事，对魔界的日常事务半点也不关心。整个朝堂几乎陷入了瘫痪之中，王都中无人有心思再去庆祝这个“魔尊诞辰”。

小兰花看着王都夜空黑漆漆的天，心里想，这王都里的人，现在大概都恨不得将东方青苍塞回娘胎里去吧。

只可惜东方青苍天生天养，连娘是谁都找不到。

他好不容易死了一次，却是被魔界自己人给救活的。

东方青苍的宫殿内也是一如既往地沉闷死寂。小兰花晚上又穿着衣服洗完澡，一头湿发无从打理，一时兴起，干脆出了王宫大门。

门前台阶上，大庾正缩在门边蜷着身子睡觉。见小兰花推门出来，大庾抬起了脑袋。

小兰花让大庾把脑袋放在地上，然后踩着它的脸上了它的背，说：“大庾，你带我飞高一点，吹吹风好不好？”

大庾虽然觉得这个要求很奇怪，但也没有拒绝小兰花。蛇身腾起，将小兰花带到了王宫的正上方。

站得高望得远，小兰花这才看见周边小城镇里还是有人在庆祝节日的。远处的烟花一朵朵地绽放，她这边虽然离得太远听不到声音，但还是能看到那忽闪着的光芒的。

风吹动小兰花的湿发，她趴在大庾头上，用两只手撑着脑袋嘀咕：“真漂亮。”

“如此微末把戏也能入眼？”

小兰花转头一看，却见东方青苍竟不知什么时候站到了大庾的尾巴上。

小兰花连忙坐起了身，拉了拉自己趴得有些皱的衣裳，又将湿发捋了捋，她仍旧不敢去看东方青苍，只盯着远方嘀咕：“看不上这把戏，你站这么高做什么？”

“本座想知道，你想玩什么把戏。”

小兰花一愣，随即撇嘴道：“在你眼皮子底下我能玩什么把戏。你是魔尊大人，你那么厉害，要玩也是你玩给我看啊。”

这话带着揶揄，但东方青苍也没生气，反而勾了勾唇角，道：“便玩给你看看。”

言罢，他手中烧出一道烈焰，径直冲向天际，如远方的烟花一样，在空中炸开。只是与那些转瞬即逝的烟火不同，这道火焰瞬间将天上的云雾涤荡干净，而后星星点点的光重新聚集在一起，竟形成了两条龙的模样！

两条火焰凝成的巨龙栩栩如生，在空中厮杀追逐。烈焰呼啸，便似传说中的龙啸。

小兰花盯着夜空，微微张着嘴，看得出神。

东方青苍瞥了她一眼，她被火光勾勒出柔和的轮廓，竟让他莫名其妙地想到了那个瞬间——他从一片虚无之中醒来，他以为自己会在那样的景色中漂流到时间的尽头，然后，他就看见了这个小花妖。她轮廓柔和，她抱着他，守在他的身边，对他说：“我陪着你。”

东方青苍眸光微动。

指尖一弹，两条龙竟融在了一起，眨眼幻化成凤凰的模样。凤凰长啼一声，展翅飞上高空，一口将空中的火焰明珠衔住，身影一转，向小兰花飞来。它的身影逐渐变小，落在小兰花面前时，已变得如寻常鸽子大小。它将火珠放在小兰花掌心，然后化成火星，随风不见，而小兰花掌中的火珠飞快地化为一朵兰花的模样，从含苞到盛放，最后变成尘埃，呼呼地飘散在空中。

夜空恢复寂静，一如方才什么都没发生过一样。

在这样的寂静中，小兰花听见了下面传来的惊呼声，是王都的人也看见了东方青苍的这一出“把戏”。

她收回手掌，掌心好似还有那枝火焰兰花的温度。

“大魔头。”小兰花道，“如果你愿意，你大概能做我主子说过的那种，世间最完美的情郎。”

东方青苍眉梢一挑，道：“情郎？你是在辱没本座？”

小兰花没有答他的话，她垂着脑袋坐了很久，在微风的吹拂下，一缕一缕的头发已经开始慢慢变成一根一根的，飘扬在风中。她像是下了什么决心一样，抬头看向站得笔直的东方青苍，问：“大魔头，你实话和我说，你是不是骗了我什么？”

天上的云雾方才被烈焰驱逐，他们都在大庾的背上，沐浴着白色的月光。东方青苍银发飞扬，一双红瞳里面分辨不出喜怒。

“没有。”

小兰花看着他，黑色的眼瞳被他的银发映得发亮，她说：“你说没有，那我就相信你。”

小兰花正襟危坐，东方青苍看着她的眼睛，忽然想到，这世上大概没有哪个女人的眼睛能比这小花妖的更让自己印象深刻吧。

无论何时看她，她眼中好似总会有水光，一副可怜兮兮的模样。一开始他觉得厌烦，因为她用他的脸时也这样干，后来变得习惯，到现在，他时不时地便真的会觉得她可怜。然而她也不是一直可怜下去的，这个小花妖偶尔的坚强，让他也忍不住……

动容。

好比现在。

她说她相信他的时候。

小兰花继续说：“虽然我知道你不是什么好人。”

小兰花垂下头：“我实话和你说，你别笑话我。我觉得和你走了这么多路，虽然一路上咱们互相撕破脸不知道多少次，但走到现在，我是打心眼里觉得你不会害我。所以我现在也是打心眼里希望你不会骗我，虽然你之前劣迹斑斑……但这次，大魔头，你说你没骗我，我就相信你没骗我。”

东方青苍没有说话。

小兰花抓了抓头发，道：“头发干了，我要回去睡了。”她拍了拍大庾的脑袋，示意大庾往下飞。

当大庾落在地上，小兰花跳下大庾的脑袋的时候，东方青苍也从大庾身上下了来。“小花妖，”他忽然唤道，“在魔界，你没必要戴着骨兰了。”

突然听到这句话，小兰花有点愣神，她回过头想问东方青苍为什么，但一转头，东方青苍已经不见了人影。

小兰花歪着脑袋想了一会儿，想不出个所以然来，但是到了床上，她犹豫了一番，最终还是听了东方青苍的话，将骨兰取下，压到了枕头底下。

她闭上眼，心里想着，她也要好好地和赤地女子谈一谈。

没过多久，小兰花陷入了梦境。梦里面一如既往地漆黑，她在黑暗中前行，轻声唤着:“赤地女子?”

颈间一痛,像是被什么东西扎了一下一样。她下意识地捂住脖子,一道声音传到了她的耳朵里:“不要相信他。”

是赤地女子的声音。

小兰花立即扭头四处寻找。终于,在前方的黑暗当中,她看到一股白气慢慢凝聚成形,只是到最后,那白气也不过成了一个大概的人形,连五官也没有。

“小兰花,不要相信他。”

今天,赤地女子的声音比以往任何一次都要清晰,声音中的焦虑与担忧暴露无遗:“他在骗你。”

小兰花摇头道:“东方青苍说他没有骗我。我愿意相信他这一次。”

白影微微晃动:“他只是在利用你,因为你能让这具身体变得灵活。”

小兰花微微一僵,回想起骨兰扎破她手腕时流的鲜血,还有她日渐变得更像自己原来容貌的脸。小兰花点头道:“我大概猜到了。可大魔头说,他想让我在这个身体里多待一会儿,他……可能是想把这个身体直接给我……”说到这句话时,小兰花自己都有点没底气,因为没人比她更清楚东方青苍是多么迫切地想与赤地女子再战一场。

“倘若你继续留在这具身体里,最终只会化为这身体中的一缕生机。”赤地女子的语气中带着叹息,“小兰花,对不起,但东方青苍是真的要杀你。”

小兰花心头陡然大寒,像是朔风剑化成了针,在她身上留下千疮百孔。

她呆了好久才愣愣地道:“可他刚才和我说,他没骗我。我相信他……”

“造息壤身体之时,他便骗过你一次了。”

小兰花握紧了拳头。如果在梦里能看见自己的话,小兰花想,自己此刻的脸色应该十分难看。

赤地女子不知道,东方青苍何止是在用息壤造身体的时候骗过她。更早之前,东方青苍说要给她找一个身体的时候便是在骗她。他根本就没有给她找身体的打算,他只是想取赤地女子的灵魄,然后顺便塞给她一个身体,让她去自生自灭。

小兰花摇头道:“我还没见过你,我也不能相信你。”

赤地女子沉默了许久。“你见过我。”她道,“很久以前,我见过你,你也见过我。今日没有时间再与你细说,若东方青苍当真没有骗你,你大可问问他,你的原身是什么。”眼前的白影慢慢淡去,赤地女子的声音越来越微弱,“东方青苍把我放在骨兰之中……”

白影彻底消失，黑暗褪去，小兰花猛地睁开眼睛。

颈项处隐隐传来刺痛的感觉，小兰花皱着眉头往脖子上摸了摸，手指竟然有湿润的触感。拿出手来一看，竟有一点血珠在指尖之上。

小兰花猛地一把掀开了枕头。

枕头下的骨兰还好好地摆在原地，只是骨兰之上有一根针一样的枯藤，沾了一点血丝。

赤地女子没有骗她。

东方青苍真的把赤地女子的灵魄放在了骨兰里面……

细细思量，小兰花只觉背后在一层层地冒着冷汗，脑海里翻来覆去的便是赤地女子的话语。

“他是真的要杀你。”

第二十章

害我性命就算了，竟然还玷污我的名誉

小兰花再也没法入眠，她缩在床角，抱着膝盖，把脑袋埋在腿上。

她告诉自己，这才是真正的东方青苍，阴险、奸诈，欺骗与诱惑是他熟透了的把戏。一开始，东方青苍就毫无顾忌地在她面前表现着这样的把戏，他就是这样的魔头。

是她错了，是她在日复一日的相处当中，把东方青苍想得太好了……

小兰花拿脑袋在膝盖上磕了磕，让自己暂时抛开东方青苍，转而去思考另外一件让她备受打击的事情——

她发现，她可能不是她所认为的自己了。

先前千隐郎君便说过，她的灵魄很强大，可以融入这具息壤的身体。当时千隐郎君与她说完那话之后，场面就脱离了控制，以至于她一直忽略了这件事。而方才，赤地女子又说她可以让这具身体变得灵活……

仔细想想，她的不正常或许在更早之前就体现出来了。

比如说她可以和上古魔尊东方青苍抢占一具身体，再比如说，她与东方青苍去昆仑山那次，他俩灵魄离体，东方青苍要杀她，她却抓了墙上的冰晶打了东方青苍的脸。

那时候她只是个灵魄，却可以抓住人间的东西。

她到底是什么？

在她所有的记忆里面，她都只不过是一株被天界的司命星君养在窗台上的小兰花。她那个粗心大意的主子在太过繁忙的时候，还会忘记浇水；有时一言不合，甚至还会威胁要拔了她去喂猪。被这样粗糙养大的植物，小兰花哪里敢自恋地认为自己是什么惊天宝贝……

但赤地女子却说，她们俩以前见过。

要知道，这个天地战神隐没于三界的时候，还是上古啊！

小兰花一直觉得自己还是少女来着，原来她已经……这么沧桑了吗……

第二天，小兰花想去外面晒晒太阳，推门出去时，正巧迎面撞见了东方青苍。她半宿没睡，本是精神不济，但看见东方青苍的瞬间，立刻像被针扎了一样抬头挺胸了。

小兰花不想让东方青苍看出她的心思，但脸上的疲惫却是怎么也遮掩不了的。

东方青苍的目光在她手腕上一扫，没看见骨兰的踪影，他这才将眼神落在小兰花脸上，问："你这是昨晚撞鬼了？"

她不只昨晚撞了鬼，这几天，几乎天天晚上都撞鬼……

但这话，小兰花是不会告诉东方青苍的。

她觉得她现在心态有点不对，她在心里一遍遍地告诉自己要冷静，要装作若无其事，但只要一想到"他是真的要杀你"这句话，小兰花心头还是忍不住又冷又疼，还有按捺不住的委屈与不甘。

她别开眼神不看东方青苍，勉强道："大魔头，你先前让我留在你身边……"她顿了顿，想起当时听到东方青苍说这句话时的心情，只觉又是讽刺，又是痛苦。她除了想扇那个时候的自己两巴掌外，也想扇东方青苍两巴掌。

这个大骗子。

小兰花吸了口气，说："如果我说，我不想留在你身边，我想回天界，你再帮我找个身体吧……你会帮我找吗？"

东方青苍没有应声，小兰花等了许久，才抬头看他，只见东方青苍眨了下眼睛，好似收敛了什么情绪，他冷着一张脸，和往常一样，冷冰冰地开口："不找。"

小兰花心底一急，有点控制不住情绪了：“为什么不找？你原来不就是这么打算的吗，为什么现在不干了？”

东方青苍却反问道：“你又为什么一定要回天界？”

小兰花一噎，又别过了头，说：“我要回去找我主子。”

又是主子！

东方青苍抱起了双手，神态倨傲地道：“司命星君？本座将他擒来便是。”

小兰花登时像一只被踩了尾巴的猫一样跳了起来，怒道：“你敢！”

看着她这副横眉竖目回护别人的模样，东方青苍只觉心底“嚓”地点燃了一簇火焰，他危险地眯了眯眼睛，声音喜怒难辨：“哦？你觉得，本座不敢？”

和东方青苍认识了这么久，小兰花当然知道这个大魔头没什么不敢做的事。她咬了咬牙，到底是把这口气给压了下去。她垂头道：“总之，你就是要让我留在……你身边是吧？”留在这具身体里面，像赤地女子说的那样，变成这身体里面的一缕生机，然后消弭于这个世间。

东方青苍点头：“没错。”

心里的委屈和怒火汹涌而出，但转瞬又被小兰花压了下去。眼睛开始泛酸，她扭头就走：“我出去晒太阳。”

东方青苍也没拦她，看着小兰花走远，他阴沉着目光，好似也有几分说不出来的气愤似的，冷哼一声，向大殿走去。他还有很多事情要处理，魔界平静的表面之下暗潮涌动，闭门不出的丞相觞阙还有外面那个挂在黑石碑上的孔雀，他们在谋划些什么，东方青苍并非不知道。

什么司命星君……

东方青苍顿住脚步，猩红的眼睛里隐隐浮现了杀气。

小兰花出了大殿，气呼呼地踩上了大庾的脸，坐在它头上道：“我要去酒馆！”

大庾吐了吐芯子，显得有些犹豫。小兰花一巴掌拍在它脑袋上，说：“连你也要和我作对是不是！”嚣张得让人根本想象不出她第一次见到大庾时那畏惧害怕的模样。

大庾倒是被打得不痛，只是挨了骂有点委屈，它驮着小兰花，有气无力地爬行着把她往市集的酒馆送。

到了酒馆，里面的人一见到大庾，就陆陆续续地跑了，连老板和小二都躲了起来，不敢看小兰花一眼。

小兰花见状，心里更是气恼。想她当初在天界也是一盆人见人爱的兰花，现在到了这里，倒被东方青苍给硬生生地整成了鬼见愁。

东方青苍不仅要害她性命，还要玷污她的名誉！

小兰花越想越气，拍了桌子直接让店家上了两壶酒。她先是拿杯子倒，然后拿壶喝，后来干脆直接抱了个比她的脑袋还大的坛子上来，咕咚咕咚地就往嘴里灌。

门外的大庾脑袋太大进不了门，只能把脸凑在门口看，然后伸了尾巴进来悄悄地戳了戳小兰花的后背。

小兰花甩开它的尾巴，道："走开！你跟大魔头是一伙的，你离我远点！"

大庾缩回尾巴，把脑袋搭在门槛上，担忧地看着小兰花。

不知过了多久，小兰花终于打了个嗝放下酒坛子。她趴在桌上，哼哼唧唧地骂："混账大魔头！惹人烦的大魔头！讨厌鬼！大坏蛋！臭流氓！"

骂到激动处，她一把将酒坛子掀翻在地，又让吓得直哆嗦的小二抱了一坛来，一脸扎在坛子里，喝了一大口。

然后抬起头，嘴也不抹，指着房梁骂："你就是个浑球！狼心狗肺！没心没肺！"

看她这副模样，门口的大庾都吓得直往后缩。

小兰花一边气愤东方青苍对自己薄情寡义，一边恼怒自己还想不出办法来反抗东方青苍。第二坛酒也很快见了底，小兰花也不招呼小二了，自己歪歪倒倒地往酒窖里面走，一边走一边嘀嘀咕咕，但是已经没有人听得清楚她在说什么东西了。

大庾被拦在门外，看不见小兰花了，心里着急，正想回去找东方青苍，但一回头，发现东方青苍已经黑着脸站在酒馆外面了。

他的出现瞬间给酒馆带来了巨大的压力。

可他谁也没看，径直跟着小兰花的脚步走到了酒窖里。

酒窖昏暗，小兰花正一头栽在大酒缸里，半个身子已经埋了进去，酒缸里还在咕咚咕咚地往外面冒泡。东方青苍见状微微一愣，脚步更急，走过去将小兰花的身体拉了出来。

她满脸通红，浑身湿透，头发全都湿淋淋地搭在脸上。

东方青苍一脸嫌弃地对着她的脸吹了一下，小兰花脸上的酒顿时干了个透，只是一身的酒味还是怎么都散不尽。

东方青苍鄙夷地问："你是想变成酒酿圆子？"

小兰花甩了甩脑袋，没有应话，身体往前一倒，径直扑进了东方青苍的怀里。

怀中躯体柔软，已半分没有泥土僵硬的感觉。这身体被小兰花捏得太好，凹凸有致，诱惑至极，连他……

小兰花在他怀里蹭了蹭，然后忽然跳了起来，头顶径直撞到了东方青苍的下巴上。

东方青苍没有反应，反倒是小兰花双手捂着脑袋哭了出来："痛死了……呜……"

东方青苍："……"

她抱着头蹲了下去，哭得好不伤心。

东方青苍深吸一口气，道："起来。"

"瘪了……"

东方青苍顿了顿，然后也蹲下了身子，毫不客气地拽开了小兰花捂着脑袋的手，但手劲儿却不大，至少小兰花没有叫痛。他看着她的头顶问："哪儿？"

小兰花自顾自地哭着，直到东方青苍不耐烦地问第二遍的时候，她才指了指自己的心口："心口瘪了，痛死了……"

东方青苍黑着脸道："你是在借酒撒疯？"

小兰花一抬头，一双亮汪汪的眼珠子望着东方青苍，里面还含着摇摇欲坠的泪水。东方青苍竟是被她的眼神看得一愣，陡然间想起了昨夜她也是这样望着他，像是眼睛里只有他的身影一样，她说她相信他。

这世上，从没有哪个蠢货会来对他说相信他。

但是这个蠢货说了。他竟然像瞬间变成了另一个蠢货，前所未有地心软了。

而现在，这个蠢货一个字都没有对他说，只是用这样的眼神盯着他。但东方青苍发现自己又像一个蠢货一样心软了。他微微放软了声音："你喝醉了，跟我回去。"

小兰花撇着嘴，委屈地看着他说："我不跟你回去。"

"为何？"

小兰花抽泣，眼泪像珍珠一样往下滴落："因为你骗我，你不是好人，你要害我。"

东方青苍眼睛一眯，问："谁告诉你的？"

小兰花双手捂着脸，哭腔和说话声从指缝中含混不清地传出来。

东方青苍终于露出了一点无奈的表情，他抓住小兰花的手臂，一把将她拉起来。他说："先跟我回去。"

小兰花猛地一甩手，毫不犹豫地将他的手打开。

东方青苍微微一愣，重新把手放到小兰花手臂上，说："别使小性子。"

说完这句话，东方青苍被自己吓到了。

难道他才是撞鬼了吗？区区一个小花妖，在打开他手的时候便该做好死的准备了，但他居然还好脾气地跟她说"别使小性子"？

一时间，酒窖里安静至极，只能听见小兰花的哭泣声，时不时还会因为喘不上气而抽两下。

两人便这样在酒窖里待了许久，最后，东方青苍终于意识到这情景实在是太傻了，他起身，想直接用法力将小兰花带走。但就在他起身的瞬间，他长长的袖子被一只手用力地拽住。

这只手力道大得让他肩头的衣襟都跟着往下滑了滑，露出了锁骨。

小兰花一双眼睛肿得跟兔子一样，可怜巴巴地望着他。

东方青苍心头活起一阵无力感，问："又怎么了？"

小兰花撇着嘴，一开口便是哭腔："你要对我负责。"

这句话听起来好像有哪里不对……东方青苍看着她，问："本座要对你负什么责？"

"你占了我的身体！"

东方青苍默了许久，才道："那早就是过去的事了。"

"你让所有人都讨厌我、害怕我，连我来喝酒，他们都要避着我走。"小兰花哭道，"以前我在天界，可不是这个样子的，呜……"

东方青苍眉梢一挑，说："既然如此，待会儿本座让他们全跪在你面前看你喝酒便是。"

小兰花只顾着自己说，哪里去听东方青苍的话，又声泪俱下地指责："你欺负我。"

"现在没有。"

"你还骗我。"

"我骗你什么了？"

"你要我留在你身边。"

"没错。"

“你说你喜欢我。”

东方青苍顿了顿，目光落在旁边的大酒缸上，不与小兰花的目光对视：“那是你自己猜的。”

小兰花咬着嘴唇看了东方青苍许久，然后突然拽着他的衣袖，借力从地上一跃而起，但身体却保持不了平衡，一头栽进东方青苍怀里。

没等东方青苍动手将她拉开，她已撑着东方青苍的胸膛直起了身子，破口大骂：“你怎么那么坏！你怎么可以用这种事情来骗我！”

“本座没骗你，只是隐瞒……”话没说完，小兰花像是实在气狠了一样，对着东方青苍一口咬了下去。

她方才拉松了东方青苍的衣襟，这一口便直接咬在了东方青苍裸露的锁骨上。

东方青苍眸光一缩，没有挣扎。

小兰花的牙本就不锋利，喝了酒后就更是软绵绵的没有力气。这一口对于东方青苍来说，比起咬，更像是亲，或者舔，非但没有半点疼痛的感觉，反而软软痒痒的，让他不由觉得被小兰花咬到的地方像是点起了一股火焰，一路慢慢悠悠又势不可当地烧进他的心房。

比他这一生所遭遇过的任何攻击都难以抵挡。

小兰花哪里知道东方青苍的感受，她像只兔子一样在东方青苍的锁骨上啃咬，像是吃草，又像是磨牙，她觉得她已经用尽了自己所有的力量。

最后，耳边却轻轻传来一声：“小花妖，你要在这儿勾引本座，嗯？”声音里竟带了几分素日里没有过的沙哑。

“你这个坏蛋。”小兰花松开口道，“大坏蛋……”

轻柔的呼吸带着酒香喷在他的颈项间，东方青苍垂头看去，她醉眼蒙眬，嘴唇的颜色在酒窖墙壁上昏暗烛火的照耀下显得比平日更加娇艳欲滴。她黑色的眼眸里是自己的影子，他发现自己的目光在不受控制地变得柔软。

“大骗子……”小兰花道，“你都不知道，你那样说，我有多么高兴……让自己都……没办法原谅地……高兴。”

东方青苍眸中光芒一凝，小兰花的唇贴上了他的唇，在他的唇瓣上呢喃：“可你却是在骗我。”

东方青苍感觉到小兰花亮闪闪的泪珠挟着没有褪去的温度，落在了他们轻轻相贴的嘴唇上，然后滑进了他的嘴里。

是咸的、苦涩的味道。

滋味如此不好，东方青苍蹙起眉头。

“你怎么能这样……”她的眼泪还在一滴一滴地往下落，其实她已经有点站不稳了，但是她的唇还是贴在东方青苍的唇上。她醉得不知道在她的后背有一双手正悄悄地抱着她，或许连东方青苍自己也没有意识到……

“我都喜欢你了，你怎么还能这样对我……”

她那么委屈，但话没说完，她所有的声音便被含进了另一个人的嘴里。

不是触碰，不是浅尝即止，不是温柔缠绵，而是充斥了东方青苍味道的侵略、占有。

攻城略地、烧杀抢劫，一分一毫的余地都没有给小兰花留下。不允许她拒绝，不允许她挣扎地深入，又深入下去。

第二十一章

本座不是好人，这你是知道的

这个吻，一旦开始就好像无法停止了一样。一开始，东方青苍完全占据了主导地位，但是小兰花到底是个不安分的小兰花，东方青苍攻势稍停，她便脚尖一踮，开始毫无章法地对东方青苍进行胡乱啃咬。一会儿咬他的唇，一会儿咬他的舌头，最后一口，一下子咬在了她自己的舌头上。小兰花还是知道痛的，她闷哼一声，开始打退堂鼓。

她要往后退，但是东方青苍这时候哪容得挑衅了自己的“敌人”撤走，他紧紧抱着她，固定了她的脑袋，不让她偏移分毫。小兰花退一步，东方青苍便进一步，便是这样一步一步地，小兰花的后背终于抵在了酒窖粗糙的墙壁上。

退无可退。

泪水顺着眼角滑了下来，东方青苍嗅到了眼泪的味道，情不自禁地放慢了节奏。他舔过小兰花的伤口，用法力将她的伤口凝住，止住了她的疼痛。这个开始像侵略、方才像报仇的亲吻，直到现在，才终于缓和了下来。

他们俩慢慢悠悠地，互相品尝着对方的滋味。

小兰花血液的味道在酒香味中慢慢消散，最后酒的味道侵占了两人的感官，让人无法停止地想要继续品尝下去。

他的气息在她身边萦绕，他的亲吻慢慢搅浑了她的整个世界。一如他毫不客气地挤进她的人生，搅乱了她平静的生活，颠覆了她本来阳光又和谐的世界。

“大魔头……”空隙之间，小兰花呢喃出声，“大坏蛋。”

东方青苍对于这一声骂，毫无回击的余地。他知道，他确实就是个坏蛋，但也不知道是从什么时候开始，他想在小兰花面前变得好一点。

至少，让她以为他是好的。

小兰花觉得自己的意识好像已经飘到了另外一个世界，她慢慢闭上眼，然后睡了过去。

东方青苍看着她安静的睡颜和比平日鲜艳许多的唇瓣沉默。他的嘴里还残留着酒香，让他微醺。

东方青苍觉得自己大概是疯了。

他从没忘记制造这具身体的初衷是什么。如果不是小兰花捣乱，这具身体现在应该是一个完整的男人，是他要与之战斗的对象。

但是他现在却在对这具身体做什么……

控制不住内心的躁动，按捺不住心头的欲望，身体冲动得如同那些他瞧不起的人类少年。然而让东方青苍最无法理解自己的一点是，他居然觉得这样的自己干得不错。

这真是……

见了鬼了。

东方青苍看了小兰花一会儿，然后将她拦腰抱起，本来下意识地打算往肩头上扛，但陡然想起之前每一次小兰花被他扛在肩头上的时候都会抱怨不舒服，东方青苍的动作忽然就顿住了，然后他手臂稍一用力，一手穿过小兰花的头发，抱住了她的背，一手穿过她的膝弯，将她打横抱起。

他迈步出了酒窖。

酒馆老板与小二还蹲在柜台后面瑟瑟发抖。东方青苍经过柜台之时，脚步微微一顿，然后转过头去看老板与小二。被看到的两人如同被针扎了一样，立即缩了脑袋往柜台下面钻。

东方青苍道：“酒酿得不错啊。”他的声音喜怒难辨，让人不知道他是真的在夸奖，还是在说反话，毕竟魔尊的脾气秉性，谁也摸不清楚。

老板和小二抖着身体不敢搭腔。

东方青苍道："回头尽数抬到本座王宫来。"言罢，他抬脚便走。出了酒馆的门，踩上了大庾的脸，便由大庾带着他们回了王宫。

小二与老板直到东方青苍走了许久都还有点迷糊，这是……真的喜欢他们的酒的意思？

没有人看见，这个时候，坐在大庾背上的东方青苍舔了舔嘴巴。

小兰花这一昏睡，直到第二天早上才醒过来。这是这么久以来最安稳的一觉，她在被窝里伸了个懒腰，阳光洒满房间。

一切美好得就像她还在天界时一样。

小兰花打完哈欠，精神十足地坐起身来，然后便发现……

"哎？"

她怎么……只穿了个肚兜睡觉啊……

小兰花抓着肚兜带子，愣了好久，然后仔细一回忆，记忆开了闸，那些光怪陆离的画面、奇奇怪怪的声音，便像是奔腾的野马一样冲进了她的脑海中。

小兰花的表情如同被万马践踏过一般，彻彻底底地僵住了。

她昨天好像对东方青苍说了什么不得了的话，又做了什么不得了的事啊……

她……

小兰花抓着自己的头发，脑海里回响着自己的声音。

她对东方青苍说："我都喜欢你了，你怎么还能这样对我……"

她都喜欢他了！

小兰花伸手捂住心口，张着嘴，想调整一下呼吸，但是她一张嘴，一呼吸，却像是呼吸到了东方青苍的气息一样，鼻端全是东方青苍那个亲吻所带来的味道。

小兰花往后一倒，躺回了床上。

她表白了，他亲她了，然后她今天只穿了肚兜躺在床上……

看来是已经……

这时，房门"吱呀"一声被推开，东方青苍走了进来。

小兰花瞬间就精神了，抱着被子把自己团成一团往角落里缩。

东方青苍看了她一眼，小兰花眼角便积聚起了泪花。

东方青苍开口，声音是连他自己都感到意外的无奈："怎么了？又怎么了？"

“坏蛋！”小兰花的眼泪从脸颊上流了下来，“你把我怎么了？你！”小兰花咬住唇，一副羞愤欲死的模样，但骂出来的声音还是软绵绵的没有力气，“坏蛋！”

东方青苍眉梢一挑，一瞬间就知道小兰花误会了什么。他凉凉地道：“本座向来不是好人，你是知道的。”

他这样一说，小兰花的眼泪珠子就掉得更快了。

见她哭成这样，东方青苍登时没了捉弄的心思，皱着眉往旁边一指，说：“昨天做了一次好人，你便这样误会本座？”

在东方青苍手指向的地方，是一摊衣裳，上面散发着诡异的酒味。过了一个晚上，酒香已经全没了，变成了酒臭味。小兰花看过去，又在自己身上摸了摸，觉得确实没什么异常，这才抹了两把泪，恢复了正常。她嘀咕：“也没有误会你，你本来就趁人喝醉……”

提到这件事，房间里的气氛诡异地沉默了一瞬。

然后小兰花就红着脸垂下了头，把脸埋了起来。

“小花妖，”东方青苍却在短暂的沉默之后突然开口，“期待我回应你的感情，是很虚幻的事，连我自己都不相信。”

小兰花埋着头，没有看东方青苍的表情，但从他的声音里听得出来，他是很认真地在说话，而他说的这个事实，小兰花自己也清楚得很。

对于东方青苍来说，三界封印、天道秩序都可以不放在心上，更何况是昨天那区区一个亲吻呢？于他而言，大概是……兴致正好来了？

脸上的红潮慢慢褪去，小兰花心里那些方才怎么都平静不了的情绪在东方青苍的这一句话里，瞬间就平静了下来。

“本座今日来，是要问你，”东方青苍继续道，“昨天你说本座要害你，是有人对你说了什么？”

小兰花埋着头，努力让自己找回冷静。

诚如东方青苍所说，她心里的那点小破事自己知道就行了，她不能去期待东方青苍回应，甚至自己从一开始就不该闹出这点破事来。她要活命，而东方青苍现在是要她的命。他想让她将这个身体变得灵活之后，直接化为这个身体里面的一缕生机。如果她不想这样，她就必须要摆脱这个身体。在东方青苍的眼皮子底下是做不到的，所以她必须逃离东方青苍身边。

以她一人之力，或许很难成事，但她现在可不是一个人啊。东方青苍的仇人太多了，大厅里面的赤鳞和朔风剑，魔界的各方势力，还有赤地女子……

东方青苍还不知道赤地女子能入她梦境这回事，赤地女子是什么人？天地战神啊！她斗不过东方青苍，赤地女子还斗不过他吗？

所以她现在要好好保护骨兰里的赤地女子，不能让东方青苍把骨兰给拿走。她得和东方青苍斗智斗勇，等她赢了，逃离魔界，回天界去找她主子，她主子一定会有办法救她，然后她就可以……绝地翻身了。

小兰花理清了思路，抬头盯着东方青苍，开了口："你要害我，还用别人和我说吗？"

听得小兰花此言，东方青苍眯起了眼睛。

小兰花却别开目光，垂头盯着被子上的花纹道："这个身体是你捏给赤地女子的，当时咱们在那个虚空里的时候，我见过你的怨灵，我知道你对赤地女子的执念有多深。但你现在却不让我离开这个身体，不给我找另外一个身体，还非要我留在你的身边……"

小兰花抱住膝盖，她说这些话，是想把事实陈述给东方青苍听的，但是说着说着，她自己还是不由自主地委屈了起来。她把下巴放在膝盖上，显得有些没精打采。

"我就是喜欢你了。"小兰花道，"我就是因为自己傻所以才喜欢你。"

她额前的头发滑了下来，挡住了眼睛。东方青苍指尖微微一动，心里竟有一股冲动，想帮她把那缕调皮的头发轻轻地勾到耳朵后面去。

可是没有等他动作，小兰花自己就这样做了。

她接着道："可是你又不傻，你是上古魔尊，那么威武霸气，你当然不会傻到也喜欢我，这个身体怎么可能是给我用的。"

东方青苍握了握拳头，没有反驳。

"所以啊，你除了是要害我、算计我、利用我，还能是什么。"小兰花撇了撇嘴，"大魔头，我现在已经看透你了。"

最后这句话，短短的，却带着说不出的心灰意冷。

很长时间以来，东方青苍一直以为自己是百毒不侵的，但是听到小兰花说这句话，看着她灰败的目光、耷拉着的脑袋，他却忽然有一种被扎伤了的感觉。

心尖上最柔软的部分被小兰花这句话扎掉了一块肉，破皮流血，带着一丝丝的刺痛感。

他忽然想到了那天晚上的小兰花，睁着亮晶晶的眼睛，目光灼灼地看着他，说她相信他。他忽然有点生气，抱起了手，用眼角冷淡地睨着她，说："噢，是谁前天还与本座说，相信本座来着？"

说出口，小兰花像是被打了一棒似的，身影僵了僵。

她抬头看他。

四目相接，小兰花没有说话，只是盯着他。那目光里甚至没有指责的意味，但东方青苍却破天荒地觉得自己说错了话。

小兰花看了他一会儿，便又垂下了脑袋。"是啊。"她道，"我是说了要相信你，但是我冷静下来想一想，就发现自己相信错人了。我傻嘛……"小兰花的手指在被子上画圈，"所以我才喜欢你，才相信你。但人总会变聪明的，我现在就开始变聪明了，我不相信你了，以后也一定会慢慢慢慢地不喜欢你的。"

东方青苍沉默。

"但是大魔头，你怎么能这么坏呢……"小兰花把脸埋了下去，东方青苍看不到她的表情，只能从被子里含混传出来的声音判断出她很伤心，"坏得竟然用别人相信你这种事情，去嘲讽……"

一时间，东方青苍竟然觉得自己词穷了。

房间里陷入了寂静，终是小兰花开了口："你出去吧。"她声音弱弱的，但是真真切切地在赶人。

于是，东方青苍便听话得让他自己都感到吃惊地依言出去了，连反抗一下都没有……

东方青苍离开后，小兰花慢慢缩回被窝里躺好，然后抹了一把眼泪，深呼吸了一会儿，平复了情绪。

她在被子的遮盖下，悄悄伸手去摸枕头下面的骨兰。

骨兰还在，东方青苍没有把它拿走。

小兰花安了心，然后闭上眼睛，强迫自己睡着。

她要去找赤地女子，不管是东方青苍的身边还是这个魔界，小兰花都不想待了。

她受够了。

不知闭着眼睛数了多少数字，小兰花终于慢慢沉入了梦境之中。

梦里面还是和先前一样漆黑一片，小兰花顺着黑暗之中飘忽的气息走了一会儿，然后忽觉脖子一痛，有流血的感觉传来。

小兰花知道是赤地女子来了。

果不其然，抬头一看，她面前的白烟在慢慢凝聚。赤地女子的形态比上一次清晰了些许，连脸上的五官都开始慢慢变得清楚。

“小兰花，”她说，“你做好决定了吗？”

小兰花点了点头。“我听你的，我要离开这具身体，我愿意和你联手……”小兰花顿了顿才道，“对付东方青苍。”

赤地女子却道：“我并非要你与我联手对付东方青苍，我只是不想再卷入纷争罢了。”

“为什么？”

“上古旧事，不提也罢。”

小兰花看着赤地女子沉静的面容道：“那你今天有时间告诉我，我到底是什么宝物吗？你上次让我去问东方青苍，我怕暴露了你，不敢问。”

赤地女子轻声道：“上古之时，世间有兰草生于遍野，但此兰草与其他植物不同，它畏惧生气，但凡有人的地方，兰草便会绝迹。后来天下黎民越来越多，这兰草便在三界之中彻底没了踪影。”

小兰花点头道：“主子以前好像跟我说过这么一个东西。”

“但没有人知道，这兰草畏惧人气，却有治愈灵魄的奇效。即便是快灰飞烟灭的灵魄，只要附着在兰草上，就会慢慢愈合。这大概是这世上最温柔也最脆弱的植物吧。”

小兰花一愣：“是……我吗？”

“是你的原身。”赤地女子道，“我曾取了不少上古兰草栽培，但每一株兰草即便我花再多心思用再多法力，也无法触碰它一下。只有你，小兰花，只有你成功了。”

“我是你……种出来的上古兰草？”

“没错，我失去神力之后，经年飘零，不知你在这世间辗转了多少地方，才化成现在这样的仙灵。而今能再见到你，有这一出交集，也算是你我的缘分。”

小兰花垂下头，问：“你当初培育那么多兰草，是为了给谁治疗灵魄吗？”

“给我的徒弟。”

小兰花点了点头：“我从一开始的使命，原来就是给别人治灵魄来着。”她又摇了摇头，“不管之前我是拿来干吗的，但既然我主子把我点化成了仙灵，我好歹也算是一条命了。东方青苍没有资格拿我来让这身体变得灵活，给你重临三界铺路。你也没有资格重新拿我去给你的徒弟炼药。”

赤地女子失笑道："这是当然，我并非魔尊，怎会用一条性命去救别人。"

小兰花点头道："你比大魔头讲道理多了。"

赤地女子默了一瞬才说："魔尊并非良人。小兰花，切记，休将真心付与他。"

"我知道的，我已经吃过苦头了。我还没那么笨，吃了一二三次，还要等着吃第四次……所以，我要离开魔界，回天界找我主子。她一定有办法把我从这个身体里面弄出去的，也可以重新送你走。下次，定不再叫东方青苍发现你，打扰你。赤地女子，你可以帮我吗？"

赤地女子一笑："这是自然。"

她是上古的战神，即便现在身陷囹圄，但一身霸气，从未消减。

小兰花咬唇看着她，说："想离开魔界只怕没那么容易。魔界之中处处有东方青苍的法力，我走到哪儿他都知道。何况魔界外还有天界下的封印。"

"天界封印倒是无妨。后辈法阵无非沿袭上古旧术，我自有破解之法。倒是魔尊法力……"赤地女子沉吟了片刻，随即道，"殿前黑石碑上那魔界军师孔雀尚余有一口气，他与东方青苍为敌，如今魔界之中虽看似平静，但在东方青苍的压制之下已是暗潮涌动。我猜不久之后，魔界必将大乱，是时势必能分散东方青苍的注意力。你趁那时携骨兰逃跑，或能成功。"

小兰花皱眉道："可我们不知道魔界的人到底还要多久才会造反啊。你也说我会慢慢化成这个身体里面的一缕生机，若是时间久了……"

赤地女子一笑："这便要看你能不能当一个好的祸水了。"

小兰花不解地问："祸水？什么祸水？"

"在魔界众人眼中，你便是东方青苍的女人，若是接下来的这段时间里，你能引得魔界民怨沸腾、百官不满，"赤地女子笑道，"但凡亡国妖姬做的事，你一一做遍，你且看看，魔界大乱之日，还要多久。"

小兰花被唬得一愣一愣的："是要我当内奸？"

"我要你当红颜祸水。"

红颜祸水，这四个字小兰花在主子的命格本子里面看过许多次。每一次看见这四个字，后面必定伴随着另外四个字——倾国倾城。

小兰花摸了摸自己的脸，有点苦恼地说："本来我这张脸捏得挺好的，但是后来越长越像我自己了，我怕自己不够漂亮。"

赤地女子失笑道："现在你这个祸水与长相已经没有关系了。重要的是你能有多娇蛮难缠，能有多惹人讨厌，能给东方青苍招来多少厌恶与麻烦。"

小兰花默了一瞬，说:“我觉得，我再讨厌，也不可能比东方青苍更讨人厌。不过既然你这样说了，那我就努力当一个讨厌的女人吧！”

她没有当妖姬的脸，至少要有一颗当妖姬的心。

什么东方青苍什么魔界，既然要玩，那咱们就一起来玩一发大的吧。

第二十二章 朔风剑狠狠扎进东方青苍的心口

闯祸。

放到以前，这两个字是小兰花要尽量避免，但总是免不了要干出来的事情。每次闯完祸，她主子司命都要负责给她擦屁股，连骂带抽，说她就是个惹祸精。

是以一直到现在，小兰花都觉得自己对这个技能那应该是驾轻就熟的。

但是如今真的要让她放心大胆地去闯祸的时候，小兰花忽然又没了方向。和赤地女子所说的亡国妖姬要闯的祸比起来，她以前那些小破事儿实在都太不够看了。

怎么闯祸、闯什么祸成了小兰花最头疼的问题。

挡人财路？劫人妻女？

第二天，小兰花牵着大庾出门了。

孔雀还挂在黑石碑上，明明已经残破不堪了，但竟然还活着……魔界的人，倒是挺坚韧……

她盯着孔雀的眼睛，只希望这个“据说”还活着的人能把握住她找的这些乱子，真像赤地女子所说的那样，把事情闹起来。

小兰花挨个儿造访了魔界的重臣。她进门从来不敲门，而是直接让大庾从墙上压过去，主人来拦，大庾就嘶嘶地对人家吐舌头。到魔界这么多天，谁不知道这个看似普通的少女背后的靠山是谁，自然是满足她的予取予求。

只有一个性格耿直又冲动的将军，对小兰花进门就去拿他家花瓶的举动表示了不满。将军抢回花瓶，提了大刀便要砍小兰花。

小兰花一惊，连滚带爬地往屋子外面跑。跑到门口，大庾一尾巴卷过来，将小兰花护住，然后杀气凛凛地对上了将军。

那将军并未畏惧大庾的气势，大刀一挥，眼看是要和大庾打起来了。

便在这时，空中压力陡然一增。

将军的大刀“哐当”一声落在了地上。

小兰花还有点愣神，就见整个院子里的人都瞬间跪了下去。连一脸不服气的将军也被压得双膝跪地。

空气中的杀气好似凝成了一条鞭子，只听“啪”的一声，将军登时皮开肉绽。

“给她。”空中是东方青苍低沉而冰冷的声音。

将军被四周的压力压得七窍流血，他咬牙忍了一会儿，终于忍不住手一松，那花瓶就骨碌碌地滚到了小兰花脚下。

小兰花顿时觉得自己好像也变成了一个坏蛋——和东方青苍一样欺负人的坏蛋。她不敢再要地上的花瓶，爬上大庾的背，催着大庾出了院子。离开之前，她回头看了一眼被压制在地上的将军，他用一双流血的眼睛死死地盯着小兰花，像是怨毒的蛇，随时打算爬起来咬她一口。

此后，小兰花又光顾了两三位大臣的宅子。

满载而归。

后面这些大臣也不知是不是听说了小兰花之前的事迹，明显没打算有什么骨气，有的还亲自将她送到门口。

这样下去自然不行，小兰花琢磨了一下，改道去了王都的布坊。

这家布坊是王都乃至整个魔界最大的布坊，上至达官显贵，下到平民百姓，有一半魔族人是这家布坊的顾客。

小兰花坐在大庾的背上，对于自己接下来要做的事情感到十分忐忑。

在小兰花忐忑的同时，因为她和大庾的出现，布坊里面的负责人也在忐忑。负责人带着一行身强力壮的护卫迎出来，满脸堆笑地问：“姑娘今日前来，是要看布匹，还是做衣裳？”

负责人说话间往大庾身上看了一眼，却见大庾背上驮着一堆难得一见的宝物，脸上的冷汗淌得更快了。

小兰花清了清嗓子，学着平日里东方青苍的模样，冷冷淡淡地说：“我今天想听裂锦之声。”

她唯一记得的和亡国妖姬有关的典故，便是这个了。

负责人闻言都结巴了：“裂、裂锦……这裂锦之声乃破碎之声，不、不吉利，怎能给姑娘听呢？小人知晓往东边走三条街，那处有个乐坊，丝竹之声不断，定有姑娘喜欢的曲子……”

“我不听曲子，就要听这裂锦之声。”小兰花说着，从大庾的背上跳了下来。

旁边的大汉一动，却被负责人拦住，他抹了把汗，说：“好，小的这便给姑娘取锦缎来，撕给姑娘听。”

“我自己选。”小兰花走进去，随手乱指，“我要听这匹布，还有那匹布……也不知道好布和差布撕起来有什么区别，今天我都听一遍吧。”

负责人终于变了脸色，哀求道：“姑娘，这可使不得呀。这些布，下月就要用上的……”

“你不撕给我听，我便自己撕。”她拍了拍大庾，大庾尾巴甩动，横扫过去。只听一片噼里啪啦的声音，晾布的架子瞬间塌了一半。

小兰花厉声道：“这些，都给我撕！”

负责人脸色难看至极，过了好一会儿方道：“今日姑娘听了这一片声音便回去？”

小兰花点头。

负责人挥了挥手，让护卫们去将那些被打下来的布尽数撕了。

一时间，唰唰的裂锦之声不绝于耳。负责人一脸青黑，小兰花也面无表情。待那一片布撕了个干净，负责人正要说话，小兰花又拍了拍大庾：“没听够，那边也要听。”她话音一落，不管负责人脸色多么难看，大庾尾巴一甩，另外一边的布也尽数倒了下来。

这下全布坊的人都停住了动作。

那一片的布料明显比方才那边的要好上许多。若是不出所料，那边应当全是给高官们做的料子。

负责人怒不可遏地看着小兰花：“你欺人太甚！”

小兰花心里有点发怵，但仍强撑着气势仰起脑袋道：“我就是看不惯魔界的人，就是欺负你们，怎么样！”

周边护卫躁动起来，大庾张嘴一吼，径直吹翻了几个护卫。只有离大庾最近的负责人依旧站在原地，他的眼珠子开始变化：“东方青苍嚣张便罢，一个女人也如此欺辱人，实在让人忍无可忍。”

大庾尾巴一卷，眼瞅着要打上那个负责人，那人却身影一闪，躲开了大庾的攻击。

大庾又要抽他，不出意外地又被躲开了。

不过两三个回合，那人离小兰花已越来越近，忽然之间，大庾一个疏忽，那人身影陡然消失，再出现时，竟然已经到了小兰花的背后。他高举起锋利的五指，挥掌向小兰花的颈间挠去。

但哪由得他得手。

狂风横扫而过，小兰花一转头，便见那人已经被刮倒在地。他费力地想撑起身子，却怎么也爬不起来。

大庾的尾巴尖上立着一个人，东方青苍的黑袍与银发一同飘舞着，他不看旁人一眼，就只直勾勾地盯着小兰花。

“想听裂锦之声？”他道，“正好，本座也一起听听。”

言罢，他转头道：“所有的布全都搬出来给本座撕了，一匹也不许留。”

那天，整座布坊里的布果真全部被撕成了碎条。东方青苍和小兰花一同回王宫的路上，两个人都没有说话。直到到了王宫，东方青苍才斜斜瞥了小兰花一眼，问：“你在给本座招怨恨？怎么，想借他人之手杀了本座？”

小兰花不说话。

东方青苍冷冷一哂：“不用你来，本座比你干得干净漂亮多了。”

他说的是实话，和她比起来，东方青苍才像是一个货真价实的……亡国妖姬……

便是在小兰花闹出这些事情后不久。

魔界对东方青苍的反对声多了起来，甚至有人意图到黑石碑前救下孔雀，但毫无意外地都被东方青苍无情诛杀了。

然而，来救孔雀的人还是与日俱增。像是所有的压抑与不满都积累到一个临界点了一样，在一个清晨，睡梦中的小兰花倏尔听到一声巨响。她睁开眼睛，往窗外一望，只见外面尘埃漫天。

小兰花下意识地将骨兰揣到了身上，凑到窗边一看——

王都发生暴乱了。

“就是今天。”她听见赤地女子的声音在她脑海里响起。

赤地女子这些天偶尔会用骨兰扎小兰花的脖子，小兰花的鲜血让赤地女子飘忽不定的灵魄慢慢变得稳固。这使得赤地女子的力量渐渐增强，甚至偶尔可以像现在这样在白天小兰花清醒的状态下与她对话了。

这对小兰花来说无疑是多了一个助力。

此时，听得赤地女子这句话，小兰花便问：“现在咱们就走？”

赤地女子道：“再稍等片刻，待东方青苍完全被混乱引住心神的时候再走。”

小兰花点头。

她们这边刚商量完，小兰花的房门便“吱呀”一声被推开了。东方青苍像平日里那样冷冷地站在门口，神色间并未因外面的混乱而有丝毫焦急。“今日别出王宫。”他对小兰花道。

小兰花一愣，然后点头：“嗯。”

东方青苍又看了她一眼，然后转身合门离去。

只是来确认一下她的安全的吗……

像她习以为常地依赖东方青苍一样，东方青苍现在也在习以为常地保护她吗？

但是，她却不能要他的“保护”了。她得离开，她得自己保护自己。

小兰花趴在窗户上看了很久，然后便听远方传来“咚”的一声。她循声看去，竟是在王都东边倏尔立起来一个巨大的黑色人形，目测有五六丈高。只听它仰天长吼一声，声动魔域。

小兰花看得目瞪口呆，问：“那是什么玩意儿？”

脑海中赤地女子的声音响起：“是魔界之人以魔力凝成的怪物。这么多天没动静，原来他们是在谋划这个。”

“这个很厉害吗？”

“魔力凝聚的怪物，只要魔力不散，它便不会死。他们定是在某个地方设了法阵，只要东方青苍找不到法阵，这魔物便不会败。对付东方青苍，这应当是他们所能想到的最好的办法了。”

闻言，小兰花不由自主地拳头一紧。她看着那魔物迈开了腿，一步一步向王宫这边踏来，每一步都让大地颤动。小兰花看得心惊胆战，忽然，一阵大风平地而起，刮向那远处的魔物。只见魔物脚步受阻，却并没有被风刮倒，他巨大的手臂猛地一挥，大风竟然慑于他的力量被整个儿掀了回来！

赤地女子连声道：“关窗户，蹲下！”

生死关头，小兰花的反应总是很快。她一把扣上窗户，抱头蹲在了窗户下面。

只听“轰”的一声，大风卷着魔力撞在窗户上。小兰花被这动静吓得连忙闭上眼睛。等了好一会儿，外面没了响动，小兰花才睁开眼，悄悄地推开窗户往外面一看。王宫之前的房子已经全部变成了废墟，只剩中间那个黑石长碑还静静伫立着。

外面倏尔传来大庾的叫声，挟带着杀气，白色的影子一下子便向远处的魔物冲去。小兰花定睛一看，发现东方青苍正站在大庾的头顶之上。

不过眨眼的时间，大庾便飞到了魔物身前。东方青苍手中烈焰长剑显现，赤地女子在小兰花脑海中道：“他们一开始交手你便跑，向着魔界的结界口，不要回头。”

小兰花屏息等着，时间像是拉长了一样，东方青苍手中长剑一振，挥剑对魔物的脑袋砍下去。

赤地女子在她脑海里一声大喝：“走！”

小兰花咬了咬牙，不得不挪开目光，推门冲了出去。王宫外已是一片兵荒马乱，小兰花趁乱发足狂奔，却还是情不自禁地仰头望了一眼空中还在与那魔物争斗的东方青苍。一如赤地女子所说，只要魔力不散，这个魔物就不会死亡。眼下来看，它与东方青苍你来我往，斗了个旗鼓相当。

一道杀气猛地飞来，小兰花赶紧刹住脚步。只见杀气撞在她身前的地上，留下了一道又宽又深的沟壑。

小兰花呆呆地抬头，虽然距离隔得那么遥远，虽然东方青苍的身影还在空中与魔物纠缠，但小兰花还是突然产生了一种直觉——在某个争斗的间隙，东方青苍的目光落在了她的身上，杀气凛冽。

小兰花一阵胆寒。她知道，一旦这次逃跑失败被东方青苍逮回去，不死也得半死……

不能耽搁了。

小兰花后退了几步，助跑着奋力一跃，跳过深沟，连身子都不及站稳，就踉踉跄跄地往前面跑。

头上落下来的魔力越来越多，小兰花猫着身子左躲右避。眼瞅着就要到结界边缘了，小兰花顶着一脸土，还没来得及绽放出一个欣慰的笑容，忽然之间，头顶砸下来一道恶狠狠的魔力。

挟带着东方青苍特有的火焰，在小兰花面前轰然砸下一道不可逾越的鸿沟。

与这道魔力一同落下的，还有那魔物痛苦的嘶吼声。

小兰花在深沟边缘险险停下脚步，探头往里一望，冷汗都下来了。

鸿沟深不见底，跳下去不知道还能不能爬出来。她又转头往旁边望，鸿沟绵延不绝，不知要跑多久才能绕开。

空中，那魔物痛苦的嘶吼声不绝于耳，小兰花手足无措，赤地女子倒是淡定，沉着地传授了她一套简短的法术，助她越过鸿沟。

小兰花满心混乱，好不容易磕磕绊绊地背了下来，正待实施，便听一声恶鬼一样的冷哼声凉飕飕地钻进了她耳朵里。

“小花妖。”

三个字，仿若噩梦里面才会出现的声音在小兰花背后冷冷地响起。

小兰花不敢转头，却不得不转头。

她的身后，那巨大的魔物通体都灼烧起来，将魔界的天染得像血一样红，映衬在东方青苍的眼珠子里，让与他对视的小兰花一颗心忽地沉了下去。

“你这是要跑？”

小兰花咽了一口唾沫：“我、我就出来逛、逛逛……”

“本座记得，交代过你不许出王宫。”

小兰花眼珠子往旁边转了转，拼命回想着方才赤地女子教她的心法。心里正在默念，东方青苍却忽然冷着脸向她踏近了一步。

压迫感迎面而来，小兰花下意识地往后退了一步。然而她身后就是鸿沟，这一步便一脚踩空，踏入了深渊之中。

一股失重感传来，她蓦地睁大了眼，毫无防备地往深坑里落去。

小兰花下意识地伸出手，东方青苍半点也没犹豫地迈步上前，一把抓住小兰花的手，将她的身体往怀里一拉，另一只手穿过她长及腰间的发丝，将她拦腰抱住。

他们并不是第一次身体相贴，小兰花却仍旧觉得尴尬与羞赧。她连忙要挣开东方青苍，东方青苍冷哼一声松开手。失重感再次传来，小兰花吓得连忙巴在东方青苍身上，再也不敢乱动了。

"跑？"东方青苍的声音中尽是嘲讽，"就凭你？"

小兰花被羞辱得默不吭声。

东方青苍手上一用力，小兰花只觉一阵天旋地转，然后就发现自己以一种熟悉的姿势被东方青苍扛在了肩头上。

他不再与她说话，因为此情此境也没有再给他说话的机会。不知道从什么时候起，土地里冒出了许许多多的魔物，正虎视眈眈地对东方青苍形成包围圈。

它们身上魔气萦绕，衬得脸上的五官时隐时现，异常狰狞。小兰花看得心里瘆得慌，可东方青苍毫不畏惧，迈步便走，与此同时，右手五指微动，烈焰长剑再次出现在掌心。

随着东方青苍的步步逼近，魔物们越来越躁动，然后在某一刻，它们像是突然接收到了什么命令一样，突然一拥而上。

小兰花紧紧闭上眼，将脑袋扣在东方青苍的背上。

她能感受到东方青苍挥手之时肩胛骨的动作，充满了力量，即便在重重包围中，也能给她十足的安全感。

只要和东方青苍待在一起，就会没事的。这是她长久以来潜意识里的想法，但是就在今天，她"背叛"了东方青苍。等东方青苍收拾完这些魔物之后，便该收拾她了。

小兰花脑中思绪纷杂，东方青苍手中的烈焰长剑一挥而过，红色火焰放肆地烧开，周遭那些魔物身上瞬间燃起了烈焰。小兰花紧闭着眼睛都能感觉到外面强盛的火光，她大着胆子睁开眼睛，见此情景不由惊呼："这是什么火？"

东方青苍轻狂一笑："想集魔界之力打败本座，本座便看看，他们有多少魔力够本座烧。"

魔物们声嘶竭力地惨叫着，小兰花听得毛骨悚然。东方青苍一边继续大步向前走，一边挥舞手中长剑。所过之处，那魔气凝聚而成的怪物纷纷灰飞烟灭。他根本不屑于去找赤地女子所说的那个法阵，他甚至不关心他们还会造多少魔物来袭击他。对东方青苍来说，兵来将挡、水来土掩，有多少敌人，他便杀多少敌人；有多少怨恨，他便承载多少怨恨。

东方青苍扛着小兰花一路行至王宫之前。黑石碑上孔雀那具残破的身躯已经不见了，东方青苍也不在意，踏上台阶，他连头也没回一下，迈进王宫之中。

只有小兰花撑着脖子远远一望，魔界王都，已是一片狼藉。大庾威风凛凛地在黑云压城的天空上游荡，宛如东方青苍的另一只眼睛，监视着地面上魔族之人一举一动。

魔界的第一场暴动就这样被东方青苍以一人之力血腥镇压了。

东方青苍扛着小兰花回到王宫，大门在小兰花面前轰然合上，小兰花心里想的，除了“魔界完蛋了”以外，还有“我也完蛋了”这个简单纯朴的念头。

东方青苍毫不客气地一把将小兰花丢到了她的床上。

小兰花立即翻过身来，拽住旁边的被子将胸口捂住，惊魂未定地看着面无表情的东方青苍。

东方青苍抱着手，目光轻蔑地道：“模样越养越丑，脾气和胆子倒是越养越肥。”

小兰花咬着唇不敢答话，东方青苍声音微冷地问：“说，是谁给你出的主意？”这句话正问到小兰花最害怕的点上，她惊恐地盯着东方青苍，只见东方青苍咧出一个轻蔑的笑，道，“看你这眼神，是惊于本座怎么猜到了有人给你出主意？”

他身子往前一倾，将小兰花整个儿罩住。他脸往前凑一分，小兰花的脑袋就往后挪一分，一点一点，小兰花躺倒在床上，东方青苍一只手撑在她身边，俯身压在她身上。他另一只手抓起了小兰花一缕头发，轻声道：“凭你的本事，根本冲不出结界。若非有人相助，怎么敢往那儿跑。”

小兰花瞪圆了眼睛，看着自己身上面色阴沉的东方青苍，不敢搭腔。

鬓边忽然一痛，是东方青苍拉扯起她的那缕头发，问：“是谁，让你离开本座？”

小兰花痛得直咧嘴，终是忍无可忍，冲口便道：“我想离开有什么错？”她想起前因后果，心里又是委屈又是气，耳鬓的疼痛更提醒了她眼前这个人的可恶，“我逃跑有什么错？我想活命怎么了？我不想死在你手里又怎么了？”

她的声音中有难以自持的哽咽。她觉得在这种时候哭实在没出息极了，于是又强力忍住眼泪，大声质问道：“难道我就该乖乖认命被你杀吗？你要复活赤地女子，你要了结你的上古执念，我就活该给你铺垫，当你脚下的石头吗？是！你力量强大，你是天上天下唯一的主角，活该三界的人都被你拉来陪葬，但你怎么能那么霸道，连陪葬品心里不情愿都不可以吗？！”

一通话说完，小兰花喘了两口粗气，眼眶红红的，鼻头红红的，但硬是忍住了没有掉眼泪。

东方青苍顿了顿，再开口，声音依旧冰冷，却多了一分掩饰不住的急躁。“行了。”他一把掀开小兰花捂在胸前的被子，“你不说本座也能猜到是什么人……”他一边说一边伸手去拉小兰花的衣襟，便在此时，骨兰猛地长出两条尖利的枝丫，向东方青苍的双眼扎去。动作之快，连东方青苍都下意识地回身躲避。

与此同时，小兰花脑海里赤地女子的声音响起：“跑！”

藤枝猛地扎在门口的地上，拉着小兰花飞到了门边。脑中赤地女子的声音霎时比方才弱了许多：“跑，见到赤鳞，心法……赤甲入行……”两句话后，赤地女子再无声息。

小兰花回过神来，用余光扫了一眼捂着眼睛没有动的东方青苍，然后拔腿就往大殿里面跑。

赤鳞仍在殿中，见到小兰花连滚带爬地跑过来时疑惑地站起了身。就在此时，那用东方青苍法力凝成的牢笼竟慢慢变粗，连成了一片。

小兰花不管不顾地喊了出来：“赤鳞！”

赤鳞的目光透过渐渐封死的缝隙看着小兰花，她连气都要喘不上来了，但还是大喊出声：“赤甲！赤……”赤鳞的眼睛猛地睁大，在牢笼即将封死的时候，小兰花几乎变调的声音终于传进他的耳朵里，“赤甲入行！”

心口上，已尘封了不知多少年的法咒忽然启动。

小兰花在这一瞬间，好像听到了一声心跳，但却不是她自己的心跳。

关押赤鳞的牢笼已彻底封死，小兰花撑着膝盖大口喘气。

失败了……

难道只能任由东方青苍羞辱与欺凌……

便在她灰心丧气之际，一道光芒破开了牢笼。

如同撕破黑夜的第一缕橙色阳光，慢慢地撕开屏障，照亮了小兰花的眼瞳。

与此同时，一道银发黑衣的人影形如鬼魅地闪到了小兰花身边。

东方青苍向小兰花伸出手，当他的手就要触碰到小兰花的手腕之时，小兰花倏地被另一道光芒缠住。

这些事不过发生在眨眼之间，小兰花转头看去——

赤鳞周身皆是橙色的光，小兰花甚至没来得及看清他的脸，便被他身上的橙色光芒包裹，有一道声音在她耳边响起：“赤鳞，已候吾主多年。”

随着话音落下，赤鳞的身影彻底消失，而小兰花身上多出了一层铠甲，闪耀着太阳一般的光芒。

在有关天地战神的传说里，赤地女子是这世上最接近太阳的女子。

她……穿上了赤地女子的……铠甲……

小兰花转过头，就见被东方青苍丢在角落里的朔风剑正在颤鸣。青蛇妖蛇甲铸成的剑鞘已不足以收敛朔风剑的寒气，周围的地面瞬间结上了一层厚厚的蓝色冰晶。

小兰花一伸手，那剑仿若有所感应，转眼间就自行飞到了小兰花的手上。小兰花握住剑柄，却感觉不到半分森气。它凉凉的、乖乖的，不像是上古神剑，而像是她手中的夏日凉饮……

小兰花抓住剑鞘，猛地一拔！

朔风长剑出鞘，寒气登时侵占了大半个大殿。

赤地女子的声音在小兰花脑海中落下一个虚弱的字："战。"然后便再无声息。

避无可避，躲无可躲，唯有一战。

小兰花盯着对面一直眯眼看着她的东方青苍，抬起朔风剑，剑尖直指东方青苍面门。"大魔头，这次我不跑了。"她道，"你不是想复活赤地女子再战一场吗，她不愿意复活，我便来代替她吧。"

小兰花用自己最强的气势道："反正你不让我活，我就和你拼了。"

赤鳞铠甲再现人世，朔风长剑杀气凛凛，这本是东方青苍最想看到的场面。

但是因为现在操纵装备的人不对，所以东方青苍心里竟没有生出半点再遇敌手的感慨，他只是用平静无波的语气问："小花妖，你现在，是在用剑指着本座？"

在弥漫的杀气当中，小兰花剑尖抖了一瞬。

但很快赤鳞铠甲上传来的力量便支撑住了她的手腕，小兰花强迫自己冷静下来，问："大魔头，你知道我的原身是什么吧？"

东方青苍眸光微动，并不说话。

"我是上古兰草，我有修复灵魄的作用，这些你也知道吧？"

东方青苍依旧沉默，但小兰花知道，他的沉默不是因为其他，只是默认而已。

她有些心灰意冷地道："大魔头，你一直把我留在这具身体里面，不是为了保护我，不是因为舍不得我离开，也不是心疼我孤魂野鬼四处飘零，你是想借用我让这具身体灵活起来。没错吧？"赤鳞支撑着她的手腕，让她手中的朔风剑直挺挺地指着东方青苍。

“你把骨兰给我，也不是怕有人伤到我，而是因为你把赤地女子的灵魄放在骨兰之中，想借用我的气息，修补赤地女子的灵魄。”

东方青苍不言。

小兰花深吸了一口气。其实在与东方青苍说这些话之前，她心里还可耻地期望着是赤地女子在欺骗自己，但东方青苍的沉默就像是命运挥舞着的巴掌，把她心里最后的那点念想“啪啪”地打碎了一地。

赤地女子没有骗她，一直以来，都是东方青苍在骗她。

一次一次又一次，从不停歇。

小兰花垂下眼眸，声音比刚才弱了些许：“如果我一直待在这个身体里面，身体会越来越灵活，赤地女子的灵魄也会越来越强大。但最后，我会消失在息壤里面，变成这身体中的一缕生机，这个事情……你也是知道的吧？”

等了半晌，还是没有听到东方青苍的回答，小兰花握着朔风剑的手掌紧了紧。

他要杀她，经历了这么多，他还是铁了心地要杀她。

“你这个……”她语调一顿，仰头再看向东方青苍的时候，眼中燃起了熊熊烈焰，“大浑蛋！”她双手握住剑柄，对着东方青苍迎面冲了过去。

朔风剑举过头顶，小兰花拼尽全力一剑砍下。东方青苍没有动，但当朔风剑眼看着就要落在他头顶的时候，一道结界凭空出现。朔风剑的寒气与炙热的结界碰撞，剑刃与结界交接的地方一会儿是火花，一会儿是冰晶，蓝与红在小兰花眼里交替出了纷繁的颜色。她紧紧咬着牙，透过这些光芒，怒视着东方青苍的眼睛。东方青苍也盯着她，没有言语。

他无法解释，也无权辩驳。因为小兰花说得没错，他就是这样安排的。

这是最快、最直接、最有效的办法。东方青苍几乎是遵循本能，自然而然地就这样做了。他之前从没有想过有一天，小花妖知道真相之后，当她质问自己的时候，当她将他的自私与算计赤裸裸地摆在他面前之时，他竟也会……无言以对。

良心与道德，那是什么玩意儿？他是魔尊，奉行强者为王。秩序是强者制定的，弱小的生命活该被人拿捏在手上把玩。这怪不了别人，只能怪被戏弄的人自身不够强大。

但是他从上古时期一直奉行至今的“行事准则”在小兰花一声声的质问中，

竟然有几分动摇了……

他感觉到用来束缚凡人的那些无聊的良心和道德像是拧成了一股绳子，将他的手脚绑住，让他心生不安，甚至……愧疚。

看着结界之外对他怒目而视的小兰花，东方青苍目光微微一转，挪开了眼神。与此同时，他轻轻一挥手，法力荡出，比起他对待那些魔物时，力道不知要轻上多少："还想好好过完剩下的日子，就给本座乖乖的。"

小兰花有赤鳞铠甲在身，受了东方青苍这记法力，却没有后退分毫。

还报复似的咬着牙把剑向结界里砍进了几分。

东方青苍有些愣神，对于自己的权威受到挑战下意识地起了点不满。他对小兰花或许有愧疚，或许有不安，但他仍旧是强势得不容他人反抗的魔尊。

"不要挑战本座的耐性。"他道，"把朔风剑放下。"

他一弹手指，比方才汹涌许多的魔力震荡而出，狠狠击打在小兰花的手腕之上。一阵剧痛传来，小兰花踉跄着后退了几步，险些将朔风剑扔在地上。

她捂着手腕，盯着东方青苍，眼中写满愤怒、委屈，还有不敢置信。

东方青苍不去直视她的目光，只看着朔风剑："乖一点，别让本座说第三次。"

"乖乖等死吗？"

小兰花的呼吸因为情绪激动而变得急促。"东方青苍。"她一个字一个字地唤他的名字，道，"你真不知道，有句话叫兔子急了也咬人吗？"

她将朔风剑换了一只手拿，抬剑架到了自己的脖子上。"放我走，不然，你的愿望和我的性命，就同归于尽吧。"

东方青苍眉梢一挑，道："打不过，就开始耍赖吗？"

小兰花不答。

东方青苍冷冷一哂："本座会听你威胁？"

小兰花猛地抬剑在脖子上一划。鲜血溢出她瓷白的颈项，有的流到了她衣襟里，有的溅在了她的肩头。小兰花疼白了脸色，朔风剑造成的伤口不仅仅是伤口，还有寒气随着血液侵入她的身体之中，让她的嘴唇泛起了乌青色。她浑身发抖，目光却一瞬不瞬地盯着东方青苍，就像一只不服输的兔子。她说："那就这样吧。"

小兰花想，死在自己手上，总好过死在东方青苍手上。既然他不让她好过，那大家谁也别想好过。她死了，如果有幸灵魄能飘到冥界去，这辈子再也见不到主子，也就算了；如果不幸，就此灰飞烟灭……

那还是只有算了。

左右想想，现在死了，比活着容易多了。她手上更用力，鲜血几乎染红了她半个身子。

东方青苍一时竟没有反应过来。

这个向来怕死怕疼、没出息极了的小花妖，竟真的拿剑抹脖子了……

只见她喉间的血越流越多，她的身体也像是撑不住了一样往地上栽去。

东方青苍这才陡然回神，身形一动，要去抢小兰花手中的朔风剑。但他刚一靠近，小兰花就猛地将朔风剑抽出。剑刃混着她的血，被用力往前一送，狠狠地扎进了东方青苍的心房之中。

朔风剑挟着寒气入体。在数不清的岁月之中，东方青苍的记忆深处，有一个画面随着伤口带来的疼痛慢慢浮现出来——

他被赤地女子用这把剑刺穿心房的画面。

眼前的景象最后慢慢与脑海中的画面重叠，只不过面前的人却换了模样。

不是那个威武耀眼的天地战神，而是一个脆弱又渺小，总是被他嫌弃，却又因为命运捉弄而不得不一次又一次地好好保护的女子。

东方青苍看着小兰花，见她眼中也有愕然与不敢置信的颜色。她颈间还在流着血，鲜血淌进衣襟里，几根细细的藤蔓从她的衣襟中探出来，攀上她的手腕，正牢牢地缠着她的手。

是……她的血液滋养了骨兰中赤地女子的灵魄吗……

所以……又被那个女人，用这把长剑，刺穿了他身体的同一个地方。

但是，不知道为什么，这一次，他心里的不甘与愤恨却没有上一次来得那么汹涌。他看着小兰花惊恐的脸，看着她苍白的脸色与乌青的嘴……

若非他大意，凭现在的赤地女子，即便能操纵一百个骨兰，也伤不了他分毫。

是他大意了，看见这个身体血流不止就忍不住大意了。

他对那个小花妖……

东方青苍伸出手，掐住了小兰花的脖子。

小兰花早已站立不稳，一推就倒。

她被东方青苍重重地压倒，手里的朔风长剑想丢却丢不掉，只能眼睁睁看着东方青苍胸口的血顺着长剑的剑刃，源源不断地流到剑柄上，又染红她的手掌。小兰花张了张嘴，却什么话都说不出来。这一次，东方青苍大概真的会杀了她……

但东方青苍放在她颈间的手始终没有收紧。他身体往旁边一偏，倒在了地上。

小兰花握着朔风长剑的手往后一收，长剑“唰”的一声，离开了东方青苍的心口。

东方青苍心口的伤处慢慢结出了寒冰，他呼出的气息在空气中凝结成白雾，睫毛之上也结出了白霜。

脑中响起赤地女子的声音：“小兰花，走。”

小兰花没动。

赤地女子有点着急：“这一剑未伤到魔尊心脉，以魔尊之力不过调息一个昼夜便可苏醒，你还不趁这个机会跑？”

她该趁这个机会跑的……

大地忽然震颤起来，或者说，并不是大地在震颤，而是东方青苍以法力凝造的这座王宫开始颤动。失去东方青苍的法力支撑，这座王宫根本就无法存在。

转瞬之间，整个王宫分崩离析！

东方青苍身体往下一沉，落在下面的废砖石上。这些砖石是当初被东方青苍毁掉的那个魔界祭殿。东方青苍躺在上面，如这些砖石一样颓废。

小兰花也摔在砖石之上，但她被铠甲保护着，并未受伤。

赤地女子唤她，像是她心里残存的理智一样告诉她：“小兰花，你得离开东方青苍，就像你得离开这具身体一样。他不是对你好的人，他不是值得你留恋的人。”

是呀，直到刚才，东方青苍都还让她乖乖待在这具身体里面，等着化为这身体里面的一缕生机呢。他是想害她的。

君非良人，卿心如何能许？

小兰花咬了咬牙，手脚并用地在废墟上爬了起来。

满目疮痍，一片狼藉。

一直在空中翱翔的大庾见势不对，急急飞了下来。见东方青苍躺在废墟之上，大庾用身体将他圈住，脑袋一转，看见一旁的小兰花已经爬出废墟，往魔界的结界处跑去。大庾担忧地嘶鸣出声。

小兰花头也不回，在大庾的嘶鸣声中一步也不停地往结界那方赶。

她怕自己一停下脚步就会再次对东方青苍心软，她怕自己因为担忧东方青苍被魔界之人偷袭而不再迈出脚步，她怕自己真的把自己作践得甘愿为东方青苍的那个执念……送死。

行至魔界结界之前，东方青苍先前以法力压下的深沟仍在，但此时却拦不住小兰花的脚步了。

她一路助跑，纵身一跃，借助赤鳞铠甲的力量，轻轻松松地跳过那条深沟，站到了结界之前。小兰花回头一望，魔界之中有黑色的气息在空中慢慢凝聚。王宫废墟那方，大庾的嘶鸣声响彻天际。

赤地女子的声音在脑海里响起，小兰花转过头，望着面前的结界，跟着赤地女子的声音，吟诵出声。

不消片刻，结界缓缓打开。在一片漆黑之中，慢慢透出星星点点的光芒来。慢慢地，光芒凝聚成了一个刚好够一人通过的门。

“走吧，小兰花。”

小兰花咬了咬牙，没有再回头，迈步踏出了魔界的结界。

跟着眼前的亮光走了一段路，周遭的黑暗慢慢褪去，人间的阳光和煦而温暖。小兰花回头一看，身后哪有什么魔界结界，不过是一片普通的树林子。脚下是野花与杂草，周围除了更安静些许以外，与人界其他地方并没有什么区别。

她是真真正正地从东方青苍身边逃开了。

心底一松，小兰花脚底一软，坐在了地上。

她抬手摸了摸自己黏糊糊的脖子，本以为会摸到一手的冰晶，但没想到伤口处还是柔软的皮肤，只是因为刚才割得太深而让皮肉绽开了。现在就连血都止住了。

伤没有她想象中那么重。

“小兰花，不能耽搁了。”赤地女子的声音在她脑海里说，“东方青苍虽已受伤，但力量仍不能小觑，魔界的人不见得能困住他。待他醒后，必定能料到你要去天界，你须尽快回去，让天界众人做好准备。”

赤地女子说得对，小兰花拍了拍脸，用朔风剑撑起身子，问：“我没有法力，你可以教我怎么去天界吗？”

“我教你御剑术。”

小兰花本来就是仙子，学起法术来倒也快。不过片刻，她已能站在朔风剑上，歪歪倒倒地飞起来了。在赤鳞铠甲与朔风剑的帮助下，小兰花的身形化为一道光影，如离弦的箭一般向天界飞去。

她以前看主子写的那些命格，无比憧憬能到下界走一遭。但当她真的在下界走了一回之后，却觉得这体验真是再糟糕不过了。如果可以，余生她只愿做司命星君窗台前的一盆兰花，每天晒晒太阳、淋淋雨露，听主子闲聊几句天上凡尘的趣事。

朔风剑行得飞快，转眼就到了九重天。经过南天门时，有天将上前阻拦，但小兰花心急着见主子，根本就不想与这两人周旋，朔风剑停也未停，径直从两人中间穿过。天将甚至都还没来得及反应，便被小兰花留下的寒风刮得牙齿打战。

两人愕然，面面相觑了一会儿才道："方才那是哪位大仙？"

"没看清啊……"

"她身上的气息有点奇怪啊，还是先往上头通报一声吧。"

小兰花哪管自己一路上惊吓到了多少仙人，一门心思往主子身边赶。待得终于赶到司命星君的府邸，小兰花停在门前，看着这扇熟悉的大门，她下了朔风剑，全然形容不出现在的心情。

推开门，院子里熟悉的气息还在。

想当初魔界的人为了救出魔尊，大胆犯上，攻上天界。天界一片混乱，她等了好久没有等到主子回来，只好自己出去找，在一片混乱中终于找到主子的时候，主子却说，这段时间，她是找男人去了！

小兰花当时觉得自己受到了忽视，心里委屈，赌气跑去了下界。

她本以为自己不过就是闹闹脾气，下界玩玩，她本以为过不了多久，她的主子就会来找她，然后好言好语地将她哄回来。没想到，兜兜转转，她竟然独自在外面绕了那么大一个圈子。

跨进门槛的那一刻，小兰花有一种被拐卖多年的儿童在各方帮助下，终于顺利回到家的感觉。

再次看到熟悉的院子，闻到熟悉的味道，小兰花一直以来压抑在心里的委屈终于从心头涌上眼眶，然后化作眼泪滴溜溜地淌了下来："主子……"

她站在原地号啕，却始终无人答应，小兰花以为司命还像以前那样在房间里睡大觉，连忙推门进屋，找了一圈。

屋子里收拾得干干净净……

不是普通意义上的干净，而是，椅子没了，桌子没了，连床榻柜子一并都没了。

小兰花被这空空荡荡的屋子吓住了，吓得红着眼睛都忘了继续哭。她走到司命经常伏案提笔的窗台前，用手指在窗台上轻轻一抹，指尖霎时沾染了一层厚厚的尘埃。

屋子里没人了。

司命星君……不见了。

小兰花左右望望，心里的委屈登时变为了无助与惶恐。

“主子……呜……主子？”她以为自己走错府邸了，于是又踉踉跄跄地往屋子外面跑。跑到院子外往门上一望，司命府邸的牌匾还在，她没走错地方。

可没走错地方，她主子去哪儿了呢……

小兰花急得在院里院外来回跑了好多次，还是不肯承认她主子不见了这件事。

便在此时，远处忽然传来一阵动静。小兰花抬头一看，是天帝身边的鹤仙使来了。他还是老样子，梳着整整齐齐的头发，穿着仙风道骨的衣裳，一派器宇轩昂的模样。

鹤仙使皱着眉头走过来，但看见小兰花这一身铠甲和她手中的朔风长剑时便是一愣，眼中泛起惊讶的神色。“兰花仙灵，你……”他上下看了小兰花一眼，她脖子上的伤口还在，身上也全是干了的血迹。鹤仙使愣了好半晌才道：“你这是去了哪儿？怎么了？你这铠甲与剑又是从哪里得来的？”

小兰花顾不上回答鹤仙使的问题，只指着空荡荡的院子，嘴里问出的问题比鹤仙使还多：“我主子呢？她去哪儿了啊？屋子怎么都空了？她搬家了吗？她和她男人私奔了吗？”问到最后一句，小兰花的语调忍不住有点颤抖，“她……是不是，不要我了啊……”

话音一落，眼泪就啪嗒啪嗒地掉在了地上。

鹤仙使被她一连串发问问得晕头转向，只好先将自己的问题放到一边，答道：“司命星君执意与上古妖龙在一起，但上古妖龙对三界威胁极大，是以……天帝如今将司命星君与上古妖龙囚禁在了万天之墟里面。”

“万天之墟？”小兰花呆住了，“为什么……为什么？你们为什么要关她啊……我主子那么好的人……”

“是司命星君自愿与上古妖龙一同被囚入万天之墟的。”

小兰花目光一空。

自愿？也就是说……

“我主子当真不要我了？”

见她一副失魂落魄的模样，鹤仙使咳了两声，复开口：“你这一身……我先带你去见帝君吧。”

小兰花哪管鹤仙使要带她去见谁，她现在像是被一棒子打晕了一样，脑海里不停重复着的只有一句话：她主子不要她了。

司命星君不要小兰花了。

她这个被拐卖之后历经千辛万苦回到家的儿童，一瞬间又变成了被家人抛弃的……流浪儿童……

人生的悲喜起伏，实在太大……

鹤仙使领着小兰花踏入了天宫殿。

天界百官皆在，战神陌溪立于武将首位，他的妻子三生则站在了司命星君原来该站的位置上。所有人的目光都凝在小兰花身上，神色不一，惊奇者有之，茫然者有之。

天帝眉宇间尽是凝肃。

“兰花仙灵，你这剑与铠甲从何处得来？”

对，她还有正事要做呢。小兰花深吸一口气，强行压住心底情绪，道：“是从大魔……是从东方青苍那里抢来的。”

此话一出口，大殿之上一片哗然。

第二十三章

诛仙

天宫殿满室寂静，众仙官皆沉默不语，只有小兰花一个人的声音在大殿里轻轻回荡。

小兰花垂头看着地，一字一句平铺直叙地把她这段时间的经历说了出来。她省略了许多自己与东方青苍之间说不清道不明的纠葛，但不管她怎么省略，这段时间和她相处最多的人就是东方青苍，她所有的事情也都是围绕东方青苍而展开的。即便她不说，脑海中也在不停地回忆那些画面。

那些走过的路、吵过的架，还有偶尔的几次“身体接触”。天宫的云砖在脚下氤氲出缥缈的雾气，小兰花便好像能在这雾气中看见当时的自己和东方青苍一样，她将这些话说完，脑海里也把这段时间的记忆回味了一遍，然后沉默了下来。

天宫里也跟着她的沉默而寂静下来，没有人说话。过了半晌，终是天帝先开了口：“依你方才所言，赤地女子而今便在此处？”

小兰花摸出骨兰，道：“在这里。”她又把朔风剑放下，正在纠结怎么脱下赤鳞铠甲的时候，赤鳞便像能与她心意相通一样，光华一转，自行褪了下来，平摊在地上。

“她的剑、铠甲、灵魄，就是这些。”小兰花说了这话后恍然发现，加上她这一具息壤的身体，东方青苍这一路上找到的东西，都在她这里了。

天帝将小兰花放在地上的东西扫了一遍，沉默片刻后，却问道：“魔尊而今重伤在身？”

小兰花愣了一瞬，回忆起离开之前回头望见东方青苍躺在那片废墟之上的样子，然后点了点头：“但不知道他什么时候会醒过来，大家得有所防备……”

话音未落，天帝摆手，打断了她的话。“上古之时，诸天神佛便是趁东方青苍重伤之际将他斩杀的。而今之机，切不可失。陌溪——”他沉声道，“十万天兵由你调遣，即刻出发，前往魔界，斩杀东方青苍。”

陌溪领命，转身离开天宫。众仙也无人有所异议，在天界众仙看来，此时确实是斩杀东方青苍的绝好时机。

若是以前的小兰花，只怕心头会雀跃庆幸还好天界尚有陌溪战神的存在，能杀掉大魔头，以安三界。但此时，看着陌溪迈着沉稳的脚步走出天宫，小兰花心里不知为何却是乱了一瞬：“等！等一下……”

小兰花这一声喊，让所有人的目光落回了她身上。她憋了好一会儿，才道：“其、其实守好天界便可以了……”

天帝眉头一皱，道：“东方青苍不除，他日必为祸三界，此事不得拖延。”

小兰花张了张嘴，却无话可说。

待陌溪离开，天帝的目光在小兰花身上扫了一眼，道：“至于你，息壤之躯，人造之体，乃逆天而为，此身不可留于三界。”

小兰花闻言，愣愣地抬头看向天帝，众仙之中也有嘈杂的异议声传出。天帝继续道：“上古兰草本已是销匿于世间之物，而你身怀修补灵魄之异能，亦不可留。须诛灭于三界中，以绝后患。”

这话太重，而天帝说得太容易，这让小兰花听懂了每一个字，却听不懂这句话的意思。

她呆呆地看着天帝，神色茫然。

位于百官之中的三生终是忍不住开了口：“诛灭于三界中可是魂飞魄散的惩罚，小兰花又没犯大罪，还将东方青苍重创，帮了天界这么大的忙，天帝你这般小气，不嘉奖她就算了，为什么还要杀她？”

天帝冷冷地往三生身上一瞥，三生也凉凉地回视天帝。

"上古兰草早该销匿于世间，而她尚残留，此为逆天之一；灵魄消散与否全看天命，她却有补魄异能，此为逆天之二；三界之中图谋不轨之人何止东方青苍，今日天界便是除了一个东方青苍，难保不会再有第二个、第三个东方青苍企图借助她的异能行恶事，若不诛她，如何绝后患？"

三生皱眉道："又是绝后患。你把司命和大黑龙关进万天之墟是说绝后患，要杀小兰花也是绝后患，但明明他们什么都还没做，天帝你却如此不讲理。"

"众卿家可也觉得朕此事行得不讲理？"

百官默了一瞬，一个站在三生身后的仙君先开了口："帝君顾虑三界众生，此乃大理。三生姑娘，你太过偏执了。"

根本没给三生再说话的机会，众仙人皆已点头附和。

小兰花站在大殿中间，脱下了赤鳞铠甲，她看起来十分单薄，而一身鲜血早已干成了暗红色，衬得她格外狼狈。满座仙人都赞同诛杀她，更是让她感觉自己站在这里，就是一个笑话。

她就像一粒尘埃，是生是死，从头到尾都没由她做过主。

东方青苍要她死，她觉得不公平，好不容易逃回来了。

但天界的人还是要她死。

还不如死在东方青苍手上呢，小兰花心里忽然涌出了这样一个想法。至少在东方青苍那里，她还能弄明白自己是为了什么而死。

"鹤仙使。"天帝威严的声音传来。鹤仙使会意，神色间有不忍，但最终还是压下情绪，向小兰花走来。三生想上前阻挡，却被身后的仙君拦住。

鹤仙使行至小兰花面前，小兰花仰头看着他，一双大眼睛里空荡荡的。鹤仙使别开目光，手中光华一转，眼瞅着就要将小兰花五花大绑，便在这时，还在小兰花手中的骨兰忽然一动！

一头生出藤蔓缠绕住小兰花的手腕，另一头猛地化为尖锐的刺向鹤仙使扎去。

赤地女子的声音在小兰花的脑海里响起："我操控不了骨兰多久，小兰花，穿上赤鳞铠甲，我们走。"

小兰花却没有开口。

骨兰与鹤仙使的法力相撞，力道极大，让小兰花径直摔坐在了天宫的云砖之上。云雾在她身边缭绕，她像是在问赤地女子，又像是在问自己："我能走去哪儿……"

东方青苍要杀她，天界众仙要杀她，她视为家的那个院子空了，她视为家人的主子也不在了。她还能去哪儿？

赤地女子一默，便在此时，金色的法咒将小兰花浑身缠绕起来，天帝居高临下地看着她，一挥手，这些符咒便将小兰花整个抬了起来。

“小兰花……”

“他们都想杀了我……”小兰花闭上了眼睛。

她感觉自己的身体被符咒拽出了天宫。她不知道自己要被送去哪里，她只认清了一个事实……

“他们都想杀了我。”

小兰花的声音里没有哭腔，却沙哑得像是被撕碎了一样：“我是不是像天帝说的那样，只有消失掉才是最好的？我根本就没有活下去的理由？”

赤地女子没有言语。因为小兰花的问题，她也没办法回答。

从大局来看，天帝说得在理。但是谁都有私心，她也有私心，否则，她也不会走到如今这步……

拉拽小兰花的力量忽然弱了下来。

小兰花只觉滚滚戾气扑面而来，周身的金色符咒撤去，小兰花睁开眼睛，立时知道了自己身在何处——

诛仙台。

天帝想将她推下诛仙台。

诛仙台下是三界最凶戾的杀气，即便是大罗金仙掉下去也逃不出来。这里的确是让她魂飞魄散的最好的地方了。

小兰花看着下面翻涌的戾气，心里涌出了绝望的情绪。她回头一望，身后什么人都没有，只有一道金色符咒凝成的墙向前推移着，慢慢贴上了小兰花的后背，然后推挤着她，推挤着……

脖子上那道本来已开始慢慢愈合的伤口此时也像是被戾气撕开了一样，重新渗出血珠。

骨兰还在她手上，赤地女子的灵魄还在骨兰之中，看来，天帝不仅是打算让她魂飞魄散，就连赤地女子，他也没打算放过。后背的符咒忽然化为一股大力，将小兰花一推。她整个人飞了起来，然后直直地往诛仙台下落去。

小兰花以为自己此时已经是心如死灰了的，但是……

当戾气刺伤她的眼睛，当尖锐的疼痛划破她的皮肤，当一阵阵窒息的痛苦在她胸腔里来回撕扯冲撞时，她感觉自己就像是一个老天爷玩腻了的破布娃娃，被随意丢掉，再没有谁会在乎她是否受伤，是否疼痛，是否能活下去……

小兰花忽然觉得止不住地委屈。

她挣扎了一路，和东方青苍斗智斗勇，那么拼命地要回到天界，因为她以为这里是她的家，可是……

戾气扎进小兰花的胸口，巨大的疼痛瞬间钻入骨髓。小兰花再也无法咬牙忍住这疼痛，终是哭出了声来。

但疼痛并不因她的痛苦而减少，而是继续撕扯着她的身体，好像要将她整个人碾磨成灰烬。她忍不住大声叫了出来："痛！好痛啊……主子……主子……"

脑海里那些往日的阳光与雨露，还有司命的轻言细语，此时皆敌不过鹤仙使的那句话："她是自愿去万天之墟的……"

司命是自愿去万天之墟的。

她不会再来了。还有大魔头……

大魔头也不会来。

小兰花捂住脸，在巨大的疼痛中，连哭泣也已经没了力气。她想这次大概是真的死定了……

就在小兰花彻底放弃希望之时，她忽觉手臂一紧，有一只手在绝望之中死死地抓住了她的臂膀！

她被往上一拉，然后一只胳膊紧紧地搂住了她的腰，带着她熟悉的力量与温度，将她锁在怀里，用温度包裹了她的四肢百骸，用蛮横的力量将戾气从她身体里面驱逐出去，让她摆脱了几乎令她丧失神志的痛苦。

一道屏障在她四周展开，隔绝了外面喧嚣的戾气，让小兰花陷入一种诡异的寂静当中。

她失血太多，浑身无力，若不是腰间的手支撑着她的身体，她此时只怕早已瘫软在地。

小兰花努力地想撑开眼皮，看清来人，但她可悲地发现自己竟然连脑袋也转动不了了。她用尽全力，也只能听清那人在她耳边咬牙切齿的话语——

"这笔账，本座回头与你慢慢算。"

大魔头……

又是他来救她了。

明明，他才是算计她最多的人。最终，他却也是救她最多的人。

如果还能有以后，那东方青苍想要她这条命，她就给他吧。左右，这条命本来也是他救回来的，是该属于他的。

小兰花的头无力地搭在东方青苍的肩膀上。她像受伤的小狗一样，在他肩上哽咽了两声，然后便失去了意识。

东方青苍血色的眼眸中似有冲天的怒火，比之诛仙台下的戾气有过之而无不及。

逃！有本事逃，却没本事保护自己！

东方青苍说不清此时心里到底是什么情绪，他只能将所有的情绪暂时按捺下去，右手一转，催动法力，抗衡着诛仙台下翻涌着将他往下拖拽的戾气，迅速往上逃升。

然而诛仙台万年积累的戾气，岂是这般容易抵抗的？更何况他先前被朔风剑刺伤，这么短的时间里，能醒过来已是奇迹，更别说调动这样强大的法力了。不过片刻，东方青苍心口剑伤之处便结出了冰晶，他神色却无半分变化，只是面无表情地将周身结界慢慢缩小，最后只在小兰花周身凝聚起一层薄薄的光晕，而他则全身都暴露在戾气当中，任由这些气息如剑刃一般划过他的皮肤。

这滋味着实不好受。

东方青苍瞥了一眼怀中的小兰花，她脸上身上全都是血。这天界里的神仙，居然让如此怕死又怕痛的小花妖，承受这般疼痛？

他们不知道他花了多大力气才做出这个身体的吗？他们不知道他费了多大功夫才将这只小花妖养到现在的吗？

当这只小花妖成天成夜谋划着要跑的时候，当她满心都在算计他的时候，当她突然捅了他一剑的时候，他，堂堂上古魔尊，都按捺住心绪没有杀她，但天界这群乌合之众居然对这只小花妖动手了？

东方青苍心头的怒火几乎要盖过周遭的戾气，他手中一紧，烈焰长剑出现在他的掌心。血色眼瞳中杀气一凛，他低喝一声，挥动法力向诛仙台下斩去。

蛮横的法力径直将下面翻腾的戾气斩出了一道缝隙，戾气拖拽的力量登时少了许多。东方青苍趁此机会身形一闪，抱着小兰花，转瞬便跃至诛仙台上。

诛仙台前已被十万天兵天将团团围住，天兵之上更有各仙家严阵以待。

想来天界是要倾尽全力来对付东方青苍了。

见东方青苍带着一身是血的小兰花自诛仙台下跃了上来，众仙人一阵嘈杂。这诛仙台，只怕是天帝跳下去也不能全身而退，而魔尊竟然还带了一个人上来……

东方青苍此时连眉毛都结了冰霜，嘴里呼出的气息尽是白雾，他却好似全然不在意自己的身体状况一般，气势逼人。

好似十万天兵，在他眼中根本不值一提。

他勾唇一哂，语气一如既往地轻狂："如今天界的兵倒是不错，能跟上本座脚步。"

身着银甲的战神陌溪静静站立于十万天兵之前，闻言淡淡一笑，道："承蒙魔尊夸奖。"话音一落，他腰间长剑已经出鞘。银色长剑映着天光，折射出耀人的寒光。

东方青苍见状咧嘴一笑，露出尖利的虎牙："你倒还有几分意思，只是……"东方青苍猩红的目光一转，落在了位于十万天兵之后的天帝身上，"本座今日没工夫与你耗。"烈焰长剑直指天帝，"你。"他脸上的笑容隐没下去，"给本座一个理由，为何推这小花妖下诛仙台？"

此言一出，众仙皆是一愣。

魔尊居然跑来质问天帝，为什么推小兰花下诛仙台？

他……在意的重点好像有点不对吧？

"违逆天道者自是该诛。"天帝冷冷地道，"花灵如此，你亦如此。"

这话听得让东方青苍笑了出来，但这笑却让人打心眼里发寒。"好啊，本座且看看，你要如何诛了本座。"

不再赘言，东方青苍手中长剑一挥，一道烈焰挟着强大的杀气向天帝横扫而去。

陌溪见状，长剑一指，身后天兵转瞬便列好了阵法。众人一声沉喝，集天兵之力于空中聚成一面巨大的护盾，将东方青苍这记杀气生生拦住了。

东方青苍冷冷一笑，长剑狠狠插在诛仙台上。他眉心红色的魔印陡然浮现，诛仙台登时裂开了无数裂缝。

察觉到他要做什么，众仙皆是大惊，然而要拦已是来不及，东方青苍邪恶又阴险地笑着，倏尔抽出长剑。只见诛仙台立时四分五裂，石块化为齑粉，轰然掉入诛仙台下的戾气当中。

与此同时，没有诛仙台为屏障，台下戾气翻涌而上，海啸一般向天界众仙扑面而去。众仙慌忙之中各自祭出法器以抵挡这灼人的戾气，陌溪忙指挥天兵们换了阵法。然而便是在这短短的时间内，戾气已经四散开来。

不少仙力微弱的仙子被这气息拉扯得尖叫出声。一时间，场面乱成一片。

天帝神色微变，只得祭出法器将诛仙台下涌上来的戾气堪堪挡住。

而东方青苍便在这一片戾气之中望着天帝冷冷地笑。他猩红的眼在戾气的遮掩之中显得更加神秘，让人难以估摸魔尊如今真正的实力；他的身影也在越来越多的戾气中慢慢变淡，只有他的声音如鬼魅一般飘在空中——

“违逆天道？本座便是逆了，你能奈我何？”

第二十四章

你要算计，就算计我，你要利用，就利用我

诛仙台下戾气翻涌，众仙自顾不暇，根本没有精力再去关注东方青苍。不过片刻，当天兵天将们与天帝、战神从戾气中回过神来的时候，天界范围内已再也感受不到东方青苍的气息了。

三界之大，不知魔尊会去向何方，待得此次他身体康复，此后怕是再难找到机会将其斩杀了……

天帝望着仍在戾气之中挣扎的天界众仙，眉头紧蹙。

小兰花不知道自己睡了多久，她只知道自己做了个梦。在梦里，司命和她说：“我不要你了，你就和东方青苍那个大坏蛋一起自生自灭吧！”

与往常不一样，小兰花这次没有哭。她只是站在原地，呆呆地看着司命，目送她的背影在黑暗之中越走越远。

她垂下头看着自己的脚尖。

她不伸手，因为她知道，自己伸手也留不下主子；她不开口，因为她知道，她开口只会让自己变得更像一只玩腻后被遗弃的宠物。

虽然小，但她也是有自尊心的。

她一个人在黑暗里站了很久，然后感觉寒意浸骨。她被冻得浑身发抖，抖着抖着，就把自己抖醒了。

睁开眼，小兰花看见的是天上那条长长的银河。她愣了许久，五感慢慢恢复，身下是坚硬而粗粝的石头，她感觉到冷，然后听到了不属于自己的粗重呼吸。

她往旁边一看，东方青苍正躺在她身边，一只手搭在她的肚子上，指尖竟是不正常的乌青色。顺着他的手臂往上望去，东方青苍的心口处结出了一朵朵蓝色的冰晶，像雪花一样美丽，却拥有比雪花更冻人的温度；他的嘴唇惨白一片，连脸上都结出了白色的霜；睫毛和眉毛都已被霜雪覆盖，让人看不清他本来的模样。

小兰花呆了好久，然后脑海里的回忆才慢慢浮现出子。

她被推下了诛仙台，是大魔头赶来救了她。在这之前，她用朔风剑捅了东方青苍一剑……

小兰花的目光再次落在他胸膛上结满冰晶的地方。

东方青苍的伤还没好……

他就是带着这样的伤把她救下来的吗？

三界之中，大概只剩下东方青苍会在意她的生死了。因为他要等她完全融入这个身体，化为这个身体里面的生机，至少要等到她的灵魄在这个身体里面……寿终正寝？

想到这个词，小兰花就觉得讽刺。

她活着的作用，就是给人家当药材，所以她一开始想逃离大魔头。哪承想到最后他却成了护着她性命的人。

小兰花仰望着星空，心里忽然想起了一句话——人生之中的际遇，真是不可揣摩啊。

想完了，她忽然发现，这是司命以前说过的话。小兰花又沉默了下来，隔了好一会儿，她觉得腰上面东方青苍的那只手实在是冰得让人受不了了，便坐起身来，想去周围找找柴火，生一堆火让东方青苍暖和一些。

但是没想到她刚刚动了一下，放在她腰间的手便是一紧。

东方青苍没睁眼，只有沙哑的声音响起来：“又想跑？”

他说话时呼出的寒气喷在小兰花的脸上，激得她瑟瑟发抖，起了一身鸡皮疙瘩。

“我想生火。”她开口，声音沙哑，听得她自己都呆住了。隔了好一会儿，她清了清嗓子，“我也想去找点水喝。”

东方青苍沉默片刻，却并未松开手。“此处虽乃三界间隐秘之处，但天兵天将未必便寻不到。你若要动其他心思，本座劝你，趁早打消。”

经历了这次的事，小兰花哪里还会有别的心思。“我不会跑了。”她道，“我会乖乖待在你身边的，哪儿都不去了。”

她也没有别的地方可去了。

她本来就是赤地女子制造出来的“药物”，现在也正是为了复活赤地女子，尽“药物”的职责。这也算是一个生命轮回，有始有终了吧。

东方青苍闻言睁开双眼。睫毛上抖落了白霜，他血色的眼瞳静静地盯了小兰花一会儿，然后将手从小兰花的腰上拿开了。他说：“东南方三里地外，或有水源。”

言罢，他身形一转，平躺在了地上。

小兰花撑着地站起身来，走了两步恍然觉得不对。自己先前被推到诛仙台下，应该是满身的伤才对啊，为什么现在……她看起来好像没什么大碍呢……

她回头望向东方青苍。

东方青苍仍旧闭着眼睛，久未听见小兰花离去的脚步声，他开口道：“又怎么了？”

“大魔头，”小兰花问，“你帮我疗伤了吗？”

“不然呢？”东方青苍声调略带嘲讽，“你以为你已经厉害到可以在诛仙台下转一圈还毫发无伤了吗？”

小兰花动了动手指，垂头道：“大魔头，我知道你对这个身体这么好，是因为你对自己很好，因为你想完成你的愿望。”她声音很轻，“但是，你每次这样做……每次对这个身体这么好的时候，我都会有一种错觉，会以为，你其实是在对我好来着。”

东方青苍沉默。

“所以你下次，能不能先提醒我一句啊？让我不要再有什么奇奇怪怪的期待了。”她低声道，“因为每个期待都是假的，这实在是一件让人恐怖又绝望的事情。”

小兰花说完，转身就走了。

回来的时候，她手里捡了不少柴火。她看了一眼东方青苍，这才发现，在他躺下的地方，地面都已经结上了一层霜。

朔风剑的威力如此强大……

小兰花摸了摸自己的脖子，那里还有她自己用朔风剑割开的伤口，但是已经快要愈合了。又是大魔头吧……在她刺伤他后，他掐住她的脖子，当时她以为东方青苍是气极了要杀她，现在才醒悟过来，原来是……在救她。

还有什么好说的呢。她这条命，理所当然该是东方青苍的了。

小兰花把柴火堆到东方青苍身边，开始钻木取火，但是手心都要磨破皮了也没钻出一点火花来。倒是刺啦刺啦的声音闹得东方青苍皱起眉头，他轻轻哼了一声，下一秒，柴火堆上就燃起了熊熊烈火。

小兰花坐在火堆旁边，火焰驱赶了东方青苍身上飘过来的寒气，让小兰花温暖了些许。

她抱着膝盖望着跳跃的火焰发呆。这几天发生了太多事，让她的脑袋都有点转不过来了，她只能慢慢消化、慢慢梳理。

她以为自己在接下来的一整夜时间里都不用再说话了，但没想到躺着的东方青苍却挑起了话头。他声音中有些嫌弃，又有些嘲讽："你主子呢？你被推下诛仙台的时候，你那神通广大的主子可是也在那群仙人当中？"

小兰花不说话。

她的沉默却让东方青苍有些沉不住气了。他睁开眼，却因小兰花脸上的神色呆了一瞬。

她望着火堆，火焰在她漆黑的眼瞳里跳跃，但却像是根本就没有到达她的眼底深处。她的目光空洞、麻木、茫然且无助。

东方青苍突然像是心尖上最柔软的地方被人踹了一脚一样，疼得让他自己也有些摸不着头脑。他的语气由方才的嘲讽变成了恼怒："他当真在那群仙人当中？"

小兰花把膝盖抱得更紧了些。"主子走了。"她声音淡淡的，"她不要我了。"

东方青苍的心尖上又接二连三地被踹了好几脚。

他一直自认是个可恶的人，此时在他心里，那个素未谋面的天界司命星君却可恶得超过了他自己。

他感到克制不住的焦躁与烦闷："他去哪儿了？"忍了忍，还是冲口而出，"若是你乖乖地待在本座身边，三日后，本座帮你找他。"

话一出口，东方青苍就觉得自己脑子出了毛病。

他兀自沉浸在对自己的唾弃中，小兰花却只淡淡地往火堆里丢了一根柴火，道:“主子是自愿走的，我不找她了。”

东方青苍一默，心情莫名地更糟糕了起来。他皱着眉头闭上眼，声音冷淡:“随你便吧。”

小兰花便当真不再开口说话了。

这一沉默便一直沉默到了第二日午时。

太阳当头高照，小兰花的火堆还在呼呼地燃烧，她还在对着火堆发呆。但呆着呆着，小兰花就觉出四周的寒气在渐渐加重。

她搓了搓手臂，往火堆边凑了一点，但寒气如影随形地附了过来。小兰花往旁边一望，这才看见闭目静躺的东方青苍嘴里竟然又开始呼出白气来了，且明显比之前的白气更加厚重。

小兰花愣了一会儿，然后赶忙爬起来，跪在东方青苍身边伸出手想去触碰东方青苍。但手指都还没有碰到东方青苍的皮肤，小兰花便觉得一阵刺骨的寒意通过她的手指头一溜烟地扎进了她的血脉之中，如冰般彻骨。

小兰花顿了一下，依旧固执地把手伸过去，擦掉他唇上的白霜。她道:“大魔头？大魔头你怎么了……东方青苍！”

忽然间，东方青苍鼻端呼出的白气不见了。小兰花登时吓得不轻，连忙伸手去探他鼻息，又不顾东方青苍身上几乎要冻掉她手指头的寒冷，摁住了东方青苍的颈项。

但是一点动静也没有。

东方青苍一点还活着的动静也没有。

他就像死了一样。

小兰花脸上的血色如同瞬间被抽干了一样。“大魔头。”她唤道，“你看看我……你动一动……”她垂头看向他的心口，却见蓝色的冰晶自他心房处慢慢蔓延。小兰花跌跌撞撞地扑回火堆边，将燃烧着的火堆挪到了东方青苍身边。燃烧的火苗几乎将东方青苍的衣服点燃，但东方青苍身上的蓝色冰晶仍以肉眼可见的速度迅速没过他的胸膛，漫上了他的脖子。便在小兰花努力给火堆添加柴火的时间，那些冰晶已经完全将东方青苍的身体包裹住了。

像一具为东方青苍量身定做的棺材，将他整个人都埋葬在了里面。

小兰花愣了一会儿，像突然失去了全身力气一样在他身边跪坐下来。

她不知道他受的伤原来这么严重。东方青苍在她面前从来都是那么强大，好像就算受了再重的伤，也可以用一根手指头将她捏死。

可现在……

他大概是要死掉了吧。

“大魔头……”小兰花轻轻触碰东方青苍胸膛上的蓝色冰晶。手指头像要被冻掉了一样，冷得让人心颤，小兰花却不肯收手，反而把整个手掌都贴在了东方青苍受伤的胸膛上。

她看见泪珠一滴一滴地落在自己的手背上，然后滑落到冰晶之上，被冻成一粒粒冰珠。她活像是传说中的鲛人，泣泪成珠……

“哭丧吗？”

忽然间，一道熟悉的声音在小兰花耳边响起。小兰花一愣，迟疑地转过头，东方青苍正凉凉地看着她。

他脸上的冰晶在慢慢褪去，露出了他本来的面庞。就在小兰花愣神的工夫，就连他胸膛之上的冰晶也化了。小兰花的手便一下落在了他受伤的心口处。

东方青苍眸光动了一动，又道：“以为我死了，喜极而泣？”

小兰花像不认识东方青苍一样盯着他看了许久，突然咧嘴笑了出来：“是……是啊。”她一边笑，一边掉眼泪。依照东方青苍的审美来看，这个又哭又笑的表情丑极了，但是不知道为什么，他看着这样的小兰花，却陡然觉得心头一暖。

下一刻，小兰花猛地扑在他身上，一把抱住了他。唇边的笑容隐没，全部化作眼泪流了出来：“大魔头，大魔头……”她一声一声地喊着。

东方青苍无奈地道：“怎么了？”

“我以为连你也不在了……”

东方青苍沉默着，任由小兰花在他脑袋边连哭带蹭。

“你要算计就算计我，你要利用就利用我好了。我不怕利用，也不怕算计了，你别抛下我。”

东方青苍听到这话，觉得自己是应该高兴的，这本应该是他想要的结果。但耳边是小兰花的号啕大哭，身上能感受到她身体颤抖的弧度，东方青苍忽然就觉得，他不想那样了。

这个小花妖，就该精神奕奕地站在他面前，气呼呼地看着他，然后和他斗智斗勇。

而不是像现在这样，哭得这么绝望……

小兰花慢慢稳下情绪，终于放开了东方青苍，但手指还是悄悄地绕住了东方青苍的一缕头发。好像这样抓着他，他就不会再被冰晶包裹住了一样。

“大魔头，你刚才怎么了？”

“朔风剑身为神剑，正气十足。每日午时，乃天地间正气最足的时候，正气会与朔风剑残留在本座伤口上的寒气相互呼应，从而使冰晶结满本座身体。”东方青苍说得面无表情，就好像不是他的身体一样，“三日之后，此等寒气便再伤不了本座了。”

也就是说，这三日之内，东方青苍在正午……是不能被任何仇敌发现的。

否则，以东方青苍那样的状态，他一定会被他的仇敌化为齑粉。

小兰花与东方青苍在原地休息了三天。

第三日午时，东方青苍如前几日一样浑身渐渐遍布冰晶。小兰花已经提前在他身边烧起了火堆，将东方青苍整个身体都包围在里面。

这倒不是为了给东方青苍保暖，毕竟有了前几天的经验，小兰花已经悟出来了，不管怎样点火，东方青苍该冻还得被冻。她将他围起来，只是为了不让东方青苍身上的寒气扩散出来。

在诛仙台下走过一遭后，小兰花的皮外伤虽然被东方青苍治得七七八八，但是对于寒冷的抵抗力好像还是弱了不少。

布置好火堆，小兰花坐在一旁将脑袋放在膝盖上，呆呆地看着东方青苍。

今天已经是最后一天了，等东方青苍醒过来之后，他会带她去做什么呢？

东方青苍想复活赤地女子，虽然现在骨兰还在小兰花的衣服里面揣着，但是赤地女子的灵魄好像也在诛仙台下受了不小的影响，迄今没再出现过，骨兰也如同死物一般寂静。

一场诛仙台的劫难，好像将小兰花周身的东西都杀死了一样……包括她的希望。

她也不打算再为自己这条性命挣扎了。她决定就这样乖乖地跟着东方青苍，乖乖变成这具身体里面的一缕生机。时至今日，小兰花不得不承认，东方青苍说得没错，这是对她来说最仁慈的死法了。

小兰花仰头看了一下太阳，知道这最后一天正午即将过去。

便在此时，大地一颤。

小兰花开始还以为是自己的错觉，但紧接着，大地的颤动让火焰都弹跳了一下。小兰花察觉到了不对，她抬起头望向四周，但还没等她看出什么蹊跷，忽然之间，在离她不足三丈的地方，一道身影破土而出。

小兰花猛地睁大双目——

来者竟是魔界的军师，孔雀！

“魔尊可真是让小人好找啊。”孔雀笑着瞥了一眼小兰花，然后目光落在被冰晶封住的东方青苍身上，一双妖媚至极的凤眸里尽是疯狂的报复欲望，“听闻魔尊在身受重伤之际离开魔界，前往天界，我还以为魔尊是不想活了。没料到，竟然是去追这个小丫头了。”

孔雀的目光落在小兰花苍白的脸上，冷冷地笑道：“堂堂魔尊，竟然沉溺于上古时期的个人恩怨之中，实在让我等失望至极。救出魔尊既是我做出的错事，如今，便仍由我前来了结吧。”话音一落，孔雀以扇子掩住脸面，周身黑气凝聚。小兰花几乎连思考的时间都没有，下意识地一脚踢开东方青苍身前的柴火，扑到了东方青苍的身上。

她的动作没有丝毫犹豫，以至于孔雀都没有反应过来，便一掌击在了小兰花的肩头上。小兰花发出一声闷哼，只觉剧痛钻心。但在经历过诛仙台下的生死一刻后，她觉得这样的疼痛，咬咬牙也是能忍住的。

因为就算叫疼，就算软弱，她又能给谁看呢。

她现在是没有依靠的人，也是注定被遗弃的棋子。

“倒是好笑，分明只是个借息壤而存的复制品，竟然会救魔尊。”孔雀在小兰花身后冷笑，“也好，那我便先杀了你，再让魔尊去陪你。”

小兰花回头看了一眼东方青苍，他脸上的冰晶已经开始慢慢消退了。她咬了咬牙，忽略背上的疼痛，挡住东方青苍的脑袋，转身盯着孔雀。只见他手上的黑气凝聚，小兰花道：“虽然不知道你是怎么找到这里的，但你现在是一个人吧？否则，以你之前的伤势，没必要亲自动手。”她顿了顿，“被钉在黑石碑上示众的感觉，应该不太好受吧？”

孔雀的目光因为小兰花的话变得阴毒起来。

小兰花知道，被以那样的方式挂在黑石碑上如此长时间，对习惯了高高在上的孔雀来说，恐怕是他此生最大的败笔。“你是不是很害怕大魔头呀？所以只敢趁他重伤昏迷时偷袭，行如此不光彩的手段。”

孔雀扯了扯嘴角，冷冷一笑：“臭丫头还想拖延时间。”言罢，他再不听小兰花的话，手一挥，一记黑气擦过小兰花，径直打在了她身后的东方青苍的腹部。

只听“咔”的一声，东方青苍尚结着冰晶的腹部裂出了一条裂缝，然后裂缝扩大，分裂出许多细细碎碎的小细痕。小兰花大惊，却见孔雀手下已积聚了更大一团黑气。

来不及思考，小兰花展开双臂，挡在了东方青苍身前。

透过浓郁的黑气，她看见孔雀露出胜券在握的笑容。

“再见，魔尊。”

言罢，黑气如同一条巨大的黑龙一样，呼啸着向小兰花与东方青苍冲来。

小兰花拦在东方青苍前面，一丝一毫也没有让步。煞气扑面而来，她紧紧地闭上了眼睛。

忽然，腰上一紧。紧接着，一道火焰墙猛地自地里钻出来，堪堪挡住孔雀的黑气。

小兰花垂头便看见自己腰上多了一条强而有力的手臂，身后贴上来一个结实的胸膛。

耳边传来东方青苍好整以暇的声音：“本座还没去找你，你就自己撞上来了。”他一笑，露出锋利的犬齿，“本座就喜欢你这样主动来找死的家伙。”

孔雀脸色大变，不等他反应，东方青苍已经冷哼一声，挥手燃起熊熊火焰，瞬间包裹住了孔雀。

孔雀周身黑气大盛，竟勉强抵挡住了东方青苍的火焰。他整个人都陷入黑气之中，突然，东方青苍微不可察地皱了下眉，火势登时小了许多。与此同时，黑气骤然消失，随之不见的还有孔雀。东方青苍松开小兰花，神色轻蔑地道：“暂时饶他一命。”

小兰花回头看了他一眼。可以看出他伤势尚未痊愈，动用魔力仍旧十分吃力。这大概也是东方青苍不去追逐孔雀的原因。

“他怎么会找到这儿来？”小兰花心有余悸地问。

“不是冲着我们来的。此地上古之时乃本座休憩之地，本座与赤地女子一战也是在此处。时至今日，此处仍旧有本座与赤地女子的斗气残留，极有利于魔族之人养伤。这才是孔雀出现在这里的原因。”他说着，突然皱起眉，“你肩头受伤了？”

“嗯，但是已经不痛了。”

“伤口处的息壤变灰了。”东方青苍蹙眉道，“伤口太大，得用新的息壤来补。”

小兰花沉默着。东方青苍一时也没说话，隔了好一会儿才森然道：“下次再遇上孔雀这妖物，本座定要让他魂飞魄散于三界之中。”

小兰花并没有接东方青苍这句话，而是岔开了话题：“但是已经没有息壤了。”

东方青苍缓缓地勾起嘴角：“本座是没有，但总有人还有。”

小兰花这才想起，当初在千隐山时，千隐郎君还剩了一部分不足以再捏造一具身体的息壤。

东方青苍的意思是……他们要再去洗劫一次千隐山吗……

小兰花忽然觉得千隐郎君还挺可怜的。

身怀异宝，又回护不能。

第二十五章

别保护我，别关心我，别对我这么好

距离小兰花与东方青苍离开千隐山已经有一段时日了。

小兰花趴在东方青苍背上，望见云雾下方千隐山的模样，心里忽然起了几分感慨。

她走到如今这个地步，还不如当初就让东方青苍将赤地女子的灵魄直接放进这具息壤身体里面。她那时就该魂飞魄散的，倒省得日后折腾，受这些伤心苦楚。

东方青苍是全然不知道小兰花心中想法的。他立在云头上，不过稍加探查，眨眼便知晓了千隐郎君所在的位置。没有半分耽搁，东方青苍径直俯身而下。

千隐山上依旧看得出那次翻天倒海的大战痕迹，要完全修复，恐怕还要数年。只有千隐郎君的庭院勉强恢复了七八分往日盛景。

“妖市的人可都赶走了？”

“上一批赶走了。”黑影人在千隐郎君身边俯首道，“今晨又发现了几个妖市盗贼自东岸游上来，属下已派人去收拾了。”

千隐郎君用手指在桌上敲了敲，冷冷一哼：“待我千隐山结界再成之日，定叫这些宵小之辈悔不当初！”话音刚落，千隐郎君目光倏尔一凝，“谁？”

一记杀气随着他的声音震荡出去，在空无一物的空中不知撞上了何物，猛地炸开。尘埃落定后，东方青苍的身影慢慢浮现，背上还趴着小兰花。

小兰花跳下来。东方青苍的手掌一直若有似无地扶着她，直到她完全站稳，他才抬头正视对面神色凝肃的千隐郎君。

“千隐郎君，许久不见。”东方青苍露出恶劣的笑容，“看来你的日子过得并不太好。”

小兰花看了东方青苍一眼。如今千隐山饱受妖市之徒困扰，应该就是因为东方青苍之前画给妖市商人的那张航海图吧。

毁了人家的山，掀了人家的房子，又让贼时不时地惦记人家家里的宝贝，现在还要高高在上地嘲笑人家一番，待会儿估计还得抢人家的东西。

东方青苍真是坏到骨子里去了。

小兰花无论如何也想不明白，她到底是为什么，又是从什么时候开始，竟然喜欢上了这样的坏蛋。

黑影人戒备地拦在千隐郎君身前。与之前不知道东方青苍身份时不同，此时的千隐郎君全然没心思在他面前装高深、打哈哈。他上下看了东方青苍一眼，发现他气息虚浮。但即便如此，千隐郎君也不敢造次。

上一次的教训实在是太痛彻心扉了。

千隐郎君直奔主题，冷声问道："不知魔尊此次前来，有何贵干？"

东方青苍笑话看够了，倒也不磨叽，径直道："给我剩下的息壤。"

小兰花一愣，她肩上受的伤有这么重？她可是记得，当初她将东方青苍捏的那个男人身体变成女人的时候，可是剩下了不少息壤的。就算不够再造一个人，造半个也绰绰有余了。

千隐郎君也是一愣，他看了看小兰花，蹙眉道："阿兰受了什么伤，何须那么多息壤？"

东方青苍漫不经心地挑起眉："本座有必要向你说明？要么沉岛，要么交出息壤，你选一个吧。"

那黑影人果不其然被东方青苍的态度激怒了，大喊："魔尊你欺人太甚！"

东方青苍勾唇一笑："哦，你们现在还不知道本座的作风？"

黑影人怒而拔剑，却被千隐郎君拦住。"魔尊，并非我千隐山人小气，而是息壤本就所剩无几，我如今所制身体皆是以陶土混合息壤而成，若无息壤……"

东方青苍轻蔑地看着千隐郎君，道："本座可有说过想了解你的难处？"

千隐郎君接下来的话就说不下去了。

东方青苍明显失去了耐性："息壤和千隐山，本座只给你这两个选择。"

看着千隐郎君青黑的脸，小兰花心生不忍，拽了拽东方青苍的衣袖，小声道："或许用不了那么多……"

东方青苍瞥了她一眼，"没你的事。"他回收了目光，周身的气场登时变得压抑起来，"看来这座千隐山，到底是不该继续立于这人世间。"

黑影人身形一动，却被千隐郎君死死拦住了。

在强者的世界里，只能按照强者的规则来生存。

千隐郎君闭上眼，深吸一口气，终是点了头，道："我会交出息壤。"

黑影人大惊："主上！"

千隐郎君盯着东方青苍，说："不过我有个条件。"

东方青苍道："讲。"

"先前我布于千隐山山中海底的迷阵被魔尊所破，而后不知何方小人将千隐山航海图卖于妖市奸人手中。"他话音一顿，看着东方青苍。东方青苍却像是全然未觉千隐郎君是在骂他一样，神色不变。千隐郎君只得接着道，"如今为防我千隐山再被宵小骚扰，恳请魔尊相助，护我千隐山不再受外界打扰。只要魔尊应我此事，我便将剩余息壤尽数奉上。"

东方青苍一哂："这还不简单。"

言罢，他咬破拇指。鲜血溢出，滴在土里，东方青苍手中烈焰长剑蓦地现身，剑尖插入土中。烈焰烧沸土中鲜血，如蛛网一般向四周扩散。但这火焰却不似平时那样满是杀气，所经之处，草木无伤。

烈焰消失在视线当中，没一会儿，天空中陡然出现了一个极大的法阵，映着地上火焰的光，转了一周天之后，消失了踪影。

"此后五百年，定不叫影妖之外的任何生灵入你千隐山。"

他语气狂妄，可说出来的话没有人不信。

千隐郎君深深一揖，道："谢过魔尊，在下这便去取息壤。阿影，你先带魔尊与阿兰去休息。"说完，果然转身离开。

待得黑影人将小兰花与东方青苍领到房间，他一走，小兰花便转头问东方青苍："这么容易就把息壤给咱们了，千隐郎君会不会有什么阴谋？"

东方青苍转头看她，说："脑子倒是比以前会转了。"

小兰花一怔，然后垂下头道：“被坑多了当然要学会转。”

房间里霎时静默了一瞬。东方青苍别开头，不再看小兰花的表情，只道：“他只要把息壤拿来，至于其他，有什么本事，尽管使出来便是。”

到傍晚的时候，千隐郎君便将剩余的息壤带了过来，比当初小兰花走的时候看见的要少一些。这也可以理解，毕竟这段时间，千隐郎君也在依靠息壤过活。如果现在将息壤全部拿走，那千隐郎君……

小兰花抬头看向千隐郎君。

千隐郎君感受到她的目光，只是笑了笑，转身离去，并无他言。

其实仔细想想，千隐郎君从头到尾也没有对她做什么不好的事情。他也不过是为了更好地活下去。

小兰花绞了一会儿手指，刚想开口说话，东方青苍便像是已经读懂了她的心思一样，抢先道：“没有息壤他也不会死。”他一边说着，一边捏了一团息壤下来。本来因为生气充足而来回晃动的息壤到了东方青苍的手里登时变得像面团一样乖巧。他用手指拨了拨小兰花的衣襟，说：“脱掉。”

面对东方青苍这样的命令，小兰花已经能够很坦然地接受了。她解开衣襟，露出受伤的肩膀，然后看着东方青苍将手中的息壤贴上她的伤口。

本来已经没有了痛感的伤口忽然有了感觉。一股灼痛感由伤口钻入血脉，然后流经四肢百骸，最终回归到心脏。

慢慢地，灼痛褪去，小兰花开始感觉到东方青苍比常人温度更高的手掌贴在她肩头。

“影妖本就不需依附实体而活。依千隐郎君的修为，像那黑影人一样生活是全然没有问题的。息壤对于他来说，不过是一个夙愿罢了。用你们天界天帝的话来说，他此举，也是违逆天命之举。”

伴随着东方青苍的声音，他掌心的温热像是也流进了她的心里，却比方才更加灼烫，灼烫得炙烤人心。

“所以，小花妖，别为无关紧要的人担心，他们过得或许比你好。”

小兰花垂眼看着窗外的阳光将她与东方青苍的影子投射在床榻之上。他们的影子挨得这么近、这么亲密……

“大魔头，”她忽然开口，“害怕我胡思乱想、关心我的心情，这样的体贴……是不是已经超过你应该关心的范畴了？”

东方青苍眼眸微抬。

“你只要关心这个身体的健康就够了。”小兰花道，“你别对我……好。像之前说的那样，我会想多的。”

东方青苍沉默着将覆在小兰花肩头的手掌拿开。那处的皮肤已经恢复如初，光滑水润得像块白瓷。

东方青苍自己都没有察觉到，他的指腹在小兰花的肩头上留恋了一瞬间。

明明只是一块息壤，但一旦到了这个人的身上，却好似忽然有了吸引他的神秘力量……

“好了？”小兰花转头问。

东方青苍回过神，冷淡地转开眼，站起身来。

“暂时没问题。再过几天，它便能完全融入你的身体之中了。”

小兰花点了点头，然后看着剩余的息壤，奇怪地道：“还剩这么多，你要拿它们做什么？”

东方青苍也盯着那团息壤，没有说话。就像是……他也不知道自己要那些多余的息壤来做什么一样。

小兰花对于东方青苍常常忽略自己的话已经习以为常了。换作前些日子，或许她还会噘着嘴抱怨两句，但现在她已经完全没有这个心情了。

因为现在她常常忍不住想，她还能在这具身体里待多久，她还能拥有多久的“自我意识”，她还能用自己的眼睛、自己的大脑注视东方青苍多久……

或许是房间里太寂静，或许是东方青苍打量息壤的眼神过于奇怪，小兰花终于忍不住开了口：“大魔头。”

东方青苍转过头，鲜红的眼睛里映着她的身影。

小兰花的衣襟忘了拉上，雪白的肩半露着，一双忽闪忽闪的大眼睛盯着他，声音里带着受伤之后尚未恢复的沙哑：“大魔头，你真的非要让我为了你的愿望死掉不可吗？”

东方青苍只是静静地看着她，没有说话。

小兰花想了想，强撑起笑容，问：“有没有一种可能……你有没有想过，放下你的执念？”

东方青苍仍旧只是看着她，眼睛里似乎是一潭死水，从未有过波动。

小兰花嘴角动了动，笑容终于是撑不下去了。“我知道是我想多了。”她微带讽刺地一笑，这个笑容比刚才要自然多了，“我之前以为我已经想通了，生死由命。但是……”小兰花伸手，抚摸自己方才被东方青苍触碰过的肩头，“但是你太温暖了。大魔头，我大概不是兰花妖，我可能是飞蛾妖吧。即便到现在，你给我一点点温暖，我也还是想往你身上扑。以前我问过主子，为什么飞蛾要扑火？主子说，这是它们的设定。大魔头，遇见你，大概也是我的设定吧。

“所以啊，你还是别对我好了，别过度地保护我，别关心我心里想什么。你这样……”小兰花苦笑，“你这样，哪里还有个坏人的样子啊……你会让我变得越来越舍不得这条命的，舍不得消失在这个世间，舍不得和你在一起的时间……

“你这样不行啊。”她颓然地捂住脸，“做坏人，哪能做成你这样……”

小兰花咬住了哭声，但是她的眼泪还是渗过她的指缝流了出来，滴落下去，然后被另外一只修长的手接住。

泪珠在他的指腹上绽开了花。东方青苍依旧沉默着，但是他的另外一只手却不由自主地捂住了心口。

朔风剑造成的伤口已经愈合，照理说他是不会再感觉到疼痛了。但是，现在这里的感觉，却又是怎么回事？

翌日清晨，小兰花刚醒，尚在迷迷糊糊间便听到屋外东方青苍在与人说话：“千隐山可有关于息壤造肉身的书籍？”

“有是有，不过，魔尊既能以息壤直接塑造人体，想来我千隐山的书，魔尊大概都是看不上眼的。”千隐郎君的声音传来，“莫非，魔尊还想用剩余的息壤，再造一具身体？”

小兰花闻言，刚才还像糨糊一样的脑子瞬间清醒了许多。她坐起身来，不自觉地凝神探听屋外言语。

东方青苍的声音中带着他一贯的高傲轻蔑：“本座如何行事，何须告知于你？”他道，“给你半个时辰。”

外面默了一会儿，千隐郎君倏尔轻笑一声：“好，给你就是。”他的身影走过窗户，侧目一望，正巧从打开的窗缝中瞥见小兰花有些呆怔的脸庞。千隐郎君脚步一顿。

小兰花目光微转，落到千隐郎君脸上，却见千隐郎君眸中神色变幻，终究沉下面目，转身对还站在门外的东方青苍道：“要在下给书没问题，拿走息壤也可以。魔尊你要再塑一具身体，天下无人可拦你。但魔尊须记得，息壤此物，天生带有生气，普通灵魄要融入我这样三天一换的身体里都极其艰难。息壤的比重越大，则灵魄越难以进入，轻则被排挤在外，重则……被其中生气撕扯至魂飞魄散。”他遥遥望了小兰花一眼，“所以，在下好心提点一句，不管魔尊造这具身体要给何人用，切记先探探那人的灵魄能否承受住这股力量。”

千隐郎君说完便转身离开了。

小兰花摸了摸自己的脸，心里想，千隐郎君大抵是猜到了东方青苍要息壤，是为了再造一具身体给她用。

这段时间魔界把东方青苍要复活赤地女子的消息传遍了天下。千隐郎君只消稍稍动动脑子就能知道，她这个完全用息壤捏出来的身体，一定是给赤地女子的；而另外一个只能用一半息壤掺和一半陶土捏成的身体……是打发小兰花的。

东方青苍能在这个时候想到打发她一个身体，其实小兰花还是有点感动的。至少在所有人都要她死的时候，这个魔头还在想办法让她可以活下去。

她大概可以认为，东方青苍是有点喜欢她的吧。

可听千隐郎君那话里的意思，她这个灵魄，约莫是再经不起一次与息壤生气的对撞了。

其实仔细想想，她这一路走来还真是经历了不少事——

她这灵魄，从一开始能和东方青苍抢身体，到拖着快烂掉的谢婉清尸身走了大半个月，然后抢了息壤的身体，压制了息壤里澎湃的生气，还治愈了藏在骨兰里面的赤地女子灵魄，最后还在诛仙台下挣扎了一圈。到现在，她居然还能吊着命，等着自己化为这个身体里面的一缕生机。

她本来的灵魄到底是有多强大啊，才能撑到现在！

可也仅限于现在了吧……老天爷眷顾了她，但不会一直眷顾她。

回头就算东方青苍用剩余的息壤做了个身体出来，她也不能像之前那样压制住息壤里面的生气了吧，或许还会……魂飞魄散。

但，又有什么可怕的呢？

反正她现在也是在往魂飞魄散的路上走呢。最坏不过如此，只要有办法，就一定得试。

东方青苍走进屋里，目光落在小兰花的脸上。四目相接，小兰花抢在他开口前道：“大魔头，如果你能再捏一个身体，如果我还能安稳地待进去，不管那个身体能用多久，你去哪儿都带上我好不好？我保证不给你添麻烦。”

东方青苍沉默。

"因为，到时候我好像只能待在你身边了。"小兰花道，"唔，如果不成功的话……如果不成功的话，你也别急着把那具身体毁了。虽然是个女的，但还是可以留给千隐郎君嘛，他应该不会嫌弃。他们影妖一辈子连个身体都没有，就像下界的仙灵到九重天上打工一样，连个住处都没有，孤苦飘零，也挺可怜的。"

听着小兰花像交代遗言一样认真地说出这些言语，东方青苍的嘴角微微抽了两下。

他突然伸手捏住小兰花的脖子，然后在她反应过来之前，俯身一口咬在了她的脖子上。

小兰花能感觉到东方青苍尖锐的牙齿咬破了她的皮肤，微微的刺痛感传来，他唇齿之间像是有奇怪的热力，顺着血液慢慢流遍她的四肢百骸，最后又回到东方青苍嘴里。

东方青苍舔了舔尖锐的犬齿，然后皱眉看着小兰花。

小兰花眨巴着眼回视，问："怎么了？"

"你近来嗜睡？"

"嗯，离开诛仙台后，我就变得有点嗜睡，但不是很严重。"天界诛仙台一战后，东方青苍睡了三天三夜，然后打跑孔雀、马不停蹄地赶到千隐山。东方青苍本就不是心细之人，因此直到此时方才觉出不妥。

小兰花有些忐忑地问："你这样的表情，是在说，我没救了？我没多少时间了，对吗？"

东方青苍岔开话题，向小兰花伸出手。

"骨兰给我，今后也别戴了。"

小兰花一愣："可是骨兰里有赤地女子的灵魄。她的灵魄在诛仙台下也受了重创，到现在为止都没有和我说过一句话。我得用气息养着她。"

东方青苍皱起眉头，显得有些不耐烦。

"给我。"

小兰花却对这个问题异常执着，像是能通过这个问题得到一个什么答案一样。她说："你不要我养她了吗……"

话音未落，东方青苍径直上手去抢。然而这边手还没有抓到小兰花，忽然大地一晃，小兰花抬头望着东方青苍，问："你又要沉岛？"

东方青苍眉头微蹙，望向窗外。只见半空中东方青苍立的结界正在闪闪发光。东方青苍冷冷地勾了勾唇："敢对本座的法阵下手。魔界这群后辈，真是蠢到了极致。”

“魔界？”

小兰花稍一动脑子，便明白过来了。先前孔雀跑了，但是他知道东方青苍有伤在身啊，对于魔界的人来说，这是除掉东方青苍的好机会，他们怎么会放过？

小兰花望向东方青苍的心口：“你的伤……”

东方青苍目光轻蔑，对于小兰花的话根本懒得回答，只道：“待在这儿别动。”

他拂袖而去，跨出房门后，房门前忽然红光一闪。小兰花知道，是东方青苍在屋子周围布下了结界。

看着东方青苍挺拔的背影，小兰花心里不知为何，忽然莫名地一紧，好像东方青苍走了就再也不会回来了一样。她唤了一声：“大魔头！”

东方青苍不知是没听到还是懒得搭理，头也不回地离开了。

小兰花盘腿坐在床上，望向窗外，眼看着外面的结界在不停地遭受撞击，大地也跟着震颤不止。

小兰花忧心忡忡地叹了口气。

便在这时，屋子里忽然飘来一股奇异的花草香。小兰花眨巴了一下眼，就见撑开的窗户忽然“啪”地合上，房门的门闩也莫名其妙地插上了。

床前白光一闪，紧接着，一个人出现在了小兰花面前。

“你是……”小兰花瞪大眼睛看着他，“妖市主……”

坐在轮椅上的男子望着小兰花，目光温柔。

“兰花仙子，我来接你。”

“接我？为什么？”小兰花往窗外望，“你怎么能进这里？”

“东方青苍的结界是拦不住我的。”忽然间，大地又是猛烈一颤，妖市主却像是感觉不到一样，对小兰花伸出了手，“在魔尊身边总是免不了打打杀杀。兰花仙灵，与我走吧。”

小兰花直往床角缩，说：“我还是……想待在这儿。”

妖市主望着小兰花，他的目光中流露出执着，甚至是……偏执。“我这可不是在与你商量。”话音一落，小兰花陡觉身体一紧，竟被一股无形的力量拉拽到了妖市主身边。小兰花惊骇地道：“你到底要做什么？”

“我要你陪在我身边。”

伴随着他这句话语，小兰花只觉四周一黑。她的身体宛如被拽入了万丈深渊一样不停地往下坠，然后她就什么都不知道了……

黑暗，无边无际的黑暗。奇怪的是，这样的黑暗并没有让小兰花感觉到冰冷，相反，她周身像是被柔软的棉被包裹住了一样，暖暖的，让她忍不住沉溺其中。

如果一直都这样，也没什么不好的。没有争执，没有威胁，没有恐惧和害怕，她就这样一直飘着……

“小兰花。”

可是有人在叫她，声音模糊而遥远，但语气中的担忧，她能感觉得到。

“别沉睡。”

“谁？”

“小兰花……别睡……”

声音越来越近，小兰花终于分辨出来，这是赤地女子的声音。

“我好累，你别说话，让我再睡一会儿。”小兰花和她打商量，“我什么事都不想知道，也不想思考，让我睡下去……”

“再睡下去，你就醒不过来了。”

这句话像是一记重锤一样砸在小兰花的脑袋上。她一个激灵，猛地睁开了双眼。

刺目的阳光登时照进她的眼瞳当中，让她下意识地用手挡住双眼。被阳光刺激出来的眼泪从眼角滑落。除了眼睛的刺痛外，小兰花还感觉到身体里有一股奇怪的疼痛。

明明只是从一场梦里面醒过来，但是她的心跳却格外地快，呼吸也急促得不同寻常。

好半天后，她才平稳了呼吸，慢慢适应了外面的阳光。她嗅到空气中的花草香，然后看到了眼前翩然飞舞的蝴蝶。

小兰花坐起身来，一个简单的动作，却让她浑身乏力。

不对，不是乏力，而是……她对这个身体的操控变得有点僵硬困难。

大概是因为刚才睡得太久了？

小兰花想站起来，但挣扎了半天也没能成功，正无奈之际，旁边忽然响起了骨碌碌的木轮声。小兰花一转头，妖市主坐着轮椅，在她面前停下。

他看着她，眸光中带着小兰花看不懂的期待。

小兰花眨了眨眼，这才想起来她在千隐山被妖市主掳走了。这里……小兰花上下左右一看，如果她没记错，这里便是在妖市湖底，妖市主造出的幻境里面。

“已经过去五天了，你竟还有自我意识。”妖市主的声音中有难掩的失落。

小兰花一惊。

五天……她明明感觉自己只是昏睡了一会儿，竟然已有五天了吗？难怪她会觉得这般气虚无力，本来离她消散在这个身体里的时间已经近了，这五天一耽搁，她约莫是没几日可活了。

也难怪刚才在梦里，赤地女子会对她说再睡下去就永远醒不过来了。

不过……等等！

这个妖市主怎么会知道她的身体状况？

“你……到底是什么人？你捉我来，想干什么？”小兰花开口，声音绵软无力，不过情绪激动地说了两句话，她便有点控制不住地胸闷心慌。

妖市主笑了笑，一抬手，一只紫色蝴蝶停在了他的指尖。他盯着蝴蝶，悠悠然开口：“我现如今是昆仑妖市之主，曾经……”妖市主指尖微颤，蝴蝶翩翩飞去，“曾经是赤地女子的徒弟。”

小兰花呆住。

妖市主轻笑，“天界不许这事流传下来罢了。毕竟……”妖市主的目光追着在花丛间翩然而舞的蝴蝶，漫不经心地道，“我与师父之间的关系，在天界众人看来，是十足的大逆不道。”

“你……喜欢赤地女子？”

“喜欢？”妖市主笑得咳了起来，过了好一会儿，才停下来，“从师父收我为徒至今，我所执着的任何事物，都是因为她。阳光清风、春草野花，她是让我爱这些东西的唯一缘由。兰花仙灵，你将我这样的感情，称为喜欢？”妖市主顿了顿，自己道，“我对师父，是病态的偏执。”

小兰花默了默，由衷地道：“你对自己认识得很深刻。”

妖市主对小兰花的话毫不在意，只道：“所以你也别期望东方青苍能找到你，将你带走。我不会让任何人，再将我与师父分开。”

小兰花愣了一下，然后忍不住嘀咕：“东方青苍也是想将这具身体变成赤地女子的。你都等了这么久，何必在乎这几天呢……”

妖市主转过头，意味不明地道："你再待在东方青苍身边，这具身体就指不定会变成谁的了。"

小兰花一呆，问："什么意思？"

妖市主不再理会她，推动轮椅要走。小兰花扑过去想抓住他，让他把话说清楚。但是在小兰花碰到他的轮椅之前，便被一股力量禁锢在了地上。

妖市主头也不回地往远处而去，声音随着他的背影渐行渐远："你最好什么主意也不要打，我不想因为你，伤了师父的身体。"

待得妖市主的身影彻底消失，束缚住小兰花的力量登时撤走。她摔坐在地上，飞花落了她满身。

妖市主就这样把她抛在这里了……

小兰花举目四望，除了漫山遍野的花草，其他什么东西都没有。此地看起来生机勃勃，却让小兰花感觉格外空寂。她垂下头看着手心里的花瓣，脑海里陡然划过一个画面，是她之前梦到的，在简朴的小院里，一个男子亲吻着树下沉睡的女子。梦里面男子的面容与方才的妖市主的脸重合，小兰花揉了揉额头，原来是他。

原来他就是梦里的那个"阿昊"。但好奇怪，如果说他是阿昊，那小兰花梦里的那个女子就应该是赤地女子才对。但梦中女子的模样为何与她之前在昆仑山里看到的那个冰雕的模样不一样……

不过，现在也不是在乎这些事情的时候吧……

她已经是命不久矣的人，想想怎么过好剩下的日子吧，想想东方青苍能不能在最后这段时间，找到她……

小兰花垂头看着自己的手，她动了动手指，感觉五指诡异地僵硬。

她叹息着仰头躺下，看着天上白云朵朵飘过，眼皮渐重。理智提醒她，现在不能睡，如果再睡过去，指不定醒过来就是多少天后了，更甚者，她根本就不会再有醒过来的那一天。

但撇开理智，在小兰花心底却有个强烈的声音在对她说：睡吧，反正已经这样了。

终于，小兰花闭上了眼睛。

梦中的黑暗还是那么温暖，小兰花在黑暗中飘着，不知过了多久，她倏尔看见星星点点的光芒。小兰花歪着脑袋一打量，发现那可不就是赤地女子吗，她又出现在自己梦中了，用这样完整的模样。想来是赤地女子的灵魄已经恢复得差不多了吧，而她现在……

小兰花伸出手，看了看自己的手掌，透明且苍白。

“你可以再见到你徒弟了。”小兰花对赤地女子说，却见赤地女子眉头皱得更紧。小兰花奇怪，“之前赤鳞说你不想重回三界，看来是真的，为什么呢？”

“我的劫数，还没历完。”

“劫数？”

赤地女子犹豫了一会儿，道：“上古与东方青苍一战，为了求胜，我以秘法改造自己的身体，使得自己的面容、身形皆换了模样。秘法使我的力量能在短时间内与东方青苍匹敌，代价却是我的生命……那一战，若无阿昊偷袭东方青苍，我本打算与东方青苍同归于尽，但是……”赤地女子眉目微垂，“阿昊偷袭东方青苍成功，却也被他重创。我无心再战，救下了阿昊，却也让东方青苍逃脱。”

她说的，小兰花当初在千隐山的幻阵里面都看见过。当时赤地女子刺伤东方青苍之后追随着阿昊的身影而去，而东方青苍则趁机逃跑，虽然之后，诸天神佛还是趁他重伤，将他诛杀……

“阿昊受了东方青苍一击，周身筋脉尽断，灵魄涣散，几近灰飞烟灭。我强行禁锢住阿昊的残魂，取兰草炼药为他修补灵魄。但兰草畏生气，我尝试多年而无果，眼看着便要留不住他，这时你出现了。”

小兰花面色怅然。

“彼时你尚且稚嫩，我不敢贸然使用，便将你养在阿昊床头。日复一日，阿昊灵魄渐全，只待你成熟，便可入药助阿昊服下，但彼时天帝却知晓了我的举动，为此震怒。”

小兰花点头道：“能猜到。”回忆起在天宫的那一幕，小兰花仍旧有点心凉，“当时的天帝一定是说你逆天行事。”

赤地女子颔首：“天帝令我即刻毁了你，并打散阿昊的灵魄。可花费了如此多的心思，我怎舍得……当时我的身体被秘法改造之后又与东方青苍一战，早已大不如前。若是天帝动强，我根本无法护阿昊周全，于是我将你隐于人界荒野，藏阿昊于昆仑冰窟，立朔风剑于他身边，以剑气护他身体不毁不灭。再之后……天帝捉住了我，命我交代阿昊以及你的下落，我不肯，天帝便责令我历万世苦难劫数，让我世世皆被至亲至爱背叛。”

“啊……”小兰花恍悟，“所以谢婉清被那个男子杀了……”

每一世都被至亲至爱背叛，这还真是……

小兰花道："天帝这一家子，从古至今，都没出过什么好人。"

赤地女子笑了笑，继续道："赤鳞为我不平，却被逼堕魔，最终落得囚于昊天塔之中的结果。"

赤地女子说着这些旧事，面上没什么表情，小兰花却听得心惊。明明是和她有关的事，她却半点也不记得了。

赤地女子说将她隐于人界荒野，也不知是如何在机缘巧合之下，司命才得了她，将她带回天界。所以，司命也是不知道她的真正用处的，难怪动不动就威胁她要拔了她去喂猪……

"如果是这样，"小兰花盯着赤地女子说，"那现在阿昊能让你活过来了，你应该高兴才对啊，为什么不想再见到他呢？"

"小兰花，现在离这些上古旧事已经很久远了，久远得能让阿昊自己从昆仑冰窟里面醒过来，然后独自一人在这人世间走过了漫长的时光。我历的劫数，也已经数不清到底过了多少，还有多少了。在这样漫长的岁月里，他却一直没有找到我，也探不到我的灵魄，找不到我的踪迹，你可知是为何？"

小兰花摇头。

"天帝其实没有说错，我的确是逆改了天命，所以这是天罚。除开东方青苍这个天地间的异数，没有谁能让我和他的命运再次串联起来。我和他注定生生世世都错过，在我万世劫难历完之前，即便再相遇，也注定没有好下场。我吃过违逆天命的苦了，实在没有勇气再去面对那未知的后果。不如就这样吧，我继续历劫，他继续在人世间寻找。找着找着，便总有死心的一天，总有开始新生活的一天。我不想……再让他陷入危险之中。"

"可他……已经招惹了东方青苍。"

"你是在千隐山消失的，彼时攻击千隐山的全是魔界之人，东方青苍不会猜到是阿昊动的手。"

小兰花想了想，好像的确是这么回事。"但是如果你用这具息壤的身体重新活过来，那东方青苍不是早晚会知道是妖市主阴了他一把吗……"

"所以，"赤地女子神情严肃地道，"我不能活过来。"

小兰花沉默下来，怎么琢磨怎么奇怪。别人都是抢着活，怎么到了她这儿，好像大家都抢着死呢……

这感觉很微妙啊……

在被推下诛仙台之前，小兰花是无论如何都想活下去的。因为那时她心中还有挂念，还有主子、有天界，还期待着过完了这段苦日子，生活就会变得好起来。

但是生活并没有好起来。

她失去了主子、被天界抛弃，这段苦日子过完了是下一段苦日子。唯一能让她安心的地方是东方青苍的身边，但是东方青苍骗过她太多次了，她没办法再相信他。

大魔头之所以还留着她，只是因为还没到时间让她死。就算他偶尔善心大发，想让她活下去，那也只是偶尔，到了要牺牲她的时候，东方青苍一定二话不说地将她踢出去。

所以，这样让人没有期待的人生，过一天是一天吧。赤地女子说她不想重回三界，那她就听她的，再努力多活些日子，但是……

“我的意愿并不重要。无论我求生还是求死，我的灵魄迟早都是要消散在这具息壤的身体之中的。”

“去冥界。”赤地女子道，“将我的灵魄送回去。而只要一踏入冥界地界，你的灵魄就可脱离息壤身体，你亦可随我再世。”

再世……

听起来倒是个不错的提议。三生姑姑以前和她说过，一碗孟婆汤，可以洗掉所有的记忆，那时她觉得孟婆汤挺可怕的，但现在想想，忘了这些破事儿也没什么不好。

“好，我们去冥界。”小兰花干脆地答应下来，然后眨巴着眼睛问，“可我现在被困在妖市主的幻境里面，你有办法帮我出去吗？”

赤地女子微微一笑：“自是有的。阿昊的法术，可都是我教的。”

赤地女子的身影渐消，周遭的黑暗退却，小兰花再次嗅到了花香。她睁开双眼，捂住自己的胸口，心跳又变快了。她抹了一把头上的虚汗，撑着身体坐了起来。

骨兰在她胸口轻轻地扎了一下，小兰花将骨兰取出来，它长出藤枝，缠在小兰花手上，然后向前伸出一条长长的枝丫。小兰花跟着枝丫所指的方向，迈步而去。

简朴的小院前，妖市主静静地看着身边飞舞的蝴蝶。一个紫衣女子缓步而来，妖市主没有回头，只淡淡地道：“蝶衣，你说，待师父醒来，她会怎么看待你们的存在？会不高兴吧？”

蝶衣微微一怔，没有说话。妖市主倏尔冷下眉目，在虚空中一挥袖，微风被扬起，随即毫无预兆地化为风刃，摧枯拉朽地将空中翩然飞舞的蝴蝶尽数撕碎，徒留一声声凄厉的惨叫在空中回响。

没一会儿，连这些声嘶力竭的惨叫也消失了。蝴蝶残破的翅膀散落在地上，宛如颜色诡异的飞花。

明明是在遍野花草之中，空气里却尽是肃杀与死寂。

蝶衣站在妖市主的身后，看着地上的蝴蝶残肢，眉眼空洞，毫无情绪波动。妖市主转头看向蝶衣，然后向她伸出了手。蝶衣俯下身子，让妖市主抚摸到了她的脸颊。

“蝶衣，你倒让我有点舍不得。”

她跟了他数千年，却只能换一句舍不得……

蝶衣垂下眉眼，没有任何情绪地道：“蝶衣有幸。”

妖市主松开了她：“先说说吧，什么事？”

蝶衣站直了身子，说：“东方青苍为寻兰花仙灵，已掀了整个魔界，如今杀到天界去了。”

妖市主笑开了：“他的身体倒是经得起折腾。这几天几夜打打杀杀的，都没个消停。”妖市主眸光微凉，“朔风剑的伤，还没好全吧。这样的情况下贸然冲上天界，无非两个可能，一是想死极了，二是……”妖市主的手指在轮椅上轻轻敲了两下，“他是去寻天眼了。”他轻笑，“想开天眼看看那天到底是谁带走了兰花仙灵吗……”

蝶衣眉头微皱：“主子，若是被东方青苍找到天眼……”

“无妨。”妖市主摆了摆手，“我筹备多年，妖市结界，不至于如此没用。让东方青苍来便是。”他垂下眼眸，语调诡谲，“待他到时，师父已回来了，他又能如何。”

妖市主说着，掌心一转，一朵白色的花自他掌心出现，而花蕊中心赫然藏着一个世界。

漫山遍野的飞花，无边无际的草原。

小兰花正迈步向前。

妖市主沉默地看着花中的画面，突然眸色一沉，道：“她……见到师父了……”

蝶衣立在妖市主身后，听到这声呢喃，不由一愣。可不等她有别的反应，妖市主的身影忽然消失。轮椅上只落下了那朵白色的花。

蝶衣在旁边静静站了一会儿，然后上前捧起白花，护在胸前。她坐在妖市主的轮椅上，闭上眼睛，发出了一声长长的叹息。

在白花之中的世界里。

妖市主的忽然出现让小兰花一惊。在她反应过来之前，妖市主已经扑上来，抓住了小兰花的手：“你见到她了是不是？”他眼中的神色近乎狂乱。

小兰花被他这模样吓得不轻，想往后退，却被妖市主死死抓住，他手指用力得几乎要将她的手腕折断：“你见到她了，她出现了吗？她现在能看见我吗？”

“你放……你先放开我！”

小兰花甩手，但哪里甩得开，妖市主非但没放手，反将小兰花一把拉进怀里，紧紧地抱住。“我不会让你再离开的。”他声色几近痴狂，“师父，师父……”

“我不是你师父！”小兰花大喊，双手撑在妖市主胸口上大力一推。与此同时，小兰花手腕上的骨兰猛地长出尖锐的藤枝，刺入妖市主的胸膛之中。

妖市主闷哼一声，放开了手。

小兰花趁机挣脱，赤地女子的声音在脑海中回响：“跑！小兰花快跑！”她声音中带着几分不稳。

小兰花跟着骨兰指出的方向撒腿狂奔。

心脏狂跳得好像不是她自己的。小兰花根本不敢回头，忽然，她猛地撞在了虚空中！

骨兰在虚无一物的空中一划，周遭空间登时宛如坍塌。在一阵失重感之后，小兰花猛地摔在了地上。她抬头一看，面前是妖市主的那个简朴小院，一旁是妖市主的轮椅和……一个紫衣女子。

是妖市主的人！

小兰花拔腿要跑，但是蝶衣已回过神来，哪容得了小兰花在自己眼皮子底下逃走。只见她一挥手，地上的花草登时将小兰花的腿脚缠住，小兰花一下子便摔在了地上。一阵风过，妖市主重新出现在轮椅上，他的胸膛上被骨兰扎出了几道血痕。

蝶衣见状，眸光颤动：“主子……”

妖市主摆手道："无妨。"他看向地上的小兰花，接着目光微微一转，落在骨兰上。

"东方青苍将她的灵魄放在那东西上了吗？"妖市主道，"它引着你离开，所以，是师父也想……离开我吗？"妖市主捂着胸口上的伤，面色灰白，"也是师父，伤了我吗？"

小兰花盯着他，不知他还要做出什么举动。

这个妖市主已经疯了。他在这么多年的等待里，偏执得发了疯。

"可是，我不会让你离开的。"他道，"蝶衣，把她关起来。"

小兰花被地上的花缠绕着托了起来，她喘着粗气对妖市主说："我是见到赤地女子了，我见了她很多面。她不想见你，她不想重回三界。你要让她活过来，你怎么不问问她愿不愿意？你这叫喜欢她吗，你这……"小兰花再开不了口，因为花枝缠上了她的脖子，将她的嘴绑住了。

妖市主盯着小兰花道："所以说，我这不叫喜欢。我这是执着。"他摆了摆手，"把她好好关起来。"

第二十六章

我却喜欢你

朴素的小屋，小兰花的目光透过窗户看着外面的春草野花。空气中飘散着令人愉悦的花草香气，想开些的话，这里倒是一个适合静静享受最后时光的好地方。

妖市主说得没错，跟在东方青苍身边时，她几乎天天都要面对打打杀杀，在你死我活的危险境地里摸爬滚打。但此刻躺在床上，小兰花望着窗外的闲云，却忽然有点想念东方青苍了，想他黑着脸奚落她真没出息，然后又会在弹指一挥间，轻而易举地破解她的困境。

小兰花觉得，她大概是做东方青苍的囚徒做惯了，所以换了一个看守牢头，她倒有点不习惯这样温和的行事作风……

将头往柔软的被子里一埋，小兰花深深地叹了一口气。

这口气叹得太长了一些，小兰花只觉心跳忽然乱了起来，她稳住气息，却听到屋中响起骨碌碌的轮椅滚动声。

小兰花对这个声音充满戒备。她抬头望向床边，下意识地往床里面缩。只是这样一个简单的动作，做起来却花费了她不少力气。小兰花只觉脑袋嗡嗡作响，她看见妖市主的嘴在一开一合地说话，却怎么也听不清他的声音。

隔了好一会儿，妖市主的声音才进入她的脑子里。

“还有意识？”

从昨天到现在，他已经问过三四次了，一次比一次急。

小兰花喘了两口气，没有答话。

妖市主伸手抓起一缕小兰花的头发，在手中摩挲。“你这兰花仙灵也是让人不解，都这种时候了，你还在坚持什么呢？难道，你还想等着东方青苍来救你？”

小兰花心头一空，像是被妖市主这句话捅出了一个窟窿。

是啊，连她自己都不想承认，她就是在等东方青苍啊。

“东方青苍确实来了。”妖市主看着小兰花微微一亮的目光，淡淡地说，“不过我这地方，千变万化，幻境之中更有幻境，便是东方青苍也找不到此处来。我让蝶衣幻化为我的模样与他在另一重幻境里周旋。你猜他是来救你的？”

小兰花不说话。

“没有，他是来找我要师父的。”妖市主放开了小兰花的头发，“这具身体，他说是他的，让我还给他。虽然很残酷，但他不是来救你的。”妖市主用手指在空中轻轻一点，小兰花看见了另外一个幻境里，东方青苍正对着另一个轮椅上的妖市主道：“那身体本座养了多日，尔等宵小，却敢盗本座的东西？”

东方青苍面色阴沉，一身黑袍在地上拖出了长长的血色痕迹，也不知是染了别人的血，还是被他自己的血浸湿。

这个大魔头，就没有一天安生的时候。

小兰花望着画面里的东方青苍，不知为何竟笑了起来。

“将本座的东西还来，或留你几缕残魂。”

还了东西还是要杀人的啊……果然是大魔头的作风。

小兰花的笑越发大了，连眼睛都笑弯了起来。妖市主却没看小兰花的表情，只看着画面道：“东方青苍真正想做的事，他一刻也没忘呢。”

是啊，这个大魔头从来都是目的明确的。他要做的事，怎么会忘掉呢。

他想复活赤地女子，他想弥补他上古时的遗憾。在对待这具息壤身体的态度上，他和妖市主是一致的。他们都希望赤地女子活过来。

而她这朵兰花，是药品。

很早之前，她就知道的……

心脏猛地一缩。小兰花恍觉有一股力量从骨髓深处蔓延出来，擒住她的灵魄，将她撕裂。

这个身体，正在吞噬她。

小兰花如此清晰地感觉到了那股疼痛。宛如一开始进入这个息壤身体之时，她与息壤之中的生气争斗。然而这次除了疼痛，她还觉得前所未有的心凉。

兜兜转转，她依旧只是一味药材。

画面中蝶衣所幻化而成的妖市主并不接东方青苍的话，只道："魔尊要找的东西，我这里没有。"

东方青苍眉目一凛，冷冷一笑："不交吗……"他不再多言，手中烈焰长剑对着"妖市主"便砍了过去。烈焰所到之处万物尽毁，蝶衣的身影消失在空中，她所坐的轮椅连带着身后的一片花草霎时被烧为灰烬，方才还生机勃勃的土地登时化为了一片焦土。

紫色蝴蝶腾空而起，东方青苍哂笑："雕虫小技。"他五指成爪，将那紫色蝴蝶抓在手心里。蝴蝶翅膀被东方青苍揉碎，不过眨眼之间，蝴蝶之形破碎，东方青苍手中捏着的正是蝶衣的脖子。

他冷声道："交人。"

蝶衣像是感觉不到东方青苍的威胁一样，只道："魔尊何必急于一时，你总有见到她的一天，用你最想见到的模样……"

东方青苍眸色森冷："本座想见什么，要何时见，不用你来打算。"他话音一落，手中烈焰升腾而起，顿时将蝶衣整个包裹在其中。

蝶衣丝毫没有挣扎，她宛如感觉不到疼痛般，任由东方青苍的火焰将她整个人包裹在里面。烈焰灼烧掉了她的皮肤，让她的面容迅速干枯衰老，东方青苍半点不在意地丢开她。

蝶衣倒在地上，身上的烈焰依旧在燃烧，她望着简朴小院的方向，就这样静静看着，然后化为了灰烬。

妖市主在画面中看见这个场景，眸光没有丝毫波动，只是淡淡地道："可惜了……"

小兰花此时已被身体里的疼痛折磨得苦不堪言，也不知道他是在可惜什么。

而那方的东方青苍对于丧命在自己手中的人更是不会有半点怜惜。他环顾四周，神情森冷。心口处一直未曾愈合的伤口被蓝色冰晶徐徐覆盖，他不甚在意地用手掸去。

只听东方青苍扬声道：“你以为千重幻境可拦本座几时？”

妖市主笑笑，看了眼小兰花，道：“片刻足矣。”此言还未落地，就见东方青苍忽然衣袖一挥，将面前的小院夷为了平地。

他迈步上前，踢了踢脚下的焦土，然后用烈焰长剑在掌心划了一下。掌心鲜血染红了烈焰长剑的剑刃，使得长剑上的火焰更加鲜红灼目。

下一瞬，东方青苍将剑刃狠狠地插进脚下的土地。

大地震颤了一下。

妖市主眸光一沉。四周的花草藤蔓像是接到什么命令一样，猛地腾起，蹿向东方青苍，意图缠绕住他的长剑，但是统统在贴上去的瞬间便被火焰灼烧了个干净。

剑刃上，东方青苍的鲜血流入土地之中。

登时，方才还在东方青苍身旁蠢蠢欲动的藤蔓立即如同被掐住了七寸的蛇，尽数瘫软于地。东方青苍握住长剑，手上的血液顺着长剑的剑柄、剑刃，一路流进了土地里。

他微启双唇，咒词轻吟而出。

大地开始剧烈地颤动。

就连小兰花也感觉到了这份颤动。

东方青苍在赶来救她……

小兰花咬牙，努力睁着眼睛想去看清画面里的东方青苍，偏偏视线越来越模糊。

妖市主五指一收，让那画面消失。他看着小兰花，脸色正阴沉得紧，忽然之间，“轰”的一声，大地震颤陡然停止。妖市主下意识地伸手，欲去抓床上的小兰花。不承想，在他伸手的那一刻，小兰花竟用手上的骨兰绞断了束缚住她行动的藤蔓。

她跌跌撞撞地下床要跑，妖市主再一次伸手，小兰花被他抓住了手臂，拼命挣脱。就在这时，她另外一只手被猛地拉住，而妖市主的轮椅则忽然被猛地往旁边一踹。轮椅径直被这股大力踹翻，妖市主措手不及，滚在地上。

小兰花则被一双温暖非常的手握住了手臂，支撑住了她几乎快摔在地上的身体。

周遭场景转变，房屋消失，小兰花发现，自己竟然站在了刚才在画面里看到的东方青苍所在的地方。

烈焰长剑立于身旁。

是东方青苍找到了阵眼，将千重幻境重合在一起了。

小兰花抬起头，注视着这张漂亮得过分的脸。

东方青苍有一双能看破世上所有阵法的眼睛。便是这双鲜红的眼，让她望进去后，就再也没法出来。

如果可以，她想自己大概是愿意睡在他眼睛里面的。

“大魔头……”这三个字，她说得无比吃力。

东方青苍也看着她，皱紧了眉头。

“我带你……”

没说出走字。

小兰花像是用尽了最后的力气，抱住了他的脖子，将自己的嘴唇印到了他的嘴唇上。

东方青苍呆怔。

上古至今，东方青苍独自一人踏过三界五行，饮过无数润喉鲜血，冷漠了那么多刀光剑影。他无论如何也没有想过，有一天他会在战场上，当着敌人的面被人亲吻。

他微微睁大双眼。

然后，出人意料地，他没有推开小兰花，而是在这敌人的老巢里，在这危险重重的地方，撑起了一个结界。隔开危险后，他几乎是迫不及待地扣住了小兰花的腰，锁住了她的后脑勺，将她控制住，揉在自己的怀里亲吻。

亲吻，是唇舌交战，是他控制不了的夺取。

他想把怀里这个人揉进身体里，关起来、锁起来，不要那么轻而易举地就被人拐走了。

这些天，他找够了。

从此以后，他再也不想这样找一个人了。

小兰花先停止了这个吻，她贴着东方青苍的脸颊，听着他紊乱的呼吸，然后感觉远处的山和花在无限放大。她听到自己的心跳已经快得连成了一片，她已经察觉不到身体里诡异的疼痛了。

最后，她眼前变成了一片亮晃晃的惨白，耳边的声音消失，也再嗅不到空气中的花草清香。

小兰花只有死死地抱着东方青苍，如同抱着最后的浮木。她贴着他的脸颊，蹭在他耳边说："大魔头你那么讨人厌……"

她不知道东方青苍会有什么回应，她甚至不知道东方青苍这个时候是否还在她的身边，因为她的指尖和脸颊已经没有知觉了。

"……我却喜欢你。"

她感觉自己把话说完了。

与此同时，她的世界好像全部消失了。

或者说，她在这个世界上……

消失了。

第二十七章

尔等骨髓，皆是本座磨刀之石

小兰花说的“喜欢”二字仍在耳边萦绕，怀中的身体却蓦地瘫软了下去。

呼吸静止，心跳停息。

猝不及防间，东方青苍只觉心随之一落，他的手几乎是下意识地用力抱住了小兰花，好像这样就能把他的心一起捞起来一样。

但小兰花并没有因为他的支撑而醒过来。

“小花妖。”他唤，没人应答，“小兰花。”

东方青苍想严肃地唤小兰花的名字将她唤醒，但直至此刻，东方青苍才发现，这个家伙连名字都取得如此随便，所以无怪他先前那么随便地对待她。

万事有因果，先前他那样随便地对待小兰花，此刻内心突然而至的失落感几乎要令他发狂。

他扒开小兰花的眼皮，探看她是否在装模作样。下一瞬，东方青苍陡然回神，然后惊觉自己的行为真是可笑至极。

他在做什么……

他想让这个小花妖醒过来，他竟然想要无所不用其极地让她睁开眼睛，瞪着他，然后撇嘴抱怨："大魔头，你怎么来得这么晚！"

可是没有。这个小花妖再也醒不过来了。这是东方青苍谋划已久的事，所以他比谁都清楚。

纵使此后上穷碧落下黄泉，也再找不到这个小花妖了……

心口猛地缩紧，东方青苍胸口里跳动的心脏宛如被人狠狠地扯出来，踩碎了一样疼痛。

这样的难受让他猝不及防，他呼吸微重，胸口却依然有窒息感。

忽然之间，怀中人睫羽微颤！

东方青苍不由自主地屏住呼吸，他揽住她肩头的手不自觉地收紧。

双眼睁开，这个身体的眼眸依旧闪亮，但带着小兰花从未有过的沉着。她沉默地看了东方青苍一眼，随即挥手推开东方青苍，向后退了两步，站稳。

她看了看自己的手，将五指握成拳又松开，然后她嗤笑一声，神色中带着冷意。

东方青苍看着这具熟悉的身体露出他不熟悉的神色，他知道，这个身体已经换了一个主人。

赤地女子抬头，打量着东方青苍，问："高兴吗，魔尊？"

不高兴。东方青苍望着赤地女子，静默不言，但他心里的声音那么清晰，他不仅不高兴，他甚至心痛和难过。

"你的目的达到了。"

是啊，他的目的达到了。这是他归来后唯一的目的，此时此刻，他多年夙愿终得偿，但东方青苍僵硬的嘴角连半点计谋得逞的微笑都拉不起来。

"你唤醒我，不就是为了了结你的执念吗？来吧，打败我。"没等到东方青苍的回应，赤地女子忽而腰间一紧，一只温热的手臂揽住了她。她只觉眼前一花，紧接着便消失了踪迹。

最后一眼，赤地女子的目光落在了东方青苍脸上，只见东方青苍眼睁睁地看着这具身体被人带走。

他没有动，他在失神发呆。

待得周边景物再次停下来，赤地女子看见四周又是一片春草地。

腰间温热的手臂仍在，赤地女子微微侧头，就见妖市主正以法术支撑着双腿，站在她的身后叫："师父……"

赤地女子沉默了许久，然后开口："放开，我还有话与东方青苍说。"

妖市主非但不放手，反而越发收紧手臂。他的脸紧紧地贴着赤地女子的脸颊，用尽一切力量去感受她的存在，就像自己只要稍微一松手，她就会跑掉一样。“我知道你不想回来，也知道你不想见我。但师父，我什么都可以听你的，唯独寻你、见你，此二愿，不受我控制。我知道，你想见东方青苍，是想借他之力再次避开我。我不答应。”

赤地女子沉默地看着远处飞花，许久之后，垂在身侧的手抬起来，放到了妖市主的手背上，拍了拍。“你让我见他。交代完事之后，我随你走。”

妖市主一愣，眉目柔和下来，问：“师父怎么知道，我要带你离开这里？”

“以你的行事作风，筹备多年，怎么允许达到目的之后，猎物被他人夺走。这千重幻境不过是个噱头罢了。要摆脱东方青苍，你必定还有秘地可去。”

“师父，”妖市主轻笑，“唯有你最了解我。”

“阿昊，时间。”

这个名字对妖市主来说好像魔咒一样，他挪开了脸，手一寸一寸地从赤地女子的腰间挪开，极尽不舍。待放开赤地女子之后，他将她护到身后，然后凭空一挥，东方青苍的身影出现在画面之中。

他仍旧没有挪地方，不声不响地立在烈焰长剑旁。

没有杀气也没有执念，他只是站在那里，好像是茫然，又好像是在沉思他到底做了什么，到底……失去了什么。

“师父，魔尊之力难测，为免他追来，我们须尽快。”

“现在的魔尊，或许压根儿没心思追我们。”

妖市主望着赤地女子，问：“师父是说，魔尊也动了真心？”他似乎对这个猜测感到好笑至极，“他？东方青苍？”

“谁知道呢。”赤地女子吩咐妖市主，“让他也看见我。”

妖市主顺从地在画面上一点。画面波动，赤地女子开口便道：“东方青苍，你可后悔？”

画面里的东方青苍抬起头来，猩红的眼睛盯着赤地女子，眸中带着几分想极力掩盖，却仍旧掩盖不住的落寞与颓然。“本座最烦你们天界之人这副高高在上的说教嘴脸。”他一双眼珠子好似要滴出血来，“后悔是什么东西，本座行事，从不后悔。以前没有，现在没有，以后，也不可能有。”

他说着，周身的杀气越来越重：“本座要的只是杀，不管是你或者天界追兵、魔界宵小，也不管是千重幻境抑或天庭地狱。尔等骨髓，皆是本座磨刀之石。”

插在土地中的烈焰长剑燃起了滔天巨焰，顷刻间将整个幻境烧得濒临破碎。

妖市主眉头紧皱，眼看着在东方青苍胸膛前肆虐的冰晶飞快地覆满他的胸腹。妖市主揽了赤地女子要走，他说："东方青苍疯了。"

赤地女子格开他的手臂，将手上的骨兰取了下来。"你若无悔，那小兰花这缕最后的残魂，我也没必要替谁留着了。"她道，"她离开这世间，也是好事。至少没有尔虞我诈，也没有心爱之人时时刻刻的算计与背叛了。"

东方青苍死死地盯着骨兰，因杀气而胡乱飞舞的银色发丝慢慢垂落，他神色之中带了些许不敢置信："残魂？"

"小兰花弥留之际，我以灵魄之力强行留下的残魂。"赤地女子摘下骨兰，骨兰之上微光闪烁，"或许连残魂也算不上，不过是一缕虚弱气息罢了。"

妖市主亦是一惊，紧张地道："师父怎能如此胡来！若有什么意外，你……"

赤地女子止住他再说下去："无妨，这是我欠她的。"她盯着东方青苍，"只是若魔尊毫无悔意，这缕残魂我强留亦是无用，不如让它散了吧。左右小兰花到最后，也是心死如灰了。"

言罢，赤地女子退了一步，倚在妖市主怀中。妖市主一怔，立时会意，伸手揽住赤地女子。

赤地女子一甩手，将骨兰扔在了花丛中。画面中的东方青苍赤瞳睁大，一句"你敢……"尚未落地，妖市主周身倏尔卷起一股飓风。青草与野花登时被卷得漫天飞舞，连同方才赤地女子扔下的骨兰，不知被狂风拖拽着扔到了幻境里的哪个地方。

待狂风平息，赤地女子与妖市主早不见了踪迹。

东方青苍心里是遏制不住的愤怒，赤红的火焰直冲天际，径直将妖市主这千重幻境烧出了一个窟窿，露出了幻境之外的天外天。

半空中的妖市主向下望去，与东方青苍四目相接。妖市主头也不转地离去，而东方青苍并未追上来。

"他竟当真未追。我本以为这世上谁都有心，唯独东方青苍没有，看来竟是我想错了。"妖市主道，"师父你既然想帮那小兰花，却为何不将骨兰直接交给他？"

赤地女子低声道："只是想让他知道，失去的东西想要再得到，就不那么容易了。"

妖市主闻言，默了一瞬："这个道理……我比谁都明白。"

幻境震颤，几欲崩塌。然而，在千重幻境完全崩塌之前，东方青苍却蓦地收了手。他沉着脸色，眺望着远处无边无际的青草地，然后隐忍着情绪，轻轻闭上双眼。

几条火焰平地而起，化成火龙呼啸着冲上天际。

然后像巨大的柱子一样支撑住了这摇摇欲坠的幻境。

东方青苍胸前的冰晶几乎将他半身包裹，东方青苍却毫不在意。他踏出一步，脚下金光一闪，烈焰如湖中涟漪一般，一圈一圈地在他脚下烧开，涤荡而去。眼看着烧了一些距离，东方青苍却猛地顿住。赤地女子所说的“最后一点残留的气息”在他脑海里一闪而过。

地上火焰顿熄，东方青苍皱着眉头，压抑住心头的焦躁，再次迈步上前，用他最不擅长的方式，一点一点，慢慢找寻。

青草地漫无边际，千重幻境没了妖市主的法力，全靠东方青苍的法力支撑。时间一久，火焰将整个幻境烧得一片火红，然而与炽热的环境相反的，是东方青苍一身愈重的寒气。

他呼出的气息在空中凝结成白雾，他每走一步，便留下一个结着薄霜的脚印，在春花遍野的辽阔幻境之中画出了一道冰雪的痕迹。

忽然间幻境一颤，支撑幻境的火焰巨柱陡然熄了一根，东方青苍身后的千重幻境立时坍塌了一角，变成了一无所有的漆黑。东方青苍头也没回，只因他确定坍塌的地方是他已经寻找过的地方。他继续往前走，口中吐出的寒气更甚，冰晶已经爬上了他的脖子，在他的颈项上勾勒出血脉的形状。

东方青苍脚步不停。

然而不过两三步间，幻境又是一颤，火焰巨柱又熄灭了一根。

东方青苍左方的幻境消失，他向左边一望，方才还真实的场景此时变得如同被撕碎的布一样，簌簌地落进了空无的黑暗之中。

若是不在火焰全部熄灭完之前出去，他会被埋在崩塌的幻境之中……

以前的东方青苍无所畏惧，然而现在……

东方青苍看看自己的手掌。掌心一团乌黑，是寒毒已重的表现。他握紧五指，看手上凝结的冰晶片片掉落。他抬头，继续向前。

眼见着又有一根火焰柱要熄灭，幻境零落而下，东方青苍一咬牙，将那火焰再次燃烧起来。那方……他还没有找完，要是那个小花妖就在那儿，就在那儿……

抱着膝盖哭呢……

胸腔里猛地传来一阵撕裂般的疼痛，东方青苍一个气短，火焰柱陡然熄灭。右方幻境近乎无情地轰然崩塌。

东方青苍心底陡生一股无力感，还有恐惧，像细小的针一样钻进他的骨髓里，在他身体里面游走，扎穿他的五脏六腑。

面前还有一片他还没寻过的青草地，最后一根火焰柱在剧烈颤抖着，眼看就要熄灭。东方青苍迈步上前，忽然间，脚下被一个东西绊了一下，他竟然一个踉跄，险些摔倒在地。

然而便是这一个分神的工夫，最后一根火焰柱陡然熄灭。面前的道路登时灰飞烟灭。

东方青苍只来得及望着眼前陡然降临的黑暗发呆。

赤瞳之中光芒隐没。

四周一片黑暗，东方青苍一时竟描绘不出心里的感受。他在这样的黑暗之中飘荡了千万年的时间，若说这世上最令他厌恶之物，莫此为甚。

但现在，处在这样的黑暗之中，他竟然觉得没什么大不了。

反正……

出去也没什么值得期待和追求的东西。

东方青苍垂下眼眸，却被一丝微弱的光芒点亮了双瞳。就在他脚下，还踩着一片青草地。而方才绊倒他的东西，便是他一直苦寻而不得的骨兰。

四周是一片黑暗，骨兰上的白色微光越发醒目。

东方青苍一时竟然不敢伸手去拾，他怕一动，这最后的光芒也消失不见。

他看了骨兰许久，终于按捺住心里的颤抖，将骨兰捡起，放在手心。

原来，有的东西要绝望之后才能得到。

东方青苍看着手中的骨兰倏尔失笑。笑声中三分叹息，三分感慨，还有更多的五味杂陈。这滋味除他以外，没人品得清楚。

待笑声罢了，东方青苍闭上眼睛，深吸了一口气。待再睁眼时，双目鲜红，一如往初。他将骨兰戴在手上，随即一挥手，烈焰长剑自黑暗深渊之中急速而来，落在东方青苍手中。

东方青苍将剑刃直刺脚下仅剩的青草地，口中吟咒。一阵震颤之后，最后的青草地倏尔破碎消失，东方青苍的身影彻底消失在黑暗之中。

陆上妖市里，叫卖声不绝于耳。妖市主幻境的崩塌并未影响到这里。担着货挑子的卖药翁正叫卖着走过，忽然之间，周遭气息猛地一炙，紧接着又霎时冷了下来。在所有人都还愣神之际，便见黑衣魔尊忽然持剑落在道路中央。他脚下一个踉跄，好在用剑堪堪撑了一下地，才勉强站住了脚步。

妖市热闹的声音一顿，所有人的目光都落在了东方青苍身上。他胸前覆着冰晶，眸光带着杀气，倏尔一回头，卖药翁被东方青苍鲜红的眼瞳吓得一屁股摔坐在地上，货挑子散落一地。

东方青苍的目光在货挑子里一转，鼻翼微动，然后径直迈步上前，在挑子里一阵翻找，取出了一个白玉药瓶。卖药翁大惊失色地道："这这这，这是我……"

话没说完，东方青苍挑开瓶盖，一口将一瓶子药全倒进了嘴里，然后随手抠下胸前一大块冰晶丢到货挑子里。

卖药翁看着那一大块冰晶，"祖传秘药"四个字便咽进了肚子里。

东方青苍再不管他人眼光，向天上一望，大庾正在云中游动着。

在来妖市之前，东方青苍去魔界找过小兰花，顺道放出了被困的大庾，又领着大庾上了天界，找到天眼，看到了妖市主拐走小兰花的场景，这才踩着大庾赶了过来。

现在东方青苍真是无比感谢自己当时放出大庾的"多此一举"。

他轻唤一声："大庾。"在天上飞得正欢的大庾一声嘶鸣，俯身而下，飞到东方青苍身边。东方青苍跃上大庾的后背，淡淡地道："去邺城。"

大庾闻言再次游上云端，身形如龙一般在云里穿梭。

东方青苍看着头上的日光和身边掠过的流云，摸摸手腕上的骨兰，闭上了眼睛。

大庾速度不慢，不过一个时辰便行至邺城。

东方青苍站在阴气沉重的小院门口，望着小院里常年盘踞的魑魅魍魉，面色冷漠。

他如今气息极弱，照理说不该来这黄泉极阴之地。但他所能想到的让小兰花重新活过来的办法，也只有如此了。

东方青苍令大庾候在外面，一步踏入小院之中。魑魅魍魉在角落里蠢蠢欲动，东方青苍并不搭理，他行至墙前，摆下阵法，借助阵法之力，轻而易举地撕开了冥界结界。

他迈入其中。撕开结界容易，但当东方青苍越往冥界深处行走的时候，便越是能感觉到一股拉扯的力量在分裂他的灵魄与身体。

是冥界自然的力量。

以前……他从未感到的力量。

这是弱小的人类踏入冥界之时才会有的困扰。如今，他为了手上这个小花妖，倒是将这些从来未曾尝过的无能感觉，都尝了个遍……

东方青苍稳住心神，一路行至冥王殿。

路上冥差惊见东方青苍，无不吓得两股战战。跑得快的便已传了消息去冥王殿了。

待得东方青苍到了冥王殿时，冥王正往桌子下面躲。东方青苍上前，老实不客气地一巴掌拍裂了冥王的桌子。冥王被碎木桌板砸得哎哟哎哟地叫个不停，他抖抖索索地爬到了角落，无辜地望着东方青苍道："魔尊大人啊！大人您怎么又来了，不是都说您已经找到赤地女子了吗？"

东方青苍将骨兰递给冥王："这缕灵魄，让她再世。"

冥王小眼睛在骨兰上一转，登时苦了脸："大人哎！您这是难为我呀！这哪里是灵魄，分明就是一缕气息嘛。这么微弱的一缕气息，您让我怎么送她再世呀？这要是入了井，不得直接消散在里面……再说了，这天地之间，咱们是有秩序的啊！何况您这连残魂都算不上……"

冥王絮絮叨叨地说着，每说一句东方青苍的脸色便越黑一分。到了最后，冥王自己觉出不对，停了下来，一边打量东方青苍的神色一边小心翼翼地说："依我看，您还不如把这缕气息放咯，给她个……"

看着东方青苍的唇角往下一拉，冥王立即摆手道："啊不不不，我是说，您要是不肯放的话，这样一直用宝物灵气养着也是可以的。就当留个念想嘛……我看您这宝贝还是很有些灵气的。"

"念想？放？"东方青苍神色难看，"偏不，本座要她活。"

冥王欲哭无泪："那我哪有辙啊……"忽然间，冥王眸光一亮，揣摩了一会儿东方青苍的表情，"听闻天上的司命星君无所不知、无所不晓。这残留气息重凝灵魄的办法，或许她那儿能有出路。要不……您直接找她去？"

听闻"司命星君"四个字，东方青苍眉梢微微动了一下。他转过目光，看了一眼骨兰，而后脸色微妙地问："司命在哪儿？"

“听说前段时间被关进万天之墟啦。入口在天界呢。”

冥王心里打着算盘。他不是看不出东方青苍重伤在身，他只是有所顾虑……倘若在冥界和东方青苍动了手，他冥界定会损伤惨重，但若能诓得东方青苍上天界，落到陌溪神君的手中，扒他皮还不是烧点纸的工夫……

冥王小心地打量着东方青苍的神色。

东方青苍血色瞳孔一转，冥王就觉脖子一紧，竟是被掐住了脖子。东方青苍将他贴着墙壁举了起来，冥王的两条腿在空中胡乱蹬着，东方青苍眯眼看他，道：“你在和本座玩心眼儿？”

冥王睁大着眼，艰难地摇头。他越过东方青苍的肩膀看见冥王殿外的牛头马面和黑白无常。他们都想进来，但东方青苍竟不知什么时候在门口设了结界！

东方青苍眯眼，危险地看着冥王：“本座伤重，脑袋却没坏。你使如此拙劣的计谋，是不想要这脑袋了，还是也想试试魂飞魄散的味道？”他周身邪气四溢，更甚过冥界浊气。

冥王连连挣扎。终于，东方青苍手上的力道松了些许，冥王喘息着答话：“没……不、不敢骗大人啊……那、那万天之墟和无极荒城本是三界外之所，三界生灵有进无出。前些日子，无极荒城垮了，万天之墟也垮了。但是万天之墟只垮了一半，又被天界的人修好了。司命星君犯了错，便被囚进了万天之墟中。但天界修好的万天之墟到底不再是天生之物，它呀，在天界最后修好的地方有个弱点，虽算不上出入口，但那处却是这三界里唯一能见得万天之墟的地方了。所以我、我……”

东方青苍松开了冥王，他知道，冥王算计他不假，但他此时，说的也是真话了。

那万天之墟，他是非去不可了。

忘川水静静流淌，奈何桥边的孟婆还在照常发汤，只是旁边工作的冥差们有点心不在焉。有两个冥差甚至偷了闲，躲在被圈起来做文物的三生石旁你一言我一语地嘀咕。

独角冥差语带忧愁：“你说这大魔头要是不肯走了咋办，从今往后，咱们还不得伺候着他啊。那又是个喜怒难辨、动不动就打散灵魄的性子，咱们要怎么过哟……”

另一个獠牙冥差则好言宽慰：“不会的，咱们冥界一穷二黑的，大魔头留在这里也没什么好处啊，他一定很快就走的。退一万步说，就算大魔头现在留在这里也没什么，他来冥界时你可注意看了，这个魔头啊……”獠牙冥差在胸前画了画，“受的伤可不浅呢。让他留在这里，战神陌溪迟早来收了他。”

“听说前段日子那魔头把诛仙台给捅了。诛仙台下的戾气翻涌上来，致使整个天界一片混乱，现在都还没好呢。战神每天忙着那事儿，会来咱们冥界？”

“你可别忘了，三生姑姑可是咱们冥界出去的。战神是出了名地心疼自家娘子，怎么会不管她的故乡。”

“哦？还有这事？”

“是呀！再说了，咱们三生姑姑现在可给战神生了个小战神，那地位可是不一样的……”

“如此，这最是难收拾的人，倒也有了对付的法子。”

背后突然传来一个冷淡的声音。交谈中的两个冥差僵硬地回过头，就见银发魔尊正站在他们身后。他倨傲地瞥了他们一眼：“算你们俩给本座立了功。”

场面一时寂静，旁边灵魄的目光都投了过来。

俩冥差彻底傻眼。

他……他们不想给魔尊立功啊！

但哪还由得他们分说，东方青苍一如来时一般，比鬼魅更神秘地不见了身影，徒留忘川河边的冥差面面相觑。

出了冥界，东方青苍让大庾自行离去，自己则捻了道隐身诀，眨眼间便化作一道长风，直向九重天上而去。

看守南天门的将士威武地站在门前，只感觉到一阵风刮乱了头盔上的红缨，其余便什么也没察觉到了。

天界虽在短时间内迅速地修好了诛仙台，暂压住了台下戾气，但仍有不少地方受到煞气侵蚀。四方天嘈杂的声音不绝于耳，但是这些喧闹却被战神所在的常胜天尽数隔绝在外。

战神府邸外永不衰败的红梅开成了一片海，隔了老远便能嗅到迷人的红梅花香。院里，穿着红梅长裙的女子哼着曲，一手摇着摇篮，一手捧着话本，一边看还一边撇嘴，针对剧情嘀咕两句。

忽然之间，透窗落在摇篮上的阳光一闪。女子心里刚起警惕之意，便觉喉间一热。抬眼一看，却是黑袍银发的东方青苍站在了她面前，血色眼瞳带着天生的轻蔑，从上而下地俯视着她，问：“战神妻？”

三生瞥了一眼烈焰长剑，目光转了一圈，又落在东方青苍脸上，说：“如果我说你认错人了，你会放过我吗？”

东方青苍眯起眼。

“看来不会。”三生将摇篮往后面拉了拉，让东方青苍的剑尽量离孩子远一点，“没错，我就是战神妻。不知魔尊来找我，有何贵干。”

“做人质。”东方青苍声音冷淡，“起来。”

“哦，好。”三生干脆地应了，然后将翻到的那页话本折了一下，合上书，放到椅子上，随即站起来拍了拍衣服，又将摇篮推远了点。看了眼还在熟睡的孩子，三生眨巴着眼盯着东方青苍道，“你要我做人质，想来暂时是没打算杀我了，可否容我问你几句话？你若满足了我的好奇心，接下来的一路，我都好好配合你，怎么样？”

见此人竟是如此秉性，东方青苍也不由得挑了挑眉，却道：“本座从不回答他人疑问。”

“那就挑几个你想回答的说呗。”三生态度很自然，“就算不说别的，可你要麻烦我做人质，总得告诉我，你要我做人质是为甚？你若是要去谋财害命，那这人质我是不做的。若有别的说得过去的理由，说不定我会通融一下，认真地配合你。”

做人质还打商量的？

东方青苍觉得现在的战神大概是娶了个脑子有毛病的夫人。

他脚步一转，烈焰长剑的剑尖转至三生身后，抵住了她的脊梁骨，胁迫着三生往前走：“去万天之墟入口。”

三生眨巴了两下眼，一边往前走，一边还转过头来看东方青苍，嘴里不停地问：“你要去万天之墟？去救人？还是去救了人出来捣乱？”

东方青苍不回答，三生自己嘀嘀咕咕：“说来，你之前还去诛仙台下救了小兰花……小兰花呢，怎不见她与你在一起？她现在身份尴尬，若是被天帝逮着了，可就活不了了。你将她从诛仙台救走后，可有好好待她？那具身体也不是她的长留之地，你有给她找别的身体吗？再不找可能就晚了……哦！”三生恍然醒悟地点点头，“我懂了！你是要去万天之墟找司命啊，是不是要看看她有没有救小兰花的办法？对对对，虽然不想承认，但司命向来知道得比谁都多，问她是个好办法。看来你对小兰花还不错……”

三生兀自喋喋不休地往前走，恍觉后面没有烈焰长剑的杀气抵着了。她转头一看，东方青苍已不知何时停住了脚步，呆呆地看着手中物什，神色颓然。

真是个不敬业的绑匪。三生心里嘀咕，目光在他手中一转，随即呆住。

她是冥界出来的灵物，虽然从严格意义上来说现在已经不是冥界的人了，但是对于灵魄的探知能力还是要高过不少仙人的。是以，三生一眼便看出来东方青苍手里那东西不对劲。她走过去，盯着骨兰道："这是……小兰花的气息怎么在这上面？"

东方青苍沉默不言。

三生抬头望他："你没保护好她？"

他不是没保护好她，他是……根本就没有保护她。三生的话像针，扎得东方青苍心尖一阵瑟缩。他冷了目光，道："闭嘴。"

三生看着东方青苍的神色愣了一会儿才道："难不成……小兰花是被你给害死的？"

东方青苍没说话，似是默认。

三生想到了之前在大殿上听过的小兰花诉说的她那一段与东方青苍一起走过的路。当时小兰花每当说到东方青苍时神色都很奇怪，后来东方青苍又奋不顾身地来救她，还迁怒天界众人。结合这些事件，三生本以为他们这是一段荡气回肠的仙魔恋，没想到，原来是一段过程曲折的虐恋情深啊……

"好啊，你把小兰花折腾死了，现在还要去找司命帮忙。司命可宝贝她的兰花了，被你给弄成这样，不折腾你才怪……"

东方青苍目光一凛，道："若当真宝贝她，却又为何抛下她，不告而别？"

听得这话，三生一默，心里了然，这位魔尊约莫是心里在吃司命的醋呢，但是……

司命的醋，有什么好吃的？

"唔，既然你是为了救小兰花……"三生点点头，岔开话题，"当初在诛仙台上没能救下她，我一直心中愧疚。今日，我便领你去万天之墟入口好了。"

东方青苍眸光微动："你知晓万天之墟入口？"

三生点头："当然，当初司命入万天之墟还是我去送的呢。走吧。"

东方青苍沉默了一会儿，跟了上去。这个战神妻的眼中没有算计。但是，就算有算计，他也无所畏惧。

三生倒是当真尽心尽力，领着东方青苍一路挑人少的地儿走。路上只遇到了一个小仙娥，还是三生自己动手将小仙娥给打晕了……

有了三生的帮助，东方青苍一路无阻地行至万天之墟入口。黑色的旋涡立在空中，像将所有的光与温暖都吸走了一样，里面的天地，外人一丝一毫也看不见。三生退开两步，道："这便是万天之墟的入口了。"她指了指东方青苍手中的骨兰，"里面什么状况我也不知道，你且将她护好些。"顿了顿又道，"你到底是怎么把小兰花害成这样的啊？我记得这小姑娘最过人的天赋就是有个强大的灵魄，一般事儿还不能把她伤成这样的。"

东方青苍目光微垂，道："本座自有打算。"他这话说得和平时没有两样，语调却要低沉许多。

他有自己的打算，是他的打算一点一点地将小兰花变成了现在这个样子。

三生沉默下来，便在这时，天边倏尔闪过一道白光。三生抬头望去："哎呀，陌溪来了。"她道，"别的我不多说，只想问问，魔尊，你既知道你是怎么害的她，那你可知如今你为何又要想方设法地让小兰花活过来吗？"

东方青苍眸色冷淡，道："本座行事，何须缘由。"

"但一定是有缘由的。"三生指了指天边正向这边急速而来的光道，"我不知道你是怎么想的，但就像今天我被你绑了，陌溪一定会来救我一样，如果有一天陌溪身临陷境，就算是刀林剑雨，我也会到他身边去。因为他喜欢我，我喜欢他，这不过是情之所至，理所当然的事。"

因为喜欢，所以情之所至，所以理所当然……

因为，他……喜欢小兰花？

"你快走吧。"

随着三生话音落下，白光行至眼前。陌溪一脸冷怒，挥手便对东方青苍一剑斩去。东方青苍挥剑来挡，但如今他伤势沉重，堪堪受了战神怒气冲天的一剑，脸色便有几分难看。胸前的冰晶如同春天的花一样霎时又开了一片，有的甚至爬上了东方青苍的脸颊，漫上了太阳穴……

东方青苍咬牙，只闻他一声低喝，爆裂的火焰径直将陌溪逼开，再一转身，在烈焰隔出的墙中，东方青苍吟诵咒语，天生魔气自额间鲜红的印记中溢出。与魔气一同溢出的，还有一滴滴鲜血，从那眉心印记之中淌下，在他脸上滑出了一道道血痕。

咒语念罢，万天之墟的封印倏尔一抖，微微掀开一个缝隙，封印之中的风透出来。

东方青苍身影一斜，消失在了万天之墟的黑暗之中。

外面，陌溪转头焦急地看向三生的画面彻底消失在视线里。

万天之墟中，明月光正亮。司命倏尔睁开双眼，一双漆黑的眼眸里映入了透过窗户的月光。身侧床榻上，共枕人已不见了身影。

司命坐起身来愣了一会儿，突然听闻门外有细微的响动。她随即披上外衣，起身出门。推开门的刹那，她愣了一瞬。

银白月光洒了满园，门扉处，黑袍银发、一身魔气的男子静静伫立。他眉心流下的血在过分美丽的脸上爬出蜿蜒而妖异的形状，他手中的长剑撑在地上，执剑的手掌已被蓝色的冰晶彻底封住。

长渊正站在东方青苍对面，见司命出来，他默不作声地挡在了她面前，说：“你先回房。”

东方青苍迈出一步，他口中呼出的白气袅绕的形状，在月光照耀下一如他的面容一样透着邪气的美。他伸出另一只手，相比那只持剑的手，这个手掌干燥而温暖，掌中物什正散发着微微的光亮，是他浑身上下看起来最完好的一样东西了。

“司命。”他盯着长渊，血色眼瞳之中神色不明，“小花妖……”东方青苍唇色乌青，白霜已染上他的眉梢，“救好了……还给本座。”冰霜彻底封住了他的面容。冰晶像棺材一样将他关在了里面，连带着他手中的长剑一起。唯有捧着骨兰的手，还露在外面。

司命与长渊面面相觑。

司命说：“这是什么情况？”

长渊摸了摸司命的脑袋，说：“别怕，我去看看。”他上前细细打量了一番已化作冰雕的东方青苍，登时皱起眉头，“魔尊？”

司命大惊：“难怪如此重的魔气。长渊你看看他手中的东西，他刚说什么花妖来着？”

长渊将骨兰自东方青苍掌心拿走。在骨兰离开东方青苍掌心的瞬间，遍布他全身的冰晶便立时将他的手掌也覆盖住了。

长渊打量着骨兰，随即微微诧异地望向司命，说：“这里，有灵魄的气息。”

司命走上前来，细细一探，大惊失色地道：“小、小兰花？”

第二十八章

你后悔吗？

淡淡的香气萦绕鼻端，他乌黑浓密的睫毛微微颤动，睁开了眼睛。

四方小院中摆了一盆盆生机勃勃的花草，其中最多的便是兰草。长身玉立的男子此时正拿着水壶，给其中一盆兰草浇水，神态好不悠闲。

东方青苍皱起眉头，他想动，却发现自己的身体一点也动不了。他本以为是冰晶绊住了他的脚步，但垂头一看，周身的冰晶已经全然不见踪影，是一层闪着金光的结界将他的行动束缚住了。

将他困住的这个举动并没有让东方青苍不高兴，让他不高兴的是这人现在的行为。

东方青苍面色不豫地道："你还有心思浇花？"语气不由自主地带着一股一直藏在心底的奇怪态度。

他费了那般大的功夫把小兰花送到这人面前，不为其他，只为赌一个他或许救得了她的可能。但如今，这家伙非但没有半分着急，还能散散漫漫地在这里浇花？

浇……别的兰花？

想到小兰花平时总嘀咕自己的主子有多好，然而在她命在旦夕之际，这个人非但不着急，反而悠闲地养着别的兰花，一时间，在心底酸气翻涌之际，东方青苍更生出了些许他也读不明白的怒气。

“司命……”东方青苍张口唤道。一直没搭理他的白衣男子微微一怔，转过身来。

朗朗白日下两人对望，东方青苍心下了然。怪不得那小花妖如此忠心耿耿……

原来是这张脸生得还不错。

东方青苍冷哼，心头不屑，直道小兰花肤浅。他隐忍着，强迫自己冷声道：“你若不尽心救治那小花妖，本座今日定叫你……”

长渊一挑眉，道：“你待叫我如何？”

“哦？”东方青苍勾起唇，血瞳中却是一片冰冷，“敢与本座叫板？司命星君倒是大胆。”他暗暗探寻体内气息，立时便知晓他晕过去了约莫有三日，身体已经自行恢复了不少，虽暂时无法驱逐寒气，但好歹比之前强上许多。此时他仍旧不宜强行驱动体内气息，但显然，他并没有珍惜自己身体的打算。

烈焰在周身烧起，金色的结界发出“咔咔”的破裂声。

长渊眉头微蹙，指尖法力一动。

便在这时，房门倏尔打开，女子忍无可忍地怒叱：“都别吵了！还嫌不够乱！”

长渊心神一分，东方青苍彻底撕碎结界。

长渊立即回身将司命护住，轻声道：“司命，你先回房，他要害你。”

那边正杀气腾腾的东方青苍闻言，周身气焰登时一歇，他望着女子，顿了好久，才迟疑地问道：“司命？”

司命是女的？

那个让小花妖如此迷恋、依赖、念念不忘的主子，居然是……女的？

东方青苍有点发愣。

司命从长渊怀里挣了出来，盯着东方青苍，上上下下地打量他：“醒了？”她语气不太好，“醒了便与我说说，我家好好的一朵小兰花，怎么变成这样了？是不是你对她做了什么？”她一副拷问的模样，犹如丈母娘见了欺负自家女儿的负心汉，“你要是说不清楚，我打断你的腿！”

东方青苍兀自愣了一会儿，然后清醒过来，下意识地道：“你可是将小花妖救活了？”他说着急切地走上前两步。

长渊拦在司命面前，手中结起法印，化出一道屏障将他挡住。

东方青苍顿时又急又怒，场面正僵持之际，司命道：“没救活。”她声音中有藏不住的颓然。

东方青苍一愣。

“只是将她的气息吊着。”司命望着东方青苍，正色道，“所以我要你告诉我，她到底是怎么变成这样的。知道受伤的原因，或许还能找到补救之法。”

场面凝滞了许久。

“是我……”东方青苍道，“以她灵魄之力，给另外一个人造了一具身躯。致使她在那具身体之中魂飞魄散，只余残留气息。”

司命闻言，半晌没有反应，然后指了东方青苍的鼻子，一字一句地道：“长渊，给我揍他。”

长渊转头看了司命一眼，见她神色不似玩笑，指尖金色法力转瞬穿透面前的金色屏障，撞在东方青苍胸前。

东方青苍丝毫没有抵挡，任由长渊的法力击打在身上，混着体内的寒气，将他周身经络撕扯得寸寸剧痛。喉头翻滚涌上一口腥甜的血，被他死死压住。

见东方青苍竟当真不躲不避，生生受了这一击，司命与长渊都有几分怔愣。两人对视一眼后，司命转头往屋里望了一眼。

桌上，骨兰被放置在一边，司命用栽种在盆里的兰草代替了骨兰，成了小兰花残魂的栖息之地，让小兰花得以在泥土中安身。此时兰草草叶无风自动，轻轻摇曳着，像是在颤抖。

司命闭上眼，深吸一口气，平静了心绪。她看着门前面色苍白的东方青苍，道：“也罢，不管你现在是抱着什么心思找来的，当务之急是将小兰花的灵魄稳住。你来，咱们一起商量一下，看有没有法子救她。”

长渊撤了屏障，却寸步不离地守在司命身边。

东方青苍进了屋，看见盆中兰草，微微一怔，道：“骨兰是法宝，有灵气……”

“是有灵气。”司命跟在后面，解释道，“但这法宝是嗜杀之物，杀气太足，对小兰花而言并非好事。”司命拿起桌上的笔，在空中一画，一把水壶出现在她手中，“这万天之墟里本是一片黑暗，有幸得友人所赠，有此笔在手，我能在这一方天地中画出日月山河、世间万物。我笔下所成之物，灵气虽少了点，但贵在纯粹干净，这是她现在最需要的。”

东方青苍静默。

司命桌上胡乱铺着一沓沓纸，上面布满了她写的东西。她翻找了一下，然后抓出其中一张，说：“我这几天想了不少办法，意图修补她的灵魄。但小兰花伤得太厉害了，我只能以自身仙力护得她气息更稳固，这样下去，将她这缕气息吊个千儿八百年的也不是问题，但永远也补不了她的魂。”

“补魂之物早在上古时便已消失得差不多了。”司命咬着笔杆子道，“这是我以前在古书上见过的可能还幸存下来的补魂之物。但这些东西都已经久远得成了传说，如今外面世间还有没有我也说不清楚。”

东方青苍接过司命所画的图细细一看，一共八种物什，有五种在他初生之时便知道是虚传之物，另外三种则是他亲眼看着消失在世间的。东方青苍皱眉想了一会儿，倏尔眸光一亮，问：“上古兰草你怎未画进去？”

他这一问倒将司命问住了。

“上古兰草有补魂作用？”

原来，司命竟是不知的。

东方青苍点头：“有，这小花妖原身便是上古兰草。”

司命更是大惊：“什么？小兰花原身是上古兰草！”

屋内默了下来。

司命眨巴着眼看着桌上的兰草，心中嘀咕不已，乖乖，这险些在气极的时候拿去喂猪的兰花，竟然有这等身份……不过等等……

“小兰花若是上古兰草，她自己便有修补灵魄的力量，你……”

东方青苍一双血色眼瞳只看着兰草，静默不言。

司命咬了咬牙：“若寻得机会让小兰花醒了，我定叫她再不遇上你这样的家伙。”

东方青苍只道：“上古兰草畏惧生气，如今下界……”

司命没好气地转过头，将桌上的兰草抱了起来，道：“下界没有，我知道有地方有。你且让让，我有救她的法子了，魔尊这便请自行离去吧。”

东方青苍伸手要拦司命，却在碰到司命之前被一道金光猛地弹开。

长渊伸手揽住司命的腰，回头盯着东方青苍。司命则看也没看他一眼，只道：“长渊，咱们走。”话音一落，两人身影登时化为流光，消失在屋内。

东方青苍咬牙，一双红瞳之中血色大盛，细细捕捉着空中两人留下的气息，随即也化形而去。

流转的混沌之中，司命与长渊看似并未行走，然而周遭的光影却流转得极快。长渊往后望了一眼，道："魔尊到底有点本事，重伤至此还能追上你我。不过想来他那身体，应当吃力至极，不过面上不露罢了。"

司命抱着兰花哼了一声："让他追，不收拾他，他还真以为咱们小兰花娘家没人了。"

长渊闻言轻笑，道："如此，你是这小兰花的什么人，娘亲？"

"一日为主，终身为娘。"司命义正词严地道，"长渊，你认不认这个女儿？"

长渊失笑，柔声道："你认了，我自也是认的。"

穿过混沌，前方终于有了些许亮光。刺目的光芒之后，一片空茫的大地出现在了两人眼前。紧随两人而来的，是脸色苍白的东方青苍。

乍见此处景色，东方青苍有点愣神。茫茫无边的土地上基本没有其他生物，只有几根零星的草。东方青苍盯着那几根草，在遥远的记忆里寻找到了与之相对的名字——

上古兰草。

不过愣神之间，司命与长渊已经走远，眺目望去，只见司命正施法将小兰花的气息与兰草剥离出来。

她的气息是软绵绵、白花花的一团，一如小兰花素日里给人的感觉。东方青苍望着那白绒绒的一团，这些天身体里肆虐的寒意也好，挣扎的疼痛也好，好似瞬间便被安抚下来了一样。光是看着她，便好似有一股诡异的温暖盘踞在心里，融进了他的血液当中。

为什么以前没感觉到呢……

或许以前，也是感觉到了的吧。只是以前，他想要的不是这个。

小兰花的气息被司命推到了一片相对茂密的兰草丛间。她的气息登时像找到了归属一样，很快依附上去，藏在毛茸茸的兰草之中。若不是本身发着微弱的光芒，东方青苍几乎要寻不见她的身影。

司命与长渊在那处站了一会儿，方才往东方青苍这边走来。

司命看了一眼东方青苍，没好气地道："你还要待在这里？"

"这是什么地方？"东方青苍不答反问，"为何此处还有上古兰草？"

"万天之墟和无极荒城。"司命回头望了一眼辽阔的大地，说，"这两个地方是天地自成的阵法，只要是阵法就必定有阵眼。这便是那两处的阵眼。以前这里还有更多的兰草，只是……”她看了长渊一眼，“因为某些事，我把无极荒城毁了，同时也让这里的兰草毁坏了许多。不过还好，万天之墟并没有消失，这里也保留了下来。上古兰草娇弱，但凡有一点生气在它周边出现，它便会化为灰烬，所以从上古至今，也只有在这个阵眼里，它才能得以保存，因为这里最为纯粹干净。我一直以为这么娇弱的东西，除了看起来可爱，大概没有别的存在的理由，也是今日才知道它竟有修补灵魄之力。”

司命看了东方青苍一眼：“和想象中的不太一样呢。最柔弱的东西，却可以修补世间最难以愈合的伤。这大概便是天地之力最厉害也最温柔的安排吧。”

东方青苍沉默着。

司命道：“你同我们一起离开。你在这里，或许会影响到上古兰草对小兰花的治疗。”

东方青苍不动。

司命盯着他，问：“你还想伤害小兰花吗？”

血色眼瞳中尽是暗淡。“我会离她远远的。”东方青苍道，“但是我要在这里守着她。”

司命顿了顿：“随你便吧。”

与长渊踏出阵眼之前，司命转头问东方青苍：“魔尊大人，将小兰花害成这样，你可曾后悔过？”

东方青苍一怔。

赤地女子先前在千重幻境里问他的话与司命的话重合。

“后悔过吗？”

当时他是怎么回答的？他说他行事，从来不会后悔。他千万年来，便从来没有后悔过。因为对东方青苍而言，他没有是非观，自然从来不会出错。

但现在……

东方青苍垂下眼眸。

后悔吗？

等不到东方青苍的答案，司命便携着长渊一同离去了。

再次踏入混沌之中，长渊问司命：“你现在是如何打算的？竟把伤害自己女儿的薄情人留在了可以再次伤害她的地方。”

司命笑了笑，说：“东方青苍应该不会再伤害小兰花了。”

“何以如此笃定？”

“唔……”司命歪着脑袋想了想，“感觉？他就像一个不懂珍惜的霸道小孩，被现实狠狠地痛打一顿后，大概会明白些东西。”

“那你现在是在……”

司命轻笑道：“没看出来，我这是在痛打落水狗吗？”

长渊笑了起来：“司命以为……魔尊当真是动了真心？”

“长渊啊，魔尊看小兰花的眼神，我可熟悉了。”司命牵住长渊的手，“就是你看我的眼神。你说，你是真心的吗？”

长渊垂下头，轻轻在司命眉心印上一吻。

“如此，定当是真心的。”

第二十九章

东方青苍，你为什么老是跟着我啊？

天色没有变过。

与东方青苍被封困后在漫长无涯的黑暗之中漂流时不一样，这里永远都没有黑夜，但这里与他在漫长的漂流里感受到的却是一样的孤独以及……

无聊。

但总归是好于那个时候的。要说为什么的话……每当东方青苍的目光落在那片毛茸茸的兰草地上时，他心里总会隐隐地生出几分期待。

期待有个活蹦乱跳的身影从里面钻出来，然后生气勃勃地唤他："大魔头。"

每当想到这些，东方青苍便觉得这里的无聊还是可以忍受的。甚至，他还可以忍受更久。

不知时间过去了多久，四周景色丝毫没有变化。东方青苍的感觉变得越来越模糊，唯一清晰地印证着时间流逝的，是他胸前的伤口，慢慢好了起来。

伤口结痂脱落的那一日，东方青苍竟忽然有点舍不得这个伤痊愈。因为没有了伤口，他便连时间的流逝也感觉不到了。

远处那团毛茸茸的兰草依旧没有动静，时光好像停滞了一样。慢慢地，东方青苍也已经说不清楚，执意在这里等待守候，到底是因为期待着小兰花醒来，还是因为这已经变成了他的执念。就像上古之时，他败在赤地女子手上，于是赤地女子便变成了他的执念一样……

然而就是在这样连时光都模糊的时候，忽然有一日，东方青苍在一次长眠之后睁开眼，下意识地望向小兰花所在的兰草地。然后他本还睡意蒙眬的眼睛慢慢睁大，血色眼瞳里映出了那方景色的变化——

在毛茸茸的兰草地上，一团白色的光影在上面滚来滚去，好不开心。

东方青苍不由自主地屏住了呼吸，像是害怕喘息声稍微大一点，便会把这样的“梦”吹散了一样。

白色的光影本身也是毛乎乎的一团，她在那片兰草上从左滚到右，又从右边滚回去，像个顽皮的孩子。

东方青苍目不转睛地盯着她，半天也不眨眼睛。

他想过去摸摸她、碰碰她，甚至恶作剧地捏她一下。这样的欲望在他心里膨胀着，挠得他心痒，让他着急，让他像少不更事的少年一样沉不住气。

若是以前的东方青苍，他定是早就过去了，掐住她、握在掌心，他才能心安。

但现在，不知为何，依旧自诩无所畏惧的东方青苍，竟然会有一点害怕。

怕他的触碰会伤害她，怕自己靠得近了，她便又消失了踪影。

这样脆弱的灵魄，是他曾经最不屑的“弱者”，是他从来不放在眼里的卑微蝼蚁。但现在，东方青苍却情不自禁地为了这样的东西，控制、压抑，甚至畏惧。

畏惧如此得来不易的东西会因为他不经意的莽撞，又斑驳破碎。

于是，东方青苍自己也没想到，看见小兰花在那方重新出现的时候，他第一个反应，竟然是往后退了退，然后又退了退。

那方的小兰花滚了一阵，好似累了，于是兰草丛中又安静下来，没了动静。

东方青苍盯着那方，一动不动。不知过了多长时间，小兰花又开始动了起来。

一次又一次，东方青苍摸准了小兰花的规律，他立了一块石头，随手扔了个火球围着石头规律地旋转。当火球绕石头一周，小兰花便会清醒一次。

小兰花便成了他的时间。他与她一同清醒，然后又一同睡去。他看着她周身的白光日益变强，然后慢慢有了形状，是一个小孩的模样。

东方青苍感觉自己变成了一个只会用眼睛生活的人。他用眼睛记录下了小兰花每一天的变化。闲暇时，东方青苍看着面前旋转不停的火球，忽然眯起了眼睛。他现在……为什么能安于过这样的生活？

但没多久，像是要印证东方青苍的想法一样，他的生活，在又一次清醒过来之时，陡然发生了变化。

那片兰草地……消失不见了！

睁眼之时没有看见那片兰草地，东方青苍难得不自信地认为是自己眼睛花了。待得仔细一看，确认之后，东方青苍只觉一股寒意猛地袭上心头，比朔风剑造成的伤口更甚。

他转瞬便行至兰草曾在的地方，眼中的惊惶未来得及褪去，他便看见了趴在地上蜷着身子睡觉的小孩。

三四岁大小，柔软的长发，周身被笼罩在一片白光之中。她还是灵体，还没有身体，但她身上，已经有了生气。

是上古兰草触到生气，所以消失了吗？

东方青苍俯下身，伸出手，在小兰花的脸颊旁边停了许久，终于贴到了她的脸上。

沉睡的孩子感受到了温暖，圆圆的脸蛋在他掌心里蹭了蹭。

这一蹭便像是要将东方青苍的心都蹭化了一样，他的神色是从来未有的柔软。

小手伸上来抓住他一根手指，然后圆脸上的眉头皱了皱，小兰花醒了过来。

一双清亮而黑白分明的眼睛望着他，她没有说话，或许也不会说话。她望着他的眼睛里写满了好奇与探究。

这是自然的，因为于小兰花而言，这是一次新生。

东方青苍也希望如此。以前的事，他不希望她再记起了。

万天之墟里，司命与长渊正在对弈。司命正执子斟酌，一个七八岁的小女孩跑了过来，往司命身上一扑，说："娘亲，有个从没见过的好凶的人来了。"

司命只看着棋盘道："嗯嗯，你又偷我的笔拿去画人了是不是？你画出来的人，你可得对人家负责。"

"不是长生画的。"女孩辩解道，"那人白头发、黑衣服、红眼睛，抱着一个白娃娃。"

司命闻言，微微一愣，抬头与长渊相视一眼，忍不住嘀咕："养了十余年，小兰花真给养活了。"

小女孩在旁边问："小兰花是谁？"司命把长生推到长渊怀里，道："问你爹。"长渊老实地接住女儿，看着司命急急忙忙往前院而去，他低头宽慰长生："那是你阿姨……唔，你姐姐。"

司命赶到前院，便见儿子长命正拦在东方青苍面前。

长命才十来岁，没长多高，性子却比妹妹要沉稳许多。东方青苍虽然没说话，但一身气势也是骇人，长命却不卑不亢，只道："妹妹已去通知了，家母家父稍后便……"

"到了到了。"司命疾步上前，看见东方青苍怀里的小兰花，一时喜上心头，"竟当真活了，当真活了！"她转头吩咐儿子，"长命，快去将娘的笔拿来。"

长命乖乖应了，只是离开的时候目光好奇地往东方青苍怀里瞥。东方青苍察觉到了他的目光，眼睛一眯，将小兰花往怀里藏得更深了些。

长命只得快步离去。

司命将小兰花看够了，又抬头望向东方青苍，道："十数载时间不见，魔尊倒丝毫未变。"

听闻这个时间，东方青苍并没有什么反应。十数载时间，于他而言，本无甚稀奇。能守得这小花妖再次结灵，这时间很划算。

"她只是重结灵魄，并无身体。"东方青苍道，"出了那处，她还得需要个身体，才方便生活。"

"要身体，在我这万天之墟里还不简单。"司命说着，便见长命已捧了笔回来，她执笔在空中对着小兰花一勾勒，东方青苍抱在怀里的人立即沉了许多。"只要不出万天之墟，她要什么样的身体，我便给她什么样的身体。只是魔尊，我这万天之墟，怕是留不下你。"

东方青苍不语。

他还未作答，怀里的小兰花却忽然伸出了手，一把抓住了司命的笔头，然后顺杆揪住了司命的手指，拼命往司命怀里爬去。

东方青苍皱眉，欲将小兰花抓回来，哪想刚用了点力，小兰花便瘪了嘴，"嘤"的一声哭了出来。东方青苍只道自己抓疼了她，连忙松了力气。

司命却不和他客气，趁机一把捞过白白胖胖的小兰花，将她搂在怀中。"看来她更喜欢我一些。"司命示威地笑笑，"听闻魔尊有撕裂三界封印的本事，那天界对万天之墟的封印必定也是拦不住你的。魔尊自便吧。"言罢，她转身往旁边厢房走，“长命，帮我把这屋子收拾一下。”

东方青苍的拳头紧了紧，周身的气息变得危险起来。

小兰花趴在司命的肩头，司命在前面指挥着长命忙活，她就歪着脑袋望着站在原地的东方青苍。

清澈的眼睛看得东方青苍无法动用半点暴力手段将她抢回来。

他骨子里仍旧是一个十恶不赦的坏人，但唯独在这个什么都不记得的人面前，他想变得好一些。

小兰花在司命的院子里安了家，东方青苍也毫不客气地随之住进了小兰花的屋子里。

司命赶他走，他便似没听到一样，拿着筷子蘸了桌上的白糖给小兰花舔着玩。看着东方青苍这模样，司命眯着眼睛揶揄：“不承想，传说里令天下人闻之色变的魔尊，也有这么厚脸皮的时候啊！”

东方青苍权当司命不存在。这边白糖被小兰花舔得落在东方青苍的手指上，小兰花一嘟嘴，将东方青苍的手指给含了进去，连吮带吸，末了还咬了几口。

东方青苍看着她，唇角竟不由自主地带了笑。

司命见状，便不再多言，转身离去。

过了两三天，这一家子心大的人便也习惯了忽然多出来的胖娃娃和煞气魔头。

小兰花格外黏司命，只要不是东方青苍将她抱走，她都是跟在司命的脚后跟转悠的。而且，她也不喜欢东方青苍将她抱走，每一次东方青苍抱她，她都要挣扎许久。

时间一久，东方青苍心底压抑的不痛快隐隐多了起来。

小兰花长得也快，没半个月时间便能跟着长生长命一起说话了。于是司命便给她画了个大点的身体。又过了半个月，小兰花竟然会变着法儿地诓长生把自己的吃的给她了。

知道小兰花心智长得异常快，于是司命一琢磨，干脆给她画了个十六七岁的女子身体。身体变大了，小兰花很高兴，但是走路却有点不适应。

她在屋子里练习走路，东方青苍便在旁边坐着，闲闲地看着她。

看着小兰花歪歪倒倒的模样，东方青苍倏尔想到了很久之前，千隐山中，他刚捏好了那具息壤身体，就被小兰花抢了过去。当时她不适应息壤的身体，走路也和现在一样，歪歪倒倒、踉踉跄跄……

忽然间，东方青苍脑海里闪过了一个念头——小兰花不能一直待在万天之墟里面。

或者说，小兰花可以一直待在这里，但他不愿意。

这里有小兰花喜欢的司命，还有喜欢小兰花的……

东方青苍目光一转，看见了躲在房门外、正探着脑袋往里面看的长命。

触及东方青苍的目光，长命感觉到了在这万天之墟里从未有过的凛冽杀气。他不由得愣了愣神，然后强作镇定地默默离去。

东方青苍回过头，看了看那方依旧在围着桌子走路、而全然不知的小兰花，更下定决心，自己不能放任她继续待在这里。

得到了期待的东西，便想得到更多。他是魔，所以这些人类拥有的欲望他都有，甚至更强烈。以前他的欲望在于追求强大的力量和胜利的快感，而现在……他大概是把心中所有的期待、盼望以及欲求都放在小兰花身上了吧。

因为他想要全部占有，所以容不得他人半点觊觎。

小兰花脚下一个踉跄，身体一斜，东方青苍小施法术，将她膝盖撑住，避免了她摔倒。“小花妖，别老看着脚下。目光放远一点，更好走。”

小兰花没有吭声，又迈出一步，却又是一腿软，整个人往前扑倒。东方青苍身形一闪，眨眼间便行至小兰花面前，将她抱了个满怀。

他将小兰花抱住了，就一直没有松手，直到小兰花在他怀里挣来挣去，他才稍微松了点力气。

小兰花在他怀里挤出脑袋来，问：“东方青苍，你为什么老是跟着我啊？”

东方青苍眉梢一挑，说：“你说呢？”

“司命说你这叫阴魂不散。”

东方青苍额上青筋一跳，更加坚定了要带她离开万天之墟的想法。“哪来的阴魂，会如此护着你？”

“那你为什么跟着我？”

东方青苍抬起手，手指贴着小兰花的脸颊，然后挪到了她的下巴。

“因为你是我的。”

他俯身含住小兰花的唇，满意地看见小兰花忘记了挣扎。

东方青苍若是要魅惑人，是件很容易的事。

鼻端和唇齿间皆是东方青苍的气息，小兰花不懂这叫亲吻，也不知道要多么亲密才能做这样的事，她只是遵循着自己的感觉闭上了眼睛。

在世界黑下来的一瞬间，她恍惚嗅到了青草与花的味道，她听见有人说“你那么讨厌，我却喜欢你”。

唇齿里的感觉不再甜蜜，反而变得有几分苦涩。

她听见有人说：“我活着，不是为了被当成药物的。”喉咙发紧，她感觉到自己的灵魄好像在被什么东西强力地撕扯着，要将她碾成碎片。

纷乱的画面走马观花一样在她脑海里旋转。

“大魔头，你又骗我！”

忽然间，这一句指责像是箭一样扎进小兰花心头，疼得她一个激灵，猛地睁开眼。

小兰花想一把将东方青苍推开。

但东方青苍没有被小兰花推动，她自己却摔倒在了地上。

小兰花抬头望着东方青苍，神色里有点仓皇。

房间里静悄悄的。东方青苍望着摔坐在地上的小兰花，她眼角滴滴答答地往下落着泪珠，她像毫无知觉一样，就这样呆呆地看着他。

无言之际，东方青苍上前一步，俯身想要将小兰花从地上拉起来，但小兰花却在他伸手的时候，身体开始颤抖。

她在怕他。

“我不是你的。”小兰花用手撑着地往后挪，满眼惊惶惧怕，“我不是你的。”她拿手臂抹了抹嘴，“我……我不想见到你。”

东方青苍以为朔风剑在他心上捅出的伤已经完全好了。但现在，不知为什么，他心尖最柔软的地方却像是被最钝的刀拉出了一道口子，狠狠一疼，又酸又涩。道不出、说不明，痛楚难言。

“我不想见到你。”

东方青苍伸出的手在空中无措地僵着。最终，他收回了手，控制住神情，如往常一样，沉默地转身离开。

出了屋子，合上房门，东方青苍闭上眼，神识却四散开去。不用眼睛，他能看到这个世界最真实的东西。司命画的房间消失，花草不在，只有小兰花一个人抱着膝盖缩在地上。

她脸上的神色除了茫然便是无措。

她或许是想起了点什么吧，或许是很多不开心的东西……

以前没有舍不得，但现在东方青苍看到小兰花这个样子，只觉得舍不得。

他想陪在她身边，如果可以，他想用法力抹掉她眉心的褶皱，涤去她眼中的无助。

直至此时，东方青苍扪心自问，后悔了吗？

是啊，他后悔了。

做错了吗？

是的，他做错了。

若是再来一次，从头开始，他不会再那样利用她、欺骗她，又自以为是地将她玩弄于股掌之间了。

闭上神识，东方青苍倚在门外，一动不动，宛如一尊俊美的雕像。

当天夜里，小兰花做了很长的梦。梦里的她不停地叫着："大魔头，大魔头。"她看见许多人，梦见了许多事，昊天塔、冥界、谢婉清、千隐山、九幽魔都，还有诛仙台……

她梦见自己在不停地挣扎，她一直在哭，乞求"大魔头"不要让她像一味药材一样消失。但最后，她还是消失了，消失在一片黑暗之中……

不知过了多久，世界又慢慢亮了起来。在一片亮晃晃的白昼里，小兰花看见在远远的山头上，有个黑衣人一直静静地守在那儿，不管她什么时候看他，他都在那儿，像山石，像老松，从来未曾变过。

他也看着她，一双鲜红的眼睛里没了杀气，只余默默的温柔。

大梦惊醒，小兰花睁开双眼，看见了头顶的房梁。

更多的记忆纷沓而至。小兰花默默地忍了一会儿，翻涌的记忆终于平息了下来。她沉默了许久，然后下了床。来不及披上衣服，也没有穿鞋，她走到门口，径直将房门拉开。

日光倾斜，门口银发黑袍的背影还在静静地站着，听见开门声，东方青苍回过头来，鲜红的眼睛里映出了她的面容。

小兰花望着他，没有说话。

东方青苍也跟着沉默，半晌方道："怎么，今天还是不想看见我？"语气难得地带了三分自嘲。

小兰花唇角动了动，未及言语，那方大门忽然被推开，司命与长渊踏了进来。

司命转头往他们这方一看，问："怎么？大清早的，这是吵架了……"话没说完，小兰花忽然光着脚咚咚咚地跑了过去，然后一把抱住司命，嘤嘤地哭了起来。

司命愣住，旁边的长渊也愣住。

隔了好一会儿，司命才抬手拍了拍小兰花的背，然后转头对东方青苍怒目而视："好啊，你个负心汉！又欺负她！"

东方青苍只是望着小兰花的身影，微微皱起了眉头。

这天之后，小兰花好像和之前没什么区别。要认真说有什么不对的话，她离东方青苍更远了。只要东方青苍在，小兰花便会表现得非常木讷，不说话也不笑。

于是东方青苍便整日都在司命画出来的小院上面飘着，远远地看着小兰花。

他本以为现在的自己只要可以这样看着小兰花就好，因为她想要这样，他便陪着她过这样的生活。但东方青苍高估了自己的忍耐力。

某日长命教小兰花画画，站在她身后，握着她的手，在她耳边轻声说话。小兰花一抬头，长命的嘴唇就不小心碰到了小兰花的脸。

长命登时涨红了脸，却仍旧强作镇定，而小兰花则没心没肺地笑着打趣他。

司命画的房子自是有房顶的，却拦不住东方青苍的神识。

见此画面，他怒火中烧，再也忍不下去。当天晚上，小兰花正在睡觉，东方青苍一脚踹开房门，在小兰花惊愕的眼神当中，一个咒术甩上她的脸，小兰花立时晕了过去。

东方青苍归根到底……还是一个坏人啊！

司命与长渊在房间里听到动静追出来，空中早已没了东方青苍的气息。

只有小兰花的屋里桌上留了一张字条——"叨扰多时，人已带走"。

司命将字条都捏得皱了起来，然后拍桌子大骂："混账东西！聘礼都不给我留一个！没礼貌！"

终章

我每一次路过三生石，都刻过他的名字

东方青苍的法术没有在小兰花身上作用许久，因为当小兰花离开万天之墟时，她那司命画出来的身体便开始慢慢消失。随着身体一同消失的，自然还有东方青苍的咒术。

小兰花只觉周身一轻，待睁开眼，东方青苍已在流云的那一端，小兰花的突然消失好似让他也有点回不过神来。

看着在白云里若隐若现的灵魄，东方青苍表情僵硬。

一无所依的空茫感让小兰花下意识地对东方青苍伸出了手："大魔……"话还未说完，风一来，小兰花便觉自己要被这股大风刮走了。

灵魄一晃，小兰花正无措之际，便被一股温暖的力量牵引住。小兰花那么明显地感觉到，她正在被那股力量拉着往前飘。

白云在眼前飘散开去，小兰花猛地撞进了一个胸膛之中。

然而她却并没有止步于东方青苍胸膛前。那股力量牵引着她，让她慢慢融进了东方青苍的身体里。

眼前一黑，待再回过神时，小兰花只觉左边身体一沉，而右边身体依旧轻飘飘的没有实感。

这感觉……

小兰花尝试着动了动左手，感觉自己左手抬了起来。垂头一看，纤长的手指、锋利的指甲，小兰花有些呆滞。

穿着黑色长袍的平坦胸膛，垂到胸前的招风银毛……

“我！”一开口，果然是东方青苍的声音！

小兰花大惊，道：“东方青苍！你为什么又要和我共用一个身体！”

身体的右手动了动，将肩头银发撩到身后：“哦？为何要用‘又’字？”小兰花猛地静了下来，她能感觉到眼睛不受她控制地微微眯了起来，“小花妖，你不是什么都不记得了吗，嗯？”

小兰花五指紧了又松，松了又紧，然后咬牙道：“你不是早就看出来了吗？”现如今，她对东方青苍的了解，并不比东方青苍对她的了解少。“你不是也默许了吗？”小兰花道，“放我回去，我要和主子在一起。”

“不放。”东方青苍这两个字蹦得生硬又果决。

小兰花生气地道：“我要和主子在一起！这一次，我不要再跟着你走了，你也休想再玩弄我！我不会再被你骗，也不想再被你拿去当药材。”小兰花说着，声音微微低了下去，“只有主子不会害我。”

“本座……也不会害你。”

东方青苍这话说得低沉，像是在承诺。小兰花一怔，沉默下来。

东方青苍重新开口：“你而今也做不成药材了。灵魄重塑，岂能恢复你原来的力量，不过勉强做个普通灵魄罢了。”

“那你复活我干什么？”

小兰花脱口而出的话让东方青苍沉默了许久。直到小兰花以为他都不会开口回答了，东方青苍才道：“情之所至，理所当然。”

小兰花惊呆，一瞬间以为是自己的耳朵出了什么问题。如果她还有身体，一定会拍拍东方青苍的脸，让他清醒一下。呆了许久，没等到东方青苍再开口，小兰花咬了咬嘴唇，道：“你又骗我。”

“信与不信随你，总之，你得待在本座身边。”

小兰花很无奈地问：“你为什么非和我过不去？”

“本座说了，因为喜欢。”

在小兰花愣神之际，东方青苍的身影化为白光，向下方飞去。小兰花不安地道："你到底要做什么？"

"帮你找一个身体。"

找她的身体……这是之前她千求百求，都求不来的事。但现在，他却自然而然地在帮她做了。

小兰花呆呆地杵在东方青苍的身体之中，一动也不动。东方青苍拖着残废了一样的一半身体，闯进魔界结界，顶着魔界众人看疯子一样的目光，拖着半条腿，一路气势汹汹地踏上了魔界大道。

十余年时间，被东方青苍弄得一塌糊涂的魔界已恢复秩序。九幽魔都中央大道的尽头处又建立起了一所高高大大的宫殿。

孔雀和觞阙听闻消息，领着重兵拦在了东方青苍前进的路上。

孔雀衣着妖艳，脸色却有点难看地说："东方青苍。"

一旁的丞相觞阙也是神色凝重，但还是控制着情绪，沉声问："时隔十数年，不知魔尊而今重回魔界，有何贵干？"

东方青苍眉毛挑了挑，"本座不该来魔界？"问到最后一字，他声调微微一沉。被挑战了威严，让他有些不开心，"尔等后辈，竟比上古魔宠更加不如。"话音一落，威压震慑开去。

重重魔兵尽数下跪。孔雀与觞阙二人脸色极为难看地与东方青苍对视，那双猩红的眼瞳好像一把钩子，钻进了他们心里，然后钩出了他们内心的恐惧。觞阙腿一弯，跪在了地上。

孔雀咬牙支撑，东方青苍勾唇一笑，满是嘲讽之意。他右手一抬，五指一收，孔雀便被东方青苍隔空抓了过去。他捏着孔雀的脖子，神色里满是杀气。

"倒是险些忘了你算计本座之事。"

东方青苍掌心里漫出黑气，侵蚀了孔雀的脖子。孔雀眼睛睁大，双腿在空中乱蹬。

觞阙大惊，连声乞求："求尊上放过军师！"

东方青苍哪里理他，手中魔气溢出更多，爬满了孔雀的脸，让他变得面目可怖。

左边眼睛猛地闭上。东方青苍恍然意识到，小兰花也和他一起眼睁睁地看着这些事。东方青苍眉头一皱，随手将只剩一口气的孔雀丢开。

"今日不想脏了手，算你运气好。"东方青苍一拂袖，扬声道，"无论何时，无论何地，本座若是出现，尔等只需记住一件事便好了。"东方青苍神色淡淡地道，“臣服。”

他迈出一步，小兰花故意给他掉链子，左腿定在地上不动。东方青苍踱了下脚，地上的影子跟着他滑稽地崴了下。即便是跪着，但依旧有魔界的人看见了。

没人吭声。

东方青苍面不改色地提自己的要求：“本座此来，只为寻人。集魔界之力，寻妖市主与其身边女子一名。何时找到，本座何时离开。在那之前，那处，便是本座的寝殿。”

言罢，他没有半分停留，眨眼间便行至魔界最高的那处宫殿。

魔尊离开，压力顿减。士兵们站了起来，窃窃私语。觞阙连忙上前将孔雀扶起，孔雀恨得咬牙。救出魔尊，望其复兴魔界，大概是他此生做得最可笑的一个决定!

这哪里是什么魔神，简直是瘟神!

到了宫殿，小兰花道：“大魔头，魔界的人都会以为你有毛病……”

“随他们。左右从遇见你开始，本座在他们眼里就没有正常过。”东方青苍脚步停了下来，“好好走路。”

小兰花嘀咕了两句，倒还是听了他的话，配合着他走进了宫殿之中。

到了晚上，小兰花怎么也睡不着觉。她睁着左眼，东方青苍也陪着她一样睁着右眼。两个人谁也没说话，在安静的黑暗中，一直沉默着。

其实这感觉很奇妙，小兰花想，明明在同一个身体里面，但依旧不知道对方在思索什么样的事情。“想法”这样抽象的东西，大概是所有人身体里最隐秘的部分吧，别说其他人，连自己或许都看不完全……

小兰花觉得，她现在大概也是看不清自己的内心的。唯有一点，她很清楚，她不相信东方青苍了。

或者说……

不愿意相信东方青苍了。

所以东方青苍对她说喜欢也好，要帮她找身体也罢，小兰花都在绞尽脑汁地思考着，他帮她做了这些，会要她做什么？她还有什么可以给东方青苍……

一夜静谧。当窗外开始有了些许光芒，小兰花才恍然意识到天亮了，而她和东方青苍就这样躺着睁眼到天明，还一句话没讲……

"大魔头。"

"嗯。"

"没事……你一夜没睡啊？"

"在等你说话。"

小兰花心头一动，她按捺住心思，说："我没什么话说。天都快亮了，我睡会儿。"

东方青苍无言，在小兰花以为他不会说话的时候，他却又开了口："小花妖，你不是说，本座很坏，你却喜欢吗？"

是啊，她说过。

"大魔头，"小兰花轻声道，"我死过一次了。"她顿了顿，"死了一次，很多事情都变了。"

所以……现在是不喜欢了吗？

东方青苍不自觉地把右手握成了拳，然后在沉默中松开。

东方青苍住在魔界，孔雀与觞阙寝食难安，无奈他的实力摆在那里，两人只好像急着送瘟神一样，催促下属卖力寻找妖市主的踪迹。

半月之后，终是有了消息。

"花草甸？"东方青苍的指尖在王座的扶手上敲了敲，"十余年前，赤鳞躲藏的地方？"

下方前来禀报的将领颔首称是。

东方青苍想了一会儿，问："除妖市主，可有探到与他在一起的女子的消息？"

"这……并没有女子与妖市主在一起。"

东方青苍的唇角扬起了一个阴险的弧度。"藏起来了吗……"他呢喃，"先前让你将人从本座手里抢走了，这次，本座毁了你整个世界。"

没与任何人打过招呼，东方青苍如入魔界时一样，一晃便不见了身影。只是将领一抬头，看见王座左边供着的糕点，少了两块。

东方青苍身法极快，出了魔界，行至花草甸不过片刻间的事。

到了花草甸，小兰花看着面前的景色，忽然间觉得有几分气闷。这处景色与妖市主以前的千重幻境一模一样，她之前被困在那里，而后死在那里，自是对那处没什么好的印象。

感觉到小兰花的紧张，东方青苍倏尔开口："谁也伤不了你。"

是啊，这次谁也伤不了她了。她在东方青苍的身体里，他是这个世上最厉害最嚣张的大魔头。所以，他就是这世上最安全的地方。

花草依旧带着香气，然而与之前在那息壤身体里不同，这次在东方青苍的身体里，小兰花能清晰地嗅到空气中法力的味道，还有结界的布置，甚至连阵眼都看得一清二楚。

魔尊的身体，便是如此方便。

东方青苍一路目不斜视，径直向阵眼而去。

花草甸上有一座一模一样的古朴小院，要说有什么不同的话，大抵是之前阵眼便在这小院之中，而如今，阵眼却被妖市主深深地藏在了地下。

东方青苍在红瞳里略施法力，地下十丈深的构造便被他看得清清楚楚。错综复杂的结构、遍布机关的山洞隧道，还有无数掩人耳目的石室。但所有的伪装都被东方青苍一眼看穿，他找到了自己想要找的东西。

最底层的石室里坐着一人。

东方青苍闭上眼，神识往下一探，随即笑了："小花妖，你还不知道本座的本事？"

小兰花一直是知道的。

在他只凭阵法之力撕开昊天塔的时候，在他挥手间便让八万人马消失踪迹的时候，在他默不作声便沉了千隐山的时候，小兰花一直都知道他的强大。于是此刻，即便待在东方青苍的身体里面，小兰花也有几分害怕。

她咽了口口水，问："你想干什么？"

东方青苍一笑："托这妖市主的福，本座现在，可是憋屈得很。"他说着，手中烈焰凝聚，凝出了长剑的模样，"偷来本座的成果，这小人定是沾沾自喜了许久吧。"东方青苍的声音越来越危险，"本座便让他一夕之间，一无所有。"

东方青苍从来就不是个以德报怨的人。

烈焰长剑凝聚法力，宛如盘古的开天斧，一剑斩下。脚下花草登时被烧为灰烬，力量涤荡开去，别说花草，遍地沙石翻飞。一道裂痕自大地中裂开，越来越深，越来越大，径直向下，如分水术一般，将大地分成了两半。

耀目的光芒之中，小兰花忽听有人在身后咬牙切齿地嘶声大喊："东方青苍！"

背后传来杀气，东方青苍却头也没回。周身荡出一个烈焰结界，将那人拦在了外面。

与此同时，东方青苍一跃跳进了脚下裂缝之中。下落的过程里，小兰花回头一望，看见裂缝之上，被东方青苍结界挡住的人。

“是妖市主！”

“来得好。”东方青苍道，“便让他亲眼看着这具身体，如何被本座抢走。”

眼看着便要落到最底层的石室，一层透明的结界却将东方青苍挡住了。东方青苍眉头一皱，挥剑便要将结界斩开。此时，石室内的赤地女子却忽然走了过来。让人惊异的是，赤地女子的脚上竟然戴着沉重的精钢脚链！

“魔尊，”赤地女子看着东方青苍，半点没有被囚禁的狼狈，依旧背脊挺直地道，“你是来取这具身体的吧？”她指了指东方青苍手里的剑，“那你就不能用它。这个结界一坏，整座山便会坍塌而下。”

东方青苍倒也不急，从容收剑。

赤地女子坦然指挥：“我出不去，但你可以听我的，在结界上写下八字咒言，以你的血，便可解此结界。”

东方青苍挑了挑眉，气息往体内探了探。小兰花的灵魄在他的身体里被养得生龙活虎的，没有大碍，于是东方青苍依言在结界上画下了咒语，加上一滴血。结界果然应声而破。

结界外的妖市主心急欲狂，东方青苍他们在下面都能感觉到他在疯狂地对结界施加法术。

小兰花看了看上面，又看了看赤地女子，问：“他不是喜欢你吗，为什么要这样对你？”

听到这个语气，赤地女子愣了愣：“小兰花？”

“是我。”

赤地女子看着东方青苍笑了起来，说：“放在外面不放心，索性就放在身体里面了吗……魔尊，你也有今天。”

东方青苍冷笑一声，指了指赤地女子脚上的精钢铁链，说：“天地战神不也是如此，你也有今天。”

一对千古宿敌，到如今却在这个石室内互相调侃了起来。赤地女子不由笑出了声，但笑着笑着，声音却变得有些无奈：“他怕我跑了，这链子上还有咒术呢。我这徒弟等我等得太久了，他生病了。”

小兰花犹豫着问出了口：“他……囚了你十几年？”

"嗯，"赤地女子点头，"他却将自己囚了千万年。"

她动了动脚腕，听着铁链的响动，笑道："你看，天道果然不曾饶过谁。"

听得这句话，东方青苍冷哼一声，手一挥，火焰化为的利刃飞了出去，碰撞上了精钢铁链。然而铁链并没有被熔化。

东方青苍眉头一皱。不过瞬间，火焰的热量便通过铁链传到了赤地女子的脚踝之上，脚踝皮肤开始泛红，赤地女子却连眉头也没皱一下。

又是两股烈焰跟上，铁链终于被割开。

东方青苍轻蔑地道："天道算什么？"

"天道算什么……这十余年时间，你还不曾知晓天道是什么吗？"赤地女子看着东方青苍，"魔尊，你如今，可是依旧毫无畏惧？"

东方青苍不语——他有畏惧的东西了。

以前的无畏无惧，是因为对任何生命都不在乎，但他现在，有在乎的、想要守护的东西了。

土地一颤，仰头一望，东方青苍的结界竟然被妖市主撕出了一条口子。

东方青苍挑了挑眉，道："别废话了，把身体给本座让出来。"

"自然，我等这天，也等了许久了。"

小兰花闻言，心里忽然闪过了一个想法。难道之前，赤地女子保下她一缕气息，就是为了等今日，东方青苍来"救"她，拿回这个身体，换她重入人世吗？

若真是如此，赤地女子的谋算，虽是厉害，却也有些无情呢……

但没有给小兰花询问的机会，赤地女子慢慢闭上眼睛。"东方青苍，我最后请求你，杀了阿昊。只是别让他魂飞魄散，让他来忘川找我吧。"她轻轻扬起唇角，"以前那块三生石可以随意刻画的时候，我每一次路过，都写过他的名字。"

白色的灵魄飞离息壤身体。

头顶东方青苍的结界破裂，妖市主近乎声嘶力竭的声音传来："师父！"

东方青苍低喝一声："进去！"随即小兰花便被东方青苍挤出了身体，但她倒是将东方青苍的意思领悟得快，立即一头扎进了息壤的身体之中。

息壤的身体经过这十来年的磨炼，早已不再有生气排斥小兰花的灵魄了。她的灵魄完美地嵌合入了身体的每一个角落，然后，她动了动手指，睁开眼，用自己的双眼看见了东方青苍。

经过了那么多事情，她终于又回到这具身体里了。

然而此时此刻，并没有给小兰花太多时间欣喜。只见妖市主疯了一般扑向东方青苍，挟带着要噬咬他血肉的痛恨大喊："东方青苍！你竟敢！"

他五指在虚空中一抓，朔风长剑登时出现在他手中！

小兰花大惊，对于这把剑两次给东方青苍造成的伤害，她可是记得清清楚楚。

妖市主一剑砍向东方青苍，烈焰与寒冰碰撞，巨大的冲力几乎将小兰花掀翻。一击之后，东方青苍却未恋战，身形一闪，抱住小兰花，在她脖子上飞快地印下了一个血印，说："保护好你自己。"

紧接着，小兰花只觉眼前一花，待得她再回过神来，四周场景却是早已经发生了变化。

小溪在她面前叮咚流过，四周是茂密的树木。哪里还有刚才的石室和满是杀气的妖市主。

是东方青苍用瞬移之术将她送出来了，但是东方青苍……

像是要应和小兰花的想法一样，远处忽然飞起大片惊鸟，轰鸣声传来，小兰花眼睁睁地看着远处的覆雪的山体慢慢坍塌。

那是……她刚才所在的地方……

"大魔头……"回忆起妖市主血红的眼、满身的杀气、似疯似狂的神情，还有那把朔风剑和东方青苍最后说的那句"保护好你自己"，小兰花心中的不安慢慢扩大。脚上还有方才被铁链灼烧之后的疼痛感，但小兰花此时已顾不上这些了，她踉跄着脚步，往山塌的那方奔去。

而这一方，东方青苍面对已近疯狂的妖市主，依旧神色闲适地说："你师父让你去忘川。"

"什么忘川！"妖市主怒红着眼，"千万年前的记忆，还有这千万年的记忆，关于师父的，我一丝一毫也不想忘！我等了如此久、盼了如此久，你却毁了她……像你这种家伙，怎么会明白！东方青苍，若是没有你，若是没有你……"他疯了一样嘶吼着，恍似要燃尽所有精元之力一样，只知晓疯狂地厮杀。

他的剑来势极快，甚至出乎东方青苍的意料。东方青苍抽剑来挡，不想妖市主那剑竟是虚晃一招。朔风剑眨眼便向他心房刺来……

远处受争斗之力缓缓坍塌的山忽然轰然崩塌，山兽嘶鸣，惊鸟腾飞的声音不绝于耳。

然而，山塌下之后，四周却都安静了下来。那边再没有法力碰撞的光芒，小兰花停下脚步，僵立在远处等了许久，但一直没等到东方青苍从那方过来。

她心里的不安越积越多，终于迈步往那方走，爬过落下来的碎石，踩过没有路的泥泞。她一直往那方赶。

“大魔头……大魔头……”

她喊着东方青苍，直到暮色四合，东方青苍也没有从那山石之间出来。终于，小兰花走到了坍塌下来的山石之上，她的脚已是一片血肉模糊。她左顾右盼，嘴里呢喃着东方青苍的名字，像走丢的小孩一样彷徨又无助。

“大魔头！”她喊出了声，却没人回应她。

忽然之间，小兰花猛地在堆积的山石里看见了东方青苍的那把烈焰长剑。

小兰花立时扑了过去，刨开山石。她本以为可以看见石头下面东方青苍的手，但是什么都没有！

东方青苍不在，这里只有他的剑！

小兰花捡起了长剑，剑柄上残留的温度让她的眼睛热了一圈又一圈，鼻头酸了一次又一次。

谁说死过一次之后，感情就会变的？对东方青苍，小兰花的感情怎么会变。还有哪个人能和她一起经历这么多生生死死？他虽然害过她，但还有哪个人会救她那么多次。她是怀疑东方青苍，是不相信他，但是，她愿意用漫长的时间去和东方青苍磨合的啊！走到今天这步，她的心里，哪还住得进其他人呢？还有谁，能打败她心里的东方青苍呢……

“东方青苍！”小兰花哭出了声，一边哭，一边在山石间无助地翻找，“大魔头！”

她找得几乎都快绝望了，忽然间，脚下一绊，她猛地摔在山石上。手划破了，额头也擦伤了，小兰花挣扎着要站起来的时候，一道黑色的影子在她面前蹲下。

银发垂落在地上，血红色的眼瞳里映着小兰花哭脏了的一张脸。

东方青苍抬起手，摸着她的脸颊，然后用拇指将她脸上的泪痕擦去。他看着小兰花，微微皱起了眉头，表情有无奈，有苦涩，还有一些说不清道不明的欣慰，夹带着几分试探，几分不安地道：“不是说，变了吗？”

原来，怀疑的，不只是她；不安的，不只是她；想要知道对方心里在想什么的，也不只是她。

小兰花一瞬间像被抽干了浑身力气一样，毫无形象地坐在地上。

“大浑蛋！你又骗我！”她号啕大哭。

东方青苍也不说话，只看着她哭。待她哭累了，自己停了下来，东方青苍才道："这是最后一次。"

"我才不相信你了！"小兰花生气地大声说道，"我也要骗你！我不喜欢你！我不喜欢你！我不想见到你！"

东方青苍没再和小兰花废话，勾过她的脑袋，毫不客气地吻上她的嘴唇。深入，一直深入，占有，完全地占有，这个身体是她的，也是他的。

从此以后，其他人，连碰也不许碰。

夕阳西下，东方青苍背着小兰花从碎石山上往下走。小兰花把脑袋搭在东方青苍肩上，歪着头问他："接下来去哪儿？"

"你想去哪儿？"

"我要去找主子。"

东方青苍黑了脸："这个不行。"

"你不讲道理！"

"魔尊与人讲道理，小花妖，你在与本座说笑话？"

小兰花气极，拔了他两根头发。她趴在他背上，任由东方青苍背着她走了一会儿，又道："前几天，你说要给我找身体，我就每天晚上琢磨，你是不是又在图我什么。给我找到了身体，你又要我做什么事。"

东方青苍沉默片刻。

"自是有所图谋。"

小兰花一惊："你果然又在算计我！你又算计我什么？"

"除了以身相许，小花妖，你还有别的什么拿得出手吗？"

"你！我要回万天之墟去找我主子！"

"不行。"

"你不讲道理！"

"……"

夕阳将两个人的影子在碎石上拉得老长，两人打闹的声音终于渐行渐远。

（正文完）

番外一

被遗弃的宝物们之骨兰

小兰花和东方青苍离开万天之墟后，长命失落了好些日子。

某日不经意间，长命看见司命和长渊正在研究那两个人忘在万天之墟的骨兰。长渊笑司命：“先前你不是还愁没有聘礼吗，这便也算一个吧。”

司命撇着嘴说：“这玩意儿是个宝贝，护主护得紧，但在咱们万天之墟，完全不需要啊。顶多算留了个念想，哪是什么聘礼。”

长命听了这番话，兀自想了好几天，终于有一日跑到司命面前，犹豫了好久才开口：“娘亲，我想要骨兰。”

司命奇怪地问：“你要骨兰做什么？”她歪着脑袋想了想，“等你妹妹欺负你的时候折腾她？这可不行，骨兰杀气重，会伤了你妹妹的。”

“不是。”长命顿了顿，“我只是想要它。”

长命始终没有说出口，他想要它，做个念想。

司命哪会不了解自己儿子的心思。她想了想，便将骨兰给他了。司命觉得，儿子大概是在万天之墟里从没见过外人，忽然有天见了小兰花，所以心生欢喜之意，可过不了多久，这朦朦胧胧的喜欢也就淡了。骨兰到底只是个物什，他拿去也变不出什么花来，反而是藏着掖着，更容易让长命走向偏执。

长命将骨兰要去后，便戴在了手上。他一开始还常常看着它发呆，时间久了，倒真和司命想的一样，也就把骨兰当成了身上的一个配饰，没什么稀奇了。

但无论是儿子还是娘，他们都没想到——骨兰并不仅仅是一个死物啊！

时间久了，它也是会化灵的。

当长命长成二十来岁的青年模样之后，在某个阳光明媚的清晨，他自蒙眬的睡意之中醒来，忽觉有个凉凉的东西放在他的脸上。他闭着眼睛将脸上的东西拂去，只道是妹妹长生在与他玩闹。他嘀咕了一句："长生，乖乖的。"

没人吭声，那东西又放到了他脸上。这下长命感觉出来了，这东西，约莫是一只手，而且，不只是脸上，另一只凉凉的手还在触碰他的胸膛，而他的腿，也被另外一条腿压着……

长命猛地睁开眼。

面前是一张他从没见过的女人的脸。女人闭着眼睛，似有点不舒服地哼哼了两声，然后往他怀里挤了挤，被子里的腿还在他腿上蹭了蹭。

什……

什么情况！

长命猛地掀开被子，拼命往角落里缩。

女子被吵醒，揉了揉眼睛，有点不耐烦地说："怎么了……不好好睡觉。"

"你是谁？"长命问出口后，自己顿了顿，然后沉下脸色，一边翻身下床，一边穿上衣服气冲冲地往外走。拉开房门，长命便大声叱问："长生，你这画的是什么东西？真是越来越没分寸了！"

长生正在院子里啃着玉米画阵法，听到长命的呵斥，莫名其妙地看他："我就画画阵法，怎么了？"

"阵法！那是阵法？"长命指着屋子里命令长生，"快些将她收了。"

长生完全摸不着头脑："收什么呀？"她走过来，往屋子里一望，就见那女子正从长命床上坐起来，迷迷糊糊地揉着眼睛。被子从她肩头上滑下来，被她懒懒地提住。

长生见此香艳场景，倒抽一口冷气，转头望向长命，一脸暧昧地道："哥哥，深藏不露啊。"

"没个正经！"长命大怒，"还不将她收了！"

长生嘟嘴道："这不是我画的嘛，我怎么收啊。"

“不是你还有谁？这万天之墟里还能突然间来个外人不成？”

长命话音刚落，那边的少女忽然开口：“我不是外人。”她的声音还带着初醒的沙哑，但思路却很清晰，“我是你的人。”

“你的人”这三个字让长命黑了脸，而长生嘴角的笑则更加猥琐暧昧了：“哎哟哟，我向来一本正经的哥哥果然深藏不露啊！说说，你是什么时候偷了娘的笔去画的美人儿？”

长命额上青筋直跳。

少女直勾勾地盯着长命，说：“我不是画出来的，我是骨兰。”

长命愕然地道：“骨……兰？”他垂头看向自己的手，果然，常年戴着的那个骨兰手串已经不见了踪影。

骨兰化了灵，这让长命在万天之墟里一成不变的生活瞬间起了波澜。不说其他，单只睡觉这一件事，就足够让长命头疼了。

“把衣服穿上……”长命揉着额头，隐忍地道，“这已是我第三次提醒你不要光着身子爬到我床上来。事不过三，没有下次了。”

骨兰在床上望着他，表情有些无辜：“可是主人，我们都已经一起睡了这么多年了。”

“那如何能算！”长命咬牙，将脾气压了下去，拽了一件骨兰的衣服扔到床上，“换好了出来。”

他说着，自己先出了房间。

骨兰抓着衣服，叹息一声，终究是规规矩矩地穿了衣服出了门。

见骨兰出来，长命便一声不吭地回了房间，将骨兰关在门外之后，才道：“回你屋里睡。”随即房间里烛火熄灭。

骨兰拿手指戳了戳房门，倒也不敢再弄出声音吵醒长命。她转身就地一坐，歪着脑袋靠在门扉上，望着天上司命画出来的月亮深深一叹。

主人的脾气怎么忽然就变怪了呢？不过没关系，怪就怪点吧，她会让着他的。

骨兰靠着门扉闭上眼睛，慢慢也睡着了。

她不知道，待她呼吸匀畅，夜深之际，房门倏尔拉开了一条缝。长命自屋中走出来，停在骨兰面前，看着她睡着的模样无奈地摇了摇头。长命抬起手，指尖光华流转，白光飘向骨兰，如同丝绸一样将她包裹住。这样的举动明显让骨兰睡得舒服了些，她用脑袋蹭了蹭墙壁，调整了一下睡姿，继续沉浸在熟睡之中，丝毫不知长命对自己做的事。

长命静静地看了她一会儿，便又回了屋。

如此过了几天，待得长命开始慢慢适应骨兰的存在的时候，长生又忽然生出了事端……

她离开了万天之墟。

“她是怎么出去的？”司命一边咬着鸡腿一边问长命，“昨天我还在睡觉呢，‘咚’的一声就出去了，小丫头动作挺快啊。”

长渊轻笑：“那丫头性子急起来的时候与你一样。”

“她一直在研究魔尊的阵法。”相比于父母二人坦然的态度，长命则显得担忧焦躁许多，“之前一直没有成功，这几日不知为何突飞猛进起来……”

他话音未落，旁边传来一道声音：“是我告诉她的。”

长命一愣，回头看骨兰。

骨兰几乎是贴着长命站着，道：“她是主人的妹妹，有什么事我自然得帮衬着她。我曾和魔尊朝夕相对，知道些许他的法术，便将方法告诉她了。”

长命微怒：“你怎么能告诉她这些？她自小法术不好好学，尽学了些歪门邪道，现在离开万天之墟，外面世道险恶，若是出了什么事该如何是好！”

骨兰愣了愣，随即垂下脑袋说：“主人说得是，骨兰错了。”

听得骨兰如此说，长命一时也觉不好意思。他声色稍缓：“我并非怪罪你……”

司命的眼神在两人之间来回转了转，随即扔下啃干净的鸡骨头，道：“唔，长生那丫头是有点让人不放心。不如这样吧，”司命站起来，拍了拍长命的肩，“你也去外面，照看住长生吧。”

长命一愣：“娘？”

司命并不看他，只回头望长渊，说：“长渊你觉得呢？”

长渊只温温和和地笑：“听你的。”

长命还待说话，司命便将他连赶带撵地推了出去。“让骨兰教你出去的法子啊。你妹妹能跑，你本事比她大，一定也能跑的。外面的世界要是好看，就别念着我和你爹了。慢走，不送啦。”

院门一关，长命哭笑不得地被关在了院子外面。

他敲了两下门，不见司命开门，便扬声道：“娘，我会把长生带回来的。”

“可别。”司命在里面连忙道，“你要想回，你自己回来也成。你妹妹不想回你就别祸害她了。”

长命张了张嘴，他知道司命的脾气，当即不再说什么，回头一看，骨兰仍旧紧紧地贴着他站着。长命无奈地问：“你知道长生出去的阵法是怎么画的吗？”

骨兰点头。

“走吧。”

看着院子外的长命化作一缕白光消失在万天之墟的天际之中，司命回身走到院子里坐下：“真不知道这小兔崽子到底像谁，怎么就学得这么一板一眼的模样。”

长渊笑着抿了口茶，说：“就这样让他们俩出去，你放心？”

“唯一要担心的便是天帝找他们麻烦，但陌溪定不会让天帝对他俩下杀手的。再者说，小兰花不是在外面吗，她现在定是与魔尊好上了。有战神和魔尊给我的孩子撑腰，或许该替天帝担心担心才是。”司命顿了顿，“说来，你这个当爹的，可是心里不踏实了？”

“能有本事从这万天之墟里出去，他们比我当年强。”

司命默了默，问道：“长渊，你想出去看看吗？”

长渊放下茶杯，揉了揉司命的头发，说：“我有你就足够了。”

这方长命与骨兰出了万天之墟，长命先用气息在天界探了一圈。他与长生身上都带着神龙气息，即便相隔万里也能有所察觉。

然而天界探不到丝毫长生的气息。思及她或许下了界，长命的眉头皱了起来。

他向前迈了一步，身后的骨兰亦步亦趋地跟了一步。

长命微微一顿，转头望着骨兰说：“如今既已出了万天之墟，你也不再是一个单纯法器，既然化了灵，你便自行去吧。”

骨兰听得他这话有些愣神：“主人不要我了？”

“这不是要与不要……”看着骨兰晶莹剔透的眼中慢慢泛起些许难过，长命忽然有点说不下去了。他顿了顿，缓和了语气道，“你既然已经化灵，有了自己的腿脚，自然该去自己想去的地方。认真算起来，我也并非你主子，你没必要守在我的身边。”

“你在的地方，就是我想去的地方。”

骨兰说得坚定，长命一时沉默不语。可还没待两人将这事捋清楚，天边倏尔传来天兵的声音：“万天之墟中，又有人出来了！”

“快去禀明天帝！”

长命眉头一皱，一个“走”字还没出口，就见骨兰发出两道杀气，径直冲向空中的天兵。一人中招，掉了下来；另一人见状，大惊失色。骨兰眸中杀气涌动，还待出手，长命将她手腕一拽，化为一道白光，径直向下界而去。

长命行得极快，不过半刻时间便落了地。四周草木葱茏，溪水潺潺，俨然是已到了人界。

“怎能如此轻易动手？”刚一站稳，长命便对骨兰道，“你我自万天之墟中出来，不能太过张狂。”

骨兰的目光直勾勾地落在长命握着她手腕的手上。她的目光像是钉子一样，没一会儿，长命便反应过来，立即放开了骨兰的手，清咳了两声。骨兰一抬头，冲着长命弯了眉眼：“骨兰喜欢主人的触碰，会有温暖的力量传到身体里。”

这话将长命闹了个红脸，他又咳了两声，刚才指责的话便全然忘到脑袋后面了。他往后退了退，想拉开与骨兰的距离，但是他往后退几步，骨兰便往前走几步。到最后，长命的后背抵到了一棵树上，退无可退，他终于伸出手，将骨兰推开了两步的距离，说：“别、别靠那么近。”

听到这句话，骨兰明显有点失落，她眉眼微微耷拉下来，但还是乖乖应了：“好的。”

长命倒是松了口气，他迈步往前走，不过走了两丈的距离，手臂便在走动间又贴到了一个肩膀。是骨兰走着走着就不自觉地蹭了过来。

长命脚步一顿，回头看她。骨兰又可怜巴巴地退远，眼神中隐隐藏着的委屈看得长命心里很不是滋味……

但是，他为什么要不是滋味啊！

出了小树林，长命进了一个小村庄。一路走过，长命与骨兰受到了不少注目。看着这些活生生的人，长命心中忽然起了点不一样的情绪。

这些都是真的人，天生天长，血肉之躯，能入冥界，会食五谷。与司命画出来的人，是不一样的。

见长命在院子外面看人家背着孩子晾衣服的妇人看了许久，骨兰不由奇怪地道：“主人？”

长命这才回神，说：“走吧。”

长命隐约探到了长生所在的方向。这丫头是往北边去了。他想也没想，立即动身北上。

沿途长命打听到消息，北边正在闹饥荒，路上流民不少，整个北边一片混乱，妖魔也混迹其中，还有魔族的人在其中挑拨难民情绪，借此收集凡人心中的阴暗力量。

长命倒是不担心长生会被这些妖魔欺负，怕只怕长生性子单纯，受了他们的蛊惑……

他皱着眉头，想得出神。路上有个衣衫褴褛的人直冲冲地向长命奔来，长命尚未反应过来，他身后的骨兰便已动了手。只见地上猛地穿出一根藤枝，利箭一般从下至上，瞬间将那人穿了个透，钉死在了长命面前。

长命愕然。

“骨兰！”他厉声呵斥。骨兰被他吓得一呆，不知所措地看着他。

“你为何……”话没说完，长命倏尔察觉到了身前尸体传来的隐隐妖气。

是妖魔……

骨兰嗫嚅着开口：“他来时有杀气，他要害你……”骨兰本就对杀气极为敏感，又是极为护主的宝物。一切皆是她的本能，他不该怪她的。

长命嘴角动了动，在道歉之前，骨兰已经退开两步，不再蹭着长命的胳膊了。她垂头看着地，一言不发，眼眶微微泛红，像是委屈得快要哭出来了。

“我……主人，赶路吧。”

长命再不知该说什么好。

晚上的时候，两人已经到了北方。如今北方的几个大城皆空如鬼城，城中魔气妖气皆重，两人便在城郊寻了个破庙，点上柴火，打算在此将就一夜。

骨兰给火堆加了柴火，然后就独自去了门口，在门槛上坐下，抱着膝盖，独自呆呆地望着黑黝黝的天色。

长命琢磨了很久，组织了无数语言，到底还是走到骨兰身边。他看了骨兰一眼，骨兰难得地没搭理他，长命摸了摸鼻子，有些厚脸皮地也在门槛上坐下。

“唔……今天我不该凶你，对不起。”

骨兰仍旧没有搭理他。她本来也不是大气的宝贝，她都已经让了他那么多了，结果到现在，他还当她是个会随便伤人的坏蛋。

明明……她只是想保护他，不想让他受一点伤。

长命本就不太会道歉安慰人，得到如此冷淡的待遇，一时就有点词穷了。他心里也是苦笑，骨兰平日里一口一个主人地喊，但哪有被凶了一句就要自家主人撵着来道歉的侍从啊！

他叹息一声，又道："你若是实在气我，明天就离开吧。我还是那句话，你是自由身……"

话音未落，骨兰终于转头看他了。

只是她的眼睛里却含满了泪水："你凶了我，还要赶我走吗？"

长命看着一颗一颗的泪珠子往下滴，就觉得良心受到了指责一样，让他十分无措又慌张。可他又找不到任何无措和慌张的缘由。

"我我我……"除了小时候在小兰花面前时，长命已经很久没有结巴过了，"我……"甚至在小兰花面前，他也没有这么慌张和不知所措过，"我不是那个意思。"

骨兰没有哭出声音，她反应过来在长命面前哭鼻子好像是件丢人的事，于是她默默地转过头，拿袖子抹了眼泪。这样一抹，眼圈反而更红了。

长命见状，心里乱得不行。

他突然想起先前骨兰与他说过，主人的触碰会让她高兴，因为会有温暖的力量传到身体里。长命便身形一动，蹲在了骨兰面前，然后伸出手。手掌在空中犹豫了一瞬，最后到底还是放到了骨兰脸上。他用拇指细细地抹去了骨兰无声落下的眼泪。

长命苦笑道："是我说错话了。你说，要我做什么，我都答应你。"

骨兰抬头望着长命，长命也紧紧盯着她。

"我要和主人一起睡。"

长命的手就这样僵在了骨兰的脸上。

"这……"

"不行吗？"

长命唯有连声苦笑："行……"他认命地点头，"行。"

这天晚上，长命当真就和骨兰一起睡了。她握着他的手掌，贴在自己胸膛上，像护着最心爱的珍宝，呼吸匀畅地在长命耳边响起。长命看着骨兰的睡颜，心道，其实让她和自己一起睡，也不是什么大事。

以后，都这样吧……

还有今日之事……长命想到那个被骨兰刺穿的妖魔，心想，他看过不少娘亲写的书，但到底还是对外面的世界少了很多了解。

他想多看看外面的人，多见见外面的事，多了解了解这个他未曾来过的，真正的世界。

第二天，长命更加细致地探查长生的气息，但长生像是也察觉到他找来了似的，一会儿东一会儿西地跑。

可这些并不能混淆长命的视听。毕竟长生的道行和他比起来，还是浅了许多。

于是当日傍晚，长命便带着骨兰，在满是难民的官道上堵住了长生。

是时，长生正用黑布捂住头，权当自己没看见长命一样往旁边躲。长命不客气地一把揪住她的衣领，说："跟我回去。"长生挣了一会儿，终究放弃了，她转过身来，先让长命放了手，而后道："我好不容易才出来，不回去。"

长命皱眉，还待说话，骨兰明显和长生是有点友谊的，她道："主人，我不背叛你，但事实不能磨灭。司命说的原话可不是让长生回去。"她转头对长生道，"你母亲说，你不想回去就可以不回去的，别被你哥哥祸害。"

长生一听，立即两眼泛光地道："我就知道娘亲最是通情达理！我走啦！"

"站住。"

长命一喝，长生虽然嘴里嘀咕个不停，但到底还是停住了脚步："咱们一家，就你最死板。"

"一鳞剑可是随身带着了？"

长生拍了拍腰间的百宝袋，说："带着的。"

"挂外边。你身上的神龙气息易招妖魔觊觎，一鳞剑乃父亲所炼，有父亲的气息，或可帮你挡掉许多麻烦。"长命道，"我再给你三道符。若有棘手之时，烧符求救。"他说着，三道金光落在了长生手上。

长生愣愣地接过符，抬头看着长命："哥，你挨谁打啦？"

长命不客气地抽了一下长生的脑袋，说："行事切忌张狂，戒骄戒躁，未到必要时不可出手伤人。记住了？"

长生呆呆地点头。

长命揉了揉她的脑袋，说："走吧。"

长生还是有点反应不过来，问："你来，就是给我送符的？"

长命不说话。

"你不管我啦？我走咯，真走咯？"

"走吧。"

长生迟疑地问："那你呢？"

"我也得四处走走。"

长生又呆立了一会儿，然后扬起了一个大大的笑容，再无别的话，抱手行了一个别别扭扭的礼。“青山不改，绿水长流，哥哥，妹妹走啦！”她说完，再不回头，蹦蹦跶跶地混进了难民队伍，慢慢走远了。

骨兰在长命背后静静地站着。长命转过头来，对骨兰道：“我们也走吧。”

“好。”

长命脚步微微一顿：“你也不问问我去哪儿？”

“你去哪儿我自然便去哪儿。”骨兰说完，像是回味过来了似的，抬头看长命，“你难不成……又要赶我走？”

长命失笑：“不赶，以后你不说要走，我便不赶你走。”

骨兰摇头：“我说了要走，你也不能赶我走。”

长命笑出了声：“好。”

出来一趟，他才明白了母亲的用意。司命是想让他用自己的脚去走过这些旅途，想让他的眼亲自看看这个世界，想让他的心去体会什么才是真正的人生。

然后过他自己的生活——

不受制于任何人的，自己选择的生活。

番外二

被遗弃的宝物们之朔风剑

朔风剑灵很心塞。

自打魔尊东方青苍与妖市主一战之后，朔风剑被埋在了花草甸坍塌下来的山体之中。魔尊显然对它没了兴趣，一点挖它的念头都没有，背着自己拐到手的媳妇儿打打闹闹地走了。

朔风剑就这样被埋在了泥土之下，不见天日。

不知人世岁月过了多久，忽然一次地牛翻身将花草甸坍塌的山体抖了抖，再连着两天大雨一冲，朔风剑顺着石头泥浆乒呤乓啷一阵滚，就这样狼狈地躺在石滩上，重见了太阳。

朔风剑灵在石滩上静静地躺了许久，躺到天放晴了、水退了、身边的草都长起来了，朔风剑灵终于有了想法。他觉得，他不能再这样沉默度日了。

赤地女子再世了，妖市主也没有了，魔尊和小媳妇早不知道到世间哪个地方逍遥去了。天界没人管他，魔界没人捡他，连只野狗跑过来也不叼他一口。他感觉自己一代名剑的尊严受到了深深的伤害。

朔风剑灵下定决心，要给自己再找一个主子。

他打算明日就化身为一个青年人，去人世间流浪。

然而便是在他动身前的这个傍晚，一个少女从山下爬了上来。看见静卧于草丛之中的朔风剑，少女一愣："刀？"

胡说八道！他明明是剑！

朔风剑灵气呼呼地冷哼一声。寒气纷飞而出，少女冷得微微一抖。但她并没有半分退缩，一步上前，将朔风剑柄握了起来。朔风剑灵并不想伤人，当即收敛了寒气。他本以为少女拎不起他，下一秒就得松手，但想不到，这姑娘小小年纪……

臂力还挺大的……

少女提了他就走，没一会儿就看见一个老人背着背篓在采草药，少女对他说："爷爷，我捡了把刀。"

都说了他是剑！

"能用吗？"

"能，看起来挺新的。"说着，少女一抡胳膊，一剑砍在旁边的小树上。只听"唰"的一声，树身上白光一闪，一条斜口子划过，被切断的上半截树干慢慢倒了下去。

老头儿惊愕非常，隔了好半天才回过神来，问："宝芝丫头，你这是上哪儿捡的刀啊？"

是剑！朔风剑灵十分生气。

"山上。"宝芝倒是没多惊讶的模样，坦然地道，"家里砍柴刀正好该换了，用这个劈好。"

朔风剑灵愕然，劈……什么玩意儿……

夜里，只闻一声声砍柴声自破烂小院里传出。

每一剑下去，朔风剑都感觉自己无比地心塞。

他本是打算今晚趁这两个人睡着之后偷偷跑掉，但哪能想到这丫头精神这么好，回到家之后，拾掇拾掇，居然立马提了他到后院劈柴去了！

他堂堂朔风剑灵！

朔风剑灵一怒，寒气喷涌而出。宝芝忽然手一抖，朔风剑"当啷"一声落在了地上。宝芝搓了搓手，也不废话，弯腰将朔风剑捡了起来，继续面无表情地劈柴。

朔风剑灵有些惊诧。区区一个凡人，受了他的寒气，居然还能好好地站在这里，还能抬起胳膊挥舞他，还能继续用他劈柴！

这委实是奇事一件啊！

他按捺住惊讶，往宝芝身上一探，只觉她体内热气充盈，确实比其他凡人强上许多。这……可是天生异数，可遇而不可求的人啊！若是从现在便开始修炼，假以时日，成为他下一任主子，继续使朔风长剑威震三界也不是不可能的。

朔风剑灵起了心思。他心知如此体质的人少之又少，过了这个村，说不定就没有这个店了。虽然这丫头一开始拿他劈柴是有点大不敬，但回头好好调教调教，待得她知晓了他的真正厉害之处，这丫头必定对他仰慕不已、供奉有加。那时，他再教导教导这丫头，修得仙身，也不过十来年间的事。

他不打算走了。

第二天，别家的鸡一鸣早，老头儿就喊道："丫头，起了。"宝芝半点不偷懒地起了床，吃过早饭，拿起朔风剑便随老头儿上山去了。

到了山上，老头儿独自去采药，宝芝背着背篓去砍柴。朔风剑存了显摆的心思，当宝芝一挥剑，忽然之间，面前的一片树林哗啦啦地全部倒了下去。

宝芝微微一愣，看向朔风剑。

朔风剑看着她的表情，满心得意。但宝芝看得久了，朔风剑灵心里忽然有点诡异的感觉冒了出来，好像……这丫头能看见他这个剑灵似的……

还没来得及确认，宝芝就已经提剑上前。该削枝丫的削枝丫，该砍断的砍断，半点不稀奇地用朔风剑把木柴全部剔干净了，放进背篓里，然后和老头儿打了个招呼，自己先回家了。

这……这丫头，半点没感觉到他的厉害？朔风剑灵怒从心生。

罢了罢了，他安慰自己，凡人嘛，总是眼光浅薄的。他正想着，宝芝路过一家农户后院，有几个人正追着一条狗从小路另一头跑来，大声喊着："那是条疯狗！躲开躲开！"

宝芝握着朔风剑剑柄的手一紧。朔风剑灵立时心头一喜，表现的机会又来……

还没想完，朔风剑灵只觉周身一轻，他看见旋转的天地和越来越近的疯狗……

竟是宝芝将他扔了出去……

扔、了、出、去！

咚！他的剑柄准确地砸在了狗头上，疯狗“嗷呜”一声，晕了过去，倒在田坎上抽搐。

朔风剑砸到狗后，弹到一边，顺着田坎，滚进了旁边的肮脏泥地里。

朔风剑灵隔着泥望天。没一会儿，宝芝便来捡他了。看见宝芝毫无歉意的脸，朔风剑灵的心境是从未有过的沧桑。

宝芝捡了剑，随手摘了两片草叶子，抹巴抹巴，将他和柴一起放进了背篓里。被周围的木柴挤着，朔风剑灵的内心流满了泪水，他堂堂朔风长剑……竟然落得如此境地……

宝芝回了家，将背篓里的柴都倒了出来，但左看右看都没看见朔风剑的影子。宝芝心道是不是在回来的路上掉了，于是又沿着回来的路找了出去。

经过路边酒馆，恍见一个酒疯子被酒家丢出了门。他一脸颓败，嘴里还大声喊着：“你们别这样对我！你们这群凡人！竟敢小瞧我！我握过战神的手，打过仙人的脸，我饿了削过妖魔的肉，我渴了饮过魔尊的血。我是上古剑灵，我是上古……神剑……”脚下一滑，酒疯子摔在了宝芝面前。

宝芝面无表情地看着他。

朔风剑灵躺在地上，指责她：“你这小孩从来也不笑一下，想吓死谁啊！”他委屈的语气中带着几分愤怒，“我待你这般好，你就是这么对本神剑的？没心没肺，狼心狗肺。”

宝芝看了他一会儿，叹了口气，道：“别闹，家里还有柴没劈。”

“谁要帮你劈柴，谁准你扔我去打狗！”朔风剑灵委屈地道，“我这等神物，你竟如此对待，他日定有报应！”

宝芝蹲下了身，说：“就劈十天。”

“为什么？”

“你留在我身边，还这么可劲儿地表现，一定是对我有所图谋吧？我在这里还要待十天，十天之后，便和你走。”宝芝的话说得清晰又直白，听得朔风剑灵一愣一愣的。他眨巴着眼睛看了宝芝许久，酒也有点醒了，然后眼睛越睁越大、越睁越大：“你……你你你，你这丫头，你居然……”

她居然知道他的身份！看出了他的真身！

“你不是凡人！”

“我是。”宝芝道，“只是从小就能看见很多稀奇古怪的东西，看多了也就习惯了。”她的眼睛里没什么波澜，只道，“我的提议，你答应吗？”

朔风剑灵说不出话。

为什么……区区一个小丫头，竟能在对话当中抢走他的主动权……

回到小院，朔风剑飘在空中，宝芝把柴堆好，朔风剑就一下劈砍下去。二者合作得很是默契。朔风剑灵也不嘀咕了，只是一边砍，一边问宝芝："你一开始就知道我的身份？"

"不知道你是谁。"宝芝道，"只是能看见你住在剑里。"

"那你现在可知我是谁？"

"你刚才喝醉酒说过了。"

"你相信我？"

"你没理由撒谎。"

朔风剑灵汗颜，不管是对话间的逻辑还是气势，这个小丫头平淡语气中的从容风度都让朔风剑感到了一股久违的被掌控的……安全感。

是的，安全感。就是这样的压制，才让他有臣服的欲望。朔风剑砍柴砍得更卖力了，他问："那，为何你先前说只在这个地方待十天呢？"

提到这个，宝芝的目光暗淡了一瞬，说："爷爷身边有了不好的气息。我以前在父母身上看见过，不消十日，父母便去世了。"她说这话的语气依旧平淡，但仍隐隐流露出几分小孩难免的害怕。

朔风剑灵愣了愣，他没想到这小姑娘的眼睛竟如此厉害。若有探查生死之气的本事，以后修炼，提取天地灵气想来也是信手拈来的事吧。

当真天纵奇才。

"这个……"看着宝芝沉默的神色，朔风剑灵琢磨了一下语句，"生老病死天道轮回，这谁也避免不了。"

"嗯。"

朔风剑的安慰并没有起什么作用，她只是认命地点点头："大家都会离开的。"

朔风剑灵默了一瞬，倏尔身形一转，化为白衣青年，落在宝芝面前。黑发及腰，广袖长袍，一身泛着微微蓝光的寒气像灯一样点亮了宝芝的眼睛。

他在宝芝面前单膝跪下，望着宝芝比同龄人要成熟得多的眼睛道："你若愿做我朔风剑的主人，朔风剑灵势必誓死追随吾主，永不弃离。"

他双手捧起朔风长剑，奉到宝芝面前。

宝芝怔怔地看了他一会儿："朔风……"她伸手，指腹在朔风剑剑身上轻轻拂过。

朔风剑灵与剑通感，当宝芝的指尖划过，朔风剑灵便觉得脊椎之上温温热热，抚摸得他心痒。

宝芝接过剑，说："我现在答应，你就是我的了吗？以后都不会离开我？"

朔风剑灵轻笑着行礼："主人，除非主人意愿，否则朔风剑永不相离。"

宝芝握着剑，看了朔风剑灵好一会儿，点了点头，说："那先把今天的柴劈了。"

"你就没别的事做了吗？"

"厨房的菜要切，你打算做那个？"

番外三

小兰花的外挂人生

【壹】

东方青苍问小兰花从今往后想过什么样的生活。

小兰花琢磨了很久，她觉得这个答案可能会影响她以后很长一段时间内的生活，于是她一直没给出回答。直到有一天，小兰花随着东方青苍漫无目的地走进一座城市，看着来来往往行色匆匆的人群，小兰花终于有了回答。

“大魔头，我们去体验人间百态吧。”

东方青苍闻言，转头看着小兰花，眉梢微微挑起，问：“哦，你想体会什么样的人间百态？”

小兰花琢磨了一会儿，说：“我以前看主子写了很多命格，但从来没有亲自体会过，先前下界也被你拖着到处跑，冥界、仙岛，还有魔界转了一大圈，却没好好停下来看看人世间的东西。”她掰着手指头数，“帝都庙堂咱们得去看看吧，我想知道人界的皇帝和大官都长什么样；江湖恩怨咱们得去看看吧，他们仗剑行天下、快意恩仇的品格我得去学学；还有人界的修仙者咱们得去看看吧，他们到底是怎么修的仙，听说我主子以前也在人界的修仙门派待过呢。”

“好。”东方青苍毫不犹豫地答应了，“顺着你说的来，明日便入京。”

东方青苍答应得这么痛快，倒让小兰花愣了愣。

“你竟然没有反驳我。”

“本座为何要反驳你？”

“以前你和我说话，不是反驳我的提议，就是要和我讨价还价好久才答应我的。再要不然就是一口答应，然后变着法儿地算计我。”小兰花顿了顿，“你又在算计我？”

东方青苍默了一瞬。“不会。”他盯着小兰花，目光坚定，“再也不会。”

得到如此正经的回答，小兰花愣了愣，然后满心欢喜地点了点头。

第二天小兰花醒过来的时候，已经在京城附近了。

大庾将两人放在城郊，然后自己就欢腾地奔去玩了。白天，东方青苍领着小兰花在京城吃吃喝喝，玩了一天。傍晚的时候小兰花玩累了，想回客栈休息，东方青苍却道：“今晚不住客栈。”

小兰花一愣，问：“那住哪儿？”

话音未落，小兰花只觉周身景物飞逝。再一抬头，巍峨的宫殿就在面前矗立。东方青苍信手捻了个诀，带着小兰花大摇大摆地从皇宫正门——那传说中只有皇帝可以走的门里走了过去。两旁的侍卫全无察觉。

入了宫城，小兰花左右看看，心里感慨东方青苍真是不管何时何地都这么霸道，一来就要住进人家的权力中心里啊！

然而待得夜幕完全降临，小兰花觉得，自己还是把东方青苍想得太简单了。

尤其是当东方青苍旁若无人地踏入了皇帝的御书房，然后在皇帝面前现了身，最后用烈焰长剑指着皇帝的脖子的时候，小兰花整个人都不好了。

“大大大大大……大魔头！”

皇帝坐在书桌后，望着银发红瞳的东方青苍也是吓得一脸死白，动也不敢动。他不是没看见，在这人走进来的时候，外面的侍卫和太监全部齐刷刷地倒在了地上。

“大魔头，你这是干吗？！”

皇帝的眼珠子一直在两人之间看来看去，眸中神色难掩惊惶。

东方青苍一手将小兰花揽到身后，轻蔑地看着皇帝道：“立诏书。”

“什、什么？”皇帝战战兢兢地道。

“退位。”

“退位？”

“退位！”

小兰花的迷茫不比皇帝少：“你让他退位做什么？”

东方青苍眉头微微一皱，斜眼看小兰花，说：“你不是说要体验朝堂生活吗？”

“是……是没错。”

“站在最高处自是什么都容易看得清楚，体会也最深刻。”

“你说得好像很有道理……”小兰花顿了顿，“但是不对啊！我没想让皇帝退位啊！我也根本不想当皇帝啊！”小兰花觉得简直荒诞，“你见过哪个皇帝是这样当上皇帝的？宫变成这样，也太单薄了吧！宫变不是要先逼宫，再杀人，然后才能砍皇帝吗？现在一来就把皇帝给逼死了，都没有给御前侍卫和太监们一个出场的机会，一个法术就让他们全部昏过去了，有什么难度啊？一点也没有按照命格本子来嘛！”

东方青苍挑眉，理所当然地道：“与本座在一起，自是有最便捷的方式。”

小兰花深吸一口气，静静地望着房梁说：“咱们还是直接去江湖吧。朝堂这种讲规矩的地方好像不太适合咱们呢……”因为东方青苍完全就是为了打破规矩而存在的……如果让他继续掺和在人界政治里面，小兰花觉得要不了三天，天雷就该落在皇宫里了吧。

东方青苍眸光微动，问：“不当皇帝了？”

“我从来就没有要当皇帝的意思啊！”小兰花扶额叹息。这个大魔头是个傲慢惯了的人，大概不会就此收手，她还得想个别的法子劝劝……

正当小兰花琢磨此事的时候，东方青苍倏尔收了烈焰长剑，手指一弹，皇帝便在书桌前昏睡了过去。

看着如此听话的东方青苍，小兰花有几分愣神：“你……不嫌我麻烦？”

“是麻烦。”东方青苍语气淡漠，却并没有真正嫌弃的意味。他瞥了眼小兰花，没再接着方才的话说了，只一把拽了小兰花的手，领着她往外走。

路过道旁烛火时，火光被两人身形带起的风吹得跳跃，两人落在地上的影子也摇晃起来。小兰花便在这忽闪忽闪的光影中，对东方青苍牵着她的手失了神。

这个大魔头和之前相比，对她好像是真的不太一样了……

在小兰花的印象里，她只是睡了一觉，醒来之后没多久便将自己的记忆找回来了。所以“死掉”的记忆对她来说仅限于“死”的那一刻。她知道现在离她“死”的时候已经过了很长一段时间，但她还未来得及想，这段时间对东方青苍来说，到底有多久……

【贰】

不混庙堂，混江湖总是可以的。这里没那么多规矩，地方也广大，帮派之间的权力斗争、侠客之间的爱恨情仇，也有不少值得看的。

小兰花心里的算盘打得啪啪响，离开京城之后就一路奔着南方去了。听闻中原武林和南疆教派的冲突一天比一天厉害，混乱的地方总有不少故事，一定能长许多见闻。

小兰花没想到，她得到的消息其实已经过时了。待她到了南疆的时候，中原武林八大门派的联盟已经将南疆奉月教一举拿下，正占了奉月教的大厅在举杯狂欢。

东方青苍照旧捻了隐身诀在他和小兰花身上。站在满是醉汉的大厅之中，小兰花左右张望。东方青苍扫了眼四周，问:“你就是想看这些？”

一群光着膀子的粗莽大汉，满屋子的酒臭与汗臭……

小兰花挠了挠头，说:“这和我想象中的江湖，不太一样啊……”

“本就是一群不长脑子的人靠着蛮力与他人厮杀，你以为能有多好看？”

小兰花斜眼看东方青苍，道:“说来，某人说得那么居高临下，其实以前干的不也是这档子事？”

东方青苍一侧头，那双漂亮的眼睛微微一挑，道:“小花妖，你拿本座与这些凡夫俗子相比？”这张祸国殃民的脸不管看过多少次，小兰花还是会在很多不经意的时候，被他迷惑得失神。

小兰花心想，或许在她内心深处是非常看重脸的吧。要不然，她怎么会那么容易就答应和东方青苍在一起了呢……

正愣神之际，忽然有一个鲁莽的大汉急匆匆地从小兰花身边跑过。东方青苍下意识地抬手一揽，将小兰花抱进了怀里。

感受着他比普通人更高的体温，小兰花心头扑通一跳，脸颊也有点泛红。

她双手在东方青苍胸膛上一撑，微微挪开了点距离。“不是有隐身术吗……”小兰花道，“反正他也碰不到。”

“是碰不到，可本座不喜欢。”

这具身体、这个灵魄，是他花了那么多功夫弄回来的。别的人，一点也不能碰。即便是地上的影子，也不能与他以外的人重合。

小兰花这边还在为东方青苍的话愣神，那方与她擦肩而过的壮汉已经跑到了大堂里，向高坐在台阶之上的人抱拳一拜，道：“盟主！那奉月教的妖女毁了牢门，打伤了十多名弟子，带着残部跑啦！”

这一声喊出，大厅里喧嚣的声音霎时静了下来。众人的目光都落在高台之上的那人身上。

那人斜卧在榻上，听闻此言，似因醉酒而闭上的眼睛慢慢睁开了。他坐起身，问：“她们不是全服了化功散，哪来的力气跑？”

“似乎……那妖女逆行了经脉……”

白色的身影猛地坐了起来。他兀自思索了片刻，再抬头时，眼中却是一阵阴狠的恨意。“她跑不了。”言罢，他施展轻功，径直飞出了大厅。

小兰花连忙拍了拍东方青苍的胳膊，说：“跟上跟上！”

“凡人逆行经脉活不了多久，跟去看死人吗？”

“那个盟主一看就喜欢那妖女，跟去看热闹啊！”

“你是怎么看出来的？”东方青苍冷哼，“一边喂化功散，一边追去斩草除根，你还道他喜欢？”

“这有什么。”小兰花一激动，脱口而出，“你以前还变着花样来杀我呢，这不是也喜欢我吗？”

东方青苍一噎，她说得……好像很有道理！

这大概算得上东方青苍心底对小兰花徘徊不去的愧疚。平时他不说，小兰花也不说，过往的事便如云烟一样过去了，但此时小兰花不经意地一提，她或许是急着看戏，无心之言，但落在东方青苍耳里，便像一个鱼钩一样，将他压在心底的那些对于过去的不安和愧疚全部钩了出来。

“唔，再不追就看不到了。”小兰花仰头望着东方青苍。东方青苍再不废话，揽了她的腰，径直跟上了白衣盟主。

以凡人的角度看，这个盟主很有些本事，一炷香的时间便找到了出逃的妖女。但那妖女明显也有点手段，她的下属尽数逃脱，此时只余她一个人立在林间，持剑撑地，目光冷冽地看着追来的盟主。只是此时，她满眼血丝，脸色却苍白得没有人色，唇色乌青，一见便是命不久矣之相。

“相爱相杀。”小兰花与东方青苍在空中看着这情景，发出一声叹息，“她看起来活不了多久了。”

“你想让她活？”

小兰花看得专心，眼珠子都没转一下地说：“依照主子写命格的习惯，这女子定是不能活的。”

他们在空中交谈，地上的盟主也开了口：“还想跑？”

女子冷冷一笑，神色是说不出的凄然：“不跑，等着被你杀吗？”

小兰花给东方青苍解说：“你看她这神情，是在逞强来着。被心爱的人逼上绝路，心里得多苍凉。”

这次不是鱼钩，直接是一把刀扎进了东方青苍的心窝子。

“还能将你的属下放跑，本事倒大。”

小兰花叹息道：“怎么就不能说句软话呢？都这种时候了，她看着都命不久矣了，骗她一下，至少让她在黄泉路上不要那么难过啊……”

当初在千隐山，小兰花灵魄将散未散之际，东方青苍在她面前，也未曾说过半句软话。到最后，甚至不愿意讲句好听话骗她。

这个小花妖当时，心里也如这个女人一般绝望难过吧……

东方青苍一转头，看着那个仍旧目光冰冷的男人，一时便如看见了当时的自己一样。

他拳头紧了紧。

“要是这女子死了，他会后悔的。”

“没错，他会后悔。”东方青苍难得搭了腔。

小兰花一愣，转头看东方青苍。便在这时，下方的女子举起了剑，直指盟主。“废话什么。”这个动作好似让她极为痛苦，她嘴角溢出血丝，然后被她抹了个干净，“来战便是。”

盟主握紧了手中的刀。

小兰花叹了一声，不忍再看。

然而便是在这电光石火之间，一阵风动，身边的东方青苍已不见了踪影。小兰花目光一转，东方青苍已落到了下方。他身影落地之际，周遭狂风大作，卷起地上的尘沙，天地间仿若一黑。

待一切平静后，盟主已经躺在了地上，嘴角流着血，胸膛微弱地起伏，看起来奄奄一息。

而女子则挺直了背脊，面色恢复了红润。

女子很是不解，瞪大了眼睛，看看天看看地，看看那边几乎快挺尸的盟主，最后看了看自己的双手，十分不明白到底发生了什么事。

东方青苍再次回到小兰花身边。小兰花问他："你做了什么？"

"救一人，揍一人。仅此而已。"他揍了盟主一拳，像是揍了当初的自己一样，恨他当初太混账……

女子愣了许久，才慢慢走向盟主。看着躺在地上的盟主，女子忽然举起了剑。

"哎？"小兰花神情一呆。就见那女子"唰"的一下，毫不留情地一剑扎进了盟主的胸膛！鲜血溅出，污了女子的衣裙，但这并不妨碍她神色阴狠地将剑又扎进去几分。

盟主蹬了两下腿，死了。

"呸！"女子往旁边吐了口口水，"苍天有眼，我今日未死，他日定屠尽你中原八大门派！"

小兰花看得瞠目结舌。

女子拔出剑，鲜血喷涌。她冷哼一声，头也不回地施展轻功走了。

小风一吹，空中的小兰花只觉得世态炎凉。

东方青苍其实也有点愣神，他斜眼看着已经完全呆住了的小兰花，说："相爱相杀？"他一笑，肚子里欺负人的坏水又漫了上来，他语气略带戏弄和嘲讽，"不错，猜对了一半。"

小兰花愣了好久才回过神来，连忙辩解道："这这这，这一定是三生姑姑写的命格。三生姑姑最喜欢出其不意了！这不怪我！"

东方青苍显得无所谓多了，他勾着唇奸佞一笑："放跑了一个邪教教主，以后江湖必定多风多雨，本座倒是起了点兴趣。"

"我不想在江湖混了……"

东方青苍会捅这娄子，说来，其实是她的过错。小兰花不想面对自己的过错……

东方青苍也不留恋，道："好，你还想长什么见识？"

朝堂不行，江湖也不行……小兰花想了想，看向东方青苍。

是时，东方青苍的身影正处在逆光之中，小兰花眯着眼睛看了他好一阵才叫："大魔头。"

"嗯？"

"上古也好，复活后也罢，你的所作所为无不令三界震颤。你过的是传说里的日子。"东方青苍不否认，因为确实是这么回事。小兰花顿了顿道，"我也想过那样的生活……"

东方青苍一挑眉，说："我教你法术，你若聪明点，三月后或可将三界结界撕了。彼时你定也是传说。"

"我不是这个意思！"小兰花喘了口气，继续道，"我是说，能为所欲为地做自己想要做的事而不受到任何惩罚，因为根本就没有人能惩罚你。做这样的人，过这样的日子，好像还不错。但你有没有想过要尝试另外一种生活呢？"

"我们不跳出三界，我们就在红尘之中，找个地方安个家。然后我们两个一起生活，像主子那样，一家人热热闹闹的，又安安静静的。"

东方青苍有一点失神。

和小花妖有个家，再生几个调皮捣蛋的小东西……

他点点头。小兰花抓住他的手，说："那我们去找个安家的地方吧。"

"好。"

【叁】

翌日。

小兰花转头看了看身边的东方青苍。是时，他们刚漫步走上一个小山坡，远方的天空已经破晓，前面的道路一览无余。

清晨略带凉意的风徐徐而来，撩起东方青苍的黑袍与银发。察觉到小兰花的目光，东方青苍也转头看她，神色并无变化，但猩红的眼瞳里却清晰地映着她的身影。

"走吧，我们去找家。"

初升的朝阳铺洒在大地之上。光芒将两个人的身影拉得绵长，他们的生活或许便如这轮朝阳，初初露头，刚刚开始。

后记

时光

写这篇后记的时间是2020年11月30日，不知道等《苍兰诀》再版上市的时间会是多久。不管是什么时候，都希望拿到这本书的读者们，能在这短暂的阅读时光里收获快乐。

《苍兰诀》是2014年10月开始连载的小说，一直写到2015年的3月份，从开始连载到现在，算算时间，也有六年了，但最近看见有读者用“老书”来称呼她，我的心情还是有点微妙。

这就老了！这就老了？这才六年呀朋友们！

生个孩子，也就读个小学一年级而已！

换句话来说，有这时间，生个孩子都会打酱油了。

而我这个叫“苍兰诀”的孩子，虽然还不会打酱油，但已经迎来了自己的第二次出版。

她有了新的封面，新的包装，在未来的时间里，她或许还会以另外的模样和大家见面。

或许是动漫改编，或许是影视改编——不知道改编的结果会怎么样，我和大家都一样怀揣着忐忑和期待。希望她别的模样，也能给大家带来快乐！

但不管之后的改编情况如何，作为《苍兰诀》这本小说，这个故事，在六年前就通过我敲下的每个字，刻定了她的模样。

六年来，她以文字的形式，在另一个世界里，静静等待着，等待着这个世界里的某双眼睛，能将她看见。

非常感谢有人能看见她，阅读她，感受这个故事里面的喜怒哀乐。

作为这个故事作者的我，非常荣幸。

其实，我也是一个写文近十年的“老作者”了。从一开始凭着一腔热血敲起了键盘，到现在，写作成为我的生活与工作。十年里，我做了很多让我后悔的事，却从来没有因为“码字”而后悔过一瞬间。

码字是孤独的，难熬的，到现在我依旧有严重的拖延症，并已经发展成为“绝症”，我单方面宣布，我放弃了对拖延症的治疗。

每次打开文档，开始写东西的时候，都是痛苦的。日渐稀少的头发可以为我作证。

但相比于开始写稿的痛苦，写完稿时的快乐，看见读者认可时的成就……种种对码字极其复杂的感情都让我在这样的生活里沉迷不已，不可自拔。

最开心的，是身体里这按捺不住的倾诉欲，得到了满足——竟然有这么多人看到了我写的故事！

仿佛我和这个世界，有了独特又奇妙的联系，让我和远在千里之外的你们有了千丝万缕的联系。

如果你看了这个故事，我们虽未曾谋面，却共同走过了一段奇妙时光。

感谢大家！

这些年，越来越多地听到“阿九我是看着你的书长大的”这样的话。一开始，我觉得你这不是在跟我开玩笑吗？

我才多大？

我这年年一十八，哪配拥有看我书长大的读者？我明明就是跟大家一起长大的！

但随着时间的流逝，现在我却越来越接受这句话，甚至听到就觉得有沉沉的满足感。

非常庆幸有人能“看着我的书长大”。

我脑中的世界，能在你的世界里留下一丝半点痕迹，是我的荣幸。

感恩的心，感谢有你。

希望大家阅读愉快。

图书在版编目（CIP）数据

苍兰诀 / 九鹭非香著. -- 成都：四川文艺出版社,
2020.2（2024.6重印）
ISBN 978-7-5411-5869-8

Ⅰ.①苍… Ⅱ.①九… Ⅲ.①言情小说 – 中国 – 当代
Ⅳ.①I247.5

中国版本图书馆CIP数据核字(2020)第247828号

CANG LAN JUE

苍兰诀

九鹭非香 著

出品人 张庆宁
出版统筹 刘运东
特约监制 王兰颖
责任编辑 陈润路
特约策划 王兰颖
特约编辑 薛天舒 夏君仪
责任校对 汪 平
封面设计 安柒然

出版发行 四川文艺出版社（四川省成都市锦江区三色路238号）
网 址 www.scwys.com
电 话 010-85526620

印 刷 天津旭丰源印刷有限公司
成品尺寸 160mm×235mm 开 本 16开
印 张 24 字 数 400千字
版 次 2021年2月第一版 印 次 2024年6月第七次印刷
书 号 ISBN 978-7-5411-5869-8
定 价 39.80元